GOLGOTHA FALLS
Copyright © 1984 by Frank De Felitta Productions, Inc.
Todos os direitos reservados.

First published New York: Simon & Schuster, 1984
First Valancourt Books edition, 2014
This translation published by arrangement
with Medici Entertainment, Inc.

Tradução para a língua portuguesa
© Leandro Durazzo, 2022

Diretor Editorial
Christiano Menezes

Diretor Comercial
Chico de Assis

Gerente Comercial
Giselle Leitão

Gerente de Marketing Digital
Mike Ribera

Gerentes Editoriais
Bruno Dorigatti
Marcia Heloisa

Editora
Raquel Moritz

Capa e Projeto Gráfico
Retina 78

Coord. de Arte
Arthur Moraes

Coord. de Diagramação
Sergio Chaves

Designer Assistente
Aline Martins / Sem Serifa

Finalização
Sandro Tagliamento

Preparação
Talita Grass

Revisão
Jessica Reinaldo
Retina Conteúdo

Impressão e acabamento
Ipsis Gráfica

DADOS INTERNACIONAIS DE CATALOGAÇÃO NA PUBLICAÇÃO (CIP)
Jéssica de Oliveira Molinari CRB-8/9852

Felitta, Frank de
 O Demônio de Gólgota / Frank de Felitta ; tradução de Leandro
Durazzo. — Rio de Janeiro : DarkSide Books, 2022.
 336 p

 ISBN: 978-65-5598-151-3
 Título original: Golgotha Falls

 1. Ficção norte-americana 2. Horror
 I. Título II. Durazzo, Leandro

21-5112   CDD 813

Índices para catálogo sistemático:
1. Ficção norte-americana

[2022]
Todos os direitos desta edição reservados à
DarkSide® Entretenimento LTDA.
Rua General Roca, 935/504 — Tijuca
20521-071 — Rio de Janeiro — RJ — Brasil
www.darksidebooks.com

O DEMÔNIO DE GÓLGOTA

FRANK DE FELITTA

TRADUÇÃO
LEANDRO DURAZZO

DARKSIDE

à memória de
Jenny, Pat, Ray e Jack

E, levando às costas Sua cruz,
rumou para uma região chamada
lugar da caveira, que em hebraico se
diz Gólgota: e lá O crucificaram...

— João 19:17

Afirmo que a experiência cósmica
religiosa é a motivação mais forte e mais
nobre por trás da pesquisa científica.

— Albert Einstein
em recordação por ocasião de
sua morte, 19 de abril de 1955

PRÓLOGO

Vale de Gólgota, 1890, norte de Massachusetts. A cidade se situa na depressão de um terreno árido e empedernido, onde poças de água parada geravam vermes a rastejar pelas hastes escuras dos juncos. O córrego Siloam sufoca com os dejetos da fábrica de lã e, bem ali, no barranco argiloso, os mercadores católicos da cidade vizinha de Lawrence resolveram erguer sua igreja.

O solo, ao ser escavado, era bastante arenoso. Indígenas há muito tempo mortos e exumados da terra fofa foram tirados de lá em pilhas de ossos. Os operários, por fim, escavaram até a rocha-mãe e tiveram de tapar bocas e narizes com seus lenços. O granito, com fissuras profundas, exalava um fedor de leite azedo. Quando a rocha cedeu, quatro operários morreram pelo desmoronamento das vigas. Outros dois adoeceram gravemente, presas da difteria. Um subempreiteiro passou a delirar por causa da malária. Quando finalmente içaram o portão de ferro, sete novas covas erguiam-se no cemitério mal drenado da igreja.

Ainda assim, um edifício delicado, com seu pináculo branco, foi levantado daquele miasma. Lilases farfalhavam e abelhas zuniam junto às janelinhas góticas. Arrendados de luz se agitavam feito borboletas no assoalho de madeira encerada. Quadros da Paixão de Cristo pendiam a intervalos regulares das brancas paredes internas. Acima da igreja se avistava a torre do sino, e o eco profundo e grave de seu metal badalava uma nova presença sobre o Vale de Gólgota.

Os velhos dos moinhos e eclusas, veteranos da Guerra Civil, espiaram o interior daquela representante da Igreja Romana, chamada Igreja das Dores Perpétuas. Detrás dos vitrais rubros e azulados, o padre Bernard K. Lovell ajeitava, com cuidado, cálice, âmbula e vestes na sacristia. O dinheiro de Lawrence garantiu que os bancos de nogueira fossem devidamente adornados com entalhes. Anjos decoravam os pilares do transepto e a cornija ondulava como uma faixa alva pelo interior do prédio. Era tudo muito resplandecente, muito exótico para o Vale de Gólgota. Os veteranos sacudiram a cabeça e profetizaram que aquela ostentação de riqueza conduziria à ruína.

Com a máxima deferência, padre Lovell repousou o grande e suntuoso Evangelho sobre o altar. Atrás de si, o coro alto também ornamentado recebia reflexos do cobre de castiçais e turíbulos. O presbitério inteiro era banhado pelo sol nascente. Sobre o altar, signo visível da presença de Cristo, uma lamparina consagrada queimava continuamente, seu brilho cálido alumiando os trinados da manhã.

Lovell era um homem tímido, mal havia passado dos 30 anos. Uma leve diferença de tamanho em sua perna esquerda o fazia coxo. Era loiro, com olhos rosados e brilhosos feito os de um coelho. Era sua primeira igreja, e ele trazia o ar de quem se esforça para superar antigas humilhações.

Os católicos de Lawrence chegaram ao Vale de Gólgota com pompa, circunstância e desconforto, guiando seus cabriolés. Colonos irlandeses e jovens tecelãs amontoaram-se nos bancos lisos e sem estofado, mexericando em voz bem baixa. Lovell invejava o prestígio daqueles comerciantes. Já as tecelãs o aborreciam, com suas mãos calejadas e seu inglês mal falado. Ele, com a voz aguda de tenor, ministrou o serviço de Deus. Ao terminar, os mercadores partiram, um pouco desapontados.

O inverno foi rigoroso, de um rigor inimaginável. Os comerciantes de Lawrence, protegidos por sua riqueza, não podiam acreditar que um inverno tão rigoroso pudesse se abater sobre eles. Já para o Vale de Gólgota, foi catastrófico, pois a cidade parecia estar no caminho de todas as grandes tempestades que varriam o continente. O Siloam ficou bloqueado por escarpas de gelo intransponíveis. As pontes se mostraram traiçoeiras. Agulhas de gelo despencavam com violência sobre o gado refugiado debaixo dos carvalhos retorcidos. O povo tiritava em seus casacos, e nem o maior aquecedor a carvão era capaz de manter o frio úmido longe daqueles corpos. Quando o inverno enfim terminou, doze famílias haviam contraído pleurite.

Chegada a primavera, o lamaçal defronte à igreja abundou de insetos rastejando e serpenteando, e sapos amarronzados saltavam sobre os peitoris das janelas góticas. Muitas borboletas brancas da couve esvoaçavam-se sobre os túmulos. Padre Lovell se deparou com um ninho de seis cobras dentro da sacristia. À tarde, nuvens densas, carregadíssimas, golpeavam as ribanceiras do riacho, inundando a igreja até suas fundações e deixando manchas escuras no assoalho.

No verão modorrento, as missas de domingo eram banhadas pelo suor humano. Nuvens de mosquitos enxameavam, pousando nas mãos e rostos desprotegidos. Mofo se alastrava pela pintura das paredes externas. Os operários do Vale de Gólgota se recusavam a colaborar, e por isso os comerciantes de Lawrence contribuíam, pessoalmente, com somas cada vez maiores para a igreja branca.

Pouco a pouco, as finas damas iam se recusando a deixar Lawrence. Mesmo as simples tecelãs e os apáticos colonos irlandeses, em dado momento, passaram a maldizer a falação incessante de Lovell atrás de mais contribuições. Por acaso ou por destino, e Lovell apostava ter havido alguma persuasão dissimulada por parte dos comerciantes de Lawrence, a comunicação com a arquidiocese de Boston fora cortada. Lovell amaldiçoou a todos por terem abandonado a igreja, e com ânimo renovado continuou pregando para aqueles poucos fiéis que ainda se faziam presentes. Mas quando olhava para os velhos trêmulos em suas roupas de sarja, e para os imensos espaços vagos nos bancos da igreja, sabia que sua congregação definhava.

Com o passar dos anos, uma depressão econômica devastou as cidades-fábricas, e os comerciantes de Lawrence se recusaram a investir ainda mais. O canal alimentado pelo córrego Siloam, antes povoadíssimo, ficou entregue a algas fétidas e íris selvagens. Enfurecido, o Vale de Gólgota encontrou seu bode expiatório na decadente Igreja Católica das Dores Perpétuas.

Lovell desdenhava da intolerância daquela cidade, de sua obsessão por dinheiro. Confinou-se em seu pequeno quarto vizinho ao presbitério, em seus livros de etimologia e no retrato de sua mãe, disposto sobre uma penteadeira preta com tampo de mármore. Escreveu cartas elegantes dirigidas à Santa Sé em Roma, descrevendo uma vívida congregação existente na cidade em franco crescimento. A bem da verdade, o Vale de Gólgota também começara a definhar.

No presbitério, o silêncio se avolumava. O âmbar da luz noturna brilhava pelo espaço já descuidado. Pedidos de contribuições encontravam-se sobre a mesa, desatendidos pelos comerciantes. Tomado por um orgulho implacável, Lovell seguia mentindo a seus superiores eclesiásticos.

Bebericando vinho tinto, seu olhar atravessava o próprio reflexo e encarava as escuras colinas do interior de Massachusetts. Sua missão era sombria e obscura como o sumidouro do Siloam próximo à igreja.

Em um dia de inverno, Lovell, os cabelos desarranjados e grisalhos, cavou sozinho a terra dura e, com uma corda puída, tentou baixar o caixão do último paroquiano. O peso foi demais para seus braços frágeis, e o caixão tombou de lado. Ele teve de descer à cova aberta e lutar para colocá-lo na posição correta.

Depois daquele inverno, nenhuma outra lápide surgiu na encosta do córrego. A névoa vinha desbotar as paredes de tábua, e Lovell deixava o enferrujado portão de ferro sempre fechado. A propriedade adjacente à igreja caiu em ruínas. O mato crescia entre a igreja e a cidade. Ninguém mais ouvia a voz vigorosa e aguda do padre, nem mesmo na noite mais quieta e serena de verão.

No décimo inverno rigoroso, Lovell deixou-se envolver pelos estranhos padrões de gelo que batiam contra os vitrais. Lampejos de prata e ametista tocavam a maltratada canção de seu espírito. Distraído, com a barba por fazer, balbuciou uma litania para os bancos desertos. Havia conforto nos reflexos de luz que se alteravam, a seu bel prazer, sobre o assoalho úmido. As pinturas da Paixão de Cristo, estragadas pelo mofo, faziam do Homem das Dores um corcunda. Lovell se divertiu com a delicadeza de luz e sombras nas paredes, e rezou para a grande indiferença além da depressão.

Pois algo adentrara a igreja. Sutil feito as sementes que voam ao vento da primavera. Tão imaterial quanto um princípio de doença. Era uma ausência, e vinha flutuando pelo interior de madeira úmida e paredes mofadas. Era o nada, e ainda assim era palpável.

Chegou como chega uma sombra encobrindo os montes.

Irremediavelmente bêbado, Lovell conduziu a missa da meia-noite em um êxtase febril e devoto, buscando tirar de sua boca o gosto pútrido que o intoxicava até a medula. O órgão retumbou, as paredes manchadas reverberaram e o bruxulear das velas parecia quase ter voz. As vestes de Lovell resplandeciam em vibrante esplendor, o rosto corado à luz incerta. Palmo a palmo, sem se dar conta, foi levado a um pacto tão sutil quanto um fio de teia. Ainda assim, tão forte que arruinou o homem.

Sobre o altar, indiferente ao paroxismo de uma nova liturgia, o brilho da lamparina de Cristo fraquejou, sem combustível, bruxuleou, deitando sombras por todo lado, e morreu.

O Vale de Gólgota, cuja ignorância o fez culpado, absorto em seus problemas financeiros, renunciou à igreja e não disse nem viu nada, como se o próprio Lovell estivesse morto.

Em 1913, a arquidiocese de Massachusetts iniciou um árduo processo de reestruturação das jurisdições de suas paróquias. Um comitê de clérigos de Boston, analisando registros do interior, descobriu uma inconsistência na comunicação vinda de uma pequena congregação próxima à divisa com New Hampshire. Inquéritos não obtiveram respostas. Um emissário foi enviado.

Era início de verão, fazia calor. A poeira se agarrava à estrada amarelenta conforme o enviado seguia caminho, a cavalo, na direção do Vale de Gólgota. O córrego Siloam se encontrava entulhado de juncos e toras, e os sapos ecoavam roucos pela depressão. Pasmo, o emissário se deteve e encarou a igreja lá embaixo.

As paredes estavam rachadas, descamadas e tão enlameadas que, daquela distância mofenta, parecia sangue ressecado. Tasneiras e tufos de arbustos infestavam o cemitério. O portão, outrora aprumado, tombava em um ângulo oblíquo sobre a grama amarelada.

O emissário apeou do cavalo. Espiou pelas janelas do presbitério. Não havia ninguém em casa. Mas pilhas de roupas denunciavam que era habitada. Com cuidado, subiu no piso irregular e olhou para o interior da igreja. O emissário chamou, bateu à entrada e gritou, mas a pesada porta estava selada e com as dobradiças enferrujadas.

Enxugou o suor do pescoço. Um fedor emanava da igreja. Soltando um berro violento, lançou-se contra uma porta lateral e adentrou a igreja aos trambolhões. Segundos mais tarde, enjoado e branco feito sal, voltou tropeçando para o sol quente. Berrou pela polícia.

Meninos das fazendas ouviram seus gritos e conduziram o emissário para a sombra dos olmos. Outros entraram devagar na igreja. Lá, na penumbra, avistaram o macilento e desesperado Lovell, com ranho escorrendo pelas narinas, um crucifixo besuntado em cera, incoerente ao púlpito. Depois, ainda mais lentamente, viraram o olhar para os bancos.

Corpos embalsamados e lustrosos, carne podre recheando ternos de lã, luvas e chapéus, mostravam os dentes arreganhados em meio a nuvens de moscas naquela liturgia.

Lovell foi derrubado ao chão. Naquela noite, a polícia o levou até Boston em um camburão, pela madrugada úmida e plena de mosquitos. O emissário dedicou aos mortos um novo sepultamento. Sentia-se, em cada pétala de Lilás e Forsythia, o ranço nauseante de carne apodrecida.

Vândalos arremetiam pelo presbitério em busca de lembranças macabras. Sob a casa paroquial foi encontrado um rapazote do coro da igreja, com apenas um dos braços, ele estava em parte já embalsamado por Lovell em um gesto de bendição. Era um dos gêmeos McAliskey, desaparecido desde o ano anterior. O segundo gêmeo não foi encontrado, por mais que se escavasse.

Todavia, o odor se infiltrou pelas rachaduras do solo e ressurgiu bem no centro do Vale de Gólgota. Antes de uma chuva, com a pressão atmosférica aumentando, um fedor intenso exalou dos arbustos. Transeuntes foram obrigados a cobrir os rostos. A igreja passou a ser conhecida como Igreja da Danação Eterna, e foi evitada.

A arquidiocese de Boston deixou-a decair sem tomar providências. Heras se espalharam pelas fendas das paredes. Trepadeiras se enroscaram na madeira empenada da sacristia. Sob os bancos, ratos deixavam matéria fecal nas roupas daquela grotesca "congregação" de Lovell. Fragmentos de vidro desbotado despencavam sobre o assoalho arruinado, e o mau tempo soprava sem dificuldades pelo interior do edifício.

Durante os longos amanheceres de outono, os raios de sol que ali entravam iluminavam candelabros de cobre partidos e cacos de vidro até que eles rebrilhassem com uma potência alienígena, portentosa.

Cogumelos laranjas cresceram nas pedras do caminho que levava à igreja. Esporos floresciam nos restos das vestes litúrgicas largadas na capela-mor. Folhas mortas se empilhavam no canto sudoeste do salão. Muito, muito devagar, os longos fios das teias de aranha se expandiram pelos destroços escurecidos.

Em novembro de 1914, Bernard K. Lovell, ao ser transferido para um manicômio menor e melhor equipado, escapou de seus enfermeiros. O padre excomungado cometeu suicídio sob as rodas de um caminhão de cerveja, em uma das ruas de Boston.

Naquela mesma noite, no Vale de Gólgota, dois bodes irromperam pela porta da igreja, avançaram por cima das roupas emboloradas que jaziam no assoalho e montaram um sobre o outro, em um coito furioso.

Duas noites depois, em 23 de novembro de 1914, o professor de inglês da Escola Primária do Vale de Gólgota, um certo Robert Wharton, enxergou dois globos azuis luminosos se movendo devagar pela parede oeste da igreja.

Em 24 de novembro, não menos que vinte pessoas juraram frente a um tabelião haverem escutado o eco de um coro cantando na igreja vazia e escura.

Na manhã seguinte, Silas E. Gutman, dono da propriedade adjacente, cortou as gargantas de suas duas novilhas premiadas por conta dos graves sons guturais, lembrando vozes, que emitiram após pastar entre as lápides.

Em 25 de novembro, a esposa do corretor de imóveis, Senhora Gerald T. K. Hodges, lamentou ao marido sobre ter ouvido o sino abandonado dobrando lentamente na depressão nevoenta. Duas horas depois, estava morta por hemorragia cerebral.

Assim teve início a lenda do Vale de Gólgota. Os eventos seguiram, entre memória e medo, na imaginação coletiva do vale moribundo. Luminescências azuis, vozes desencarnadas à noite e animais enlouquecendo após pastarem próximos da igreja foram observados até mesmo pela geração subsequente.

A parapsicologia, naquele tempo, encontrava-se em sua infância. Os registros eram poucos e escassamente documentados. Mas os dados disponíveis indicam que, durante novembro de 1914, um aumento cíclico nos fenômenos paranormais ocorreu em lugares bem distantes do Vale de Gólgota. Triplicaram-se as manifestações e aparições nas Ilhas Britânicas, facilmente observáveis. Cinco expedições arqueológicas ao Oriente Médio documentaram ventos luzentes e animais enlouquecidos circundando as antigas tumbas de Jerusalém.

Os arquivos da Igreja Católica foram inundados por párocos alegando visitações, stigmata e milagres na Guatemala, no Brasil e na França.

Veteranos da Batalha do Marne, na Primeira Guerra Mundial, emitiram informes incompreensíveis a respeito de batalhões inteiros em pânico frente a visões etéreas que varriam as trincheiras bombardeadas.

Bem guardado nos arquivos da Igreja, protegido de olhos leigos, encontra-se o inquietante espetáculo do Papa Pio X, "abençoado pastor de almas", que durante um consistório de cardeais caiu em catatonia, com pés e pulsos contorcendo-se em espasmos horrendos em uma paródia grotesca da Crucificação.

E na memória mais recente do Vaticano, registrados em documentos da Santa Sé e ocultados nos arquivos, jazem os bizarros eventos que envolvem a eleição do atual Papa Francisco Xavier.

Roma se alvoroçava com os rumores. Câmeras do mundo inteiro se destacavam por cima das cabeças dos cem mil fiéis aglomerados na Praça de São Pedro, assistindo à pompa e ao esplendor da reunião do Colégio de Cardeais. O Colégio se reunira, vindo de toda parte, para eleger um novo papa sob a bênção do Espírito Santo. Era uma situação séria. Uma situação jubilosa. A tensão corria alta entre jornalistas, ordens religiosas, funcionários da cúria e arcebispos estrangeiros.

Os cardeais visitantes estavam divididos em dois campos. Um era a conservadora cúria romana. O outro, um novo movimento de preparação extática para o segundo milênio — aquela há muito tempo já profetizada Segunda Vinda de Cristo à terra —, um grupo chamado "milenarista". O colégio se encontrava em um impasse entre os dois grupos, com uma enorme quantidade de votos ainda por decidir.

No 21° dia de votação, o nonagenário arcebispo de Gênova repentinamente se colocou de pé, na Capela Sistina, e vagueou para longe de sua cadeira com espaldar orlado, chamada *baldachino*. Todo o Colégio de Cardeais, mais de uma centena de homens em túnicas carmins, encarou espantado enquanto o velho cambaleava pelo salão de mármore, o olhar erguido ao magnífico teto de Michelangelo.

De repente, apontou para cima, para o dedo de Deus despertando Adão.

"A escolha foi feita — a escolha foi feita — a escolha foi feita —", murmurou.

Os cardeais se assombraram frente à violação da regra de silêncio. Mas, paralisados, assistiram à mão trêmula se mover do afresco do dedo divino e passar pelo teto abobadado, descendo pela parede. De forma involuntária, cem pares de olhos acompanharam aquele dedo esquelético e entrevado.

O arcebispo apontou para o rosto empalidecido do quase desconhecido siciliano Giacomo Baldoni.

"É você — você —", grasnou, e desmoronou nos braços de dois camareiros assustadíssimos.

Naquela noite, os Aposentos Bórgia, repartidos em celas simples como as de um imenso dormitório improvisado para os cardeais, viram-se inundados por rumores e discussões acaloradas. A cúria romana tentava a todo custo restituir algum senso de lógica e pragmatismo. Mas os milenaristas, sentindo uma intervenção do Espírito Santo, lançaram-se à conversão dos votos indecisos.

No café da manhã seguinte, o núncio cardeal Bellocchi passou às costas do pálido Giacomo Baldoni e sussurrou-lhe em latim: "Aquele a quem o Espírito Santo elege, a ele o Espírito Santo dá forças".

Mas o incrivelmente belo siciliano, de olhos cinzentos e vivos a destoar de sua compleição, olhou para trás como se saído de um longuíssimo túnel de temor.

"Mas *foi mesmo* o Espírito Santo?", sussurrou agoniado.

Espantando, o núncio não encontrou respostas.

Naquela manhã, Giacomo Baldoni, da Sicília, recebeu bem mais de dois terços dos votos. Uma aura de silêncio tomou a Capela Sistina. Nas mãos do siciliano, para o bem ou para o mal, o Colégio dos cardeais depositou toda a Igreja Católica Romana, todas as suas almas, riquezas e sua missão histórica, no limiar do segundo milênio. Tendo por base a visão mística do arcebispo de Gênova.

O presidente do Colégio, hesitante, atravessou o salão de mármore, suando em bicas naquela atmosfera tensa.

"Aceitas a eleição do Colégio dos Cardeais?", perguntou, seguindo o protocolo.

Nos olhos profundos e sagazes o núncio Bellochi viu outra vez a dúvida intensa, quase tornada em horror, e a mão do siciliano estremecendo com violência sobre o braço da cadeira.

Atônito, o presidente repetiu a pergunta, lançando olhares nervosos para os cardeais reunidos, procurando apoio.

O siciliano, agoniado pela indecisão, tentou colocar-se de pé, parecendo querer alertar a assembleia de um perigo formidável, mas não encontrou palavras. Em vez disso, encarou em silêncio o presidente.

"Aceitas a eleição do Colégio dos Cardeais?", perguntou pela terceira vez, a voz quase perdida.

A expressão do siciliano mudou. Sentou-se na cadeira, a batalha interior já resolvida. Se vencida ou derrotada, o núncio não foi capaz de decifrar naquele rosto belíssimo, ambíguo e ardente.

"Aceito", respondeu com clareza o siciliano. Era quase como se Baldoni soubesse o que estava para acontecer.

"Por que nome hás de ser chamado?", perguntou o presidente, passando para a segunda questão do protocolo.

"Francisco Xavier", foi a resposta imediata.

Murmúrios de aprovação e aplausos vieram dos milenaristas. Francisco, como em Francisco de Assis, o místico e compassivo santo. Xavier, o nome do Senhor, que indicava compromisso à causa da Segunda Vinda, em sua plenitude. Sob Francisco Xavier e o espírito que o guiara, a Igreja assumia um novo e decisivo rumo.

Os camareiros retiraram os *baldachinos* de todos os assentos, exceto do de Baldoni, significando seu entronamento. Em menos de dez minutos tudo estava feito. A Igreja Católica Romana, a cadeira de São Pedro, passara aos cuidados do temperamento desconhecido e volátil de Francisco Xavier.

Naquela noite, após as devoções particulares, as velas espiraladas na entrada da capela papal gotejaram uma cera perfumada tão vermelha quanto sangue. Assustado, o camareiro destruiu as velas e as substituiu antes que o novo pontífice surgisse para as orações.

Nos corredores de mármore dos Aposentos Bórgia, dois jesuítas avistaram globos de luz azul passando em silêncio sobre as magníficas pinturas das paredes.

Francisco Xavier sonhou com uma congregação, seus bancos repletos de bodes, jumentos e cavalos. Seria referência a São Francisco de Assis? questionou-se em pleno sono. Ou seria a visão de algum lugar muito além da graça?

No Vale de Gólgota, naquela noite, após uma tempestade, uma ovelha morta foi lavada no matagal da encosta oposta à igreja. Por coincidência, um retalho de pano orlado se enganchara em um arbusto espinhoso no mesmo ponto, formando um dossel sobre a ovelha. Próximo ao animal esfolado havia um semicírculo com mais de vinte galos mortos, rubros de sangue, que foram levados pelas águas depois que o Siloam varreu os galinheiros nas fazendas.

Os habitantes da cidade e os fazendeiros fitaram o espetáculo daquela morte tão ordenada, e não a puderam decifrar. Era um novo tipo de sinal. Como se agora, no Vale de Gólgota a morte tomasse forma.

A cidade se recolheu em um retiro temeroso. E aguardou.

1

A poeira redemoinhava pela rua Boylston no calor de setembro, regurgitando nuvens de pó, nacos de folhas mortas, pólen dourado e sementes aladas. Uma quentura seca e sulfurosa se erguia na sequidão, disparando largos semicírculos de neblina para o sul, tão longe quanto Cambridge.

O campus de Harvard, sua silhueta contra o céu turvo, encontrava-se encoberto por uma fina onda de poeira.

Em uma sala de conferências, Mario Gilbert palestrava. Os tijolos vermelhos carregados de heras daquelas paredes georgianas serviam de defesa contra a onda de calor. Tudo era escuro e quieto em meio às poltronas de felpa vermelha, os retratos nas paredes e o atril de mogno.

Sete homens do corpo docente de Harvard, trajando ternos leves de verão, o assistiam.

Nos vitrais, quase brancos pelo clarão matinal, entre as longas cortinas rúbeas, partículas de pó rebrilhavam, suspensas em seu movimento browniano. Era como se corpúsculos de matéria estivessem sendo suprimidos e reduzidos à inexistência no calor alongado daquela janela emoldurada.

Mario Gilbert virou as páginas da apresentação e tentou se manter focado em seu discurso.

"Pesquisas suplementares conduzidas no Vale de Gólgota", prosseguiu, "revelaram indícios das tribos aborígenes. A palavra algonquina para a depressão onde se encontra a igreja pode ser traduzida por *onde a fumaça se ergue*. Mas a palavra não é exatamente *fumaça*, nem mesmo *neblina* ou *névoa*. O Dr. Wilkes, do departamento de antropologia, especialista em dialetos algonquinos, sugeriu que a palavra deva ser, muito provavelmente, uma derivação do radical para *vapor*. E, de fato, o calcário granítico nas fundações da igreja libera um vapor visível no começo da primavera e do outono."

Mario sentiu o suor se acumulando em sua nuca. A gravata de lã verde que se sentiu obrigado a usar o sufocava, e seus dedos se moviam com desconforto em seu nó. Virou-se a fim de apanhar um copo de água morna.

Detrás do projetor de slides e das pastas de documentos, sua colega Anita Wagner permanecia sentada, impassível como uma estátua de marfim. Vestia um linho bege e pequenos braceletes de ouro que tilintavam a cada movimento de seus pulsos delgados. Tinha um longo cabelo escuro que combinava com os vivos olhos pretos, mas a pele lívida parecia pertencer a outra pessoa, a algum ser etéreo vindo de um mundo distante e superior.

Mario virou-se outra vez para o indiferente comitê de estudos interdisciplinares.

"Portanto, sabemos que os Algonquinos conheciam o lugar, deram-lhe um nome e migraram cuidadosamente a seu redor."

Os retratos nas paredes irritavam Mario. Eram homens mortos, de um mundo também morto e liberal, e assim como os professores diante de si, sorriam benignos, complacentes, insípidos.

Mario aprumou os ombros largos e se debruçou para a frente, dando ênfase ao que dizia.

"*Eles evitavam o lugar*," declarou. "Segundo arqueólogos e antropólogos, sabemos não existiram florestas tratadas com queimadas, nem áreas de plantio fertilizadas com matéria orgânica, nenhum traço de carbonização que indicasse fogueiras, nenhum poste de tenda, nenhum resquício de pele ou dente de animal, nem qualquer fragmento de porcelana. Fosse nos trajetos para conclaves xamânicos, fosse na migração durante a temporada de coleta, os Algonquinos sistematicamente contornavam a depressão, à distância de pelo menos cinco milhas."

Os homens seguiam sentados feito pedras.

"Também sabemos" prosseguiu Mario, virando mais uma página, "que os primeiros colonos, separatistas ingleses, evitaram a área, mas isso deve ter se dado pelo potencial de doenças que o córrego Siloam apresentava ali no ponto em que se lança ao pântano. Não obstante, desenvolveram uma forma primitiva de mineração, drenando o fundo do lago vizinho em busca de minério de ferro que processavam em caldeiras a lenha, na margem próxima. Talvez o fogo daí derivado, ardendo durante as madrugadas para a obtenção de lucros materiais, tenha originado muitas das histórias que vieram a ser conhecidas na região — histórias quase sempre apresentando uma qualidade satânica ou demoníaca, em termos cristãos."

Os homens continuavam sem demonstrar nenhuma centelha de emoção. Mario sentiu um leve cinismo por trás de suas expressões amigáveis, o que fez sua pele formigar. A apresentação histórica estava terminada. Agora era função de Anita atualizá-los. Mario sentou-se, trocando olhares com ela, e Anita sorriu de forma encorajadora. Com calma, abriu a pasta sobre o atril e se inclinou para a frente, devagar.

"A igreja em si", começou Anita, enquanto Mario esticava a mão para trás na tentativa de fechar a cortina, depois voltando sua atenção ao projetor, "Igreja das Dores Perpétuas, foi praticamente abandonada pela arquidiocese de Boston. Jamais recebeu nova sanção, o que é bastante incomum para uma área que apresenta grande população católica."

Surgiu o primeiro slide. Na sala penumbrosa, os homens se aprumaram para enxergar melhor a imagem: uma igreja de madeira branca e deteriorada contra o fundo invernal da Nova Inglaterra.

"A causa dessa negligência pode estar relacionada ao colapso nervoso do primeiro pároco, por volta de 1913," prosseguiu Anita, "Bernard K. Lovell."

Mario apertou um botão e uma fotografia meio desfocada, em tons de sépia, ampliada a partir de uma foto de formatura do começo do século, apareceu. Os homens na sala se agitaram, desconfortáveis. Da tela branca, o olhar penetrante de uma personalidade perturbada os encarava com uma rigidez anormal, quase catatônica.

"Lovell foi declarado insano pela Corte Municipal de Boston após uma audiência de três dias, sem qualquer defesa por parte da Igreja Católica", disse Anita. "Os detalhes ainda não estão disponíveis nos arquivos da arquidiocese. Mas, considerando o folclore e as lendas, parece que o infeliz seminarista foi tomado pela mania de vestir roupas em cães e bodes, colocando-os nos bancos da igreja como se fossem paroquianos."

Anita observou os homens encarando o slide de Lovell, depois voltando os olhares para ela.

"Algumas versões dizem que ele exumou cadáveres do cemitério da igreja, também para vesti-los como paroquianos."

O caso começava a parecer interessante. Após a longa e tediosa exposição do panorama geográfico e histórico, Mario sentiu que os homens caíam no feitiço persuasivo de Anita. Mesmo o diretor Harvey Osborne, nêmesis de Mario, o mais velho dos homens no corpo docente, riu de forma envergonhada ao perceber o aumento do próprio interesse no caso.

Mario apertou um botão. Uma cópia azulada de uma fotografia ruim surgiu, com setas brancas sobrepostas. Os homens estavam absortos.

"Padre Lovell cometeu suicídio depois de encarcerado", disse Anita. "Esta imagem, tomada duas semanas depois por um astrônomo amador no cume do vale, é apenas um dos treze avistamentos de globos luminescentes que ocorreram ao longo do ano seguinte."

Diversas imagens se seguiram, algumas das quais não passavam de esboços feitos por observadores fervorosos, outras tiradas de placas fotográficas danificadas e pouco reconhecíveis. Ainda assim, era evidente que inúmeros tipos de luz pareciam pairar pelo teto e paredes da igreja.

"Moradores locais relataram tremores na estrutura da igreja, além de movimentos fantasmagóricos na nave principal. Mas o ponto crucial é este", Anita fez uma pausa dramática.

Olhou cada professor nos olhos, desafiando-os diretamente em suas crenças, mas mantendo o sorriso tranquilo e sem ressentimento.

"*Os avistamentos começaram outra vez.*"

Funcionou. O velho, o jovem, o cínico e o sugestionável — todos os professores foram fisgados.

"*Alguma coisa* existe ali, cavalheiros", Anita concluiu. "*Alguma coisa* tem feito com que os moradores daquela cidade decadente experimentem sensações no interior e nos arredores de uma igreja abandonada."

O diretor Osborne aproveitou o momento para bater o fornilho do cachimbo contra a perna de sua cadeira. Um resíduo fino e negro de tabaco queimado caiu ao chão. O clima fora quebrado. Sugando a piteira, ele reacendeu seu cachimbo.

Anita logo mudou o tom de voz, passando a questões práticas e fechando a pasta. Agora as coisas eram objetivas. Cotidianas. Científicas.

"Como cientistas do paranormal", falou devagar, mas com firmeza, "é nosso dever superar o terror e o medo, a lenda e o folclore, e chegar à verdade daquilo que *existe*. Nosso trabalho é mapear tal existência, medi-la ou ainda, sem preconceitos, revelar que a documentação anterior e aquele lugar não são mais que uma fraude."

O diretor Osborne bocejou sonoramente. O resto dos professores, ainda assim, pareciam enxergar razão naquela mulher de cabelos corvinos. O diretor afundou um pouco na cadeira. Mario disfarçou um sorriso.

Anita virou-se diretamente ao diretor.

"Assim sendo", prosseguiu, "podemos agregar nossas descobertas a um dos elementos mais potentes e universais da vida humana na terra: a crença no paranormal."

Mario desligou o projetor, abriu as cortinas e colocou-se em pé para encarar os homens que piscavam os olhos devido à luz súbita que iluminara a sala.

"Perguntas?", disse ele.

Mario aguardou um instante, depois vários instantes, mas os professores permaneceram quietos na sala escura e abafada, feito estátuas vivas. Mario protegeu os olhos contra o brilho daquele setembro por detrás dos retratos, das paredes manchadas, da velha cafeteira respingando gotas escuras sobre a toalha de papel.

"Alguma pergunta?", repetiu.

Com a palma da mão, Mario deixara uma marca de suor na borda do atril. Longe dali, em uma sala de aula, um relógio soou debilmente. Aquilo agitou os homens, que agora tossiam e tagarelavam conforme se levantavam, feito um único corpo, e saíam em direção à porta. Anita manteve-se à mesa atrás de Mario.

"O que foi isso?", sussurrou.

"Não faço ideia... estão agindo estranho..."

Mario os seguiu e encurralou o diretor Osborne em uma esquina. No fim do corredor uma porta se abriu e o resto dos professores foi tragado pelo forno do dia. A atmosfera luminosa pouco a pouco se desfez, e a porta se fechou de novo. Tudo estava quieto.

"É isso?", Mario exigiu saber. "Quer dizer sim ou não?"

O diretor, vestindo um leve terno xadrez, baixou os olhos para encarar Mario. O suor escorria do rosto de ambos. Poeira e pólen, secos e desgastantes, preenchiam o ar em torno deles, em um miasma de ar quente.

Osborne viu Anita surgir da sala de conferências com o projetor sob o braço. Admirou sua compleição, bela e alta, a elegância de sua postura e as longas pernas sob a saia. Anita lembrava um pássaro esquivo, pensou Osborne; confiante, adorável e imponente.

"Acho que você conseguiu, Mario", respondeu. "E eu poderia apostar minha aposentaria que não daria certo."

Mario sorriu de orelha a orelha.

"O orçamento? Tudo? Do jeito que propusemos?"

"Rapaz, o orçamento do cafezinho no departamento de antropologia é maior que isso. Não fique achando que ganhou o prêmio Nobel."

O sorriso largo se transformou em uma provocação sutil. Os olhos pretos cintilaram.

"Tudo a seu tempo, diretor Osborne."

"Pois vou te dar um conselho, Mario."

Agora, tudo que restara no rosto de Mario era uma enorme expressão de suspeita. Sentiu a mão de Anita tocando-lhe com gentileza o cotovelo, pedindo-lhe calma.

"Pois não, senhor."

"O orçamento interdisciplinar para aquelas aulas experimentais está em vias de secar. No começo do próximo ano, eu diria."

"Agradeço a dica."

"Mario, como você vai financiar essas... ahn... expedições?"

"Acho que vendendo heroína para os calouros."

O diretor fez uma careta involuntária. Com muito custo, manteve a calma.

"Filie-se a um departamento, Mario", aconselhou.

"Por quê?"

"Porque os orçamentos sofrerão cortes drásticos, e tudo que não possa ser devidamente defendido corre o risco de ser cancelado."

"Eu sobrevivo."

"Não, você não sobrevive, Mario. Não importa qual departamento: zoologia, psicologia, qualquer coisa. Apenas encontre um guarda-chuva no qual se abrigar antes do próximo ano."

Os dedos de Mario começaram a mexer com nervosismo na borda da pasta, traindo seu sorriso sarcástico. O olhar tranquilo e penetrante do diretor Osborne o deixava desconfortável.

Anita se aproximou.

"De quem foi essa decisão?", quis saber.

Sua voz era fria, profissional, vagamente cortês. O tipo de voz que ecoa nas escolas para meninas de alta sociedade, de famílias que sabem jogar com suas influências sempre que necessário.

"Do conselho", respondeu Osborne, modulando a voz de forma respeitosa. "Não tive nada a ver com isso."

"Tenho certeza que não", Mario provocou.

"Olha, Mario, Harvard é uma empresa de um bilhão de dólares. O dinheiro é controlado. Não pode haver ineficiência. Então, aceite meu conselho e se filie a um departamento consolidado."

"Não vou abrir mão da minha independência", retrucou Mario, em um átimo.

"Diga a ele, Anita", pediu o diretor, já frustrado. "É para o vosso próprio bem."

O diretor Osborne se afastou. A porta de saída o recebeu, um clarão branco-amarelado preenchendo o corredor. Mario e Anita estavam a sós.

Mario arrancou a gravata de lã do pescoço enquanto cruzavam o pátio apressados.

"Se eu tivesse apresentado Jesus *Cristo*", berrou, "Ecce Homo em pessoa... ainda não seria suficiente para o currículo deles..."

Vários alunos, forçados a pisar no gramado pela caminhada enérgica de Mario, o encaravam. Anita teve de apressar o passo para acompanhá-lo.

"Eles estão é *mortos*!", Mario disse. "Aqui, bem na caixola. Não são capazes de ver... não são capazes de acreditar...!"

Mario chutou uma pedra na direção da rua, que acertou em cheio uma lata de lixo. Um gato disparou de dentro da lata, voando por uma escada de incêndio.

"Mario... a gente conseguiu o financiamento", disse Anita, da forma mais branda que conseguiu.

"É... as últimas migalhas antes de fecharem a padaria na nossa cara!"

Mario seguiu, agora mais devagar, desconsolado na direção do rio Charles. Um leve cheiro de alcatrão, gasolina e tasneira enchia o ar. Um pó fino e amarelento, vindo do norte, envolvia a moradia estudantil.

A universidade às suas costas era uma presença quase palpável, uma pressão física de prédios de pedra e história morta. Lançou o olhar na direção do rio. Barquinhos vinham serpenteando no mormaço do meio-dia. Ali se encontrava a diferença entre escravidão e liberdade — mas ainda assim, ele precisava de Harvard.

Anita colocou a mão delicada no bolso, acompanhando o silêncio de Mario conforme os dois cruzavam a ponte Anderson.

Ele destrancou a porta branca e um pouco torta do apartamento onde moravam. Lá dentro, a cama estava forrada com roupas limpas. Os dois closets tinham as portas abertas. Um deles estava repleto de camisetas, jeans e botas de trabalho. Os vestidos e tweeds mais caros de Anita estavam em cabides no outro closet. A janela se encontrava aberta, e a seu lado pendia a cópia de uma pintura de Matisse, o artista fauvista predileto de Anita, e isso era incompreensível para Mario.

Dos telhados das fábricas baixas a oeste vinha a fragrância hipnotizante de flores ao vento e do rio para além de Cambridge.

Em prateleiras presas às paredes, impecáveis e organizadas à perfeição, viam-se centenas de dossiês de investigações de campo, casos de referência, histórias registradas e volumes encadernados de periódicos da Universidade de Utrecht, do Instituto Rhine da Universidade Duke, do Instituto de Pesquisas de Stanford e do Instituto Frankfurt.

Anita se acomodou na cama, e Mario trouxe-lhe uma cerveja da geladeira.

"A kombi está preparada?", perguntou.

Ele fez que sim, sentando-se junto à janela aberta e calçando os pesados sapatos de campo.

"Todos os aparelhos?", ela continuou. "Sensores e medidores?"

"Tudinho."

Mario vestiu a surrada jaqueta de couro. Mesmo naquele calor, a jaqueta o tranquilizava. Era quase seu alter ego. Dias nas barricadas, noites em terra estranha, e também as primeiras tardes com Anita, sete anos antes — a lã já começava a se soltar da gola, mas ainda era um item valiosíssimo. Mario relaxou junto à janela, apoiando os pés no peitoril.

"Pois vá se arrumar", ele disse, enquanto tomava sua cerveja. "Quero chegar antes que escureça."

Observou as caixas de anotações e correspondências, os mapas milimetricamente dobrados, os gráficos estatísticos e os catálogos dos fornecedores de eletrônicos, tudo ordenado sob a mesa da cozinha, com sua toalha de piquenique.

Sobre sua mesa, uma longa prateleira com suas próprias investigações. Bacia de Tidewater, na Virgínia: luminescências reportadas por moradores de uma comunidade, analfabetos, descendentes de escravizados fugidos. Cinco meses de fotografias regulares, entrevistas, termômetros instalados em dunas arenosas e nos terrenos baixos de juncos e pântano. Resultado: o registro de dois vagalhões na ponta leste do mar, de incandescência questionável, e uma correlação bastante vaga com as marés irregulares do outono anterior. Nada além disso. A não ser por uma febre do pântano que o deixou anêmico.

Atlanta, Geórgia: o cheiro de putrefação em um terminal ferroviário abandonado. Vários indigentes haviam desaparecido, enquanto outros resmungavam coisas incoerentes sobre "aquela coisa" que exalava do madeirame no barracão de controle. Após pesquisas, descobriu-se que no lugar existira um matadouro, agora encoberto por trilhos e ervas daninhas. Três meses de vigília com câmeras de infravermelho e microfones ultrassensíveis, remexendo em gatos mortos, aranhas e entulho sob o barracão resultaram apenas em uma leve correlação entre o aumento do cheiro e alguns picos de estática captados pelos gravadores. Isso e várias batidas policiais. A única produção que saiu dali foi um artigo na *Parapsicologia Moderna*.

Havia outras dúzias de pesquisas de campo, cada uma compondo um arquivo próprio. Relâmpagos globulares, certa imunidade em encantadores de serpente tomados por êxtase durante cultos evangélicos nos Apalaches, um estudo comparado sobre Percepção Extassensorial (PES) entre executivos da IBM e estivadores italianos desempregados. Estudos estatísticos. Um esboço paradigmático do problema da observação experimental. Uma refutação da teoria onda-partícula como explicativa da transferência onírica. Anotações para um estudo da religião organizada como monopólio do sugestionamento. Tudo beco sem saída.

"Tem algo lhe incomodando", disse Anita, interrompendo seus pensamentos. "Mais do que Osborne."

Mario tirou uma carta do bolso e a entregou a ela.

"Que é isso?", perguntou.

"Leia."

Enquanto o fazia, Mario se dirigiu à geladeira e apanhou mais duas cervejas, abrindo-as de uma única vez. Anita lia a carta pressentindo um infortúnio iminente.

"Chegou hoje cedo", ele disse. "Não quis lhe mostrar antes da apresentação."

Anita balançou a cabeça, incrédula.

"Inacreditável", murmurou. "Herbert Broudermann é a maior referência da Costa Oeste."

"Era. Acabaram de tirar seu laboratório."

Anita leu a carta outra vez. A caligrafia era miúda, encavalada e preenchia todas as margens do papel, um alerta irônico, mas desesperado, vindo de um colega distante. A mensagem terminava com uma ou duas piadas ruins, mas o pesar era evidente em cada linha.

Mario largou o corpo na poltrona junto à janela. Enxugou as gotas de cerveja do lábio superior.

"Em abril aconteceu o mesmo com Charles Simpson", comentou Anita em tom sério.

"Em Tulane."

"E em janeiro, o mesmo com Jessup e Weinstein na Universidade de Chicago."

"Reprovados no estágio probatório. Aquilo foi mesmo um choque."

"Mario... o que está acontecendo?"

"Não sei. Eu... não sei. Algum tipo de caça às bruxas..."

Da cozinha veio a gata de Anita, de pelo âmbar, chamada Dra. Lao. Saltou sobre a mesa e desfilou em volta de um modelo de areia e açúcar que representava o Vale de Gólgota.

"E hoje me acontece isso", Mario se abriu. "Quero dizer, o diretor... foi quase uma bomba... podemos perder o laboratório inteiro, Anita!"

"Até parece. Minha mãe conhece o chefe do departamento de antropologia. Eles jogam tênis juntos."

"Ótimo. Podemos levar o laboratório para a quadra onde sua mãe joga."

"Confia em mim, Mario. Ainda não perdemos nada."

Mario acendeu um cigarro. Dra. Lao saltou para seu colo. Ele então afagou as orelhas da gata enquanto observava, ao norte, violentas cascatas de poeira se erguendo.

"Que inferno", Anita cedeu. "Talvez não seja apenas politicagem de departamento."

"É esse novo materialismo. Perdemos nosso lugar."

Mario girou na poltrona enquanto Anita calçava os sapatos de trabalho. Os olhos dele examinavam a maquete do Vale de Gólgota. Com quase um metro de diâmetro, erguia-se sobre uma base de gesso e pequenos blocos de madeira, entremeados a gravetos, simulavam as ruínas da igreja na encosta do córrego Siloam. A Igreja das Dores Perpétuas.

O laboratório era de Anita. Originalmente, fora-lhe designado um espaço no departamento de psicologia comportamental, mas conforme sua pesquisa se deslocava do behaviorismo para os sistemas de crença, e daí para a sensibilidade à PES e a outras formas de sugestão, convenceu o diretor Osborne a lhe ceder espaço próximo ao departamento de física, para que pudesse acessar computadores mais potentes em suas pesquisas estatísticas. Foi lá que conheceu Mario Gilbert.

Agressivo, rude, grosseiro quando o desejava ser, envolvera-se com a ciência por algum demônio particular.

A energia e a determinação desse homem ainda jovem eram extraordinárias. Era como se quisesse desvelar todas as coisas, reduzindo-as a migalhas enquanto buscava encontrar aquilo que animava o universo. Sua genialidade no campo da eletrônica complementava com perfeição o sutil trabalho de Anita com matérias mais subliminares. Mario tornou-se seu assistente técnico e em pouco tempo o laboratório era tanto seu quanto dela. Seguia acordado noite após noite, refazendo cálculos, esboçando novos experimentos e lendo artigos científicos. Anita não sabia dizer se ele desejava, com certo desespero, destruir sua própria crença no sobrenatural. Ultimamente, achava que mesmo Mario não seria capaz de dizer.

O primeiro constrangimento que Mario lhe causou foi ao expor treze médiuns de Boston, o que acarretou cinco processos contra a universidade. Sem se deixar intimidar por isso, desmascarou dois telepatas charlatões em Albany e um famoso dobrador-de-colheres que se apresentava em Manhattan. Depois disso, criticou as alegações de um rico iogue de Bombaim e atraiu para o laboratório de Anita a ira de uma influente comunidade religiosa de Boston.

Os contatos de Anita mantiveram o laboratório a salvo. Os professores a admiravam tanto quanto detestavam Mario. E Mario, mesmo secretamente, via-se aflito pelo desgaste de seus encontros tanto com charlatães quanto com professores. Desprezava toda aquela necessidade desqualificada de acreditar em algo, assim como ridicularizava ferozmente a obstinação em recusar evidências quantitativas do paranormal. Lançou-se, assim, ao desenvolvimento de sensores eletrônicos.

Os estudos em PES proliferaram assim que Mario descobriu como utilizar massivamente a capacidade dos computadores científicos em suas análises estatísticas. Também descobriu meios de adaptar a mais avançada microtecnologia da faculdade de medicina para ajudá-lo a medir atividade cerebral durante os estados alterados de consciência. Uma motivação extraordinária o compelia aos componentes, transístores e lentes, como se tais instrumentos inanimados pudessem produzir alguma transfiguração pessoal.

Anita provavelmente sabia, já na segunda semana, que se tornariam amantes. Mario provavelmente soube à primeira vista. Mas adiaram aquilo, movendo-se com lentidão e cautela rumo ao compromisso dos corpos, sentindo que haviam encontrado, um no outro, seu igual.

Anita entregou-se no apartamento de Mario, feito salgueiro que se curva à irresistível cheia de um rio, submersa por inteiro, envolta, mas inquebrável. Essa experiência a transformou. Pois havia ali uma violência, certa selvageria no físico de Mario que a espantou, logo excitando nela um aspecto inteiramente distinto e suprimido de sua natureza. Sua sensualidade floresceu, e era algo que por vezes a perturbava. A crueza de Mario constantemente a envergonhava, mas em seus braços ela mergulhava fundo em um oceano onde ela e Mario naufragavam em êxtase.

Mario, contudo, vinha mudando. Aproximava-se dos 40 anos. As promessas de seus dons inquestionáveis já pareciam menos promissoras. As pesquisas de campo não resultaram em muita coisa. Sua falta de tato o afastara de todos que talvez pudessem lhe ajudar na carreira. E agora as universidades de todo o país estavam fechando as portas à parapsicologia. O tempo, para Mario, estava se esgotando. E isso o fazia cada vez mais tenso, amargo e instável.

Anita desejava com todas as forças que algum sucesso palpável resultasse do Vale de Gólgota, para o bem da autoestima dele.

Mario se levantou e foi fechar a janela. A gata saltou para o chão. Ao longe, berros de criança se calavam.

"Bill e Dede disseram que cuidam da gata", disse Anita.

"Essa aí é uma pilantra. Nem se preocupe com ela."

Mario apanhou sua bolsa cheia de filmes, lentes reserva e fotômetros. Algo no apartamento parecia fora do lugar, mas ele não sabia o quê. Olhou para ele, e parecia nervoso. Havia sempre aquela ansiedade antes de cada projeto.

"Vamos lá", ele disse, forçando um sorriso.

Na rua, a kombi branca rebrilhava sob o sol a pino.

Mario reformara o interior do veículo. Possuía, agora, prateleiras, alças e uns pequenos compartimentos de metal presos à carroceria. Os sensores eletrônicos iam bem acondicionados nos compartimentos fixos, cada um de um tamanho, e três termômetros também tinham sido guardados em compartimentos presos às paredes. Microfones sônicos ultrassensíveis estavam bem guardados em pesadas caixas de madeira. Em prateleiras se viam rolos de fio elétrico, fita isolante e uma caixa de ferramentas serrilhadas, inclusive material de solda, alicates de ponta fina, descascadores de fio e uma sorte de parafusos, moldes, cola e pequenos cristais, tudo misturado. Mario montara dois pequenos computadores com peças da Marinha que comprara graças aos contatos de Harvard com o MIT, e ali estavam ambos, com peças sobressalentes para os circuitos de estado sólido, acondicionados em compartimentos reforçados, forrados por cobertores atrás dos sacos de dormir.

Junto aos sacos, uma enorme bolsa de lona cheia de roupas limpas, e pendurados nos ganchos da parede, capas de chuva amarelas e galochas de borracha. Um lampião elétrico tinha sido pregado a uma prateleira de madeira. Atrás do banco do passageiro estava um pequeno aquecedor a gás butano. Diversos talheres de metal, cantis e suprimentos de emergência estavam amontoados sob a bolsa de lona.

Anita conferiu todos os itens, um por um, percorrendo as três páginas que tinha presas a uma prancheta.

Pequenas bobinas equipadas com resmas de papel gráfico, canetas e tinta preta para a recarga estavam arrumadas sob um pequeno extintor de incêndio detrás do banco do motorista. Um tripé de câmera fotográfica estava atado por correias, longitudinalmente, no alto onde a parede se curvava, virando teto. Em uma prateleira sobre o pneu traseiro, havia diários, pranchetas e meia dúzia de livros de referência a respeito de alguns lugares parecidos.

Uma dúzia de cartelas de pilhas e um pesado gerador verde, enferrujadíssimo e cheirando a gasolina, tomavam todo o espaço traseiro. Tudo sob um cobertor do Exército. E atrás disso, envolta em muitas toalhas e lona grossa, uma câmera de termovisão com tela de vídeo, acomodada nas reentrâncias da kombi.

Com os sacos de dormir, Mario pusera uma caixa cheia de vinho branco italiano, seco. Duas almofadonas preenchiam o espaço atrás dos bancos dianteiros, e mesmo com aquele equipamento todo que carregavam ainda havia espaço para que os dois sacos de dormir fossem desenrolados por cima de um tapetinho pequeno, mas espesso, que cobria o assoalho do veículo.

Anita encontrou o porta-luvas cheinho de facas, pequenas pilhas, luvas grossas, fluido de isqueiro e mapas rodoviários e técnicos da região do Vale de Gólgota. Sob a kombi, bem firmes por cabos e parafusos no chassi, pás de cabo longo, um escavador e um mastro multiuso com o qual era possível instalar sensores em lugares muito estreitos para a mão humana. Corda, fios e uma machadinha pendiam da porta do motorista. Escondida na lateral da porta, um revólver preto sem licença.

"Tá tudo aqui", disse finalmente. "Menos meus óculos de sol."

"Vê no quebra-sol."

"Ah."

Mario fechou as portas da kombi e tomou assento no banco da frente, ao lado dela. O revestimento de vinil estava quente e pegajoso, e o sol brilhava vítreo na estrada à frente.

Mario deu a partida. Correu os olhos pela estrada e avançou com a kombi. O motor rateava, e toda aquela carga deixava o carro pesado. Enquanto dirigia, apurou os ouvidos, prestando atenção a qualquer coisa que pudesse se soltar dentro do veículo, mas tudo estava bem firme. Ouvia apenas o marulhar suave da água e da gasolina reserva se mexendo nos dois tanques sob os bancos.

Para seguir rumo ao norte, a kombi tinha de atravessar outra vez a ponte Anderson e cruzar a universidade. Anita contemplou o maciço de tijolos vermelhos estrangulados por heras e, por trás do antiquíssimo pátio, instalações de aço e vidro das mais modernas. Parecia uma fortaleza bem no centro de uma cidade medieval.

"Mario", começou, com voz suave, os olhos fechados ao calor do sol.

"Quê?"

"Esse lugar... Vale de Gólgota. Pode ser que a gente não encontre nada lá."

Mario cerrou firme a mandíbula, mas não disse nada, apenas deu de ombros com uma falsa indiferença. Os olhos dela se abriram, olhos pretos e profundos que tanto contrastavam com a bela tez, com aquele rosto pálido e magro.

"Podem ser apenas registros de ilusões", ela continuou. "Estruturas rangendo com o vento e os camponeses achando que são fantasmas. Aparições entre os túmulos que não passam de coelhos saltitando à luz da lua."

Mario abriu um sorriso enquanto seguia com a kombi pela saída norte do campus, dirigindo pelas ruas maltratadas e poeirentas do norte de Cambridge. Seu otimismo — ou seria sua carestia? — suplantava todas as preocupações. Procurou pelos óculos de sol e os colocou.

"Pode ser, meu amor", disse em um tom alegre. "Não seria a primeira vez."

"Não", ela devolveu. "Esse é o problema. Não seria."

Embora Mario parecesse relaxado, sua mente não parava. *O que* ele esperava descobrir dessa vez? Pensou nos muitos lugares dos Estados Unidos e da Europa que guardavam pequenos tesouros da paranormalidade. De vez em quando, alguma luminescência azul era reportada, assim como no Vale de Gólgota. E havia relatos bastante frequentes sobre alterações sutis relacionadas à inércia — objetos imóveis de repente se moviam, objetos móveis mudavam o curso. Quase sempre os moradores locais, fossem americanos, irlandeses ou iuguslavos, incorporavam esses eventos excepcionais em suas mitologias.

Além desses pequenos fenômenos físicos, normalmente se relatava um tipo de "atmosfera psíquica" ou de sugestionamento que seguia influindo em tais lugares. Era isso que Mario tinha esperanças de documentar e correlacionar. Vale de Gólgota, em certo nível, deveria depender do povo residente nas imediações, de suas anormalidades, suas obsessões, pois eram tais sentimentos que alimentavam os fenômenos físicos.

De fato, diversas teorias se baseavam na suposição de que indivíduos altamente carregados, capazes de atos como assassinato, incesto ou suicídio, projetariam energia psíquica suficiente para acarretar fenômenos paranormais muito mais duradouros do que as próprias vidas de seus catalisadores.

Mario trocou a marcha e ultrapassou um caminhão carregado de tubos compridos e escuros. Inclinou-se na direção de Anita e gritou por sobre o ruído do motor da kombi que roncava pela estrada aberta.

"Resultados negativos", berrou. "São tão bons quanto os positivos."

"Se a gente conseguisse pôr as mãos... nem que fosse uma vez só... em algo tangível, sabe? Tão tangível que ninguém poderia desprezar."

Mario, com carinho, apertou o joelho dela.

"Vou entregar um fantasma a Osborne antes do Natal", ele riu, mesmo que bem no fundo o medo do fracasso acossasse sua confiança já tão cansada. Tinha que dar certo, ele sabia. Estava com o prazo no pescoço. Desta vez não tinha jeito, era publicar ou perecer.

Lá fora, a estrada ia ficando para trás. Anita, sonolenta, ajeitou-se no assento, cruzou os braços e fechou os olhos. Ele a olhava de tempos em tempos, mesmo dirigindo. Ela fizera dele algo complexo. Seu refinamento natural — tudo isso o transformara. Outrora um marxista estridente nas barricadas, era agora complicado, quase complicado demais, como se a personalidade dela, mais socializada, tivesse invadido a sua, e nem sua teimosia mais pertinaz fosse capaz de afastá-la outra vez.

As colinas tomaram outra direção, e de tanto em tanto tempo viam-se os telhados de pequenas fábricas em meio às árvores empoeiradas. Mario sorriu quando Anita, dormindo, deslizou com graça para junto de seu ombro.

Fazia um calor intenso, e gotículas de suor brilhavam em sua testa sob a bandana estampada que lhe prendia os cabelos sedosos. Despertou sobressaltada.

"O que aconteceu com esse lugar?", perguntou. "Parece tudo morto, por aqui."

"É o calor do verão. A seca, na verdade."

Anita embebeu um lenço na água que Mario trazia no cantil militar, molhando com ele o rosto, a nuca e o colo. Jogou o lenço amarrotado em uma sacola pendurada no painel. Recostou-se outra vez no revestimento quente do banco.

"Falta quanto para chegar no Vale de Gólgota?", ela quis saber.

"Uma hora, mais ou menos."

Conforme seguiam viagem, ela contemplava as fazendas ressequidas e maltratadas pelo clima, fazendas e cercados que deviam ser de grande beleza na primavera ou no outono, mas que agora pareciam sugadas por aquela desidratação artrítica. Vários cavalos baios cavalgavam majestosamente entre a grama alta, desaparecendo em um vale arborizado.

Anita esfregou os olhos e pegou outro gole d'água.

"Deus do céu, tive o pior sonho do mundo", estremeceu.

"Como foi?"

"Eu rastejava pelo solo rachado sob a igreja do Vale de Gólgota", começou. "Tinha uma lava vermelha e cabelos por todo lado. Era nojento."

Mario olhou para a frente, para as curvas suaves da estrada asfaltada. Alguns ratinhos fugiam em disparada para o matagal.

"Você tem esse tipo de sonho?", Anita perguntou. "Com essas imagens horrorosas?"

"Ô, se tenho. Até piores."

Anita se virou no assento, desafivelou o cinto de segurança e ficou de joelhos para pescar algo nos fundos da kombi. Encontrou, por fim, duas taças de plástico e uma garrafa de vinho branco. Admirado, Mario deu-lhe um tapinha no traseiro antes que ela se sentasse outra vez.

"Parecia que a Igreja das Dores Perpétuas estava... querendo me capturar...", disse, tirando a rolha da garrafa com dificuldade. "Como se fosse uma mensagem. Parecia isso."

Passou uma taça de vinho a Mario, que a bebeu, olhando a estrada por sobre o volante. Estendeu a taça pedindo mais. Anita ergueu a garrafa e encheu a taça pela metade mais uma vez.

"Você sabe o que é isso", Mario disse. "É sua natureza sexual. Seu inconsciente está avisando que..."

"Ah, não inventa."

"É sério. Com o histórico familiar que você tem..."

"Não caio nesse papo freudiano."

Mario sorriu e terminou seu vinho. Com um leve movimento de cabeça, recusou outra dose. Anita pôs a garrafa no assoalho de vinil e pressionou a rolha de volta.

Deixaram as planícies litorâneas e adentraram o interior de Massachusetts. Vales suaves se elevavam pouco a pouco na direção das Berkshires, a oeste. Era como se um forcado cego tivesse sido, havia muito, arrastado pelo solo pedregoso, deixando ali aqueles sulcos rasos e inférteis.

Anita debruçou-se sobre um mapa em seu colo. As cidades para onde se dirigiam tinham nomes como Kidron, Zion Hill, Vale de Gólgota, New Jerusalem e Dowson's Repentance. Pontes atravessavam o córrego Siloam em um ponto chamado Sinai Crossing. Com o calor do sol poente se infiltrando pelo para-brisas, Anita viu passarem fazendas tristes e batidas pelo sol, no mormaço amarelento e sulfúrico que crestava inteiramente os campos.

Ninguém trabalhava nas lavouras. Não havia cavalos, nenhum gado à sombra das árvores.

"O povo aqui acredita na Bíblia do jeito mais literal possível", Mario comentou. "E esses são seus monumentos. Celeiros caindo aos pedaços e um monte de escombros."

"E qual o problema nisso?", Anita argumentou. "Belém também não era uma cidadezinha pobre no meio do deserto?"

"Problema nenhum, se você não se importa em viver de ilusão."

Uma pilha de pedregulhos e uma manivela enferrujada marcavam o poço que já fora o centro de Kidron. Mario parou a kombi. As tábuas de uma barreira próxima, gastas pelo tempo, haviam se deteriorado tanto que se confundiam com a lama da encosta, e um denso matagal crescia ali.

Mario tirou várias fotografias com sua Leica de 35mm. O calor era insuportável. Nada se movia, a não ser o bafo quente do lugar. Aquilo era uma paisagem messiânica. Ainda virgem, fora povoada por buscadores de Cristo, pacientes e fanáticos, mas o milênio jamais se completou.

"É o lugar mais deplorável que eu já vi", Mario murmurou.

A kombi iniciou a subida do último pico e o asfalto foi dando lugar a uma terra seca e farelenta. O veículo perdeu tração, e Mario ficou tenso. Os pneus radiais chiaram, a kombi derrapou e a mão de Anita repousou com gentileza em seu braço.

"Tá tudo certo, tá tudo certo", disse Mario. "Não vamos atolar."

Mas nisso a kombi derrapou de lado, e só aí os pneus retomaram tração. Mario foi dirigindo pela longa estrada inclinada, metade no acostamento, outra metade na terra.

Anita fechou a janela, mas a poeira sufocante, cor-de-rosa, entrou mesmo assim, dançando sob o sol que refletia no painel.

De repente a kombi entrou sob a sombra densa de várias bétulas. Os troncos sarapintados de branco logo despontaram na profunda escuridão da mata. Lagartas rodopiavam dependuradas em fios de seda, lambuzando o para-brisa com seus corpinhos verdes conforme a kombi passava.

"Pai do céu", Mario reclamou. "Não enxergo nada."

Os limpadores de para-brisa ficaram cobertos pelos corpos esmagados que ainda se contorciam.

A kombi sacolejou para fora do bosque. Mario parou. Anita desceu do carro com uma garrafa d'água e papel toalha. Não se ouvia um pio. O sol já se punha. Nuvens rubras cobriam o céu a oeste e um brilho âmbar parecia vir dos campos e cumes. Uma coruja agourenta piou no fundo do vale escuro que se estendia abaixo deles.

Uma névoa arroxeada espiralava sobre o escuro e serpenteante Siloam. A noite caíra sobre as construções em ruínas, e da ravina barrenta e pedregosa, em meio à fumaça, erguia-se o campanário abandonado da Igreja das Dores Perpétuas, à luz da estrela vespertina.

Mauro saltou da kombi e espiou o vale lá embaixo, mas a não ser pelo campanário, a cerração encobria tudo. Desconsolado e impaciente, caminhou de um lado a outro pela borda do penhasco, binóculos em punho, mas não pôde ver nada que não fossem silhuetas indecifráveis.

No fundo da ravina, onde deveriam estar as luzes da cidade, não se via nada exceto uma mancha ainda mais densa de escuridão. Um cheiro de água suja subiu até a kombi. As trevas eram esmagadoras. Por entre os galhos quebrados acima de si, Mario enxergava as estrelas indiferentes. Mas lá embaixo, passados os campos secos e estéreis, não se via nem a mais vaga linha reta do que poderia ser uma rua, um prédio, nem mesmo uma pedra. Não havia absolutamente nada visível.

Anita se aproximou.

"Bem-vinda ao Vale de Gólgota", ele sussurrou.

2

Pela manhã, o Vale de Gólgota fumegava uma neblina branca que se erguia dos barrancos e se espalhava pelos campos secos.

Anita ferveu água para o café no fogareiro enquanto Mario atravessou outra vez as árvores para espiar o vale de miasmas lá embaixo.

A igreja, à direita, repousava em um declive soturno atrás do qual o Siloam corria vívido e agitado. À esquerda, no ponto em que o córrego se tornava um brejo barrento e tomado por espinhos, viam-se as ruínas da cidade. Entre esses dois pontos havia quase um acre de espinhos ressequidos e solo esturricado. Era difícil escapar à sensação de que a cidade se esparramara desde a igreja, definhando no processo.

Anita se aproximou devagar, trazendo consigo duas canecas cheias de café.

"Obrigado, querida", ele disse, dando-lhe um beijo.

"Você também não dormiu, né?"

"Tive o mesmo tipo de sonho que você. Um solo rochoso todo rachado, cheio de sangue, lava, alguma coisa assim."

"As lagartas não pararam de gotejar em cima do teto. Dava para ouvi-las se remexendo."

Mario lhe entregou sua caneca e espiou pelos binóculos. As tábuas brancas da igreja brilhavam de um jeito peculiar em meio à neblina. As janelas góticas já não tinham vitrais, formas escuras contra o brilho que o sol aquecia. Detrás do velho portão ornamentado, Mario viu o Siloam se erguendo e baixando como se respirasse.

Mais próximos do bosque de bétulas, quase perdidos em meio ao capinzal, doze túmulos se debruçavam em direção à ravina. Alguns ainda tinham suas cruzes, mas todos estavam tomados por fungos e um líquen amarronzado.

Feito uma psiquiatra que precisa identificar a causa do desagrado de seu paciente, a fim de assegurar sua própria objetividade, Anita analisou aquele lugar à sua frente. Quanto mais o observava, menos gostava do que via.

Partindo do bosque de bétulas, uma estradinha de terra fazia uma grande curva para atravessar o cemitério, depois seguia para o Vale de Gólgota.

Ainda não fazia calor, mas o clima tinha uma qualidade úmida e nauseante que sugava toda a energia dos dois. À sombra dos prédios arruinados, cães se moviam como se estivessem caminhando sob as águas, as cabeças balançando lânguidas de um lado a outro, como se fossem bonecos.

As fachadas de todas as lojas deitavam suas sombras ao chão. Empenada, a placa de uma mercearia tocava o madeirame branco já desgastado que a revestia. Por toda parte a cidade estava rajada por ângulos contrastantes, a escuridão das sombras contra a manhã ensolarada, as tábuas luzidias e o ar branco feito leite.

Na rua principal, chamada Canaã, avistaram casas vitorianas, muitas delas com jornais cobrindo as janelas estilhaçadas. A cidade era calma, calma demais, e as glórias-da-manhã os encaravam com o olhar de cães que tivessem perdido toda vitalidade.

"Não é um lugar muito saudável, né?", Mario comentou.

"Parece em estado terminal."

A rua Canaã seguia até o descampado que separava o Vale de Gólgota da igreja católica. Mario estacionou no ponto em que a rua sumia acima de moitas e cardos.

Quando saltaram, o peso daquele ar úmido e acre os envolveu. A julgar pelo campanário que despontava da depressão, bem diante de seus olhos, era evidente o domínio que a igreja ainda exercia sobre a cidade.

Seguiram para a margem do Siloam, entre a encosta e a cidade. Ali a água estagnara, formando um brejo escuro, parado e asfixiante. Besourinhos verdes, aos montes, forravam os juncos brilhosos e enlameados que brotavam no terreno da igreja.

Agora o calor começava a aumentar. Um bafo quente subia do brejo e fazia dançarem espinheiros e galhos retorcidos.

Mario tirou a camisa. Conforme ele enxugava o suor da testa, músculos discretos se moviam pelos braços, ombros e pelo pescoço bem torneado. Mario possuía uma presença corporal que não passava despercebida. Seus alunos o chamavam de "Mister Cambridge".

"Esquisito, não?", Mario disse. "Um ateu que nem eu... com a carreira profissional nas mãos de uma igreja católica do século XIX."

A porta da igreja era de madeira, talhada ao estilo gótico. Toda a pintura havia despelado ao sol, restando apenas as pranchas de carvalho.

"Você acha que ela ainda é consagrada?", Anita perguntou, os dois se aproximando do lugar.

Mario balançou a cabeça. "Uma igreja que cai em desgraça — e esta com certeza caiu — perde a presença de Cristo." Voltou-se para Anita com um sorriso largo no rosto. "Sabe como é, eu *já fui* católico..."

Analisou a porta, calculando sua provável resistência, e então, de forma súbita e violenta, enfiou o pé contra ela. Que se abriu completamente, revelando um interior escuro por onde o ar uivava.

"...então eu sei direitinho com o que estou me metendo", completou, o sorriso menos cínico.

Lá dentro, vários segundos se passaram até que a visão se ajustasse. Quando isso por fim ocorreu, Mario e Anita observaram uma confusão de bancos partidos no chão de madeira de lei, teias de aranha por toda parte e cortinas despedaçadas penduradas onde antes devia estar o altar.

"Deus do céu, que cheiro horrível", Anita resmungou.

"Imagino que todos os animais da região já passaram aqui para fazer as honras."

Mario levou a camisa ao rosto, se protegendo do fedor.

A porta da igreja, agora aberta, deixava uma moldura de sol, gótica e angulosa, acima do altar. No fundo da igreja estavam o coro alto, também decaído, um ninho de rato feito de lã e retalhos e, ainda, candelabros de bronze quebrados e tombados pelo chão. À penumbra, viam-se apenas seus contornos.

Não havia capelas laterais. Na parede oposta, virada para o cemitério, ficava o confessionário. A cortina preta despencara e agora abrigava pedaços de palha seca e, algo inesperado, restos de um sapato de salto alto.

Os bancos despedaçados também tinham algumas roupas femininas. Um pedaço de chapéu de veludo emplumado, restos de uma gola de pele, farrapos de uma renda amarelada, retalhos de algodão encardidos pela chuva que entrava através do telhado, tudo isso se amontoava pela superfície dos bancos partidos, ou estavam presos sob as ripas de madeira.

Mario apanhou os restos de um espartilho bem antigo, as anilhas ainda no lugar e os ganchos pendendo em cordões.

"Meio excêntrico, esse nosso padre celibatário", comentou.

O púlpito, entalhado em madeira e servido por uma escadinha em espiral, ornado com cenas da Paixão de Cristo, encontrava-se completamente cinza. A umidade lhe apodrecera a pintura, deixando apenas o casco pútrido e descorado.

Um anjo de madeira, as asas um pouco erguidas, lançava seu olhar do alto de uma pilastra, a mais próxima à capela-mor. Seu suporte havia cedido, então o rosto voltava-se para baixo em uma expressão de derrota. Ele também estava inteiramente cinza, com minúsculos insetos brancos a lhe percorrer o corpo de madeira seca.

O manto bordado a ouro onde estava grafado IHS, o nome de Cristo, tombara do balcão do coro e, pelas contínuas tempestades que desde então sopraram igreja adentro, enovelara-se entre as misericórdias podres dos bancos e as lascas de madeira da decoração neogótica que também caíra do teto.

Atrás da capela-mor havia uma janela em rosácea. Seu vidro jazia despedaçado pelo chão, e apenas uns cacos afiados seguiam presos à moldura. Mario viu o céu pela janela. Em vez da imagem vítrea de Cristo, havia ali um galho seco e retorcido contra o brancor apático da neblina.

"Tá vendo?", disse Mario, cutucando uma pilha de entulho com o pé. "Cristo não está aqui."

"Como assim?", Anita perguntou.

Aproximou-se. Em meio a pedaços de madeira, panos podres, nojentos e marrons estava a corrente de bronze de uma lâmpada do santuário. A lâmpada em si era pequena e tinha o fundo chato, como uma tigela. O vidro vermelho que serviria para projetar sua luz havia se partido, deixando apenas cacos.

"Esta lâmpada", Mario continuou. "Devia estar no altar. Quando acesa, quer dizer que Cristo está presente."

Anita virou-se a fim de analisar o que sobrara dos doze quadros da Paixão de Cristo pendurados às paredes. Nove das pinturas, por milagre, seguiam ali, enquanto três haviam tombado sobre o rodapé em frangalhos. Algum artista amador pintara, com dedicação, mas sem qualquer talento, uma sequência de cenas, e as cenas agora jaziam pretas e empenadas. Uma mancha ovalada transformara o Homem das Dores em um corcunda.

Quando se virou outra vez, Mario já estava junto ao altar, os braços abertos como se zombando da Crucificação, um sorriso largo.

"Ai, Mario...", ela riu, "para com isso."

Mario sorriu ainda mais e revirou os olhos.

"Você não faz ideia", disse, "não faz a *menor ideia* do que as freiras e padres são capazes de fazer com uma criança."

"Me surpreende que você tenha deixado fazerem algo."

"Eles são bons de botar medo. Jogam um monte de culpa na criança e depois enfiam Deus e o diabo goela abaixo até quase vomitar."

"Mas tem gente que parece se dar bem com isso."

Mario reparou em um ramo de hera que se esgueirara pelo chão desde o cemitério, indo morrer na entrada da igreja.

"Tem mesmo, e ainda pagam uma fortuna danada por isso", Mario concordou.

Pisou na toalha de altar com um dos pés, puxando-a com a mão a fim de testar a resistência do veludo embolorado, que se desfez sem esforço.

"A Igreja Católica Romana é a maior proprietária de bens do mundo", seguiu dizendo, remexendo no entulho a seus pés. "Sabia disso? Tem bens que valem bilhões." Encheu as mãos com pedaços de latão e madeira, que arremessou em direção ao altar-mor."

"Barras de ouro, prata, jatinhos particulares, imóveis, obras de arte, isso sem mencionar os privilégios diplomáticos que ela tem aos montes."

Uma cabecinha de gárgula, arreganhando os dentes em um rosto amadeirado, despontava em meio ao assoalho. Mario achou graça e colocou a cabeça sobre um dos bancos capengas. O rosto parecia desacorçoado, como se derrotado por aquilo que lhe arrancou do teto.

"E tudo baseado em fé", disse com pesar. "Ou seja, em ingenuidade."

A sacristia estava em ruínas. Um buraco no teto deixara entrar eras e eras de água, fuligem e folhas mortas. Peças amarelas de túnicas bordadas haviam se tornado marrons e endurecidas. Um hinário regressara ao estado de matéria orgânica por cima de uma mancha de umidade.

Anita raspou, com um canivete, a madeira nos batentes das janelas góticas. A madeira do lado sul, ensolarado, estava quebradiça e descascava com facilidade. As janelas ao norte tinham a madeira estufada e úmida pelo ar do Siloam.

Uma escadaria de madeira subia o campanário, mas as traves que a suportavam haviam cedido e o mato crescia entre as frestas.

Mario escavou um pouco da terra nos rodapés e analisou a argila seca e uniforme que unia o solo barrento às fundações de pedra.

"A igreja está em contato direto com o leito rochoso", decretou. "Qualquer coisa que passe na estrada de terra, mesmo um trator, deve causar tremores que chegam até a torre do sino."

"E era isso que as pessoas estavam ouvindo?", Anita quis saber.

"Receio que sim. É provável que seja apenas isso."

Desapontado, Mario seguiu pelo corredor norte, medindo a igreja. Era modesta, sombria, e havia nela algo de incerto. Mario sentiu certa ansiedade naquelé monte de entulhos e artefatos religiosos. Alguma coisa inquieta.

"O padre deve ter enlouquecido aos poucos", disse. "Talvez tenha levado anos. Bem devagar."

No confessionário havia um pequeno crucifixo. O parafuso de cima caíra, então a cruz havia tombado de ponta cabeça, com as costas à mostra. Mario se dirigiu a ele.

"Mario..."

Ele se virou, o rosto obliquamente marcado pela sombra angulosa criada pela luz dos vitrais ao sul.

"Quê?"

"Nada. Não sei."

Mario colocou o crucifixo na posição certa e começou a parafusá-lo na parte de cima.

O eco surdo, mas estridente, do sino gemeu por toda a igreja, morrendo aos poucos. Mario abriu um sorriso.

"Nunca toque em um crucifixo de ponta-cabeça" ensinou. "Era o que as freiras sempre diziam."

A atmosfera no interior da igreja havia mudado. Anita congelou onde estava. "Tá sentindo isso?", sussurrou.

"O quê?"

Ela sacudiu a cabeça. "Essa atmosfera. Parece até uma inteligência. Como se a igreja soubesse que estamos aqui."

Mario deu de ombros e balbuciou um "Vamos buscar o equipamento".

Trouxeram diversos pacotes pesados da kombi, uma caixa de sensores delicados, rolos de fiação, um cabo preto trançado e o lampião elétrico.

"Vamos colocar sensores nas paredes norte e sul", disse Anita. "E outro debaixo do altar."

Mario sacou alguns fios verdes, amarelos e brancos de uma bolsa de couro. Conectou-os aos quatro microfones ultrassensíveis e estendeu microfones e fios junto aos rodapés. Depois, ajustou os limitadores para proteger os fios delicados, quase fibrosos. Os microfones eram capazes de captar um rato correndo a quase cinco metros.

Todo prédio tem características acústicas próprias, de vibração e variação de temperatura. Era crucial conhecê-las a fim de conseguir perceber qualquer mínima alteração. Podia levar semanas, até meses, mas era absolutamente vital para o sucesso de um experimento.

Mario conectou os microfones a um sistema digital montado com componentes de equipamentos médicos. O sistema mantinha um canal de gravação constante que detectava qualquer som até determinado nível.

"Onde eu ponho os termômetros?", Mario perguntou.

Anita avaliou as madeiras e farrapos amontoados entre os bancos. Os termômetros eram extremamente sensíveis, mas tinham pouquíssimo alcance. Saber onde colocá-los era tanto uma questão de intuição quanto de experiência.

"Um atrás do altar, perto da sacristia", respondeu. "E o outro no canto noroeste, onde tá cheio de lama."

Mario ligou os dois sensores de calor a um aparelho de análise gráfica que possuía uma fonte própria de energia. Analisadas ao longo do tempo, as mínimas e incontáveis mudanças de temperatura no ciclo de um dia inteiro indicaria certos padrões. E tais padrões poderiam indicar quaisquer desvios.

Mario alongou o corpo, aliviado depois de tanto se curvar para instalar a fiação. A blusa de Anita estava coberta de folhas secas e pequenos galhos chovidos do teto.

"Vamos descansar um pouco", implorou Anita, limpando as mangas.

Caminharam sobre os detritos acumulados, passando pela pia de água benta ainda coberta por sua toalha, e banharam os rostos no sol a céu aberto. Era um alívio depois do tempo que passaram lá dentro, naquele frio úmido e claustrofóbico.

"E o sismógrafo?", Anita perguntou.

"Quando escurecer."

Mario se alongou, esticando as costas e o pescoço. Olhou para a igreja atrás de si.

Já havia sido bela. A maioria das tábuas ainda era branca e reluzente. O campanário se erguia, pitoresco, acima do Siloam e do matagal na margem oposta. Mas, ao calor do fim da tarde, havia ali um lampejo de algo que não parecia natural, como se a realidade tivesse se desnorteado ao tentar compreender o terror de uma era passada.

"O tal padre", Mario começou a falar, sacudindo a cabeça. "Deixou sua marca na cidade."

Anita largou o corpo no chão, sobre um restinho de mato que ainda havia, e com certa desolação encarou outra vez a igreja e a densa escuridão que tomava seu interior.

"O que você acha que realmente aconteceu aqui?"

"Quem sabe?", Mario encolheu os ombros. "Mesmo com tantas lendas, ninguém nunca soube exatamente o que aconteceu."

Ambos haviam pesquisado a fundo o passado da igreja, mas descobriram pouca coisa além do fato de que, em 1921, um professor colegial da cidade de Providence viera, com recursos próprios, estudar o folclore violento que o Vale de Gólgota emanava. O resultado, dois anos depois, foi uma coletânea bastante completa e original de anotações. Registrara três casos em que a silhueta do padre havia sido vista nas paredes, um no qual seu coral insano parecera soar no balcão destruído, além de vários casos de doença ou mesmo morte que foram associados à proximidade da igreja.

Depois, durante a Grande Depressão, veio o Relatório Olgivy, que incluía o Vale de Gólgota na lista de fenomenologia do norte de Massachusetts. Olgivy era um espiritualista, e tentara contato com o padre suicida. Também tentara fotografar a luminescência que viu escalando a parede norte, mas conseguiu apenas algumas lâminas com superexposição. Dois meses depois, sofreu de uma doença que lhe sangrou os ouvidos e veio a falecer.

Então, pouco antes da Segunda Guerra, uma missão com grande financiamento de uma organização teosófica de Boston chegou com sondas elétricas e câmeras de infravermelho. Suas orações falharam em invocar o padre. Cercar o cemitério com luzes negras não foi suficiente para gerar qualquer mínima reação. Mas o rebanho, ensandecido pelas luzes sinistras, pisoteou o gerador e o afundou no chão de areia. Os teosofistas nunca retornaram, mas escreveram para a cidade pedindo-lhes que queimassem a igreja de uma vez por todas.

Tudo isso pertencia aos primeiros tempos da parapsicologia, ridículos e ingênuos. Mal passavam de bruxaria, na opinião de Mario. Contudo, todos eles, intuitivamente, haviam procurado o padre. Por algo de sua paixão. Algo mal resolvido em meio ao mortos profanados. Seria apenas folclore?

Mario voltou as costas à igreja. Adiante, o mato alto e ressequido farfalhava entre cruzes de pedra e anjos cobertos por fungos no cemitério.

Quase todas as lápides estavam gastas por décadas de chuva, mas duas delas indicavam o ano de 1897. Em uma, lia-se um nome meio apagado, Clare ou O'Clare. A terra escavada de duas sepulturas formara um montículo de terra onde nascera uma roseira sem qualquer flor.

Duas lápides eram grosseiramente talhadas em formato gótico, uma delas possuía o topo achatado e todas as outras eram cruzes, suas laterais já imundas de lama. Alguns dos pedestais eram ornados por volutas junto de linhas verticais. Mario escavou aos pés de uma das lápides. As iniciais do lapidário se revelaram claríssimas à luz do dia.

"Estas duas parecem mais recentes", disse Anita, apontando às tumbas góticas.

"Talvez sejam os gêmeos. Dizem que o padre matou dois meninos gêmeos."

Anita sentiu um calafrio.

"Vamos ver o presbitério", Mario sugeriu. "Antes que o sol se ponha."

O presbitério ficava na parte leste da igreja, sob a janela rósea quebrada, de onde o vitral do Salvador despencara havia décadas. Era uma pequena estrutura de pedra com um teto bem baixo, de madeira. Uma seca macieira pairava sobre a chaminé.

Mario subiu em uma pedra, tentando espiar pela janela. Uma mesa oval de mogno tombara, e agora jazia aos pedaços sobre um pequeno tapete azul. Um jarro e uma bacia também estavam pelo chão, aos cacos.

"É impressionante que o povo da cidade tenha deixado essas coisas aqui", Anita sussurrou. "Algumas que parecem valer dinheiro."

"Mas têm má fama", Mario respondeu com malícia.

Anita tentou abrir a porta, que se estufara contra o umbral. Mario então levou o ombro à madeira apodrecida, que cedeu feito papel machê.

Na escuridão interna, as estantes, agora vazias exceto pela serragem do teto corroído por insetos, ocupavam toda a parede sobre a cama. A cama também se desfizera totalmente sob tantas goteiras. Apenas as molas desencapadas e enferrujadas permaneciam ali, em desordem no assoalho entre farrapos de colchão. Tanto a cabeceira quanto os pés da cama jaziam horrivelmente empenados entre folhas secas.

Não havia sinais de crucifixo na parede. Um guarda-roupa, com entalhes em sua base e nas portas verticais, encontrava-se contra a parede. Fezes de rato eram visíveis sob o armário, entre galochas podres e alguns trapos caídos.

"Este é o lugar mais perturbador que já vi na vida", Anita sentenciou.

"Tem alguma coisa nesta decadência toda", Mario sugeriu. "As formigas. As aranhas. Esse brejo que parece subir e descer. É tudo muito vivo para estar morto. Devíamos colocar um sensor aqui, por via das dúvidas."

Mario limpou a terra vermelha das calças de Anita. Colocou, então, um braço sobre seus ombros.

"Pronta para o jantar?", perguntou.

"Prontíssima."

"Então vamos até a cidade ver o que a gente descola. Não precisa pressa para instalar o sismógrafo."

Ela acomodou o braço em sua cintura, a mão delicada no bolso traseiro de sua calça, e apertou o corpo junto ao dele enquanto caminhavam rumo à kombi, passando pelos montes de lixo que marcavam o fim da rua Canaã.

No carro, trocaram-se rapidamente, Mario sorrindo ao ver a delicadeza dos movimentos de Anita, sua graciosa timidez, mesmo após tantos anos vivendo juntos. Então Mario fechou as portas da kombi atrás de si, e as trancou.

No Vale de Gólgota havia apenas sete imóveis em funcionamento, mas eram o bastante para suprir as necessidades dos agricultores locais e dos pouquíssimos habitantes que restavam. Além da bodega, da mercearia e de uma imobiliária, havia uma loja de ferragens, um armazém de secos e molhados, uma oficina com bomba de ar, outra de combustível, e uma loja de roupas masculinas. Havia outras casas na rua Canaã, mas tinham tábuas fixadas às janelas ou já haviam desmoronado, restando apenas suas vigas.

Caminharam devagar pela rua. Totalmente vazia. Apenas uma picape e um trator estavam estacionados à porta da mercearia.

No fim da rua avistaram um prédio baixo com um neon vermelho na forma de uma taça de martini. Conforme se aproximavam, um burburinho se ergueu junto à picape estacionada. Um velho saiu pela porta, mancando para longe com uma bengala de madeira.

Mario colocou a camisa para dentro da calça e ajeitou os cabelos bagunçados. Anita também penteou os cabelos longos e sedosos.

"Você tá linda", ele disse com um sorriso.

"Tô me sentindo um trapo."

Mario abriu a porta de tela.

Lá dentro encontraram uma *jukebox* repousada no tablado de madeira e uma mesa de bilhar de bordas vermelhas, o feltro verde já desgastado, indiferente aos jogadores. Dois fazendeiros estavam sentados na mesa feita com uma porta preta deitada sobre dois caixotes. Aquele era o bar. No fundo do salão estreito havia pilhas de cadeiras quebradas e tacos de sinuca, uma máquina de venda automática e a porta do banheiro masculino, bem debaixo de uma lâmpada pendurada apenas pelo fio.

Tinha o mesmo cheiro da igreja. Úmido, abafado e repleto daquela poeira fina que se erguia na secura do Siloam.

"Tarde", saudou o garçom.

"Tarde", respondeu Mario. "Dois chopes, por favor."

O garçom tinha um rosto redondo e rosado, e a luz que o banhava dava-lhe um ar suíno. A boquinha fina se abriu em um assobio mudo enquanto a cerveja escorria para dentro dos dois copos.

Os dois fazendeiros, em seus macacões encardidos, olharam Anita sem qualquer pudor.

Anita se aproximou do bar, parando perto de Mario. Manteve os olhos fixos na torneira de cerveja de onde a mangueira transparente partia para se conectar ao barril sobre calços de madeira.

"São de onde?", o garçom perguntou.

"De Cambridge", Mario respondeu educadamente.

Fez-se um longo silêncio. Os fazendeiros voltaram a tratar dos próprios assuntos, batucando em seus copos de cerveja. Um deles era tão magro que os cotovelos saltavam.

Mario pediu dois mistos-quentes, batatas fritas e mais duas cervejas.

"Essa kombi tem equipamento elétrico suficiente para afundar um submarino", o garçom comentou de repente, encarando Mario. "Para que é tudo isso?"

Os fazendeiros não desviaram os olhares taciturnos, mas estavam de ouvidos claramente abertos.

"Somos parapsicólogos", disse Anita, de repente. "Viemos estudar a igreja."

Uma reação em cadeia agitou os homens. Encararam-se uns aos outros.

"Caça-fantasmas", zombou um deles.

O garçom se afastou de Mario e logo foi lavar copos em um surto de ansiedade.

"A gente devia ter demolido a desgraça daquela igreja, Frank", disse o magrelo. "Como queriam aqueles teoso-não-sei-quê."

O garçom balançou firmemente a cabeça. "É propriedade da Igreja Católica. Ninguém quer comprar briga com Boston."

O fazendeiro magricela deu um peteleco no próprio copo. Na mesma hora o garçom foi colocá-lo sob a torneira, e uma cerveja escura começou a escorrer com uma lentidão desesperadora.

"O povo aqui tá meio irritado", o garçom explicou a Mario. "Por serem motivo de piada."

"Ninguém está fazendo piada nenhuma", Anita atalhou.

"Nenhuma mesmo", reforçou Mario. "Essas coisas que estão acontecendo. Queremos saber o motivo, apenas isso."

Os fazendeiros e o garçom passaram então a analisar Anita e Mario com um olhar surpreendentemente sincero. O garçom se debruçou no balcão.

"Vocês podem se livrar do que tem lá?", perguntou em uma voz baixa.

"*O que* tem lá?", Mario quis saber.

Os homens se recolheram em um silêncio profundo e conspiratório. Na rua, faróis de caminhonetes e carros surrados cruzavam a rua Canaã em direção às fazendas mais distantes. Os faróis espichavam uma forte claridade no interior da bodega.

Os homens pareciam indecisos, como se tentassem em silêncio chegar a um veredito a respeito dos dois intrusos.

"Conseguem se livrar dessas coisas?", o garçom perguntou.

Mario também se debruçou no balcão, incluindo todos em uma boa e velha camaradagem masculina, na qual não há fingimento ou vergonha.

"Depende", respondeu. "O que foi que vocês viram?"

O garçom pareceu realmente aterrorizado. Espiou o canto escuro da bodega, como se alguma sensibilidade ali pudesse escutar cada palavra sua.

"Ora, diabo, conta logo", mandou o fazendeiro magrelo.

"Eu não vi porcaria nenhuma", o garçom resmungou.

O magricela respirou fundo e de repente irrompeu em uma risada, batendo tão forte na mesa que chegou a sacudir os copos.

"Seu bunda-mole mentiroso!", não se conteve. "Você viu o coroinha sem braço."

"Disse que ele saiu do cemitério e foi na direção da igreja", completou seu companheiro, com gravidade, encarando o garçom.

O magrelinho não parava de sacudir a cara nariguda de um lado ao outro, perdendo o ar de tanto rir.

"Tive uns sonhos assim", o garçom, corando o rosto, disse a Mario. "E teve um dia em que bebi demais e meio que enxerguei um desses sonhos."

O magricela esticou o corpo na direção de Mario.

"Arrastou todo mundo até a igreja", comentou. "Mas ninguém encontrou merda nenhuma lá."

"Faz mais de um ano que eu não bebo", completou o garçom.

"Você ainda tem sonhos assim?"

"Não."

Anita reparou no olhar do garçom perdido no fundo do copo, vidrado, como se recordasse de algo mais, alguma coisa que revivera em uma manhã fria de dezembro e que era incapaz de esquecer.

"Eles acharam um coroinha sem um dos braços, você deve saber disso", ele disse a Anita. "Um ano depois."

"Depois do quê?"

Os fazendeiros sombriamente desviaram o olhar, encarando as janelas escuras. Não havia luzes acesas no Vale de Gólgota a não ser pela bodega. O letreiro de neon vermelho, a taça de martini, reluzia sobre o asfalto rachado.

"Conhece a história do padre?", perguntou.

"Conheço", Mario respondeu.

"Descobriram tudo por volta de 1914. Bom, daí um ano depois, o antigo dono desta bodega descobriu os restos mortais de um coroinha debaixo do presbitério."

"O padre usou uma mistura de verniz com cera de abelha", confidenciou o fazendeiro magrelo. "Para preservar o corpo."

Mario anuiu, incentivando que continuassem.

"Acharam que era um dos gêmeos dos McAliskey", o outro continuou, virando-se na cadeira para encarar Anita e Mario. "Mas ele já tinha perdido muita carne do rosto. Era impossível reconhecê-lo."

"E nunca acharam o outro gêmeo", completou o magricela, com a voz baixa e taciturna.

"Nunca", concordou o garçom. "Mas colocaram duas lápides no cemitério, de todo jeito."

Fez-se um silêncio profundo. A expressão do garçom se atenuara, revelando uma tristeza profunda. "Há esta lenda no Vale de Gólgota", começou. "Diz que a roseira no cemitério não vai florir até que o outro gêmeo seja enterrado junto do irmão."

Mario acendeu um cigarro e foi fumar longe dos homens. Era o único movimento no lugar.

"O povo já viu uns clarões de luz", o magricela falou para a escuridão. "Às vezes se mexem como se procurassem alguma coisa."

"Harriet... que trabalha na mercearia... ela já viu a sombra do padre", completou o garçom. "Quando era criança. Tentou abusar da menina."

O magricela concordou, recostando-se na cadeira quebrada. "Minha mãe viu os cardos do cemitério se transformarem em passarinhos", comentou em um tom monótono e distraído. "Uns pássaros pretos de papo vermelho. Voaram até o alto do campanário."

Mario deixou a fumaça subir de sua boca rumo ao teto, onde serpenteou devagar.

"Por que essas coisas acontecem?", perguntou, com tranquilidade.

Aquilo pareceu quebrar o encanto. Os fazendeiros terminaram suas bebidas e largaram os copos na pia.

"Ora, mas que inferno, todo mundo sabe a razão", disse o magricela, limpando a boca com as costas da mão.

"Eu não sei."

"Pois descubra, doutor", disse seu colega, erguendo-se e seguindo em direção à porta.

O fazendeiro magrelo acenou com entusiasmo para o garçom, atravessando a porta de tela rumo à noite lá fora. Pela janela escurecida, os faróis da picape se acenderam contra os olhos de Mario. O motor roncou e os amortecedores foram chacoalhando pela rua esburacada para fora do Vale de Gólgota.

O garçom apertou um interruptor ligado em um fio branco. O letreiro de martini vermelho se apagou.

"Por que essas coisas acontecem?", Anita insistiu com uma voz doce e convincente.

O garçom sorriu.

"É só uma história", comentou envergonhado. "O pessoal por aqui não tem muito estudo, sabe como é."

"Mas é nisso mesmo que estamos interessados", Anita aproveitou. "Na história completa."

O garçom corou, empilhando os pratos sujos na pia e apagando as luzes.

"Já vou fechar", sussurrou educadamente.

"Tudo bem, mas por que essas coisas acontecem?", Mario insistiu.

"Vou acompanhá-los até a porta."

Enquanto se aproximavam da porta de tela contra a qual os gafanhotos, rouquejando, se atiravam, o garçom examinou Mario com atenção.

"O padre", disse o garçom com a voz baixa. "Ele corrompia os mortos."

"Entendo."

"Entende mesmo? Ele os corrompia. Depois de desenterrá-los."

Mario anuiu, encorajando o homem.

"Sabe, até os mortos merecem uma vingança", o garçom concluiu.

Abrira a porta para os dois, e agora estavam os três ali parados sobre a calçada rachada, o mato crescendo no meio-fio. Os grilos cricrilavam nos campos, sob as estrelas, e o fedor de sedimento inundava as narinas de todos.

"Essa é a história", o garçom terminou por dizer. "Acreditem ou não."

"Olha, agradeço muito por ter nos contado", Mario disse.

"Tá tudo bem. Boa noite."

O garçom voltou à bodega, olhando de um lado a outro da rua antes de entrar.

Mario e Anita caminharam de mãos dadas pela rua Canaã, deserta, seca e poeirenta. Seus reflexos indistintos lhes acompanhavam pelas vitrines apagadas das lojas.

"O que você acha", ela sussurrou.

"Acho que precisamos terminar o trabalho no presbitério."

Mario abriu a kombi. Apoiou o rolo de fios amarelos de baixa tensão em um dos braços, e depois ergueu o delicado sismógrafo até a altura do peito. Anita acendeu a lampadinha na parede da kombi e recolheu a caixa com canetas, tinta e rolos de papel gráfico.

Um leve tremor na nuca acompanhou Mario enquanto, com cuidado, venciam a distância que os levava outra vez ao presbitério.

"Cuidado com as lápides", grunhiu.

O facho da lanterna de Anita varreu o matagal que conduzia à porta aberta e sombria da igreja.

O vazio ecoava lá dentro. Haviam deixado o lampião elétrico em cima do altar, mas ele agora jazia sobre os bancos despedaçados. Quem o teria movido?

Anita correu a lanterna, devagar, por toda a igreja. As sombras se espichavam, confundiam-se, espichando-se outra vez assim que o facho de luz atravessava as paredes manchadas.

"Desliga a lanterna", ele sussurrou.

Ela o fez. Poucos segundos depois, podiam ver as estrelas pelas janelas góticas e rachaduras no teto. A lua pálida banhava o chão da igreja com um brilho quase imperceptível.

Ondas de calor sopraram do cemitério, e com elas uma profusão de insetos brancos veio junto às correntes de ar quente.

Ouviram o som de aves inquietas no campanário, o leve ruído de asas batendo contra o sino de ferro tombado.

"*Mario...*", Anita murmurou.

Mesmo com a lanterna desligada, os cacos restantes no vitral róseo atrás do altar subitamente moveram-se e rebrilharam.

Mario virou o rosto, ouvindo com atenção.

"*Anita...*", sussurrou tenso. "*Se afasta da porta!*"

No canto sudoeste da igreja uma figura surgiu — a silhueta alta e esguia de um homem vestindo a batina larga e esvoaçante de um padre católico.

3

Mario correu em disparada porta afora, passando por Anita e saindo em meio ao matagal defronte à igreja.

A silhueta se moveu na entrada do presbitério.

"*Mario...*", o sussurro trêmulo de Anita cortou a escuridão.

Porém, Mario já estava correndo pela parede sul, o calor ainda emanando dela. Suas botas cavoucavam o cascalho na beirada do cemitério. Anita se apressou em seu encalço.

"*Mario!* Me espera!"

Mario saltou na escuridão, agarrando um pedaço de batina que ainda esvoaçava, e a puxou. A lanterna de Anita iluminou o rosto pálido de um padre alto.

O clérigo se contorcia, agitando e revirando o corpo, mas com o braço Mario o prendeu contra o muro do presbitério.

Aos poucos o padre foi cedendo, a cabeça apoiada na pedra atrás de si, os olhos, minúsculos pontos à luz da lanterna, encarando Mario. O padre era loiro e seu cabelo tremulava com a brisa noturna enquanto grilos estridulavam em uma zombaria indiferente.

Mario largou a mão junto ao corpo. "Um padre", murmurou zangado. "Um padre de carne e osso, de batina e tudo!"

O sacerdote umedeceu os lábios e ajeitou suas vestes. Tentava evitar o facho de luz que o paralisava. "O que estão fazendo aqui?", exigiu saber. "Quem são vocês?"

"Nós? O que é que *você* está fazendo aqui?"

"Tenho o direito de estar aqui", respondeu o padre. "Me chamo Eamon James Malcolm. Sou jesuíta."

Mario se apoiou com o braço esquerdo no muro.

"Ótimo", Mario falou pausadamente. "Um jesuíta. Que maravilha."

Anita apontou a lanterna para a lateral do rosto de Malcolm. Seus olhos claros correram dela para Mario, e outra vez para ela, refulgindo de raiva.

"Quando chegou?", Anita perguntou com calma. "Você não estava aqui uma hora atrás."

"Faz pouco tempo. Meu carro é aquele Oldsmobile. Quando notei a porta da igreja arrombada...", padre Malcolm hesitou. "Fiquei com medo. Pensei que fossem vândalos."

"Vândalos!", chiou Mario, ofendido. "Pelo amor de Deus! Você não viu toda aquela fiação? O equipamento eletrônico?"

O padre Malcolm se afastou do muro. Ajeitou o cabelo. "Se me enganei sobre vocês", começou, "peço que me perdoem."

Deu-se um longo impasse. Mario enfim notou a friagem noturna que lhe chegava à nuca.

"Venham, vamos para o presbitério", o padre Malcolm convidou. "Lá podemos conversar."

Mario e Anita seguiram a figura de preto que seguia à porta da casa paroquial. Por duas vezes, padre Malcolm se voltou a observá-los enquanto venciam os detritos até chegarem a uma lanterna junto ao armário.

Como antes, o presbitério fedia a decomposição e pó, e Anita pensou na mistura de cera e verniz que o Padre Lovell, tantos anos atrás preparara naquele mesmo cômodo.

O padre se debruçou sobre a lanterna. Ajustou o pavio, e Anita e Mario puderam ver os contornos marcados de uma face sagaz.

"Digam-me quem são", disse o jesuíta, "e o que estão fazendo aqui."

Sua voz tinha a autoridade familiar da Igreja Católica. Mario não gostou daquilo.

"Sou Anita Wagner", ela informou com a voz tranquila. "Este é Mario Gilbert. Somos parapsicólogos."

O jesuíta ergueu uma sobrancelha. Encarou Anita, depois Mario, a raiva transformada em curiosidade.

"Parapsicólogos?", murmurou. "pes? Clarividência? Essas coisas?"

"Somos da Universidade de Harvard", Mario informou. "Viemos estudar a igreja."

O jesuíta encarou Anita outra vez. Ela afastou o cabelo pretíssimo que lhe cobria a testa e seu sorriso, mesmo educado, era desafiador. A lanterna queimava atrás dela, deixando sua silhueta bem marcada sob a blusa de algodão. O jesuíta desviou o olhar.

"Universidade de Harvard", repetiu respeitosamente.

"Isso."

O jesuíta passeou os dedos pela borda de um bule que estava ainda guardado na caixa.

"Bom", começou a ceder, "a PES foi comprovada, não? Todo mundo já a experimentou em algum nível."

Fitou os parapsicólogos, que não se intimidaram. A mulher tinha uma confiança quase sobrenatural que o incomodava.

"E clarividência", continuou, "suspeito que os místicos da Igreja também experimentam algo bem parecido."

Os parapsicólogos sequer se esforçaram para reconhecer as semelhanças. Padre Malcolm achou ter notado um riso de escárnio no rosto de Mario e resolveu mudar de estratégia.

O jesuíta se debruçou na mesa da cozinha. "E vocês vieram fazer experiências em minha igreja?", questionou.

Mario e Anita trocaram olhares.

"*Sua* igreja?", questionou Mario. "Vocês a deixaram em ruínas por sessenta anos. Mal têm direitos sobre ela, a essa altura."

"Os impostos estão pagos, então a propriedade permanece. Pertence à Santa Sé e o bispo da arquidiocese de Boston é quem a administra."

"Olhe bem pra isso!", disse Mario, apontando a escuridão tétrica e sem estrelas para além do umbral. "Parece uma igreja católica? É só um amontoado de merda!"

O jesuíta estremeceu ante a blasfêmia. Afastou-se na mesma hora da mesa.

"Ela foi terrivelmente profanada, Sr. Gilbert", explicou. "Desconsagrada, tombou sob a influência de... outro poder."

Ainda que Mario encarasse o jesuíta com olhar colérico, algo nele o intrigava. Padre Malcolm tinha uma característica calma e compenetrada que ameaçava abalar o controle intelectual de Mario.

"Posso fazer uma pergunta, padre?", disse Anita depois de um longo silêncio. "Por que o senhor está aqui?"

Nesse instante, os dois extremos da índole de padre Malcolm resultaram em uma confusão mental. Não sabia se devia confiar em Anita e Mario. Mesmo com toda sua atenção, não podia compreendê-los. O jesuíta permaneceu de pé em meio ao fulgor da lanterna e à escuridão profundíssima das sombras.

"Estou aqui", hesitou, "para reconsagrar a igreja e devolvê-la a Cristo."

Mario, involuntariamente, cerrou o punho. Anita percebia a tensão extrema em seu corpo, mas Mario apenas encarou o jesuíta de cima a baixo, sem qualquer pudor.

"Quer dizer que você veio aqui para fazer um exorcismo?", Mario exclamou, incrédulo.

"Sim. Tenho a autorização do bispo Lyons."

Mario segurou o cigarro acesso. Aranhas percorriam as paredes do presbitério, tateando as bordas da grande mancha oval sob a janela. Por muito tempo Mario se deteve olhando as aranhas, então virou-se ao padre.

"Coisa estranha, né?", disse o padre Malcolm.

"O quê?"

"Que a gente tenha vindo à igreja quase ao mesmo tempo."

"Coincidência."

"Talvez. Nunca se sabe quem nos dá essas missões."

Mario conteve um sorriso ao ouvir a linguagem arcaica.

O padre de repente correu a mão pelos cabelos, e seu anel reluziu intensamente, feito uma labareda.

"Por quanto tempo precisam ficar aqui, Sr. Gilbert?"

"Dois meses. Talvez três."

"Isso não será possível. Preciso de apenas uns dias para preparar a igreja. Assim que estiver limpa, deverá retomar suas funções como um templo sagrado."

Mario calmamente tragou seu cigarro, mas Anita notou o lampejo sombrio e ameaçador que começava a lhe surgir no fundo dos olhos.

Durante a longa confrontação, nenhum dos homens disse palavra, ambos acostumados aos caminhos tortuosos e indispensáveis para disputas de poder como aquela.

"Bom, eu não vou sair daqui, padre", Mario disse por fim, batendo a cinza do cigarro pela janela do presbitério.

"Mesmo não tendo o direito de ficar, não é?"

"Tenho todo o direito."

Surpreso, o padre Malcolm recostou-se junto ao batente de uma janela no fundo da sala, meio à penumbra, de modo que seus cabelos loiros contrastavam claramente com a escuridão dos campos lá fora.

"Que direito é esse, Sr. Gilbert?"

"Por dois mil anos a Igreja Católica tem criado todo tipo de obstáculo à pesquisa científica. Vocês nos devem esses três meses."

"Um tanto exagerado, não acha?"

"A religião é o monopólio organizado do paranormal", Mario prontamente respondeu. "Mas agora, aqui no Vale de Gólgota, vamos quebrar esse monopólio."

O jesuíta simplesmente abriu e fechou os punhos como se lhe doessem. "É verdade", concordou. "A Igreja Católica jamais negou a existência do sobrenatural", disse enquanto cruzava os braços, a expressão de extremo desconforto, como quem mal consegue atinar as ideias. "O próprio fundamento da Igreja, a presença de Jesus Cristo por meio do pão e do vinho transmutados em Corpo e Sangue do Salvador, talvez seja o maior exemplo disso."

Mario soltou um suspiro. "Me poupe! Fui vacinado contra isso ainda criança, não me afeta mais."

"Entendo. E agora és um ateu."

"Sou um cientista. Acredito no que pode ser mensurado."

"Então não posso aceitá-lo na igreja."

Os olhos de Mario se tornaram perigosamente sombrios e profundos.

"Por que não?", Anita perguntou com delicadeza.

"Porque os mistérios da Igreja não devem ser analisados por instrumentos científicos. Seria uma profanação ainda maior."

"Que besteira", Mario contestou. "O Vaticano está repleto de ciência. O papa conduz missas televisionadas. O lugar tem computadores por todo lado. São outros tempos, padre Malcolm."

"Talvez", disse o padre Malcolm, "mas o papa experimenta o ato íntimo da graça. Assim como os outros sacerdotes. Seja como for, as verdades da ciência e as verdades da Igreja jamais serão compatíveis."

"Se aquilo em que a Igreja crê é verdade, o senhor não devia temer."

Anita cruzou as pernas. O movimento interrompeu a escalada da discussão.

"Padre Malcolm", ela disse com cuidado, "não queremos interferir em seus serviços. Tudo que nos interessa é o registro de frequências ou padrões de onda que se encaixem no espectro da percepção humana. Não é nosso objetivo interferir na forma com que a Igreja interpreta ou trata tais fenômenos."

O jesuíta sorriu.

"Entendo seu argumento", disse. "Mas esta igreja foi extremamente aviltada, e para que seja possível celebrar a eucaristia outra vez aqui... bem... este é todo o propósito de minha missão aqui. Ela não é uma placa de Petri para seus experimentos."

"Mas procure entender", ela tentou persuadi-lo. "Arriscamos muita coisa para estar aqui."

O jesuíta buscou sondar seu olhar e achou ter visto sinceridade nele. Acalmou-se um pouco.

"Acho que entendo, Senhorita Wagner", ele disse. "Sei como são as universidades, e sei como é Harvard. Dificilmente apoiariam com boa vontade a presença de vocês aqui."

"É um relacionamento complicado", ela admitiu.

"Veja, nenhum de nós quer perturbar os superiores que nos autorizaram a vir aqui", ele sugeriu cuidadosamente, "não é isso?"

"É sim", Anita respondeu.

"Então podemos entrar em um acordo."

Mario o encarou com desconfiança. "Que tipo de acordo?"

"Talvez possamos trabalhar juntos", ingenuamente sugeriu o jesuíta. "Pelo menos durante o exorcismo."

Mario sacudiu a cabeça devagar. "Não sei o que você quer dizer com 'trabalhar juntos'. E, também, não sei se quero arriscar meio milhão de dólares em equipamentos com essa patacoada que você está armando!"

Mario observou o rosto pálido do jesuíta empalidecer ainda mais, e o olhar gentil se fechar de vez. Um arrepio de excitação percorreu Mario. Com um sorriso largo, virou-se para compartilhar aquela sensação com Anita. Para sua surpresa e decepção, viu que ela o encarava com uma expressão séria, e seu olhar de simpatia revelava que havia tomado o partido do padre.

"Mario", Anita deu um passo adiante, para fora das sombras, o rosto anguloso e claro como um travesseiro de cetim. "Temos que discutir isso."

"Mas que inferno..."

Algo ali despertara a imaginação de Anita. Um plano ainda vago, meio improvisado, algum estratagema mental que pudesse se aproveitar do jesuíta.

"A gente conversa à noite, Mario."

Ele se perguntou o que teria lhe acontecido assim, de uma hora para a outra. Já sabia não ser prudente menosprezar aquilo. Mas a presença do jesuíta o incomodava. E o incomodava ainda mais agora que o jesuíta propunha o tal acordo. Aquela benevolência sacerdotal sempre lhe cheirou podre, feito leite azedo.

Mario se aquietou, ainda resmungando e com um dar de ombros quase imperceptível. Fez um sinal a Anita de que deviam partir.

"Então, boa noite", desejou-lhes o padre Malcolm, acompanhando-os à porta.

Anita acenou com um sorriso amigável, mas Mario saiu pisando a grama alta sem sequer olhar para trás, as mãos enfiadas nos bolsos.

"Um padre!", sussurrou. "Não estou acreditando nisso! Um diabo de padre católico! E jesuíta, ainda por cima! Esses infelizes só sabem discutir! E a gente não tem *tempo* para isso!"

Anita o alcançou quando chegaram à kombi.

"Mario... por favor, vê se me escuta..."

Mario apoiou os cotovelos contra a porta do veículo, levou duas mãos à cabeça e então, agitado, abriu a kombi e apanhou uma garrafa de vinho italiano.

"Deus castiga quem vira ateu", caçoou, bebendo direto da garrafa.

Viu a expressão determinada no olhar de Anita.

"Tá bem, senhorita", ele disse. "Que ideia brilhante você teve?"

"Mario. *Deixe* que ele faça o exorcismo."

Mario bebeu um gole ainda maior da garrafa verde, balançando a cabeça.

"Vamos usar *o padre* como objeto de análise. A gente grava o que ninguém nunca gravou, um crente em meio a um intenso ritual."

"Não viemos aqui gravar exorcismos", Mario respondeu com desgosto.

Anita se aproximou dele.

"É uma boa oportunidade, Mario. Tudo bem, não foi o que planejamos. Mas é bom. É muito bom para gente. Vamos aproveitar ao máximo."

Mario pensou na enormidade de equipamentos espalhados pela igreja e naqueles que ainda estavam na kombi, esperando para serem instalados. Sentia o valor daquela oportunidade como um peso horrível em seu peito. Como cientista, sabia que Anita tinha razão. Era uma situação sem precedentes para a pesquisa de campo. Mas a mera ideia de um jesuíta praticante o deixava enojado.

"Anita, por favor! O homem tem complexo de messias! Está se preparando para lutar contra Satã e a porra de seus capangas! É uma besteira mitológica do caralho! Não tem nada real nisso!"

Gentilmente, Anita estendeu a mão esguia sobre o braço de Mario, para que se acalmasse.

"É real para ele", fez questão de recordar. "A menos que você tenha alguma razão especial para não querer acompanhar um exorcismo..."

Mario desviou o olhar.

"Não, não é nada disso", resmungou uma desculpa. "Mas, porra, Anita, esse negócio me dá urticária, esse carola..."

Anita ficou na sua frente e o olhou bem nos olhos. Mario tinha contas antigas a acertar com a Igreja, ela sabia. Mas nunca o vira tão amedrontado. O jesuíta havia remexido em traumas antigos seus, memórias bem mais antigas do que o tempo que ela o conhecia.

"Combinado?", ela insistiu.

Mario, relutante em concordar, apenas cavava com os pés um buraco na terra.

"Mario, a gente não tem como lutar *contra* ele. A igreja pertence à arquidiocese. Ele só precisaria pedir ao bispo que fizesse uma queixa a Harvard. O diretor Osborne cancelaria nossa viagem na mesma hora!"

Mario, acabado, deu outro gole no vinho. Ofereceu a garrafa a Anita, que delicadamente a colocou de lado.

"Este pode ser nosso último projeto com um laboratório funcional, Mario", disse ela, convincente. "Não estrague tudo por essa teimosia com o padre."

Mario esboçou um sorriso charmoso, que logo se atenuou para revelar uma estranha e profunda expressão de desespero. Tentou passar um braço pela cintura de Anita, que com cuidado afastou sua mão.

"Combinado?", repetiu.

Mario meneou a cabeça. "Combinado."

Deprimido, Mario acompanhou-a kombi adentro. Despiram-se. Pelas reentrâncias da janelinha lateral, viam a luz do presbitério. Um vulto se movia sem parar entre a porta e o carro antigo estacionado sob a macieira. O padre descarregava várias caixas no presbitério.

Mario fez um muxoxo e afundou a cabeça no travesseiro de toalhas. Ver o padre de batina tinha realmente remexido as cinzas de seu passado, reavivando lembranças de juventude que com muito cuidado haviam sido reprimidas. Apesar do esforço a fim de controlar aquelas recordações insistentes, os anos horríveis que passou no Internato Nossa Senhora do Preciosíssimo Sangue vieram todos à tona.

Aquela fora uma escola difícil para qualquer educação sentimental. Os meninos eram brutos, temperamentais e violentos, e por volta da nona série pelo menos um terço deles já havia sido mandado ao reformatório.

Pela janela, Mario ficava olhando os prédios humildes de Boston. Não conhecia outra vida. Tudo que sabia era que sua mãe já por três vezes o largara no internato, indo buscá-lo por duas delas. Desde então, segundo o padre Pronteus, ela mal tinha condições de se sustentar, e por isso não tinha coragem sequer para visitar o filho.

A instituição era a mais carente de Boston. Os assoalhos eram tão envergados que até adultos tropeçavam neles. Os banheiros fediam. Um cheiro de suor misturado a mofo impregnava as divisórias dos chuveiros, os vestiários e os salões azulejados.

Em tais salões, entre armários e bancos pretos, dizia-se que metade dos padres era homossexual. Tudo por causa do celibato, Mario pouco a pouco entendeu, anormal e obrigatório.

Um certo homoerotismo era o tom de todas as relações em Nossa Senhora do Preciosíssimo Sangue. Mario, já aos 7 anos, sentia-se fascinado pelas freiras que flutuavam, em uma paixão tão singular, defronte à Virgem Maria. Sua própria e duvidosa mãe — a Virgem Maria no azul-celeste cravejado de estrelas pintadas — e as freiras que qualquer movimento casual deixava entrever várias camadas de tecido engomado, todas se fundiam em uma única mas poderosa atmosfera. Era um sentimento misterioso, quase erótico que pesava em seu coração e que primeiro lhe ensinou o que era o desejo.

Padre Pronteus era o diretor e superior, um opositor daquela atmosfera. Era um homem grande, bonito e carismático com um brilho no olhar no qual Mario reconhecia uma espiritualidade poderosa, um idealismo ardente que o elevava acima da claustrofobia lúgubre do orfanato.

Mario chegou a ser coroinha do padre Pronteus. Era o melhor aluno nas aulas de latim. A história da Igreja primitiva, com suas sutis distinções entre matéria e essência, transformação e existência, fascinavam Mario. Muitas vezes se alongava na sala após o horário, ouvindo o padre Pronteus. A Igreja ensinava que para além da carne, ainda que a animasse, havia uma esfera de ideias e espiritualidade, onde Cristo reinava supremo.

Mario discutia com o padre Pronteus a possibilidade de se tornar sacerdote.

Mario tinha 15 anos quando o padre Pronteus o flagrou se masturbando no vestiário. O velho o arrastou imediatamente para o escritório. Deu-se então um estranho debate, cheio de circunlóquios, sobre a diferença entre carne e espírito. O padre Pronteus se aproximou de Mario, de um jeito paternal.

O padre pousou a mão no ombro de Mario, percorrendo depois o braço e chegando à sua coxa enquanto falava de Santo Agostinho e das tentações da carne. Mario percebeu o rubor no rosto do padre, sua respiração se tornando ofegante. Foi como se lâminas fatiassem seu mundo ideal, reduzindo-o a pedaços.

De súbito, Mario se debateu para afastar o mentor. Sentiu o enorme peso e calor do corpo sobre si. Em algum ponto, padre Pronteus alcançou o que desejava com suas mãos, firmes e, ao mesmo tempo, delicadas e seguras.

Na depravação daquele instante, toda a superestrutura do pensamento platônico e tomista se desintegrou. O padre Pronteus usara seu idealismo para mascarar um desejo genital desesperado — para aliciar

Mario. Em um átimo, Mario percebeu que toda a estrutura de crenças da Igreja era construída sobre a repressão, a sublimação e a glorificação da abstinência sexual.

Ainda pior: teve a sensação repugnante, inacreditável, de ter sido tocado por outro homem.

O papa dizia: "dai-me o menino antes de seus 7 anos e eu o terei pelo resto da vida". Mario lembrou com amargor do velho epigrama. Bom, o papa teve sua chance até meus 15 anos. É o bastante para que se arrependa disso.

Anita agitou-se a seu lado.

"Que houve?", quis saber.

"Não consigo dormir."

Anita se recostou nele, acariciando os cachos pretos de seus cabelos. O pesadelo do passado recuou ao calor dela. Mario buscou seu corpo com um estranho desespero.

Na casa paroquial, o padre Malcolm fez uma pausa no trabalho. Sentado nos restos de uma cadeira de vime, pensava nos parapsicólogos. Indagava-se se já havia sido muito indiscreto, entregado demais seus planos. Era verdade que o bispo enfim autorizara o exorcismo, mas o preço havia sido alto. A reunião fora penosa e polêmica.

Grisalho, com pequenas veias azuladas pelo nariz e bochechas, o bispo Edward Lyons encarara, quieta e longamente, o novo exorcista.

"Estou lhe concedendo essa autorização apenas pela horrível tragédia que aconteceu a seu tio", disse. "Sei o que o Vale de Gólgota significa para você."

"Obrigado, Vossa Reverendíssima."

O bispo Lyons parecia incomodado.

"Preciso lhe dizer, tenho um mau pressentimento quanto a essa aventura."

"A igreja foi profanada, Vossa Reverendíssima. Ela deve ser recuperada para o seio de Cristo."

"Há muitas igrejas caídas sob nossa jurisdição."

O padre Malcolm se irritava com aquela sinceridade tão crua. O bispo se dirigiu a uma velha cadeira, uma antiguidade trazida de um palácio veneziano antes de sua bancarrota.

"Padre Malcolm", confidenciou. "Conheço as *histórias* de seu tio mais do que o conhecia pessoalmente. Mesmo assim o adorava. O que lhe aconteceu no Vale de Gólgota foi uma tragédia para mim tanto quanto para você ou para a Igreja."

O padre Malcolm se remexeu, desconfortável.

"Obrigado, Vossa Reverendíssima."

O bispo ergueu as sobrancelhas grossas. Os velhos olhos matreiros contemplaram o jovem jesuíta.

"Mas...", encolheu os ombros, "um exorcismo?"

"E por que não?", rebateu o padre Malcolm. "A natureza de sua morte..."

O bispo ergueu um dedo anelado em sinal de silêncio.

"Foi um escândalo para a Igreja. E para mim, pessoalmente. Você deve aprender a evitar escândalos."

"Não tenho intenção de divulgar o rito."

O bispo Lyons o avaliou detidamente. Sorriu, mas isso apenas arrepiou o jovem jesuíta.

"Certo. *Você* não tem. Mas ainda não compreende o mundo secular. Você mergulha de cabeça nas coisas e esquece que o mundo profano nos observa, julga e condena."

"Tem razão, Vossa Reverendíssima."

"Peço que se lembre do que digo."

"Lembrarei, Vossa Reverendíssima."

O padre Malcolm, agora, cogitava se os parapsicólogos publicariam sua pesquisa. E mesmo que publicassem, quem leria algo tão obscuro assim? Fosse como fosse, havia recebido uma ordem. O jesuíta penteou os cabelos loiros com os dedos e se entregou a devaneios angustiados.

Que foram quebrados pelo súbito ruído de um animal entre arbustos. Um corpo denso e pesado se arrastando no meio dos galhos e os quebrando. Ergueu-se e foi à janela aberta. As patas correram para longe do presbitério, seguindo ao campo aberto na escuridão, uma égua perseguida por um garanhão.

Um riso de mulher, feito fosse uma borboleta ao luar, se ergueu da kombi.

Corujas piavam na macieira. Novilhas se moviam entre as tumbas, badalos soando ao pescoço, os flancos largos passando. Uma força parecia envolver e animar todo o vale, uma comunhão bizarra entre igreja, kombi, animais e aves. Os ritmos passavam entre uns e outros, percorrendo o Siloam e regressando. Eram todos parte de uma ecologia de malditos.

4

O jesuíta bebia um café amargo.

Do lado de fora, o Oldsmobile estava carregado de caixotes, tanto no porta-malas quanto no teto. Tendo atravessado o mato alto, sua calça preta estava agora coberta de carrapichos. Besourinhos estavam grudados em sua camisa. Suado, tirou da traseira outro caixote.

Anita Wagner e Mario Gilbert nadavam nus sob os salgueiros. Estavam no Siloam, em um poço tranquilo, menos de cinco metros ao norte da igreja. Tinham braços fortes, e com braçadas firmes singravam a água azul.

A visão de uma mulher nua recordou ao jesuíta, paradoxalmente, seu tio, o padre James Farrell Malcolm. Tinha sido um especialista em pintura renascentista, sobretudo a veneziana, e os pesados volumes de Ticiano estavam repletos de esboços brancos e bem fornidos de mulheres. Ticiano tinha uma percepção complexa a respeito das mulheres. Para ele, eram criações complexas, inteligentes e ideais, equivalentes aos homens em todos os aspectos.

Apenas após a morte de seu tio foi que o padre Malcolm, em busca de uma explicação, se viu forçado a estudar a psicopatologia do sexo. E aquilo o repugnou.

Padre Malcolm carregava um caixote de madeira no ombro, indo do Oldsmobile à casa paroquial. Entre os salgueiros, viu Anita se deitando sob o sol e Mario, de ombros largos e uma genitália marcante, saindo da água.

Já no presbitério, o jesuíta ouvia os gritinhos alegres da mulher.

O Jardim do Éden talvez tivesse habitantes assim, meditou. Essa liberdade com os corpos, a leveza do amor carnal. Sua própria criação fora um labirinto a camuflar as funções naturais, o recato elevado ao mais alto imperativo. Então não foi sem inveja que a imagem de Mario, com seus atributos físicos tão despudorados, atingiu o jesuíta.

O Jardim do Éden, contudo, assistira à Queda do Homem. Foi ali que se deu conta do pecado e da vergonha. Por isso a Igreja se dedicava àquele alerta, e a direcionar todas as glórias a Deus. Também por isso a geração atual, que rejeitara a ideia de toda inibição sexual, era uma afronta à Igreja. Porque essa nova geração afirmava poder encontrar a plenitude aqui mesmo, nesta vida. O que, naturalmente, era falso.

Uma lembrança de Potomac lampejou em sua mente. Um lugar quente e úmido, assim como o Vale de Gólgota; um hotel aonde homens elegantes levavam suas mulheres em busca de prazer. Ali na galeria, viu-se confuso e incapaz de concatenar as ideias — pois houve aquela tarde em que ele não se sentiu sozinho no mundo.

Surpreso pela veemência da memória, o jesuíta voltou ao Oldsmobile. Pelo visto, gastaria bem mais tempo do que pensara para eliminar, ou pelo menos neutralizar tal cena. Involuntariamente, inclinou-se para conseguir espiar as margens de salgueiros.

Mario e Anita já não se encontravam ali. Teriam visto que os espiava? Será que se importariam? Passando a igreja e o rio erguiam-se os campos das fazendas, naquela época secos demais, e além deles o branco celestial das nuvens ligeiras.

O jesuíta enxugou o suor dos olhos. O fedor quente que emanava do brejo lhe fazia recordar a mesma letargia, o mesmo abandono carnal daquele Potomac vexaminoso. Aquela memória, e seu tio, foi por isso que ele veio ao Vale de Gólgota.

Entrou na igreja.

Anita instalara o sismógrafo na entrada da cripta. Seus cabelos estavam ainda molhados pelo banho. A blusa de algodão tinha o peito encharcado. Os dedos delicados trabalhavam sem dificuldade sobre os mecanismos do aparelho e a fina linha escura que era inscrita no papel. Virou-se e sorriu para o jesuíta.

"Captei seus passos no presbitério," ela disse.

"Captou?", o padre Malcolm questionou, desconfortável. "Esses instrumentos são tão precisos assim?"

"São. Funciona com as menores variações, padre Malcolm."

Padre Malcolm se afastou. Para disfarçar seu embaraço, analisou longamente os escombros mofados no chão.

"Vejo grandes chances para essa renovação", ele disse. "Não está tão destruído quanto pareceu ontem à noite."

Mario entrou na igreja, antebraços pulsando e os dentes apertados pelo peso da caixa escura de metal que carregava apoiada no peito nu. Passou raspando pelo jesuíta e foi seguindo o corredor na direção de Anita.

Mario desatarraxou a tampa. Com cuidado, retirou alguns componentes de equipamento ótico, que estavam protegidos sob um pano grosso. Aos olhos do padre Malcolm, as peças pareciam uma presença alienígena no chão da igreja.

Com delicadeza, Mario conectou uma peça vermelha-escura, um laser de rubi, no encaixe apropriado. Examinou o divisor de luz e o espelho de controle, depois recolocou as proteções de plástico. Aquilo era um laser de pulsação dupla cuja amplificação Mario havia reforçado a fim de alcançar uma imagem mais abrangente.

O jesuíta, hipnotizado, aproximou-se da câmera. Sua sombra encobriu Mario, que parou o que estava fazendo e olhou para cima.

"Qual o problema, padre?"

"Todo esse equipamento, e esses metros todos de cabo."

"Que tem?"

"Bom, é que isso é uma igreja, no fim das contas."

"É uma pesquisa científica, no fim das contas."

"Dai a Harvard o que é de Harvard, Sr. Gilbert. Mas a Cristo..."

"Sei bem. Pague o dízimo."

A um sinal de Anita, Mario se calou.

O jesuíta começou a recolher com uma pá o entulho e os trapos de vestido, jogando-os em caixas de papelão. Anita se inclinou para Mario.

"Deixa que eu cuido disso", sussurrou.

"Por quê?"

"Porque você o irrita."

"Bom, é recíproco. Esse infeliz é um hipócrita presunçoso."

A manhã transcorreu em silêncio.

A concentração de Mario testando a câmera laser era quebrada pelo contínuo movimento do jesuíta caminhando na igreja, carregando para fora os bancos quebrados e os detritos do teto. Por fim, na igreja vazia, Mario contemplou o padre varrendo do assoalho de madeira um século de poeira preta acumulada.

De repente, os olhos de Mario se fixaram no mostrador da câmera laser. Soltou um exclamação de surpresa.

"O que houve, Sr. Gilbert?"

"A câmera laser está registrando uma pressão nas estruturas. Atrás de você."

O padre Malcolm ergueu os olhos para as vigas. Apenas o canto noroeste parecia comprometido. "Pensei que a estrutura ainda estivesse firme o bastante."

"Pensei também."

O padre varreu aquela massa preta de detritos para dentro de uma caixa e a carregou até a área ensolarada. No visor da câmera laser, a tensão da igreja diminuiu e os padrões ondulantes retomaram a forma de cruzes luminosas.

O padre voltou com um balde de água e sabão. A tensão o acompanhava por toda a igreja.

"Você parece bastante incomodado, Sr. Gilbert", disse o padre Malcolm, limpando o assoalho com um esfregão.

"Tem algo instável aqui", Mario admitiu.

O padre Malcolm esfregava o chão com força. A tensão ficava mais forte nas partes próximas ao rodapé recém-esfregado. Quando o padre parou, a tensão continuou sendo mostrada no visor.

"Anita", murmurou Mario. "Troque de lugar com o padre."

Anita se aproximou do padre e falou brevemente com ele. Confuso, entregou-lhe o balde e o esfregão, mas agora a tensão aparecia em linhas incongruentes, afastando-se de Anita e seguindo o padre Malcolm.

"O que é isso?", perguntou.

"Não sei", Mario respondeu ao padre. "Algo está lhe seguindo por aqui." Ergueu o rosto com um sorriso estampado. "Parece que não estamos sozinhos."

Subitamente, Anita estremeceu com a onda de frio que soprou pela igreja, seguida por um fedor intenso, azedo e pútrido que logo se dispersou, assim como as linhas de tensão.

Pelo resto da tarde, apesar da vigília de Mario, mais nenhuma corrente de frio, fedor ou tensão se manifestaram.

No começo da noite, as pilhas de lixo amontoadas além do adro da igreja soltavam nuvens espessas de fumaça.

O padre Malcolm cutucou a fumaça azulada com a ponta de um galho seco, fazendo exalar um odor enfermo e adocicado como o de carne podre. Reunidos junto às tasneiras e tijolos arruinados, alguns moradores do Vale de Gólgota observavam, embasbacados e hostis. O padre percebia a expressão em seus rostos mudando a cada sopro de fumaça que se erguia dos tecidos pestilentos, como se tentassem decidir se aqueles intrusos eram gente boa ou má.

As chamas devoraram os tecidos largados, chiando e os contorcendo, devorando os paramentos litúrgicos também embolorados, reduzindo a cinzas as toalhas de altar. Formigas vermelhas fugiam do calor, como gotas de sangue se escondendo terra adentro. Malcolm cobria o rosto com um lenço.

"A fumaça!", uma velha gritou. "Tem o rosto do primeiro padre."

O jesuíta se virou sobre os calcanhares, mas viu apenas o fumo denso que deslizava rumo ao vale.

A mulher, entretanto, insistia.

"Estava lá, foi só por um segundo", berrou, "mas eu vi!"

"Eu vi também!", um menininho entrou no coro.

Outros riram com nervosismo. A velha levou o menino embora.

Mario saiu da igreja com um rolo de cabo fino no ombro. Parou um instante para olhar o fogo. O mau cheiro quase lhe fez vomitar.

O jesuíta remexeu nos tecidos putrefatos, cujos botões derretidos formavam agora uma poça. "Às vezes é preciso sujar as mãos", comentou em voz baixa, depositando no chão uma caixa de lixo da igreja. "É uma batalha interminável contra o mal, uma batalha sórdida e indecente que não vai terminar antes que Cristo tenha sua vitória final."

Mario ajeitou o peso dos cabos que trazia ao ombro.

"É mesmo?", comentou com um sorriso de desdém, logo partindo em direção à kombi. A mão do padre Malcolm agarrou seu braço.

"Espere", disse devagar. "Você veio aqui para estudar fenômenos além da compreensão mundana. Seus equipamentos já registraram essas tensões, e você não pode ter deixado de notar o fedor onipresente e inumano, o frio de enregelar os ossos que parece permear cada reentrância e fresta da igreja. Como *você* explicaria isso, Sr. Gilbert?"

"Eu apenas observo, padre Malcolm. Registro. Não rotulo nada. É preciso coragem para *não* chegar em conclusões apressadas. Para conseguir dizer *ok, realmente aconteceu isso, depois aquilo e aquilo outro, mas não sei o que quer dizer. Talvez um dia eu consiga conectar tudo.* Hoje não. Agorinha, não. No momento isso tudo é experiência pura, e faço meus registros do melhor jeito que posso. E é isso, padre. Sem santos. Sem liturgia. Sem trindadezinhas duvidosas."

Sorrindo, se afastou rumo à kombi.

O padre Malcolm não retornou à igreja até ver o fogo extinto e soterrado. A fumaça resultante da terra escura escorreu pelo vale e tornou lilás o sol poente. As sombras desapareceram, fundindo-se em uma escuridão profunda e parda.

Anita jantava atrás da aparelhagem do sistema térmico. Até que tudo se estabilizasse, os equipamentos precisavam ser vigiados e ajustados continuamente. O jesuíta era incansável, faxinando tudo com panos e esfregões.

Anita o observava com curiosidade.

"Como você se tornou exorcista?", perguntou de repente.

O padre Malcolm a olhou nos olhos escuros, encolhendo de leve os ombros enquanto avaliava o rodapé apodrecido.

"Toda paróquia tem um exorcista", comentou modestamente. "É a terceira das quatro ordenações na formação de um sacerdote."

"Mas você tem alguma competência específica... quero dizer... exorcistas não são pessoas raras, especiais?"

Ele sorriu, divertindo-se com aquela curiosidade amigável. "Você anda vendo filmes demais, senhorita Wagner." E então, continuou em um tom mais sério, "precisei estudar. Tornei-me um candidato. *Spiritualis imperater.* Já em Boston, o bispo me entregou um livro... me instruiu... nas palavras e nos métodos, sabe? E foi isso."

"Você já realizou algum exorcismo?"

"Já. Em uma senhora idosa. Eu ajudei, na verdade. E deu tudo certo, no fim."

Anita achava aquele assunto esotérico e fascinante, mas receava se intrometer demais. De todo modo, sentia-se à vontade com aquele jesuíta calmo e introspectivo.

"É tipo... mágica...?", perguntou. "Fórmulas secretas, palavras sagradas?"

O padre Malcolm riu animadamente, sem zombaria. "O procedimento na verdade foi estabelecido no século III, e usado muitas vezes. Por exemplo, a consagração da água benta já é um ritual de exorcismo do mal."

"É assim tão simples?", Anita quis saber.

Padre Malcolm passou à área seguinte, arrancando o rodapé da parede e colocando o esfregão dentro do balde com água. Então parou.

"Não, senhorita Wagner. Simples nunca é." Fez uma pausa, elaborando em palavras seus pensamentos. "Um exorcismo bem-sucedido depende do padre oficiante. De sua fé. De seu poder."

Anita concordou. Fazia um silêncio agradável na igreja. Diversos equipamentos zuniam. O rio além da igreja borbulhava quieto. Mario entrou carregando a mala de fitas cassete.

"Tem quem especule que o próprio Lovell foi exorcizado, sabia?", padre Malcolm puxou o assunto.

Mario largou a mala de fitas e se sentou sobre um baú com componentes óticos.

"Nunca ouvi essa história", confessou.

"De acordo com as cartas de Lovell..."

"Espera um pouco. Você tem cartas de Bernard Lovell?"

"Comprei-as da família. Ele escrevia sem muita constância para a irmã, em Charlestown. Em uma das cartas, fala de uma *cura imperfeita*. Agora veja, no começo eu achei que era referência ao fato de ser manco. Lovell sofreu um ataque leve de paralisia infantil e era um pouco coxo de uma perna. Só alguns anos mais tarde, relendo as mesmas linhas e notando como ele elaborava as frases de um jeito circunspecto e incomum, outra possibilidade me ocorreu."

Padre Malcolm caminhou até junto deles. Tinha o rosto transformado por entusiasmo, medo e uma angústia peculiar.

"Vejam bem, na Igreja Católica nenhum homem que tenha sido possuído, não importa por quanto tempo, pode se tornar padre."

"Mesmo se estiver curado?", Anita quis saber.

"Mesmo assim."

Anita demonstrou espanto.

"Você tem que considerar as *artimanhas* do inimigo", insistiu o jesuíta. "Seria típico se ele apenas fingisse uma cura para depois... retornar..."

"Então você acha que Lovell, na verdade, era um agente do mal?", Mario perguntou.

"Estou certo disso."

Uma tristeza incrivelmente pesada pareceu cair sobre o jesuíta. As sombras agora se adensavam, mesclando-se nas paredes mais afastadas como em um teatro noturno abissal, e a voz do jesuíta soou grave, atravessando todo o sofrimento.

"Muita gente, imagino, diria que Lovell sofreu um colapso nervoso. Induzido pelo isolamento, pela sensação de impotência e pela fadiga. E talvez tudo tenha começado mesmo pelo cansaço. Exaustão. Uma espécie de amargura com a arquidiocese que o abandonou. Tudo isso, claro, não eram coisas que podia admitir. Lançou-se em uma devoção mais profunda, buscando melhorar a igreja cada vez mais, mas isso apenas aprofundou seu isolamento e cansaço. Disso vem o que os Padres da Igreja chamam de aridez espiritual. A alma torna-se destituída de consolação. Incapaz de orar."

"Continue", Anita incentivou com serenidade.

Padre Malcolm afastou-se da janela. Por trás de sua cabeça pendiam tufos de asclepias eriçados em ressequidos ramos pretos.

"Então uma repulsa começa a crescer. Repulsa dos assuntos do espírito. Repulsa do esforço físico que a prece exige. Repulsa da missão da Igreja. O corpo é corroído e a mente termina exaurida depois de tanta súplica ardente, mas inútil. A solidão destrói a personalidade do homem. Uma enfermidade e uma melancolia capturam o padre. A isso, senhorita Wagner, dá-se o nome de noite escura dos sentidos."

Anita anuiu lentamente, de forma encorajadora, incapaz de se esquivar do timbre de risco que emanava da voz do jesuíta.

"E o que acontece depois?", perguntou com voz calma.

"Acaba perdendo o controle. Fica desorientado. Não tem mais o fundamento da alma. Entra no que os Padres da Igreja chamam de noite escura da alma."

"Certo."

"Nesse ponto, o homem que escolhe servir a Deus se encontra vulnerável ao extremo. E Lovell — acredito que foi assim mesmo — chegou a tal ponto. Foi fisicamente tomado e dobrou sua vontade a Satã."

Mario soltou um assobio.

"Fácil assim?", perguntou.

"Sim."

Mario balançou a cabeça com incredulidade, virou-se e passou a testar os componentes das fitas. O jesuíta tomou seu silêncio por crítica.

Na penumbra, Anita sentiu que Mario o magoara. Aproximou-se do jesuíta e perguntou-lhe com educação: "Por que comprar as cartas de Bernard Lovell?".

"Para aprender tudo que pudesse sobre esta igreja. Veja, meu tio foi o padre James Farrell Malcolm."

"Esse nome não nos parece familiar."

"Pensei que todos o conhecessem. Quero dizer, se vocês pesquisaram a história da igreja..."

"Pesquisamos por seis meses", Mario logo respondeu. "Não havia nenhuma menção a esse nome."

O padre Malcolm sorriu penosamente. "Então os arquivos diocesanos permanecem secretos." Houve ali um breve impasse. "Ele também era jesuíta. Especialista no Renascimento. Bem conhecido em Boston. Veio ao Vale de Gólgota em 1978."

"Por quê?"

"Pela mesma razão que eu vim."

"Exorcismo."

O padre Malcolm fez que sim com a cabeça. Seu rosto tornou-se bastante tenso. Frustração e amargura levaram-lhe às lágrimas.

"Mas ele morreu aqui", disse padre Malcolm. "Nesta igreja. Durante o exorcismo."

Anita fitou o jesuíta.

"Mas por que que tanto sigilo?", ela quis saber.

Padre Malcolm sentiu a língua presa e um branco de ideias quando confrontado pela belíssima mulher. Por fim, conseguiu dizer.

"O... o jesuíta que o assistiu relatou que meu tio começou a gaguejar... a alucinar. No meio da liturgia, passou a trocar as palavras da litania... dando-lhes conotações obscenas... E... e nessa hora... o assistente desmaiou..."

"Por favor, continue" Anita encorajou-lhe com gentileza.

O padre Malcolm se virou para ela com uma expressão estranha, quase hostil.

"E quan... quando o assistente recobrou consciência, ele... ele notou que meu ti... tio James Farrell Malcolm estava... copulando... com um..." Subitamente, uma terrível risada irrompeu do padre. Sem qualquer calor. O rosto forte parecia a cabeça da morte contra as janelas escuras. A risada morreu no mesmo instante. O olhar ausente, absorto na humilhação. "... copulando com um animal..."

De forma dramática, o jesuíta apontou a predela vazia sobre a qual o altar antes estivera. "Bem ali!", exclamou cruelmente.

Um frio tomou a igreja. A gélida umidade que vinha das margens de argila do rio. A fria umidade transpirava pelas paredes. Mario olhou em volta. O som de água gotejando ecoava por toda a igreja. Não ressoara na noite anterior, e naquele momento o irritava. O padre o irritava. A complexidade da instalação dos equipamentos parecia maior do que ele esperara, e aquilo o irritava.

"O que o faz pensar que é diferente?", Mario brutalmente perguntou.

O padre Malcolm empalideceu. "Como assim?"

"Ora, primeiro Bernard Lovell e depois seu tio. Dois padres. Um cometendo necrofilia, outro, bestialismo."

Trêmulo, o jesuíta pendeu o corpo para a frente, as mãos dobradas diante.

"Tem razão. É assim que ele age no Vale de Gólgota", disse o padre Malcolm. "É nesse nervo que ele toca."

"*Quem* toca o nervo?", Mario questionou de forma áspera.

"Satã, Sr. Gilbert", respondeu com simplicidade o padre Malcolm.

Uma crua risada explodiu nos lábios de Mario. "Satã?", berrou. "Querubim! Serafim! Domínios, Virtudes, Potestades e Principados! Essa porra de igreja não passa de um ringue para vocês, padres."

"É verdade, Mario", o jesuíta concordou. "A estrada pela qual um padre trafega é sombria e cheia de malignidade... repleta de armadilhas, inúmeras formas de derrotá-lo."

Mario largou a prancheta sobre o baú de equipamentos. O estalido quebrou o clima.

"O que derrota os padres", Mario retrucou, "é aquilo que vocês deixam fermentando no fundo da alma desde que São Paulo teve a brilhante ideia do celibato."

"Isso é um ultraje", protestou o padre Malcolm. "Meu tio era um homem refinado. Tinha muitas formas de lidar com a pressão..."

"Menos a forma natural."

"Há outras expressões de amor além da genital."

"Ah, é? Então me diz uma só." Virou-se para Anita. "Passei dez anos indo ao confessionário. Sabe o que eles perguntam, Anita? 'Já se tocou? Tocou outra pessoa? Alguém o tocou? Onde? Como? Qual a sensação?' É só nisso que pensam. Qual a sensação. E quando não estão perguntando, tentam a todo custo comprovar com as próprias e santíssimas mãos."

O jesuíta empalideceu.

Mario percebeu o olhar de reprovação de Anita. Por segundos sem fim, mexeu desajeitadamente no gravador. Tinha os olhos escuros e úmidos pela fúria reprimida.

"Veja a rocha sobre a qual Pedro construiu sua obra", Mario comentou em tom mais calmo. "Olhe embaixo dela, veja o que sai dali rastejando. Celibato. A própria Igreja é erguida em desacordo com a natureza."

O jesuíta se levantou, ajeitando os cabelos loiros. Aos olhos de Anita ele se revelara um homem visivelmente mais velho, que já experimentara a nada sutil depravação que havia na igreja.

"É algo em desacordo com a natureza, Anita?", perguntou com voz branda. "Já não sei. A Igreja vem mudando... devagar... sempre mais..."

O jesuíta caminhou até a porta da igreja. Anita fez um sinal para que Mario se desculpasse, mas ele fez que não.

"Sinto muito se lhe faltamos com o respeito", ela disse. "Esse assunto também nos desperta sentimentos conflitantes."

"Deus permita que a verdade supere nossos sentimentos", sentenciou o padre Malcolm.

Acenou-lhes com a cabeça, desejando boa noite, e partiu para o presbitério.

Mario e Anita seguiram para a kombi. Ele abriu uma garrafa de vinho e começou a beber.

"Ele me aborrece tanto que nem Cristo aguentaria", disse Mario. "Com aquela beatice toda, é como se arranhasse um quadro negro na minha orelha."

Anita manteve-se quieta. Despiu-se. Mario, já nu, estudava os registros sismográficos. Estes também revelavam a leve tensão vista atrás do padre.

Largou os registros em uma prateleira, desligou a lanterna e foi se deitar ao lado de Anita. Soltou um risinho.

"Qual a graça?"

"O tio do padre Malcolm. Espero que o animal tenha dado consentimento."

"Mario! Foi uma tragédia. Não tem nada do que rir."

Mas a risada de Mario era contagiosa.

Anita sentiu seu braço passar em seus ombros, a mão dele em seu seio.

Pela janela lateral viam as estrelas dispostas em uma densa confusão de constelações. Fazia frio nos campos e os caniços estalavam e farfalhavam à brisa ligeira. Galhos secos golpeavam a kombi. Mario se pôs de joelhos.

"Ei", ela sussurrou. "O que tá fazendo?"

"Sou um animal."

Ela tentou afastar os ombros largos, tentando não rir.

"Você foi um animal ontem à noite."

"Gosto de ser um animal."

Os seios dela se enrijeceram. Não conseguia rejeitá-lo. Começou a rir ainda entredentes. Pouco a pouco, puxou Mario para junto de seu corpo suave e arrebatado. De repente, como pássaros alçando voo da copa de uma árvore, seu corpo estremeceu ritmadamente e os gritos lhe escaparam rumo à escuridão.

Acontecera tão rápido que a tomou de surpresa. O suor lhe tomou os cabelos e a testa. Em um estado de leve exaustão, sorriu e estremeceu. Mario a havia penetrado.

Ela brincava com os dedos esguios por suas costas curvadas. Agarrava os cabelos cheios e encaracolados. Os músculos nos ombros de Mario se tensionavam, as nádegas firmes. De súbito, soltou um gemido. O corpo pesado tremeu, e então tremeu cada vez mais lentamente.

Ao vê-lo no clímax da excitação, a imaginação de Anita não revelou o amante forte e moreno que tinha em seus braços, mas, inexplicavelmente, o rosto pálido e vacilante do jesuíta na igreja.

Devagar, Mario rolou para o lado. Olhou-a como se o fizesse através de um sonho profundo.

"Tudo bem?", murmurou.

"Tudo maravilhoso", assegurou-lhe com um sorriso.

Quando Mario adormeceu, roncando de leve, com uma das mãos sobre o ombro dela, Anita encarou as estrelas pela claraboia no teto da kombi. Perguntava-se o que teria trazido o jesuíta até ali. Algo confuso, psicopatológico? Ou alguma beleza estranha, certa ânsia espiritual que vivia e soprava no Vale de Gólgota?

Anita olhou com carinho para a nua figura masculina ao seu lado. Tanta força e ao mesmo tempo tanta fraqueza.

Mario dormia em um universo escuro e amoral onde a vergonha era desconhecida. Um breve respiro em meio a tanta angústia. O menino emergia do rosto adormecido de Mario. Confiante, inocente e vulnerável. Durante as horas de trabalho e durante o sexo, aquela criança era suprimida pela força da energia bruta que o movia.

Em seus braços Anita se sentia como um pássaro selvagem aninhado em um oceano sombrio e tormentoso.

Mas seria suficiente, aquela extraordinária liberdade dos sentidos? A delicada Anita, filha da mais alta sociedade nova-iorquina e cientista cuidadosa em seu trabalho, desejava apenas um lugar tranquilo onde se alçar, buscar sua própria natureza. Mas que natureza era essa, afinal?

Agradáveis lembranças de uma ecologia diferente inundavam as memórias de Anita. Vagava rumo a uma imensidão de campos sinuosos que cercavam uma branca mansão colonial. Era Seven Oaks, casa de sua família havia três gerações. E em sua imaginação ela cavalgava Tredegar, o esguio alazão árabe que buscara no longo e baixo estábulo.

Seven Oaks fora construída em torno de uma casa do século XVII onde agora era a sala de estar, com um teto inclinado e uma enorme lareira de ferro. Cristaleiras com porcelanas eram iluminadas por pequenas lâmpadas. Os quadros nas paredes eram todos da escola francesa, e atravessando a sala de bilhar havia uma piscina interna.

Era Natal quando Mario visitou Seven Oaks pela primeira vez. Hedda passara aquele dia inteiro preparando o ganso e os bolos na cozinha. A Sra. Wagner, em frente à lareira, servia xerez enquanto a neve caía, despencando com uma pureza relembrada agora pela memória inocente da infância de Anita.

Mario, de propósito, apoiou as botas de motoqueiro sobre o finíssimo escabelo bordado, respondendo com grunhidos e monossílabos às perguntas da Sra. Wagner. Anita admitiu para si que aquele feriado estava indo de mal a pior. Quando a Sra. Wagner, bastante gentil, falava a respeito de escritores modernos, muitos dos quais conhecia pessoalmente, ou sobre pinturas, Mario lhe devolvia tão somente um silêncio hostil. Apenas quando Anita e a Sra. Wagner começaram a relembrar do pai, Mario se envolveu.

O pai de Anita havia sido um corretor de valores antes do acidente fatal de avião. Mario tinha interesse na bolsa de valores. Era, à época, um marxista fervoroso e enxergava sinais conspiratórios em toda flutuação de mercados, nos benefícios fiscais às empresas e nas carteiras de investimento dos ricos. Com meia dúzia de seus comentários rudes, o clima de leveza, saudade e nostalgia foi quebrado.

Também não ajudou o fato de Mario levar Anita até os estábulos. A imensidão de terras nevadas, os trabalhadores rurais lavrando o solo em troca de abatimento nas dívidas, os elegantes cavalos árabes eram, para Mario, apenas sinais de uma classe que perdera sua integridade e vivia agora no passado. Via o luxo como epitáfio de uma centena de vítimas da fome, das ruas, das drogas e da violência.

Mario também não deixou de notar o olhar que a Sra. Wagner dirigiu a Anita. Um olhar que o dizia *rude, sem modos, grosseiro.*

Mario aprendeu a montar em apenas uma tarde. Era um atleta nato. Além disso, desprezava a piedade da Sra. Wagner e não queria parecer simplório aos olhos da velha senhora.

A despeito de seu cinismo aparente, Mario ficou maravilhado por Seven Oaks. Percebia claramente que Anita tivera uma vida que ele jamais suspeitara existir. A Sra. Wagner demonstrava uma integridade bastante particular, e Mario se sentia um pouco amedrontado por tal firmeza.

Os convidados à ceia de Natal, com sua elegância riquíssima, ainda que casual, as mulheres com suas joias, os homens em camisas de colarinho levemente aberto, aos poucos perceberam que o jovem carrancudo que acompanhava Anita ardia com uma violência que eles jamais haviam precisado confrontar. Mario bebia demais. O esforço para usar de maneira correta os garfos e facas o aborrecia. As conversas sobre os afazeres das igrejas locais, sobre o passeio de trenó a cavalo na noite de Ano Novo, deixavam-no tenso.

"Trenó a cavalos?", resmungou. "Vocês acham que a vida é o quê, um piquenique sem fim?"

A conversa minguou até silenciar.

"Daria para alimentar um orfanato inteiro com o dinheiro que vocês gastam para arrastar essas bundas gordas pela neve!"

Anita, bastante corada, pôs a mão em seu braço. Mas era tarde demais. Mario a afastou.

"Vocês vivem em uma ficção!", disse, o corpo balançando, dedo apontando para uma mulher de penteado elaboradíssimo que o encarava em choque, com os próprios dedos agarrados a um colar de pérolas. "E isso tudo que vocês têm, trenós e cavalos, joias, paraísos fiscais — um dia vai ser tudo tomado pelo povo que precisou viver na realidade!"

Envergonhado diante de tantos olhares, sentindo-se humilhado, bêbado e ainda furioso, Mario abandonou o tom vermelho e refinado daquela sala de jantar, suas cristaleiras iluminadas com porcelanas chinesas, e arremeteu para a cozinha, atravessando o cômodo e indo tropeçar neve afora.

Os convidados evitaram encarar Anita, remexendo em seus pratos para disfarçar. Anita, jogando o guardanapo de linho sobre o próprio prato, correu atrás de Mario.

Ele cambaleava furioso pela neve, seguindo na direção da casa da fazenda que, sob as estrelas, não passava de um vulto. De repente parou. Um enorme e intransponível abismo o separava daquela paisagem.

"Sou eu ou eles", segredou, sentindo-a atrás de si.

Virou-se. Tinha no olhar uma expressão de desejo e luto por uma infância que jamais tivera, ou talvez uma expressão de fúria, ela não saberia definir.

"Nem se eu chegasse aos 100 anos", insistiu, "conseguiria me encaixar no meio deles. Ou com sua mãe. Ou com essa parte da sua vida."

Agarrou com as mãos fortes os ombros trêmulos dela, olhando fundo em seus olhos.

"Você não entende?", disse em desespero. "Precisa escolher agora, Anita."

Anita encarou aquele rosto hostil, mas ainda assim vulnerável, e no mesmo instante percebeu que Mario estava certo. Seven Oaks jamais encaixaria na epistemologia daquele homem. Ele jamais poderia ver, jamais poderia sentir a vida que a constituíra e que ainda fluía dentro de si. Mario não seria capaz de suportar aquela superioridade frente a sua própria e miserável origem.

Anita pousou o corpo contra aquele coração quente e acelerado.

"Você, Mario", murmurou. "Sempre você."

"Anita", Mario devolveu o sussurro, já sonolento.

Ela voltou a seu abraço, agora mais suave, o corpo largo e o desejo nu a envolvendo com ternura.

Não fizeram amor outra vez. Ficaram apenas deitados juntos e ouvindo a brisa que soprava pelo vale.

"Anita", Mario cochichou, agarrando-a perto de si, em uma curiosa mistura de orgulho e afeição.

Mas mesmo naquela hora o enigma da missão do jesuíta atormentava Anita. Mesmo deitada com Mario, sua mente vagava à solta. Até se sentir dividida em metades idênticas.

O Siloam, agitado e profundo, varria suas margens de argila.

Padre Malcolm estava esgotado pela enorme confissão que fizera aos parapsicólogos, mas ainda se sentia agitado. Mario era antagônico. Anita sabia pouco do catolicismo. Suspirando, voltou a atenção aos preparativos do exorcismo que se aproximava.

Examinou o cálice de prata ainda no estojo forrado por um veludo azul. Refletia sua face maltratada e a panóplia de estrelas além da janela do presbitério. Num compartimento separado estava a travessa de prata, a pátena onde se apoiava o sagrado Corpo de Cristo, a própria hóstia. Então examinou o pálio, aquele tecido bordado que protegia a pátena de suas mãos humanas. Estava imaculado. Aquilo o tranquilizava.

Em outro compartimento ficava o lavabo litúrgico, a tigela dourada que recebia a água restante da ablução. Envolto em tecido, o incensário e as cápsulas de incenso granulado. Em um jarro pesado, a água gregoriana, e também o crisma e a água benta. O bispo Lyons havia abençoado tudo aquilo e entregado a ele após sua investidura.

Em outras caixas, altas silhuetas escuras, jaziam os demais paramentos do exorcismo.

Um vulto se moveu nos limites do cemitério. Era o parapsicólogo, Gilbert. Nu, urinava voluptuosamente no mato antes de voltar à kombi.

Mais uma vez, também de repente, a visão do Potomac e de um hotel com balaústres brancos iluminou os devaneios do padre Malcolm. Estava na sacada, agoniado por uma expectativa silenciosa, o sangue pulsando em seus ouvidos. Sobre a colcha branca, um chapéu verde-escuro de mulher.

De volta ao presbitério, padre Malcolm se ajoelhou para rezar. Quando por fim sentiu sua mente de algum modo tranquilizada, deitou-se no colchão grosseiro, cobrindo com uma manta o corpo nu, e caiu em um sono agitado.

5

Mario acordou em um sobressalto às 4h da manhã, e em silêncio se dirigiu à igreja. Os equipamentos zuniam baixo. Aquilo o tranquilizava. Nem o sismógrafo, nem a câmera laser indicavam quaisquer perturbações, mas ele se sentia mais relaxado e confiante em meio aos aparelhos. Não fosse por aquilo, a igreja estava vazia, como que à espera de algo. Ajeitou os cabos pretos contra a parede.

Desligou a luz do mostrador do sismógrafo. E, quando estava quase saindo...

"Pai do céu!"

Contra a parede norte, tremulando feito uma borboleta em um jarro, estava uma auréola azulada.

Pairava devagar, ondulante, baixando na direção do assoalho.

Mario ergueu um braço e correu com ele pela luz que se movia. Não havia sombra. A luz era rajada de finas linhas brancas em seu interior, então em um átimo tremulou e sumiu.

O sistema de calor confirmou uma queda de quase cinco graus na parede norte.

Tinha dado a impressão de ter vindo de fora, Mario pensou. Não de fora do espaço, mas de fora do tempo. A forma rápida como se moveu e sumiu sugeria outra ordem de geometria.

Mario manteve-se de vigília na igreja escura e vazia. Cada som, cada trinado, cada estalido de galhos sobre o presbitério o enervava. Duas horas depois, entretanto, nenhum outro sinal havia surgido. Voltou-se ao sismógrafo na parede norte, ligou-o e regressou para a kombi.

Anita, com os braços abertos e os cabelos negros sobre um dos seios, dormia um sono profundo depois daquele orgasmo. Ele a despertou.

"Luminescência", sussurrou. "Duas horas atrás."

Anita acordou desajeitada, vestindo a calça e uma camisa xadrez de flanela sobre o corpo nu, e então as botas de trabalho.

"Externa?", quis saber.

"Interna. Na parede norte. Completa, em metamorfose."

"Cor de baixa frequência?"

"Não. Azul."

Anita apanhou um cabo de energia no gerador e conduziu Mario, que carregava uma pesada câmera escura, de volta à igreja.

Era uma câmera de infravermelho, de termovisão. Em seu interior havia um compartimento térmico contendo nitrogênio líquido. A câmera possuía sete níveis de abertura e foco manual, e corrigia discrepâncias na temperatura percebida até dois décimos de grau Celsius.

Mario instalou-a na parede norte. Quando Anita conectou o aparelho aos cabos trançados, no horizonte já despontava uma difusa claridade ocre. A névoa do rio gotejava sem parar dentro da igreja, formando poças no chão.

Na tela da câmera de termovisão, a arquitetura da igreja parecia uma mistura de castanhos e marrons como em Van Dyke.

O padre Malcolm entrou na igreja, surpreso por vê-los ali tão cedo. Carregava um balde de massa corrida e uma espátula.

"Mais uma câmera, Mario?"

"Apareceu uma luminescência esta manhã, às 4h15."

O jesuíta acompanhou o olhar de Mario na direção em que a câmera de termovisão apontava. A parede norte não apresentava marca alguma. Mas a tensão na igreja era indiscutível.

"Imagino que estivesse dormindo", Mario comentou.

"Estava rezando, na verdade."

"Bom, a reza deve ter funcionado. Alguma coisa apareceu aqui."

O jesuíta ignorou o sarcasmo e pôs-se a rebocar as pilastras malconservadas.

"Os olhos da fé", disse, "verão o que nenhuma câmera jamais poderá gravar."

"Venha cá, padre Malcolm. É isto que vejo   ."

O jesuíta se postou atrás da câmera de termovisão. Detrás do marrom acastanhado via-se uma labareda rósea.

"O que é esse rosa?", quis saber o padre Malcolm.

"O calor do corpo de Anita."

Padre Malcolm viu, na tela, uma figura quase transparente, braços aparentemente estirados e fazendo anotações.

Mario ajustou a abertura da câmera. As cores se tornaram mais fortes. Padre Malcolm então viu o crânio radiante, os orifícios do nariz e dos olhos. As roupas não eram visíveis. Do umbigo, axilas e tórax emanava um vermelho suave.

"Extraordinário", admitiu.

"Acabou-se o tempo das cartas de tarô, padre."

"De fato."

Padre Malcolm se percebeu contemplando os contornos daquela figura, parcamente humanoide, e o calor que emanava do ponto em que suas pernas se uniam. Constrangido, afastou-se.

"Com aparelhos assim", Mario disse, "é possível observar áreas que jamais foram acessíveis."

"Nada de bom pode resultar disso, Sr. Gilbert", sentenciou o jesuíta. "O homem se precipita demais. Vai muito longe. E nem sempre sabe o que está fazendo."

"Raios X e microcirurgia", contra-argumentou Mario. "Diria que são coisas ruins?"

"Napalm e bomba atômica, Sr. Gilbert. São coisas boas?"

Mario deu de ombros.

"São os políticos que financiam e usam as bombas. Você não pode culpar alguém como Einstein por querer desvendar a natureza da matéria e da energia."

O padre Malcolm agora subia ao vestíbulo carregando o balde. Tinha as mãos sujas de massa corrida ressecada e a camiseta inteiramente salpicada. Até as sobrancelhas loiras e a testa larga estavam manchadas.

"Sempre pensei", disse o padre, "que antes de aplicar a tecnologia em nossas ambições... devíamos primeiro desenvolver a humildade do espírito."

"Talvez. Mas não posso esperar."

"Não pode. Estou percebendo."

O jesuíta começou a aplicar a massa pastosa nos buracos e rachaduras da base do altar. Aquilo fez com que as configurações da câmera de termovisão se agitassem em marrom, laranja e verde conforme o corpo quente e a massa fria na espátula cruzavam pelas lentes. Mario deu um sorriso irônico, desligou a câmera e saiu da igreja.

Anita, que até então estivera ouvindo os dois homens, passou a falar.

"Diga uma coisa, padre Malcolm. Supondo que esses distúrbios tenham alguma dimensão espiritual, por que não poderiam ser os mortos? Digo, os que sofreram as piores profanações, talvez aqui mesmo nesta igreja, esquartejados e tendo os membros dispostos em posturas grotescas. Quem garante que não estão atrás de vingança?"

Padre Malcolm não respondeu, continuou dedicado a aplicar a massa corrida na base rachada, com rapidez e delicadeza.

"É isso que o Vale de Gólgota pensa que está acontecendo", Anita insistiu.

O sacerdote se virou. "Pois estão errados", ele respondeu. "Ninguém volta à terra. O julgamento das almas é instantâneo e irrevogável."

"Como assim?"

"Para Lovell, a danação significa sua separação de Deus e a consciência de seu abandono. Para os mortos desta igreja, se tiverem sido de fato absolvidos de seus pecados, não há por que temer a segunda morte, que é o sofrimento da alma no inferno."

"E seu tio?", Anita quis saber.

Padre Malcolm a olhou de relance. Parecia não estar sendo sarcástica, e mesmo aquele rígido tom profissional havia sumido. Estava curiosa, apenas.

"Posso apenas rezar para que ele tenha se dado conta de sua degradação antes da morte. Para que tenha orado por seu perdão." Largou a espátula e se aproximou dela. Seus olhos brilhavam. "Veja, eu creio que Cristo, em Sua encarnação, sofreu da dúvida, da alienação e do infindo horror da aniquilação. Suportou a noite escura da alma em sua cruz no Gólgota. O mesmo ocorreu com Bernard Lovell. O mesmo com meu tio. E o mesmo ocorre a todos, mais cedo ou mais tarde. Mas, sendo Cristo, Ele triunfou sobre aquela infame, obscena e paralisante perturbação mental, e assim nos redimiu a todos pela crença em seu sacrifício."

Engoliu em seco. Percebeu que ela escutava com atenção. Correu os olhos pelas ruínas que os rodeavam.

"Nesta igreja", explicou, "dois homens de Cristo encontraram a noite escura e fracassaram. Amanhã será minha vez de adentrá-la."

Anita estava visivelmente abalada. "Então Mario tinha razão. Esta igreja é *mesmo* seu ringue", disse ela, em tom suave.

O jesuíta estava agora a poucos centímetros daquela adorável face. Ela sentia no rosto sua respiração.

"Sim, Anita", sussurrou. "Amanhã combaterei o mais poderoso inimigo de Cristo." Seus olhos ardiam; o rosto tenso de determinação. *"Não posso fracassar."*

Mario atravessou o corredor carregando um videocassete.

"Ora, mas que cena mais fofa", resmungou.

Anita caiu no riso, o rosto ruborizado.

Confuso, o jesuíta se afastou. Ela parecia ter regressado ao firme ceticismo de Mario. Será que ele a superestimara? Será que Anita apenas o sondara pelo interesse científico? A expressão da mulher era indecifrável. Padre Malcolm deu-se conta de não possuir nenhuma experiência pela qual decifrar os modos de uma mulher.

Sentia-se inteiramente perdido na companhia de Anita.

Na profunda escuridão que enchia o vale, vaga-lumes zuniam entre os arbustos. Espalhavam-se em ondas desde o rio, movendo-se em um vai e vem até envolver a igreja.

O ar era carregado de uma poeira finíssima que baixava sobre a igreja, infiltrando-se na kombi e indo se acumular no presbitério. O Vale de Gólgota escurecia sob aquilo. O Siloam tornava-se um poço viscoso de escuridão.

Era quase meia-noite quando o padre Malcolm saiu da igreja. Tinha as calças e a camisa sujas. Os braços encobertos por grossas camadas de massa. Pensou ver uma luz na kombi e seguiu rapidamente pelo caminho.

De repente, deteve-se.

"Mario", ouviu Anita murmurar lá dentro, "espera... oh... espera..."

Ouvia-se um som pesado, corpos se movendo e a respiração ofegante de um homem corpulento.

"Ai, isso... Mario... isso, isso. Agora! Agora!"

A kombi se agitava em espasmos — e os arbustos, erguendo-se feito espinhos, de repente pareceram mãos contorcidas suplicando aos céus daquele vale escuro.

O jesuíta se virou imediatamente. Na pressa, prendeu o tornozelo nos cabos que Mario largara enrolados na grama. Como se o chão e o céu se virassem, o jesuíta sentiu seu corpo bater com toda a força contra cabos e galhos.

Ouvia o próprio coração acelerado. Completamente enganchado na vegetação, viu a porta da kombi se abrir. Era Mario, nu, o olhar fixo e um pé de cabra nas mãos.

"Quem tá aí?", berrou.

"Mario... sou eu..."

Com dificuldade, o jesuíta se pôs de pé. Esfregava a terra dos joelhos.

Mario gargalhou sem raiva alguma.

"O que deseja, padre Malcolm? Não veio para abençoar nosso ato de amor, veio?"

Padre Malcolm corou de tal maneira que Mario podia perceber mesmo no escuro.

"Queria saber se poderiam me ajudar com o altar."

"Altar?"

"Tenho um novo no presbitério. Mas é pesado. E já não temos muito tempo."

Mario virou-se para Anita atrás de si, que no fundo da kombi agarrava o saco de dormir em frente ao corpo.

Ele vestiu as calças e, descalço e sem camisa, seguiu o padre ladeando a parede sul. Minúsculos insetos se batiam contra eles, em nuvens alucinadas, pela borda do cemitério.

"Por que essa pressa toda, padre?"

"Amanhã é domingo."

"E daí?"

"Domingo é quando se deve consagrar uma igreja."

As janelas góticas estavam mais escuras do que os campos iluminados pela luz difusa das nuvens. Mario mal enxergava os equipamentos em meio a tantas caixas que o jesuíta carregara para dentro.

Na casa paroquial, padre Malcolm parou à porta. Viu as marcas vermelhas no peito e nas costas de Mario. Era como se tivesse sido arranhado por garras.

"Qual o problema?", Mario perguntou.

"Nenhum. Perdão. Cuidado onde pisa, há pregos pelo chão."

Uma grossa vela branca, consumida quase até o fim, iluminava o interior. A túnica do jesuíta estava pendurada em um pequeno corredor. Na mesa da cozinha, acessórios da indumentária. Mario reconheceu a bolsa de tecido preto que, colocada em um dos ombros, guardaria a hóstia antes de sua consagração. Um crucifixo fora apoiado contra a parede. A casa paroquial fedia não apenas pelas maçãs podres sob o assoalho, mas também pelo cheiro de suor humano.

Bem ao longe, um trovão rugiu abafado por entre morros invisíveis.

Pela janela, Mario notou densas nuvens lampejando e um raio fortíssimo caindo além do horizonte.

Padre Malcolm retirou um pano grosso de cima do suporte de nogueira do altar. Em sua frente se lia o nome de Cristo, IHS, marchetado em um mosaico também de nogueira.

"Esse é o altar?"

"É a base. Vamos montar o altar lá na igreja."

O padre fez um gesto para que Mario erguesse uma das pontas. Pesava quase cinquenta quilos e tinha um formato desajeitado, o topo mais fino que a base. Conseguiram carregá-lo para fora do presbitério, depois pelo caminho que o ligava até a igreja, suando em bicas a despeito do vento fresco e seco que soprava.

O interior da igreja estava incrivelmente escuro; o ar, feito éter, sufocante.

Esforçaram-se ao manobrar a base do altar e descê-la um degrau. Baixaram-na devagar, os dentes cerrados, rostos trêmulos de tensão. Mario enfim largou o peso, recuperando o fôlego.

O jesuíta já parafusara dois crucifixos grandes nas paredes, Cristos expressionistas estirados nas armações douradas daquelas cruzes.

Várias garrafinhas e recipientes bem fechados estavam dispostos no chão para o exorcismo, além de doze candelabros baixos.

Perto do altar, ainda sem a toalha, o tabernáculo estava ornamentado, galhetas de água e vinho, e velas douradas em uma caixa comprida que foi posta junto de um candelabro também dourado. Ali também estava uma caixa de papelão com a lamparina do altar, seu vidro cor de rubi e as correntes de bronze, todos reluzentes.

Colocaram o suporte do altar na plataforma baixa feita com as tábuas que padre Malcolm pregara de forma tosca, mas funcional. O padre ajeitou o suporte até que ficasse bem no centro. Depois, com carinho, alisou suas laterais.

"Vê?", comentou. "Pelo chão, o altar estará em contato com a terra. Será uma mediação entre Deus e o homem."

O altar era tão pesado que precisaram andar a passos bem curtos, erguendo-o para que passasse pela porta. Quando o encaixaram nos entalhes do suporte, a enorme pedra e o tampo de madeira se encaixaram com perfeição.

O sacerdote examinou os quatro pontos de apoio do altar.

"O contato não pode ser quebrado nunca", explicou rapidamente.

"Por que não?"

"Se o contato entre o altar e o suporte for perdido, mesmo que por um segundo, o altar perde também sua consagração."

Agora padre Malcolm desdobrava diversos panos brancos que trouxera em uma bolsa preta de couro. Desembrulhou a manta que protegia o antepêndio, o painel frontal, e cuidadosamente o colocou sobre o altar. O antepêndio era bordado com o Alfa e o Ômega, que reluziam na escuridão.

Antes que o altar fosse coberto, Mario reparou na pedra nua e mosqueada. Era levemente inclinada, levemente côncava. Um descendente distante, Mario sabia, das pedras de sacrifício que eram talhadas para deixar escorrer o sangue dos animais imolados.

Padre Malcolm ajustou com carinho a toalha posterior, o pálio, em seu devido lugar. Então, do chão ergueu o tabernáculo ornamentado e o depositou sobre o altar.

"Alguma dessas coisas está consagrada?", Mario perguntou.

"Como? Não, ainda não. No presbitério há alguns itens, sim. Mas o altar, assim como a igreja e o cemitério, ainda é profano."

O sismógrafo, quando Mario o olhou, indicava tremores na parede norte.

"Mario..."

Surpreso pelo tom em sua voz, Mario se voltou para olhar o jesuíta, cujo rosto era de uma palidez extraordinária.

"O que houve?"

"A lamparina do altar... Não consigo tirá-la do estojo..."

Intrigado, Mario foi até o estojo de madeira. As correntes de bronze enrodilhadas davam voltas em torno de uma pequena lamparina redonda com um vidro vermelho-rubi ao redor do pavio.

"Isso não pesa nada", Mario comentou. "Qual a dificuldade?"

"Se você puder... me ajudar..."

Mario agarrou a lamparina, sentindo um extraordinário peso residual, como se algo muito forte a puxasse para baixo. Mario sentia o peso em suas mãos. Mas aquela resistência cedeu pouco a pouco, e logo Mario erguia a lamparina à altura do peito, do mesmo jeito que um halterofilista sustenta o peso dos ferros. Devagar, a lamparina de bronze foi se tornando mais leve até tilintar normalmente nas mãos de Mario.

O sismógrafo não indicava mais nenhum tremor.

"Obrigado...", padre Malcolm agradeceu, nervoso, enxugando o suor que fazia sua testa reluzir. Encarou Mario de um jeito estranho, como se amedrontado.

"Você perguntou se havia algo consagrado nesta igreja. Disse que não, mas estava errado. Há uma coisa."

"O quê?"

"*Eu* sou consagrado."

A câmera de termovisão registrou a queda brusca de temperatura conforme o Siloam esfriava ao ar da noite. Ainda assim, a atmosfera da igreja era fétida, quente e pútrida como em um forno a carvão.

Hesitante, padre Malcolm olhou pela igreja. Os equipamentos funcionando através da bateria eram a única fonte de som ali. Os grilos haviam se calado subitamente, como se algo tivesse chegado ao vale.

O padre cobriu o altar com sua manta protetora. Com a ajuda de Mario, prendeu a lamparina de modo que ela ficou pendurada em suas correntes de bronze sobre o altar.

A lamparina estremecia sobre o altar não consagrado. Mas aos poucos se firmou.

"Vou para o presbitério agora", disse o padre. "Meditar e rezar."

Parecia querer dizer muito mais. Mas não tinha tempo. Algo havia começado. Seus olhos brilhavam com um medo estranho e um tique repuxava sua boca.

"Virá me encontrar quando amanhecer?", perguntou.

"Sim."

"Obrigado, Mario."

O jesuíta olhou com nervosismo para os espaços da igreja. Os frascos, caixas e utensílios estavam dispostos do modo mais eficiente possível. Repassou mentalmente o exorcismo, satisfeito por ver tudo no devido lugar.

Atravessando a porta, saíram para o sereno. Padre Malcolm trancou a igreja e entregou a chave a Mario.

"Fique com ela", o padre ordenou. "Quando lhe der o sinal amanhã, abra a porta."

Perplexo, Mario concordou, guardando a chave no bolso.

"Além disso, devo lhe dizer para não entrar na igreja esta noite."

Aquilo foi uma ordem, não um pedido.

"Nem mesmo para conferir seus equipamentos", o padre completou.

"Tudo bem."

Padre Malcolm olhou para a porta fechada. O luar fraco se projetava na madeira gasta.

"Talvez seus aparelhos nos tragam sorte", disse, sorrindo. "Boa noite, Mario."

"Boa noite, padre Malcolm."

Mario observou o sacerdote atravessando o cemitério, a cabeça baixa, pronto para o exorcismo.

Mario encontrou Anita na kombi com o olhar fixo para além do pântano. Parou no mesmo instante. "O que foi?"

Ela apontou para o cemitério. Os pedregulhos se agitavam nas tasneiras, pipocando como feijões mexicanos saltitantes.

"Psicocinesia indiferenciada", respondeu com calma. "Recorrente e espontânea. Está assim desde que vocês levaram o altar para a igreja."

Os pedregulhos rolavam em ondas, cruzando-se em linhas, soando como ossos ao se chocarem uns nos outros. Depois disso, voltavam a se aquietar na terra.

"Acha que é o padre?", ela perguntou.

Os ombros de Mario se curvaram. Esfregou o rosto, lutando contra o cansaço. "Bom, com certeza, ele serviu de catalisador para algumas coisas desde que chegou. Acho que suas emoções problemáticas estão sendo projetadas." Mario vestiu o casaco de couro por cima do torso nu. "Enfim, quanto pior ele estiver, melhor para gente. A brincadeirinha de amanhã deve agitar nossos equipamentos."

Pela primeira vez desde que ela o conhecera, sua argúcia, a agilidade mental e a agudeza de cálculo que demonstrava destoavam do que ela própria sentia. Havia um charme que lhe servia para mascarar a aspereza de seu pensamento. Ela se perguntava se aquela rispidez não o cegava, não o fazia insistir em uma teoria errada apenas por teimosia.

Mario levantou a mão.

"Que foi?", ela quis saber.

Ficaram à escuta. A voz do jesuíta vinha desde o presbitério por sobre as montanhas de entulho. Era uma voz vigorosa, entregue a um estado de horrenda honestidade. Anita sentiu-a em seu coração.

"*Inimigo da raça humana... fonte da morte... ladrão da vida... raiz do mal... sedutor de homens... serpente imunda... por que resiste? Sabe que Nosso Senhor Jesus Cristo destruirá seu plano...*"

O resto se perdeu pelo Siloam, de súbito agitado pelo vento sul que redemoinhava, soprando pelas margens de argila e se infiltrando nas fundações da igreja.

"O que ele está fazendo?", Anita murmurou.

Mario abriu um sorriso desanimado. "Está invocando Satanás."

Na casa paroquial, a escuridão parecia jorrar pelas janelas estilhaçadas, como se dali viesse a própria noite. A igreja também, mesmo com as luzes vermelhas dos equipamentos, deitava escuridão por seus peitoris.

"Mas isso... isso é magia obscura", contestou.

"Só se for mal utilizada. De acordo com a doutrina católica, todos esses distúrbios são reflexo de seu mestre, Satã. Então, como um bom padre, ele tem que invocar o mal original para poder exorcizá-lo."

"E para isso precisa de Jesus Cristo."

Mario sorriu um sorriso largo.

"Entendeu rápido, meu amor. Por isso esta noite é crucial."

Observaram os campos e a igreja, mas o vento sul se acalmara. A voz do jesuíta seguia em um sussurro monótono.

"Pobre coitado, não sabe quem ou o que pode ser um agente do anticristo", Mario comentou, com simpatia. "Os seixos. O Siloam. Poderia até ser você."

Anita virou-se. Mario sorria, mas o sorriso era ambíguo e o olhar, duro.

"Como é?", perguntou.

"Você poderia ser um agente do anticristo. Mesmo sem saber."

"Besteira."

"Vi como ele olha para você."

"Certo, e que porra você quer dizer com isso?"

Mario encolheu os ombros, afastando-se e indo arrancar um talo de grama amarelada. Colocou-a entre os dentes.

"Você está causando algo nele, Anita."

"Que absurdo."

"Talvez. Talvez não. Ele pode ser um padre, mas antes disso é um homem."

"Que conversa repugnante, Mario."

"E desde quando Anita Wagner é pudica?"

Ela não disse nada, ainda que o ódio em seus olhos fosse suficiente para fazer Mario se afastar.

"Vai lá espiar", ele sugeriu. "Veja a Igreja Católica em ação."

"Prefiro respeitar sua privacidade."

"Eu diria que, como cientista, é sua obrigação observar o principal envolvido. Especialmente em um caso de projeção psíquica."

Anita percebeu uma ponta de sarcasmo na voz de Mario. Do que ele a estava acusando? Como sempre acontecia quando Mario a provocava, ela fez exatamente o que quis fazer. Atravessou as urtigas no caminho até o presbitério e olhou pela janela.

A vela estava quase inteiramente consumida. Cera branca cobria partes do chão. Na escuridão, podia ver o crucifixo inclinado sobre a mesa, os braços abertos de Cristo se estendendo a ela com o brilho refletido dos relâmpagos. Anita sentiu o cheiro de incenso. Então, feito brisa suave, chegou-lhe a prece intensa e quase inaudível do padre Malcolm. Lembrava-lhe os estudos que ela e Mario haviam feito com pessoas em transe.

Padre Malcolm ajoelhava-se, encarando o crucifixo e perdido em um mundo que ela desconhecia.

Então esta é a alma de um homem, Anita pensou. Mãos e braços imundos com torrões de terra, arranhões ensanguentados nos braços, poeira escorrendo de suas bochechas. Os cabelos loiros emaranhados e desgrenhados. Olhos fechados. Anita se apoiou no peitoril da janela. Será que Mario tinha razão? Aos olhos de um sacerdote devoto, uma mulher poderia aparecer como serva do inimigo supremo?

Padre Malcolm silenciou. Parecia aguardar algo. Na verdade, ela bem sabia que aguardava. Todos aguardavam. Se Mario estivesse correto, o sacerdote se tornaria veículo para seu mais intenso estudo de projeção psíquica. Mas agora, olhando o homem de joelhos no chão imundo, Anita considerou que o padre poderia ser apenas objeto do paranormal, uma vítima mesmo, e não sua causa psíquica.

O jesuíta olhou fixamente para além do crucifixo, vendo os relâmpagos que dançavam entre as nuvens. Havia ali uma intimidade extraordinária que incluía tudo, inclusive Anita. Parecia existir de fato algo como uma alma, revestindo aquela sala desgastada com uma atmosfera de paz e expectativa.

Anita sentiu seu efeito purificador. Tão singelo quanto o Siloam, pensou. Intrincado e delicado como as belíssimas nuvens noturnas. Profundo feito o poço do Vale de Gólgota.

Era uma dimensão de si que voltava a crescer.

Naquele instante, pela estrada da colina, uma caminhonete passou roncando. O motorista grisalho pôs o corpo pela janela e cerrou o punho na direção de Anita.

"Vocês vão morrer, seus idiotas!", veio o grito. "Todos vocês!"

6

O silêncio da noite era inexplicável. Ainda que o Siloam corresse, arrastando galhos secos pelas margens, não havia som. Tinha uma lividez extrema, radiante como em um sonho, e mariposas esbranquiçadas voejavam sobre o charco em vagos contornos de luz.

Na casa paroquial, de joelhos, o padre Malcolm aguardava. Havia derrubado as últimas barreiras de seu orgulho, mas ainda assim não se esgotara. Culpas informes lhe subiam à mente, eram purificadas e desapareciam. Lembranças de mesquinhez, ódio e ambição queimavam em meio à devoção ardente.

O ego vacilante se agarrava àquelas memórias, mas as orações as elevavam, unindo-as e purificando-as para além de seu alcance.

Aquele dia de tempestade no Atlântico, aos 12 anos, quando acertara seu irmão Ian com o mastro do veleiro. O órgão retumbante na Catedral de Saint Patrick, em Nova York, e ele odiando aquele som, temendo a morte.

As memórias subconscientes iam se desdobrando.

O tapete da infância, um pai irritadiço, o tio James que era jesuíta, gorducho e muito alegre, meio calvo e sorridente. Tio James contou-lhe sobre a Companhia de Jesus. Sobre o anel de ouro. A cruz na lapela. Homem complexo que também amara a arte e a beleza dos sentidos, as obras da Renascença, as mulheres idealizadas e os jardins luxuriosos pintados para os príncipes de Médici.

Um galho entre as rochas do jardim, e no galho duas serpentes enrodilhadas, trançadas no coito. Tio James apontou as serpentes, explicando a divisão sexual entre macho e fêmea, e seguiu seu caminho entre as margaridas com um ar de tristeza. Porque as paixões eram fascinantes, disse, mas afastavam o homem de sua forma natural de amar, que era a espiritual.

Mas havia outras memórias. Um hotel de balaústres brancos. Sob o segundo andar, o nebuloso Potomac. Pelo caminho que cortava os salgueiros, uma mulher de chapéu verde ia andando. Era sua imagem espelhada, ele pensou, vendo-a da sacada do quarto. Como Platão bem escrevera, uma única natureza fora dividida em duas, macho e fêmea, e Eamon precisava da satisfação daquela união assim como precisava da salvação.

Chamava-se Elizabeth Albers, e lecionava na Universidade Georgetown, no departamento de História dos Costumes. Seus seminários duraram dois períodos. Durante esse tempo, sentiram um respeito mútuo. Ao fim do verão, o sentimento já se transformara em profunda afeição. No outono, Malcolm soube ter chegado a uma encruzilhada crucial de sua vida, e pensar nas alternativas o angustiava. Havia apenas duas: casar com Elizabeth ou com a igreja.

Malcolm perdeu peso, os estudos começaram a esmorecer e os jesuítas o aconselharam a terminar o relacionamento. Ele se recusou, passando uma semana com a família Albers em Norfolk. Mas não encontrou ali sua resposta. Os planos para o casamento passaram a esmorecer; ele então voltou ao seminário e se atirou aos estudos.

Naquela época, frequentou um psicanalista. Ali discutiram suas idealizações do tio e da Companhia de Jesus. Examinaram a religião como se fosse uma sublimação do amor humano. Ao fim do semestre, graduou-se com louvor.

A carta que recebeu de Elizabeth seguiu selada, um sinal de seu amor. Quando se preparava para a ordenação na Companhia, sofreu outro episódio de colapso nervoso e voltou a Boston. Lá encontrou conforto nas lembranças de seu tio, de suas viagens a Veneza, em seus doutos escritos, até relembrar o horror do Vale de Gólgota.

Chegou-lhe outra carta de Norfolk. Desta vez, respondeu-a. A solidão do futuro se abria feito abismo diante dele. Solicitou a suspensão de sua candidatura à Companhia. Encontrou Elizabeth em um dia úmido e nevoento junto ao Potomac, no Cavern's Inn, um caro resort frequentado por congressistas e suas amantes, fato que descobriu após reservar um quarto para si.

Viu-a caminhando entre os salgueiros. Com um vestido de tweed e chapéu verde, possuía um estilo que o intimidava.

Servido o jantar na sacada, ele de súbito lhe contou ter mudado de ideia. Renovara sua candidatura. Não havia vida para ele fora da Igreja. Elizabeth não tocou em seu jantar, e o dele tinha gosto de serragem.

"Por que não me escreveu da primeira vez?", ela perguntou. "Precisava de você. E você, de mim. Qual o problema nisso?"

A palavra "precisar" era tão ambígua que ele se forçou a encarar o brilhante pôr do sol sobre o Potomac.

"Tive medo", respondeu.

"Por que sente tanto medo de si mesmo?", ela quis saber. "Eamon, é o amor que você teme?"

Incapaz de responder, envergonhadíssimo, apenas encarou o rio sem dizer nenhuma palavra.

"É... essa expressão física do amor", disse por fim, em voz baixa. "Isso é o que me dá medo."

Olhou-a. Para sua surpresa, nada a abalava, nada a fazia sentir vergonha dele.

"E, no entanto, essa poderia ser a união de nossas almas". comentou brandamente. "Que vergonha haveria nisso?"

"Nenhuma", admitiu. "Vergonha nenhuma."

Seu chapéu verde repousava no lençol branco da cama. Era um símbolo dela, de sua sofisticação, de sua vulnerabilidade. Ele ansiava por amor, vivera toda a vida carente disso, e ali estava ela, aguardando-o.

"Nenhuma", repetiu.

Amanhecia quando ele despertou sobressaltado. A toalha de mesa estava úmida de sereno. Sentada no sofá, Elizabeth se recostava em seu peito, a mão pálida em seu ombro. Via, em seu pescoço, a pulsação compassada. Os lábios agitados naquela semivigília. Deu-se conta de que passara a noite rezando, rezando e dormindo e rezando outra vez, lutando contra a desolação em cada fibra de seu corpo paralisado.

De repente, os seios dela lhe tocaram o corpo. Em um movimento tão natural quanto o embalar de uma criança, passara o braço por sua nuca para abraçá-lo.

Moveu-se para afastá-la com delicadeza. Mas quando suas mãos a tomaram os ombros, puxaram-na para si e ele fechou os olhos, inebriado por uma vertigem que o amedrontava.

"Oh, Eamon", sussurrou, em prantos. "Não me rejeite. Ao me rejeitar você também rejeita a si."

À luz da manhã, receberam um fino desjejum. Um garçom confuso, sem compreender aquele chapéu verde sobre a cama perfeitamente arrumada, serviu-lhes torradas com canela, omelete e café em uma bandeja de prata. Mas Eamon sentia-se morto, e tinha consciência disso.

Elizabeth tinha os olhos baços ao ser conduzida até o saguão do hotel. Abraçou-o com pressa e partiu, tomando o trem de volta a Norfolk.

Aquilo foi o que lhe causou o segundo e arrasador colapso nervoso. Mas de algum modo, após nova suspensão, conseguiu manter o foco na continuidade do trabalho do tio, e também no Vale de Gólgota. Passou de candidato a membro da Companhia de Jesus, mas aquela conquista lhe parecia particularmente sem valor.

Como se para compensar tantas suspensões, e também a fim de testar os resquícios de seus laços com Elizabeth, lançou-se à longa campanha para consagrar a igreja caída do Vale de Gólgota.

O jesuíta sondou sua consciência para saber se ansiava as glórias por recuperar a santidade daquela igreja. Admitiu que esperava, e orou a Cristo para que o livrasse daquele fardo. Examinou o próprio coração para saber se havia ainda algum traço de vingança no desejo de purificar a igreja, vingança pela obscena corrupção de seu tio. Admitiu que havia, e orou para ser liberto desse fardo também.

Mas não foi suficiente. Algo seguia à espreita nessas confissões. O sucesso do exorcismo, ele tinha consciência disso, dependia de arrancar o que quer que fosse pela raiz. Por isso orava para que a felicidade inebriante que sentiu junto à mulher também lhe fosse removida, que aquele prazer momentâneo experimentado em Georgetown fosse expurgado de sua alma, que Cristo o fortalecesse contra sua própria vulnerabilidade.

Devagar, começou a se vestir.

Primeiro, despiu-se das calças e da camisa de flanela, das cuecas, sapatos e meias. Com a água fria da bacia, lavou os braços, o rosto, o peito e as pernas, ensaboando a poeira e a tinta. Ensaboou e enxaguou os cabelos, secando-se com vigor.

De um prego na parede retirou as túnicas do ofício, enroladas em um tecido branco. Vestiu a alva com barra de renda que lhe chegava até os joelhos.

"Fazei-me puro, Ó Senhor, e limpai meu coração para que, purificado pelo sangue do cordeiro, eu possa servir-Lhe."

Amarrou a túnica branca com um cinturão franjado.

Os sapatos pretos cintilavam à luz cinzenta do amanhecer, e um barrete de bordas pretas cobria de forma confortável seus cabelos loiros. A casula vermelha era grossa, brocada e rija. A estola lhe envolvia comodamente o pescoço, dando-lhe confiança, o nome arcaico de Cristo bordado nela.

Que estranho, pensou. Fazia quase exatamente um ano que passara a noite com Elizabeth.

Saindo de seu devaneio, viu Mario na soleira da porta a encará-lo atônito.

"Mas que beleza, padre! O senhor está irreconhecível."

De fato, o jesuíta parecia transformado. O ouro e a prata na cruz em seu pescoço, a costura de ouro da casula, os branquíssimos ornamentos da alva faziam dele um claro representante da Igreja.

O jesuíta retirou um longo bastão de trás do armário. Estava embrulhado em um pano límpido. Ao descobri-lo, Mario viu que tinha em seu topo um pequeno e pesado crucifixo de prata. O padre se empertigou com o crucifixo à frente.

"O estojo de prata, Mario", disse com uma nova voz. "Traga-o ao cemitério."

Mario afastou as teias de aranha da parede e ergueu um pesado baú. O jesuíta seguira direto para fora. Era uma figura magnífica em sua casula escarlate, como uma criatura de outro planeta. Caminhava devagar, como se testasse o solo, mas Mario sabia que estava apenas se concentrando, focado no combate à sua frente.

O cheiro de folhas em decomposição e fruta podre fez com que Mario lembrasse do louco Lovell. Ali em sua frente, aquele jesuíta fervoroso e mal reprimido era outro exemplo de um sacerdote cuja missão beirava a loucura. Mario tinha essa intuição, observando o brilho revelador dos olhos, os dedos agitados que traíam a confiança aparente. Mario conhecia os padres. A banalidade que traziam escondida como um ninho de serpentes encoberto por hera, ids invencíveis. Mas talvez, e apenas talvez, este padre com emoções parecidas às de Lovell seria capaz de colaborar com sua pesquisa.

De todo modo, o jesuíta já começava a emanar ondas de medo e credulidade que a Mario pareciam quase palpáveis naquela manhã abafada e sem sol.

No caminho do cemitério estava Anita. Vestia calças jeans e uma blusa branca com detalhes em azul-claro.

"Bom dia, padre", disse em tom amigável. "Conseguiu dormir?"

O jesuíta não respondeu, mas apontou ao chão. Mario depositou o estojo a seus pés.

"Segure o crucifixo, por favor", pediu-lhe. "Mas não deixe que toque o solo."

Enquanto Mario segurava o bastão, o jesuíta se ajoelhou e abriu a caixa. Retirou do forro de veludo o incensário, que era de bronze e ornamentado com os mais delicados entalhes. Na bandeja, fez uma pequena pilha de grãos de resina. Então a acendeu com uma mecha de prata. A fumaça do incenso lhe envolveu até a cabeça.

No segundo compartimento do estojo havia um cálice tampado.

"Mario, preciso que segure a água benta."

Mario o encarou, piscando os olhos. A ideia tinha um quê de absurdo, considerando-se sua apostasia.

"Você quer que *eu* seja o coroinha?", fez Mario em voz baixa.

O jesuíta se voltou a ele. O rosto austero, expressões bastante marcadas e os olhos quase esvaziados pela dor.

"Mario, por tudo que lhe for mais sagrado..."

Mario umedeceu os lábios. Olhou para Anita, e com uma expressão de desgosto reprimido aceitou o cálice de água benta.

"Obrigado, Mario."

Com a água benta vinha o aspersório, um pequeno objeto para aspergir as gotas de água benta. Mario voltou ao passado. As incontáveis horas na capela, as freiras de passos ocupados, a doutrina martelada dia e noite nas jovens cabecinhas. Padre Pronteus. Com o desagradável cálice nas mãos, olhava amargurado para o cemitério.

Pelo menos, consolou-se, os equipamentos estavam registrando tudo.

O jesuíta olhou por sobre o ombro para as janelas escuras e estilhaçadas da igreja. Por longo tempo as encarou. Então correu os olhos para o cemitério.

Padre Malcolm ergueu alto o crucifixo. Com um passo decidido, adentrou aquele espaço de dois mil metros quadrados entre urtigas e lápides emboloradas.

"Esconjuro-te, Serpente antiga", clamou, "pelo poder Daquele que te pode enviar ao inferno, parta já deste solo consagrado no seio de Cristo!"

Mario via o jesuíta de olhos fechados, como se o velho reunisse forças para continuar. Entre logo em transe, pensou. Preciso desses resultados.

"Que o mal não tenha mais poder sobre esta terra! Que a paz de Cristo, o Redentor, derrame sua graça salvadora neste solo!"

O jesuíta balançou o incensário fazendo uma cruz. Então Mario segurou o objeto e o jesuíta aspergiu água benta na terra.

"Venha, Mario", chamou com voz branda. "Nada vai lhe acontecer."

Com o canto dos olhos, Mario percebeu que Anita fotografava, com discrição, aqueles procedimentos.

Padre Malcolm se enfiou em um matagal alto, o crucifixo de prata estendido a sua frente, e repetiu o procedimento em cada uma das lápides, fazendo sempre o sinal da cruz com a lateral da mão. Na quinta sepultura, a do gêmeo perdido, entoou: "Afastai, ó Senhor, o poder do mal! Dissolva as falácias de suas artimanhas! Que o maldito tentador fuja daqui! Que esta terra tenha outra vez a proteção de Vosso nome!".

Outra vez o jesuíta fez o sinal da cruz. E parou. Um calafrio percorreu a espinha de Mario. As nuvens sobre eles se adensavam.

Levou uma hora até que o padre santificasse todo o perímetro do cemitério. Quando voltaram para perto de Anita, ele estava pálido e trêmulo.

"Tudo bem com o senhor, padre?", ela perguntou.

"Na quinta tumba... Senti como se algo me puxasse... algo repugnante... sórdido de um jeito que não consigo explicar..."

O jesuíta enxugou o suor da nuca com um lenço. Então sacudiu os insetos vermelhos que lhe subiam pela alva.

"Para o campanário, agora", disse. "Mario, pegue a escada."

Mario o encarou sem se mover. Não compreendeu nada. Irritado, o jesuíta se voltou a ele.

"O sino também deve ser santificado!", gritou.

Mario devolveu o incensário ao estojo. Depois, seguiu padre Malcolm até a parede norte. Sobre eles, nuvens densas espiralavam cada vez mais baixas no vale.

"Rápido, Mario..."

Mario apoiou a escada desbotada e gasta contra o paredão do campanário. O jesuíta levava um frasco na mão.

"Padre, a escada não vai aguentar nós dois..."

Mas o jesuíta já não pertencia mais a este plano. Seus olhos refulgiam e os lábios iam tensos. Mario o seguiu.

Subiram até o telhado e de lá seguiram até a base do campanário. O campanário propriamente dito balançava com o vento forte. Abaixo deles, inúmeros campos farfalhavam com as correntes de ar que se cruzavam, cada vez mais fortes e agitadas.

A vertigem tomou conta de Mario, que logo se viu enjoado. Normalmente, não sofria daquilo.

"Amarre esta corda ao sino, Mario", instruiu o jesuíta. "O sino deve tocar outra vez."

Abrindo os olhos, Mario sentiu a paisagem se inclinando outra vez. Viu Anita, de braços cruzados, olhando para eles lá no alto. Tudo parecia instável. Apoiou-se nas pilastras do campanário.

"Força, homem!", sibilou o jesuíta.

Aquilo era algo estranho a se dizer. Mario encarou o padre. Indagou-se se havia enlouquecido. Por fim, apanhou a ponta da corda e caminhou para baixo do sino. Ficou surpreso ao perceber que o enorme sino de ferro, com a data de sua fundição na Filadélfia em 1886, balançava segura e livremente mesmo após quase um século de choques contra as pilastras.

Padre Malcolm destampou o frasco. Com os dedos, ungiu o sino por dentro e por fora.

De repente, a rolha voou de sua mão, agitando-se no ar e indo parar no meio do Siloam. Agarrou a mão de Mario na mesma hora.

"Ele está furioso, Mario", sussurrou. "Não tenha medo."

Padre Malcolm fez o sinal da cruz naquela enorme massa de ferro.

"Em nome do Pai, do Filho e do Espírito Santo", disse ao vento, "que este sino abjure todo o poder e a dispensação do mal nesta terra! Que o mal antigo ouça-o e fuja! Pois ele representa a Redenção de nosso Senhor Jesus Cristo!"

Nesse momento Mario compreendeu a fonte de sua vertigem. Aquelas litanias, o fervor católico soando em seus ouvidos, clamado por um sacerdote de fé, traziam-lhe de volta o antigo sonho, por tanto tempo desprezado, de servir à Igreja.

Nuvens tempestuosas se acumulavam sobre os bosques de bétula. Galhos e gravetos eram soprados pelas ruas do Vale de Gólgota. Mario viu naquilo uma analogia com o caos prestes a irromper em sua mente. Quando desceu as escadas, Mario sentiu o vento soprar em suas pernas como se fossem mãos, trazendo-lhe de volta os antigos medos e lendas do tempo de orfanato.

Anita firmou a escada.

"O padre está completamente pirado", disse Mario com sarcasmo, escondendo seu próprio tormento. "Uma beleza."

Mas quando padre Malcolm pôs-se ao lado dela, Anita viu apenas o rosto cansado e abatido de um homem sensível.

O jesuíta se voltou ao ouvir um som. Seixos rolavam em pontos aleatórios dos barrancos de argila. As pedras planas estalavam contra os alicerces da igreja. Abrindo um sorriso largo, conduziu a todos para a porta trancada.

Mario carregava o incensário. Para Anita, entregou um recipiente de estanho com água gregoriana. A mistura de água benta, sal, vinho e cinzas em suas mãos era estranhamente pesada.

Padre Malcolm ergueu o crucifixo.

"Contemplem a Igreja das Dores Perpétuas", disse em voz alta. "Uma igreja acuada pelas artimanhas do vil espírito."

O nome da igreja era perfeito, pensou Mario. Com uma precisão infalível, a Igreja Católica espalhava seu misticismo pelos lugares mais negligenciados.

O jesuíta falava de maneira íntima com aquela igreja que matara seu tio e envenenara seus próprios pensamentos. De algum modo, era como se fosse uma extensão de si mesmo. E naquele instante, enfim, apresentava-se para derrotar aquele inimigo interno a ele e à igreja.

"O velho inimigo ronda a igreja", disse em voz ainda mais alta, "e infesta a terra com sua miséria."

De repente, e furioso, aspergiu água gregoriana sobre a porta. As gotas se misturaram à chuva que escorria pela tranca de ferro.

"Repeli, ó Senhor, o poder do mal! Que o profano daqui fuja pelo poder de Teu nome!"

Erguendo o crucifixo, vagarosa e pomposamente, fez com ele o sinal da cruz.

Pareceu relaxar, vendo as gotas de água gregoriana cintilando na luz difusa, e mesmo sem querer, sorriu.

"Ótimo", confidenciou. "Muito bom. Vamos purificar a igreja."

O jesuíta seguiu até o fim do muro e em sua esquina aspergiu a água gregoriana.

"Em nome do Juiz dos vivos e dos mortos!", proclamou. "Em nome do Criador! Em nome do arcanjo Miguel que o atirou ao inferno! Abandone a Igreja das Dores Perpétuas! Ceda perante o sinal da cruz!"

A náusea outra vez tomou o corpo de Mario, desde o plexo solar. Como um campo gravitacional, as litanias o arrastavam de volta a níveis pré-verbais de sua dependência psíquica pela autoridade do padre Pronteus. Ele, que tão completamente o traíra.

Mario espiou pela janela. Os equipamentos zuniam suavemente, o termovisor apontava ao altar. A náusea diminuiu. Aqueles eram os mecanismos de sua própria mente, de sua liberdade e rebeldia. Sentiu-se melhor. A velha amargura outra vez lhe aguçava a mente.

O jesuíta entregou a água gregoriana para Anita. Agora, o vento soprava sua blusa contra o peito, revelando contornos suaves e cheios. Rapidamente o jesuíta se afastou, incensando as tábuas e seguindo cerca de dez passos pela parede sul. O robe vermelho se agitava ao vento como grandes asas de um pássaro escarlate. Uma vez mais, pegou a água gregoriana de Anita.

"Em nome do Juiz dos vivos e dos mortos!", repetiu. "Em nome do Criador!"

Sob a claridade difusa do céu encoberto, a sombra vaga de Anita se projetava na parede da igreja, ondulando pelas tábuas em formas que se metamorfoseavam.

O impulso por se virar e olhar Anita era quase uma tortura física. O corpo de padre Malcolm tremia, a mente buscando um vestígio que fosse. Mas apenas aspergiu água gregoriana sobre a sombra fugidia e inquieta.

De canto de olho o jesuíta via que a chuva, ainda leve, já transformara o caminho para o presbitério em uma língua de lama serpenteante. Um lamaçal indistinguível das próprias margens de argila era sugado pelos alicerces da igreja.

Um pássaro morto boiava, circulando em um redemoinho viscoso e lento.

Evitando Anita, voltou a buscar o recipiente.

"Anita, por favor. A água gregoriana."

"Fiquei pensando, padre Malcolm. Eu poderia usá-la para algo melhor."

"Para quê?"

"Posso usá-la de lubrificante."

Paralisado, o jesuíta não ousou mover o olhar. Sabia que aquilo não podia ser real, que era apenas uma alucinação, mas mesmo assim não ousou olhá-la. Na base da igreja, o barro avermelhado deslizava feito diarreia.

Padre Malcolm entoou, suavemente, o Salmo 86.

> *"Dá ouvidos, Senhor, à minha oração*
> *e atende à voz de minhas súplicas.*
> *No dia da minha angústia clamo a ti,*
> *porquanto me respondes."*

"Poderia tomar uma ducha sagrada", insistiu a voz provocante de Anita.

O jesuíta girou nos calcanhares, seu rosto pálido e contorcido.

Era a imagem de Anita, mas profana, infestada pelo mal. Agitava a língua de um lado ao outro com rapidez. Os olhos tinham um brilho sobrenatural e os dentes brancos mordiam a língua túmida.

Sorriu com lascívia.

"Não deu pra resistir, né?", murmurou a alucinação.

Padre Malcolm estremeceu. Era como se tivesse sido trespassado por uma lança. Os olhos lacrimejavam de ódio.

O ribombar de um trovão, feito um tiro, ecoou pelo vale.

Quando procurou a água gregoriana, viu que Anita parecia normal de novo, e solícita, mas, mesmo assim, manteve o crucifixo entre os dois.

O jesuíta oscilava e estremecia em seu delírio. Mario veio acudi-lo, agarrando-o com firmeza pelo braço.

"Padre Malcolm", disse com calma, "está tudo bem?"

"São artimanhas, Mario. Apenas isso. Já me deparei com elas antes."

O jesuíta passou por Mario e, na ventania, a chuva se derramou nas extremidades do crucifixo.

"*Mario!*", arfou Anita, apontando algo.

Na porta da igreja, onde a água gregoriana fora aspergida, marcas de fogo haviam corroído a madeira.

Projeção psíquica, Mario pensou no mesmo instante. *Mas é tão real. Tão, tão real. Que outros horrores o cérebro desse homem vai projetar quando entrar na igreja?*

O jesuíta correu para a porta.

"Exorcizo-te, espírito maligno!", trovejou em meio ao vento e à chuva. "Arranco-te as raízes, expulso-te da casa de Deus!"

A barra da casula vermelha já estava inteiramente suja de lama. Padre Malcolm ficou ali encarando a porta, atingido pela tempestade.

"Abra caminho para nosso Senhor, Jesus Cristo!", exigiu. "Abra caminho para o Deus que habita nesta igreja!"

A chuva que caía era torrencial, fria e pesada, fazendo com que o incenso chiasse soltando fumaça. Então o jesuíta se afastou da porta e olhou em volta, vendo as árvores retorcidas e o cemitério. Após um tempo, e com cautela, sentiu-se satisfeito.

Devagar, caminhou pela lama, afastando os arbustos com a ponta do bastão, e se dirigiu à porta.

"Em nome do Pai, do Filho e do Espírito Santo", decretou, "eu agora me encarrego da Igreja das Dores Perpétuas. Receba a retidão e o sacramento!"

Golpeando com a base do bastão do crucifixo, fez ecoar um estrondo vestíbulo adentro. Golpeou uma segunda vez. Então, uma terceira.

Fez sinal para Mario.

Mario avançou para destrancar a porta. A maçaneta de ferro estava emperrada. Firmou os pés e depositou todo o peso que podia para girá-la, até que a tranca cedeu com violência. A porta lentamente se abriu para o interior.

Um bafo escuro e corrosivo emanou dali. Mario recuou, tossindo.

O jesuíta, horrorizado, ergueu o crucifixo.

Devagar, entrou no vestíbulo. Havia uma pesada caixa de madeira junto à parede mais próxima. Ele firmou o crucifixo nas mãos e o inclinou na direção da caixa.

"O cálice fechado", sussurrou. "Traga-o para mim."

O jesuíta o recebeu e derramou a clara água benta na pia reluzente.

Das profundezas da igreja ecoou um gemido surdo e vacilante, um obsceno murmúrio de satisfação.

Estava escuro em toda parte, menos no vestíbulo. O jesuíta avançou para o interior, mas logo se deteve. Da igreja subiu um fedor de cadáveres e um riso alucinado. Era um som de prazer furtivo, apressado, um hálito maligno.

"É Satanás", murmurou o padre. "E sabe que estamos aqui."

Entraram na igreja. Seca, quente e com uma atmosfera abafada, como em uma fornalha recém-fechada em cujas paredes o óleo viscoso ainda ardesse. Mario viu que seus equipamentos seguiam funcionando. Fosse qual fosse o fenômeno com o jesuíta, pensou, suas manifestações externas estariam sendo devidamente registradas em fotografias, fitas de vídeo e nas fitas magnéticas que giravam lentamente no gravador.

"Contemplem a cruz do Senhor!", exclamou padre Malcolm. "Em nome de Jesus Cristo, pela intercessão da Virgem Imaculada, dos abençoados apóstolos Pedro e Paulo e por todos os santos do paraíso, com a autoridade de nosso ofício expulsamos agora toda invasão diabólica!"

Uma gosma verde escorreu pelo peito da túnica. O padre apanhou um lenço branco de algum bolso e limpou-a. Mario ergueu os olhos. Penduradas em fios invisíveis de seda, meia dúzia de lagartas rodopiavam vagarosamente ao sabor do vento.

O jesuíta fez uma pausa. Ouvira a voz do tio.

"... é assim, Eamon... assim... quando se louva... a um asno é bom... é bom... bom... mas louvar a uma cabra... muito melhor... muito... muito melhor..."

Padre Malcolm identificou o leve sotaque esbaforido de Boston. A igreja voltou ao silêncio.

"Ele veio preparado, hoje", disse o padre, atento.

O jesuíta travou o maxilar, ergueu o crucifixo e adentrou o breu.

"Que Deus seja louvado", clamou. "Que o inimigo se dissipe."

Algo brilhou levemente nas paredes norte e sul. Dois crucifixos. O jesuíta sentiu os joelhos fraquejarem.

Ambos os Cristos, pouco antes reluzindo a dourado, agora pareciam disformes, corcundas e cancerosos; tinham as pernas e os rostos corroídos por sarna, assimétricos, feridos.

Leite gotejava de suas vestes.

"Não, não...", lamentou o padre. "Que sacrilégio..."

Agitou-se, parado ali, e olhou para Mario e Anita, que pareciam não ter visto nada.

Anita se dirigiu à câmera de termovisão. Ampliou um pouco o foco para enquadrar o padre. Ondas vibrantes, de um verde azulado, emanavam do barrete de padre Malcolm e do crucifixo, ainda frios pela chuva.

O rosto do padre se retesou. Gotas de suor escorriam por sua nuca, misturadas à água da chuva. Ergueu o crucifixo ainda mais.

"Cesse toda injúria contra esta igreja!", gritou. "Vai-te daqui, Satanás! Humilhado! Pois é Deus que assim ordena!"

Sentada à cátedra, na plataforma de madeira com degrau circular que encimava o altar, vestido em vermelho e ocre, via-se a figura de um bode chifrudo, a cabeça coberta de pelos.

A língua do bode, áspera e rósea, mostrava-se ao jesuíta.

Aspergiu água benta sobre a cátedra.

"Curva-te, Serpente antiga!", clamou. "A Mãe de Deus, Virgem Maria, assim ordena! O sangue dos mártires assim ordena! Exorcizo-te desta casa de Deus!"

Ouviu-se um eco tosco e sibilante.

"Deus... breus... meus... Deus... breus... meus..."

E o eco logo cessou. O jesuíta, em sua aflição, não percebera que Anita e Mario tinham se aproximado dos equipamentos para monitorá-lo.

O termômetro indicava uma queda de dez graus na temperatura.

O jesuíta ouvia com atenção. Do lado de fora, havia apenas as pancadas da chuva que já diminuía.

"Que os inimigos da cruz sejam vencidos!", clamou em tom de desafio.

Não houve resposta àquela provocação. Exorcismos são feitos de avanços e recuos. O jesuíta sentiu que naquele momento, pelo menos, houvera um recuo da presença maligna, como se tivesse batido em retirada à espera de reforço.

"É melhor sermos rápidos, agora", sussurrou o jesuíta, apressando-se na direção da parede mais próxima, em que a câmera laser fora instalada. Na mão esquerda tinha o frasco da crisma. Com tal mistura de bálsamo e água benta, fez uma cruz na parede.

Pegou do chão o incensário e incensou a cruz que acabara de inscrever.

Em doze pontos o jesuíta crismou as cruzes, por doze vezes dedicou a igreja a Deus, e em cada ponto ao redor da igreja deixou uma vela acesa a fim de marcar a presença da santidade.

As doze velas, compridas, douradas e postas em pratos de estanho, emitiam sua claridade pelas paredes.

O jesuíta suava em bicas. Traçou uma cruz de Santo André no chão perto do altar, com areia e cinzas. Na viga da cruz inscreveu os alfabetos latino e grego.

Padre Malcolm examinou a igreja. As velas tremulavam à brisa que soprava pelas janelas, mas seguiam ardendo firmes, confiantes. Anita trocou a fita do termovisor.

O solo e as paredes, por dentro e por fora, haviam sido sacramentados. Mario sentiu a mesma claustrofobia que sentia no orfanato.

O jesuíta tirou as toalhas de altar de um baú. Abriu o antepêndio de modo que o Alfa e Ômega ficassem voltados para a frente. A toalha central, lisa e imaculada, cobria a pedra do altar, e atrás dele pendia o pálio. Começou a aspergir água gregoriana por toda parte, purificando a base e o assoalho em torno do altar.

Com uma voz potente, entoou o Salmo 44:

> *"Tu nos salvaste de nossos inimigos,*
> *e confundiste os que nos odiavam.*
> *Em Deus nos gloriamos todo o dia,*
> *e louvamos Seu nome eternamente."*

Assim como o próprio salmo, escrito por Davi mais de dois mil anos antes, sua evocação ali no altar era de uma potência enorme. Operava sua vontade por meio do animado jesuíta.

Sobre a toalha do altar, padre Malcolm crismou cinco pontos. Então queimou os grãos de incenso sobre o altar. Crismou os quatro pontos onde a pedra do altar encontrava sua base. Apenas depois disso foi capaz de relaxar. Virou-se devagar.

Anita, vestindo um chapéu verde-escuro, postava-se acusatoriamente no canto da igreja, feito um *chiaroscuro* de Rembrandt.

"Certo", murmurou o padre, desanimado. "Então ele ainda está aqui. Pretende usá-la para me atingir. Que seja. Estou pronto."

Padre Malcolm não se virou, e apenas seguiu preparando o altar para a eucaristia.

"Esperei por você, Eamon", disse a voz suave. "Escrevi-lhe por duas vezes. Você nunca respondeu."

Retirou do tabernáculo o cálice de vinho branco mesclado com uma gota d'água e o prato da hóstia, que dispôs de acordo. Acendeu as cinco velas douradas do candelabro baixo. Os reflexos na pia, no prato e no cálice de prata o tranquilizavam.

Ergueu o pavio de prata para acender a lamparina pendurada sobre o altar.

"Precisava de você", falou a voz, em tom vulnerável. "E você, de mim. Qual o problema nisso?"

Trêmulo, recolheu o longo pavio.

"Por que sente tanto medo de si mesmo?", perguntou aquela voz incrivelmente precisa. "Eamon, é o amor que você teme?"

A resposta ele sabia de cor. Não havia passado sequer um dia sem que aquela cena derradeira se desenhasse em sua mente. Conteve-se, pensando na resposta, e tornou a mexer na lamparina de bronze com seu vidro vermelho.

"E, no entanto, essa poderia ser a união de nossas almas", disse ela. "Que vergonha haveria nisso?"

O jesuíta sabia a resposta. Pensara nela durante sete meses de oração, aconselhamento e disciplina austera. A tentação por responder era tão opressiva que teve de cerrar os olhos. Clamou por Cristo, e a cena do hotel se esvaneceu. Tomou consciência dos aparatos da eucaristia que brilhavam à sua frente. Ergueu o pavio de prata pela terceira vez.

"Eamon..."

Não sabia se o som era real ou uma alucinação. Rapidamente, considerou que Anita não o chamaria pelo primeiro nome.

"Ao me rejeitar você também rejeita a si."

Aquelas palavras tinham um terrível subtexto. Era a argúcia da Serpente. A acusação de que sua imperfeição ainda existia, de que o jesuíta estava preso à parte mais vil de sua própria natureza.

Padre Malcolm afastou o pavio de prata da lamparina ainda apagada e iniciou a litania dos santos; a voz poderosa preencheu a igreja e seu rosto se acendia à luz das velas.

Um ar onírico e sensual começou a envolver os aparatos da eucaristia. Padre Malcolm manteve-se firme, retirou o barrete com dois dedos e o depositou no altar. Ajoelhou-se, beijou o altar, fez o sinal da cruz e se levantou.

Desdobrou o corporal, o grosso tecido que envolvia a hóstia. Ao fazê-lo, olhou para Anita. Para a Anita *de verdade*, atenta e atenciosa junto à câmera de termovisão.

Cruzaram o olhar. Uma espécie de energia correu entre os dois. Sendo inexprimível, o jesuíta apenas afastou o olhar. Mergulhou o polegar e o indicador, produzindo uma pequena poça d'água que precisou derramar, o restante da qual foi recolhido na pia brilhante.

Uma tristeza tremenda acometeu o jesuíta, tristeza por sua solidão, o vasto sofrimento por uma vida sem consolo.

Padre Malcolm compreendia a origem daquela emoção. Recitou os salmos após a ablução, e o sentimento se desfez. Mais uma vez, tinha perfeita clareza do sacramento que devia celebrar.

Então, chegado o momento da consagração, a invocação que tornaria hóstia e vinho na verdadeira presença de Cristo, sentiu o calor cálido e sensual subir de novo ao altar.

Sentiu a pressão dos seios de Elizabeth contra seu peito e a embriaguez de seu perfume. Sentiu a ansiosa e vacilante pressão de seus dedos em sua nuca.

Repetiu os salmos.

De repente, surpreso, viu Anita além do altar. Tinha certa preocupação no olhar, parecia amedrontada, mas ainda assim fazia menção de que tinha algo a dizer.

"Que... o que foi?", balbuciou ele.

"Padre Malcolm...", começou a dizer com calma. "Está tendo alucinações?"

"Ele é senhor de muitos truques, Anita."

O jesuíta enxugou o suor que lhe circundava os olhos. A igreja estava incrivelmente quente.

"Por favor, se afaste", pediu. "Não posso interromper a eucaristia."

Anita olhou para trás e o jesuíta percebeu que ela se comunicava com Mario. Anita se aproximou do altar.

"Imploro que não se zangue comigo, padre", disse. "Mas sei de onde vem sua alucinação."

"De onde?"

"Dos conflitos de sua sexualidade", completou. "Sua natureza o coloca nesse tipo de tensão."

O jesuíta a encarou, medindo-a. Uma vez mais, a imagem dela servia a Satã. Ele ansiou por alguma ajuda. Sentia corpo e mente açoitados pela tormenta dos sentidos, e assim ia perdendo a concentração na eucaristia.

"A Igreja o tornou um obcecado", disse com voz doce. "Corrompeu seu instinto natural de louvor e servidão."

Padre Malcolm percebeu-se preso naquele diálogo com o Maligno. Uma vez capturado, tentar escapar era como se debater em areia movediça. A antiga Serpente dominava palavras de lógica imensurável, carismáticas, incontestáveis.

"O que a Igreja tanto inveja?", ela vociferou, irada.

"Por favor, eu..."

"Ela transformou seu espírito em um ardil de pensamentos perversos e proibidos!"

"Não é verdade... eu lhe imploro..."

O vinho e a hóstia, ainda não consagrados, seguiram intocados no altar.

"Claro que é verdade!", contestou, seus olhos em chamas. "E você caiu na armadilha. Enroscado até o pescoço!"

Hesitante, o jesuíta se virou e tentou dar início ao *O Salutaris Hostia*, que abria a consagração.

"E para quê?", ela questionou. "Para que seus desejos reprimidos se transformassem em louvor à Igreja? Foi por isso que abriu mão de sua própria felicidade, Eamon?"

Padre Malcolm sacudiu a cabeça com força, mas a imagem de Anita não desapareceu. Sua blusa encharcada de chuva reluzia conforme se aproximava. Com a palma de uma das mãos, segurou o seio.

"Veja! Isto não é nada!", disse-lhe. "É só um pedaço de carne!"

Gaguejando enquanto recitava O Salutaris Hostia, o jesuíta sentia o corpo desfalecer no calor sufocante.

"Agora, olhe para você", disse com desdém. "Desejando isto mais do que a própria salvação."

Recomeçou a recitar O Salutaris Hostia, concentrando-se nas palavras latinas que sabia de cor, devotando-se ao sabor e sentido de cada uma. Começou a falar mais devagar, até se confundir por completo.

Anita sorriu. Dançava, o corpo se esfregando na base do altar de um modo cadenciado. Cerrou as pálpebras, mas antes que o fizesse seus olhos se reviravam de prazer.

"Pare com isso... Pare... Eu imploro..."

"Mal comecei."

"Pelo poder do arcanjo Miguel que o atirou ao..."

Anita gargalhou, arreganhando os dentes perfeitos, alvíssimos.

"Olhe", ela disse. "Olhe para mim."

O rosto pálido, belíssimo e anguloso, se transformou. Tenso, cenho franzido e olhos cerrados. O corpo todo convulsionava. Aos poucos, as narinas deixaram de se dilatar. Suor lhe tomou a testa. Recobrando o fôlego, a agonia em sua expressão se esvaiu. No lugar, a face do relaxamento.

"Vê?", comentou com a voz trêmula pelo orgasmo. "Não há nada demais."

Padre Malcolm imediatamente procedeu ao Tantum Ergo. Pelo mistério da eucaristia, a hóstia e o vinho se transubstanciavam em corpo e sangue de Cristo.

Deu-se algo como um estalo visual. Anita desapareceu. O jesuíta então se virou. Ela estava junto ao gravador de áudio, olhando para o padre e bastante preocupada.

"Devo chamar um médico?", murmurou.

"Não. Acho que ele voltou ao normal", Mario respondeu.

O jesuíta encarou Anita, vendo seu rosto e o vulto que formava no canto escuro da parede. Pareceu reconhecê-la, como que saído de um transe.

"Está tudo bem, meus amigos", sussurrou-lhes com a voz rouca. "Foi difícil, mas... está tudo bem agora... Obrigado..."

Mario se sentou ao mostrador da câmera de termovisão. Fora cruel ver a preocupação em seus rostos. O jesuíta retomou o Tantum Ergo. O calor sufocante se dissipara e ele podia ouvir claramente, atrás de si, a chuva gotejando.

"Acho que foi calor demais", ouviu Mario cochichar.

"Talvez você devesse ajudá-lo."

"Boa ideia."

O jesuíta, recitando em latim, ouviu a cadeira de Mario se arrastar no assoalho e, em seguida, suas botas pesadas caminhando junto à parede até ele. Ouviu um som sibilante. O Tantum Ergo se calou.

Mario urinava nas velas espalhadas pelo chão.

O jesuíta, como em um pesadelo, via a grossa jaqueta de couro, os joelhos meio dobrados, o pênis rosado, incircunciso, e o jato de urina encharcando as chamas trêmulas.

Horrorizado, voltou sua atenção para completar o Tantum Ergo.

"Vou te mostrar o que é um belo truque", ouviu Mario dizer.

Um extremo asco agitou o corpo do jesuíta. O que acontecera a Lovell e a seu tio estava agora acontecendo com ele.

Tentando voltar à realidade, olhou para Mario e Anita com seus equipamentos. Não os encontrou. Com o canto do olho, viu Anita diante de si.

Estava no chão, de quatro. Nua. Assim como Mario. Que a penetrava por trás, os joelhos nas laterais de seus quadris. Com movimentos profundos e ritmados, chegou ao orgasmo.

Anita se contraiu, mordendo os lábios. Então, relaxou e riu.

"Não é fácil", Mario se gabou, afastando-se, o pênis volumoso já flácido e balançando conforme andava.

"Toda sua", ele a ofereceu.

O jesuíta perdeu o fôlego, logo tentando colocar a hóstia no ostensório.

"Duvido que seja a hora ou o lugar para erguer essa hóstia", disse Mario com raiva.

De fato, a pornografia se espalhava tão densa pela igreja que o jesuíta quase a sentia nos lábios, feito sal. Mas é precisamente no meio de um tal sacrilégio que a eucaristia deve afirmar o domínio de Cristo. O jesuíta erguei o ostensório e abençoou a igreja.

Anita cuspiu no chão.

"Aqui sua hóstia."

Anita encarava impassivelmente os olhos do jesuíta. O tom de zombaria havia sumido. Falava agora com uma autoridade que lhe dava arrepios, pois vinha das profundezas de sua alma.

"É a hóstia", disse calmamente, "do homem que odeia Deus."

O jesuíta sentiu como se uma corrente elétrica o atravessasse. Não ousava pensar muito, nem parar o que estava fazendo, e por isso se apressou a executar o aspecto mais sagrado da eucaristia, a oferenda sacramental, o *Unde et memores* da Anamnese.

Encontrava-se indefeso. Não lhe restavam mais forças. Sentiu a escuridão se fechar sobre si. Cristo não lhe respondera e a amargura daquela decepção, os colapsos angustiantes, a rígida hierarquia da Igreja que causava sua ira, tudo inundou sua boca e ouvidos, enchendo-lhe a garganta com um óleo que o sufocava.

Estava naufragando e sabia disso. Sabia, pois agora reconhecia o que permanecera escondido, intocado além de todas as barreiras de sua personalidade durante a vigília noturna. Era uma corrupção impossível de definir. Ele provou o sabor destruidor do veneno pois emanava de seu próprio íntimo.

Era o chamado ódio a Deus, ódio que negava ao homem sua felicidade na terra.

Sentia os dedos como se pertencessem a um animal moribundo e distante. A raiva se apoderou dele, fazendo suas mãos tremerem em confusão e angústia. Padre Malcolm tateou o altar atrás da hóstia para juntá-la ao vinho e assim completar a eucaristia.

"Isso", Mario comentou em tom cruel. "Você agora serve a nós!"

Os dedos se detiveram. Seria melhor parar agora e recusar aquela missa presidida pela Serpente? Ou era tudo um truque para impedi-lo de completar a missa sagrada?

Suor banhava os olhos do jesuíta, embaçando sua visão com lágrimas do mais puro horror.

Já não lembrava bem das palavras. Cristo se ausentara por completo. Mas ainda assim, do fundo do coração o jesuíta clamou a Cristo por uma pista, qualquer sinal.

"Disse-lhe para não me rejeitar, seu infeliz", sibilou Anita.

Cristo pareceu se aproximar. Ou seria outro estratagema? Seria a Presença do enganador?

"Você trouxe o ateísmo para o seio da igreja", disse Mario, inclinando-se em sua direção. "Você sabe que a ciência é ateísmo." Mario olhou de soslaio para padre Malcolm. "Você *queria* ser tentado, não queria?"

Agitado, procurou a hóstia, que não pode achar em meio à confusão de objetos que reluziam no altar.

Padre Malcolm virou as costas para o altar. Atrás de si, de pé e com os olhos fechados, Mario agarrava os cabelos de Anita e empurrava sua cabeça obediente enquanto movia os quadris na penumbra. Gemia de prazer.

"Veja meu rosto, padre."

"Não... eu os proíbo...", ofegou, virando-se mais.

"Proíbe?" Mario gargalhou detrás do altar, com vestes de homem nas mãos. "Não tem pensado em nada além disso pelos últimos três dias."

"De onde... de onde saíram essas vestes?"

"De um tal de James Farrell Malcolm. Ai, ai... Ele não precisa disso no lugar onde está agora."

Anita soltou uma risada. Mario usou a roupa para enxugar o suor das coxas, e também da genitália. Arremessou as vestes para o canto, com descaso.

Padre Malcolm fez o sinal da cruz. Sentia cãibras tomando-lhe as pernas, o coração prestes a parar. Com todas as forças, voltou o olhar para os equipamentos.

Para seu enorme alívio, tranquilizou-se ao ver Mario e Anita, totalmente vestidos e calmos, apenas mexendo em seus aparelhos na escuridão.

Como em um sonho, padre Malcolm procurou a hóstia às apalpadelas. Encontrou-a. Mas seus braços estavam pesados assim como, na noite anterior, estivera a lamparina. O jesuíta sentiu o fel daquela ilusão mental.

De repente, Anita se aproximou do altar.

"Preciso de uma toalha. O senhor se importaria?", disse, estirando o braço para o antepêndio.

"Não... não...", balbuciou, recuando.

No último segundo, contudo, recobrou-se e lembrou que jamais deveria abandonar seu espaço consagrado. O sorriso de Anita congelou.

"Quase...", sibilou com a voz rouca.

Padre Malcolm, em desespero, ergueu a hóstia sobre o vinho bento.

Um farelo se desprendeu, rodopiando, e como se uma boca se abrisse, um vapor vermelho bafejou sobre ele e o altar.

"Meu Deus...", gritou.

Com dificuldade, à beira de um desmaio e prendendo a respiração, procurou o bastão com o pavio prateado. Seus braços pareciam chumbo enquanto, agarrando o bastão, tentava acender a chama. A cada tentativa, entretanto, o hálito provocante de Anita a apagava. Sua risada estridente ecoava de um lado a outro de sua mente. Por fim, protegendo o pavio com o próprio corpo, conseguiu acender a chama fraca.

"Você nunca vai acender essa lamparina", bradou Anita nos limites da área consagrada.

Firmando os pés, o já abatido jesuíta ergueu o bastão até a lamparina do altar. Sentiu-o serpentear todas as vezes que a chama se aproximava da lamparina. Por três vezes ergueu o pavio, e por três vezes se viu repelido por uma força absoluta.

"Vá tomar no cu, padre!", berrou Mario.

Subitamente, o bastão voou da mão do jesuíta.

"Jesus, Maria e José!", clamou padre Malcolm enquanto levava as mãos às têmporas e tombava para a frente, caindo curvado no chão. Percebeu o cálice com o Sangue de Cristo tombado e a mancha de vinho sobre a toalha imaculada. A hóstia derrubada junto ao tabernáculo, o candelabro também tombado, e então um escuro mar de esquecimento o engolfou.

Mario tentava levantá-lo, dizia-lhe que se pusesse de pé. Anita limpava o filete de sangue que lhe escorria da testa. Lutou por se livrar deles.

"Me larguem!", ralhou.

"Padre Malcolm", Mario insistiu. "Deixe-nos ajudar!"

"Ordeno... que partam!"

"Somos nós", disse Anita com sua voz tranquila. "As alucinações acabaram."

Vacilante, tenso, permitiu que ela voltasse a limpar sua testa ferida. Então, afastou-a.

"Cheguei a completar a missa?", quis saber.

"Claro", Mario lhe assegurou. "Filmamos tudo."

As velas no chão ardiam vivamente, ainda nos lugares em que haviam sido crismadas. Não havia indícios de que nada ali tivesse fugido ao controle.

"Tive as piores sensações... *aqui dentro do corpo...*"

"Não temerás mal algum", disse Mario, ensaiando uma paródia, "pois meus registros e equipamentos te consolarão."

"Mario!", Anita gritou.

O grito paralisou tanto Mario quanto o jesuíta.

"Que foi?"

"Vem ver isso, Mario", disse, encarando a tela de termovisão.

Mario se apressou até o aparelho. A câmera fora apontada para o altar. Havia algo na tela. O jesuíta lutava por se desvencilhar. Ao lado do altar, com os braços abertos, a imagem verdolenga de um homem crucificado pairava no ar. Ajustando a abertura e o foco da lente, conseguiram uma imagem mais clara daquela figura. Além dos braços estirados para os lados e as duas extensões descendentes, havia uma ferida aberta no lado direito do torso.

Mario encarou aquilo. Uma projeção psíquica? Só podia ser. Mas por que se sentia tão mal ao olhá-la?

Tentando não se abalar, Anita analisou a figura. Objetividade era tudo. Mas aquilo, com certeza, fora expelido pelo sistema nervoso do padre. Ou talvez fosse algo externo que ele invocara.

Apesar da aversão mórbida que sentia, suando em bicas, Mario encarava fixamente a imagem pura de seu sucesso extraordinário.

O jesuíta olhou para o altar. Ali estava apenas a toalha manchada, o lavatório tombado ao chão e a parafina fumegando lentamente no antepêndio. No ar em volta, não se via quase nada.

A imagem se apagou devagar. Ajustando a abertura da câmera, Mario a manteve visível por vários segundos. Ao lado da câmera, inabalável, a fita seguia gravando. O jesuíta correu os olhos pela igreja silenciosa.

A escuridão se dispersara por completo. As nuvens da tarde se abriam para um céu azul. Aves trinavam por todo o vale que tinha agora um frescor renovado.

Na tela, a pós-imagem pouco a pouco se desfez, revelando apenas o interior da igreja.

"Mario", tremulou a voz de padre Malcolm.

Mario esfregou os olhos e voltou a encarar, piscando forte, a tela convexa.

"O que é isso?"

"É a lamparina do altar."

Suspensa, a lamparina do altar com seu vidro avermelhado, símbolo da presença de Cristo, ardia em um esplendor calmo e contínuo.

O jesuíta deu um passo angustiado para a frente, o rosto pálido e amedrontado.

"*Não fui eu que a acendi!*"

7

Padre Malcolm, os olhos fixos e reverentes encarando a lamparina suspensa, angustiado entre a dúvida e o êxtase, apontou o brilho rubi que emanava do objeto.

"Cristo venceu", sussurrou.

Anita pôs a mão no ombro de Mario. No silêncio, a lamparina do altar irradiava fachos de luz sobre a casula do jesuíta, nele próprio e, também, nas câmeras.

"Ela não se acendeu sozinha", Mario fez um muxoxo.

O padre Malcolm se virou, enérgico.

"Não fui eu quem a acendeu, Mario!"

Mario pressionou um botão prateado na base do monitor de termovisão.

"Só há um jeito de descobrir", falou.

A fita magnética, preta, reluziu vermelha enquanto rebobinava depressa à luz da lamparina. O próprio padre se sentiu atraído à tela, como se hipnotizado, a respiração suspensa. Aos solavancos, uma confusão de clarões avermelhados tomava o corredor da igreja. Aos olhos de padre Malcolm, parecia uma alma no purgatório.

Mario deu play para que a fita corresse na velocidade certa.

A casula do jesuíta mostrava-se perfeitamente, uma silhueta escura contra os pontos de calor que emanavam das articulações do padre e de seu rosto. O jesuíta erguia o longo bastão preto com o pavio de prata na ponta. Mario sentia ver um monge medieval, um herético ritual de fogo nas cavernas da Sicília.

"O que é aquele pavio?", perguntou. "Como ele acende?"

"Tem uma pedra que cria a faísca contra o metal."

Na ponta do bastão preto surgiu um ponto branco, no momento em que o jesuíta o acendeu.

Padre Malcolm vacilou, o bastão trêmulo e pesado, e a lamparina seguiu escura feito a noite.

"Agora você acredita, Mario?", murmurou. "Foi difícil demais, essa hora."

Mario continuou passando a fita. Por duas outras vezes, padre Malcolm ergueu o bastão com seu pavio de prata, e por duas vezes pareceu lutar contra uma força invisível. Por duas vezes mais, a lamparina seguiu apagada.

Mario pausou a fita. Bioluminescência, assim como a maior parte das luminescências psíquicas, é fria. Mesmo em tons vermelhos ou alaranjados, as medições nunca indicam temperatura muito maior que a do ambiente. Mas ele conseguia sentir o calor da lamparina no altar sobre seu rosto, mesmo a cinco metros de distância.

"Padre Malcolm... o que se passava em sua cabeça enquanto tentava acender a lamparina?"

O jesuíta fitou Mario como se profundamente insultado.

"Padre, por favor", disse Anita em tom calmo, compreendendo o sentido daquela pergunta. "É importante."

Padre Malcolm virou-se para olhá-la, seu rosto corado, e então voltou a Mario.

"Fantasias", murmurou.

"De que tipo?", Anita quis saber.

"Sexuais", sussurrou.

Mario pressionou o botão e a fita seguiu avançando. Algumas vezes, o calor emanava até obscurecer a lamparina, mas depois de todas as vezes ela voltava a se mostrar apagada como antes.

Então a imagem do jesuíta arremessou o bastão para longe. Ergueu os braços junto à cabeça. A câmera seguiu sua figura colapsada no chão da igreja. O foco se agitou, mas em pouco tempo estabilizou outra vez a imagem e passou a enquadrar a área do altar.

Em seu interior, agora, a lamparina tinha um ponto branco de calor e dela emanava uma aura ocre de calor contínuo.

"Senti um calor abrasador, de repente", explicou o padre. "Eu soube o que era assim que me atingiu. Olhei para a lamparina e ela estava acesa. Senti-me glorificado."

Mario rebobinou a fita até que o jesuíta estivesse de pé. Então soltou-a em câmera lenta. Na tela, padre Malcolm erguia as mãos até as têmporas.

O dedo de Anita apontou a onda de calor escarlate que iluminou as costas do jesuíta.

Centímetro a centímetro, a imagem tombou e a câmera se agitou para acompanhá-la. A cada quadro, a lamparina do altar, fria e apagada, aproximava-se mais e mais do topo da tela. Quando metade da lamparina ficou para fora do enquadramento, um ponto branco de luz surgiu na ponta do recipiente de óleo.

Uma radiância ocre começou a se desprender do corpo da lamparina.

Anita sabia, pelos experimentos de Dodge e Tippet na Universidade de Duke, que uma pessoa emocionalmente histérica era capaz de induzir certas sugestões momentâneas em outras pessoas sensíveis a isso. Mas a câmera de termovisão não tinha sentimentos. Era completamente objetiva. E agora a lamparina se aquecia, queimando no encontro químico entre óleo e oxigênio. Pouquíssimas vezes havia sido possível filmar combustões pirocinéticas de forma tão evidente, causadas por alguém sob estresse profundo.

Mario viu a expressão de Anita e soube que sua mente repassava todos os dados de estudos e experimentos antigos, tentando encontrar explicação para o que acontecera.

De forma impulsiva, até agressiva, Mario arrastou sua cadeira para junto da lamparina.

"O que vai fazer?", o padre exigiu que explicasse.

"Vou dar uma olhada na lamparina, claro."

Padre Malcolm se aproximou, segurando o braço de Mario.

"Não faça isso, Mario."

"Por quê?"

"Porque é um objeto sagrado."

Mario se desvencilhou do jesuíta e subiu na cadeira. Espiou o interior do vidro vermelho. A chama ardia tão imperturbável que parecia um cone azul e amarelo. Ele então abriu a portinhola de vidro vermelho.

"Mario... não...", fez o padre em voz baixa.

A portinhola era de um vidro fino que cortou a mão de Mario, mas ele ignorou o fato em meio à excitação.

Mario procurou sentir algum cheiro próximo à lamparina. Não era nada derivado de petróleo. Passou os dedos pela chama. Era fria, estável. O tipo de lamparina que devia ser usada havia muitas eras no Mediterrâneo.

"Ela queima o quê?"

"Óleo consagrado."

Mario sorriu. "Consagrado, claro! Faz toda a diferença."

Pelos artigos de LaCade, de Baton Rouge, Anita sabia que pouquíssimos líquidos podiam sofrer combustão espontânea, mesmo quando afetados pela maior turbulência psíquica. Sabia que todas as experiências russas com médiuns e líquidos voláteis haviam fracassado. Começou a sentir certo desconforto, como se algo completamente distinto houvesse ocorrido ali.

Ao descer da cadeira, Mario tirou um lenço do bolso e estancou o sangue que escorria do corte feito pelo vidro da portinhola.

Ergueu o olhar. Padre Malcolm adiantara a fita do termovisor. O brilho da tela cobria o rosto mesmerizado do jesuíta, aquele brilho metamórfico dos últimos segundos de gravação.

Flamejando devagar, a imagem verde do homem crucificado pendia quase no topo do altar. Emblema do mistério gerado pela eucaristia, luzia em desafio com sua claridade castanha e verde.

Padre Malcolm pôs-se lentamente de joelhos.

"Ó, Senhor, dai-me humildade e pureza para discernir Tua vontade e ser instrumento de Tua graça. Dai-me força para cumprir Teu comando, entendimento para perceber Tua missão."

Mario observou o jesuíta ajoelhado. Padre Malcolm orava voltado ao altar, mas havia sido a imagem cruciforme na tela do termovisor que o pusera de joelhos. Parecia ter-se abandonado inteiramente àquilo, e um curioso ar de alívio lhe tomou a face.

Anita fez sinal a Mario para que o deixassem com suas preces. A voz do padre os acompanhou, ecoando cada vez mais distante conforme chegavam à kombi.

O sol ainda não havia se posto, mas os céus do Vale de Gólgota estavam tingidos de um púrpura profundo. A tempestade desmanchara o amontoado de troncos que congestionava o brejo, e agora o Siloam fluía pelo charco espumoso, diluindo-o, carregando-o vale afora.

Afastados da kombi, várias crianças os observavam apreensivas. Estavam estranhamente paralisadas, como criaturas selvagens surpreendidas pela luz de uma lanterna.

Sobre os telhados do Vale de Gólgota se desenhavam nuvens carregadas, orladas de tons violetas e douradas pelo sol que baixava pouco a pouco. Os telhados da cidade pareciam poças de ouro.

"As coisas estão diferentes", ela cochichou.

Mario olhou para o cemitério. Alguns arbustos haviam florido depois da chuva. As lápides ainda gotejavam, com um brilho dourado e lilás pelo sol poente. Até o bosque de bétulas mais adiante parecia de um brancor anormal, tocado pela incandescência peculiar do sol que refulgia após tamanha tempestade.

"O que aconteceu, Mario?", perguntou.

"Foi o temporal. Limpou toda a poeira do ar."

Anita encarou Mario estupefata. Mesmo em um momento como aquele, com um sucesso tão retumbante ao alcance de seus dedos, a objetividade irritante dele a tirava do sério.

"E aquelas imagens?", provocou.

"Eu... não sei. Preciso pensar."

Anita manteve-se calma. "Uma lamparina a óleo que se acende sozinha e uma radiância em cruz que curiosamente parecia Jesus Cristo. Tudo bem gravado nas fitas. O que há para pensar?"

Mario se afastou dela. Anita relaxou o rosto, sua voz diminuindo o tom. "Mario, por favor... depois de tantos anos, *finalmente* conseguimos provas concretas!"

Mario não disse palavra. Anita pôs-se a sua frente para olhá-lo. Havia um asco indescritível em seu rosto. Mario apoiou as costas contra a igreja e esfregou a face com as mãos, deixando o corpo cair.

"O que houve, Mario?"

"Eu *nem me lembro* de ter apontado a câmera", resmungou. "Não sei o que aconteceu." Ergueu os olhos para ela. "Você não sentiu nada?", quis saber, pasmo.

"Senti o quê?"

"Anita... eu... eu mal toquei naquela câmera... Quando o padre caiu..."

Ela o encarava com ar de incompreensão.

"Não senti nada!"

Mario fechou os olhos e tentou se recompor.

"Certo, então", disse. "Pode ser que eu tenha ficado envolvido demais com a experiência. Posso ter sofrido uma resposta empática."

Às 4h37, no momento em que o padre tombava ao chão, no instante exato em que a lamparina se iluminou espontaneamente, Mario havia sentido um estremecimento, subindo desde suas partes baixas até o plexo solar. Pulsou e logo se desfez. Pareceu um choque leve. Ou um orgasmo interrompido.

Agora, sentia o início de uma leve febre. Pensou que talvez fosse por todas aquelas horas exposto ao miasma do terreno barrento.

Anita tocou-lhe suavemente a face. Ele sorriu e se pôs de pé. Ambos ouviram a litania monótona se espalhando pela igreja. De um modo vago, parecia harmonizar com a luz peculiar daquele momento junto das gotas de chuva sobre o vale.

"Estou morto. Você pode conferir os equipamentos?", pediu com delicadeza.

"Tudo bem."

Mario chapinhou pelo lamaçal até a kombi. As crianças não se dispersaram.

Ao entrar com metade do corpo no veículo, puxando de seu interior uma caixa preta de metal, teve a sensação de que as crianças o bisbilhotavam.

"Jesus tá na igreja?", um menino de óculos perguntou.

"Quê? Que diabo de pergunta é essa?"

"Para onde o demônio vai agora?", uma garotinha tímida quis saber.

"De volta para o lugar dele. Na imaginação das pessoas."

"O demônio vai voltar", sentenciou outra criança.

"E vai sugar sua alma", gritou outra.

Mario fechou as portas.

Na igreja, Anita substituiu o rolo de papel gráfico no sismógrafo, observando o jesuíta limpar o chão ao redor do altar.

Padre Malcolm guardou os recipientes de volta em seus estojos. O cálice e a pátena foram cuidadosamente postos no tabernáculo. O ostensório e o véu umeral, foram depositados com delicadeza ao lado do altar. Anita viu que suas mãos tremiam cada vez mais, até que ele as agarrou junto ao peito.

Quieto, padre Malcolm chorava.

Anita se aproximou e tomou seu braço. Ele estremeceu violentamente, em um delírio radiante e ao mesmo tempo tomado pelo terror daquela experiência.

"Padre Malcolm", ela sussurrou, "o senhor precisa descansar."

"Oh, Anita... A fé foi recobrada... E o foi por meu intermédio..."

"Foi sim. O exorcismo foi um sucesso. Mas agora Deus precisa que o senhor descanse."

Anita tentou convencer o jesuíta a sair do altar. Pouco a pouco ele permitiu ser conduzido ao corredor central. Olhou outra vez pelas paredes, agora tingidas pelo rubor da lamparina. Então atravessou o vestíbulo.

Pela porta aberta, o sol poente dourava a superfície da água benta.

Fora dali, sobre os telhados do Vale de Gólgota, um arco-íris duplo cruzava o céu conectando os picos escuros das montanhas. Bem altas, entre nuvens cirros recém-formadas, brilhavam estrelas vespertinas.

"Como um rio de luz, Ele por todos flui."

Padre Malcolm se voltou e viu Anita ainda na penumbra.

"Anita, você sente a presença de Cristo?"

"Sei que algo aconteceu, padre. Mas não sei dizer o quê."

"Cristo vive, Anita. Em você, assim como em mim."

Anita sorriu. "Não saberia dizer, padre. Nós nos baseamos em dados objetivos. Estatísticas. Correlações. Nossas teorias têm de ser provadas. Nossas experiências precisam ser replicadas por outros."

"Deus é a fonte de toda prova, Anita. Esta igreja aqui não é prova suficiente?"

"Bem, não sei se Mario concordaria."

"E você entregou sua alma a Mario?"

Ela viu, de repente, a angústia no rosto do padre. Era uma dor por ter que se afastar dela.

"A alma", ele continuou, em tom suave, "possui suas necessidades. Assim como o corpo. Assim como a mente. Ignorá-las é correr graves riscos, Anita."

"Compreendo, padre. Agradeço por tudo que o senhor me diz. Mas nada disso se encaixa em minha forma de pensar."

"Mas você *tem* que pensar sobre isso, Anita. Olhe em volta. Sinta. Aprenda a receber."

"Vou pensar, padre. Boa noite."

Mario não conseguia dormir. Às 2h da manhã, voltou à igreja. Sentado diante da termovisão, rebobinou a fita na tela. Lá estava, a imagem palpável, vagamente cruciforme. Anita, claro, estava certa. O que eles tinham em mãos era mesmo grandioso. Tudo pelo que haviam trabalhado, se esforçado tanto e lutado por conseguir ao longo de sete anos excruciantes estava finalmente ali. E tinha valido a pena, todo o tempo gasto e o orgulho ferido, os anos de vergonha que se estendiam a suas costas como um tapete roto.

Mario analisou a imagem no termovisor. A imagem incrível. Projetada, emitida, emanada de um crente quase intoxicado por sua própria fé. Uma imagem claríssima. E clara não para outra mente, mas para o aparelho de captação térmica. Pela primeira vez, uma imagem fixada em suportes que poderiam ser mostrados para todo o mundo. Ou, pelo menos, para parte do mundo que desejasse vê-los com a mente aberta.

Pela cabeça de Mario passavam imagens de sua recomendação para o comitê científico de Harvard.

Anita teria de traçar um perfil psiquiátrico e o histórico do jesuíta. Saindo da psicologia anormal, Mario acabaria se aproximando dos estudos Kirlian. A fotografia Kirlian já havia registrado diferentes padrões de luz em iogues meditativos até pacientes comuns. Havia estudos sobre carisma, sua influência sobre as emoções, e estudos de telepatia, sobre a transferência de pensamento entre duas mentes.

Mas jamais houvera, de forma tão evidente, qualquer registro de uma obsessão psíquica como aquela.

Primeiro fora o padre, Lovell, e depois o tio do jesuíta. Indivíduos perturbados e altamente lascivos que colapsaram em meio a uma demência autodestrutiva. Já no entorno da igreja, viu-se o imaginário coletivo dos habitantes do Vale de Gólgota. Apavorados, dando suas interpretações às luminescências, obcecados pela igreja e adicionando a tudo sua própria energia emocional. Talvez a própria geologia da igreja, sua estranha construção em uma depressão argilosa vizinha a um rio corrente, as rachaduras em seus alicerces de granito que teriam assombrado mesmo os xamãs algonquinos. Com a soma de tudo isso, criava-se ali um rico húmus psíquico, uma redoma de gases voláteis na qual o terceiro padre, Eamon Malcolm, havia entrado. E pelo poder extraordinário de sua crença e de seu receio, sem dúvida causara ali alguma ignição. Essa fagulha inicial, tal crise psíquica, era agora uma imagem resultante de seus mais cálidos e reprimidos pensamentos.

Mario sacudiu a cabeça maravilhado.

Vale de Gólgota. Este lugar odioso, repugnante, malcheiroso e de uma repelência imoral, revelava tesouros com os quais ele jamais ousaria sonhar.

Meditando de joelhos, defronte ao crucifixo, padre Malcolm sentiu um jorro de excitação subir-lhe às bochechas. A emoção era esmagadora.

Mas o que de fato acontecera? Que o calor lhe havia percorrido o corpo, disso não havia dúvidas. Havia soprado em suas costas feito um redemoinho e então entrado em seu corpo, preenchendo o peito e se espalhando rapidamente até o cérebro, e apenas então sentiu passar a seus membros. Teria sido, questionou-se padre Malcolm, o que os velhos Padres da Igreja chamavam de "fogo de Deus"? Ou teria sido um simulacro diabólico daquele sopro extasiante?

Como reconhecer os sinais? Que mesmo naquele momento estava habitado por algo, disso sabia. Seu íntimo já não era seu, aquela febre não lhe pertencia, e a mente seguia estimulada por uma potência exótica que ele jamais conhecera. Seriam sinais de uma infestação diabólica, augúrio de arrogância e corrupção? Ou seriam transmutações internas que proclamavam a presença de Cristo?

Um jesuíta inútil, alquebrado, com o coração partido, largado nos ermos de um vale ordinário, em uma igreja abandonada. Era esse um alvo fácil para o ataque de Satanás? Ou era justamente o receptáculo que Cristo preenchia no momento da mais extrema necessidade?

Com certeza, já não era mais ele mesmo. Servia a alguém. E aquele sentimento de graça e exaltação o transfigurava. Teria coragem para crer na imagem que a máquina dos cientistas revelava? Seria possível que Cristo fosse capturado em reles telas mecânicas? A ciência não era anticristo? Um sistema de ateus? A quem quer que estivesse servindo, seu emblema se revelava nas cores extraordinárias da termovisão dos cientistas.

Padre Malcolm não chegou a adormecer, mas sua visão aos poucos assumiu tons de miragem, depois tornando-se sonhos, sonhos arrebatadores de uma graça tão transcendente que o sustentou até o amanhecer.

Anita estava sentada na kombi com os cadernos sobre os joelhos. Pela porta traseira, semiaberta, podia ver a Igreja das Dores Perpétuas. Erguia-se do solo escuro do vale feito uma joia. Seu campanário brilhava ao luar, límpido e radiante. Um símbolo fálico, de acordo com Mario. Um anelo na direção de Deus, de acordo com a Igreja Católica.

Anita desviou os olhos da igreja e encarou a prateleira sobre a qual havia a lamparina a querosene. Uma fotografia repousava contra a base do objeto. Era a senhora Wagner. A mãe de Anita vestia um belíssimo blusão de tweed, o rosto jovial para sua idade, o sorriso com as rugas marcadas acompanhado de um gracioso ar de dignidade. O rosto parecia encarar Anita com certa tristeza, refletindo a distância que se criara entre ela e a filha.

A senhora Wagner detestava Mario. A seus olhos, ele era rude, desleixado, violento e estranho. Não que ela não pudesse perceber o que Anita vira nele. Era bastante evidente. Liberdade. Liberdade sexual.

Havia algo em Mario, mesmo quando tentava parecer intelectual, que fazia a senhora Wagner pensar em um animal. Mas Anita fora capturada em sua órbita, e agora exigia seus direitos como um ser sexual que era.

A força gravitacional de Mario também espantava Anita. Ela tentara lembrar do pai, mas tudo que recordava era de um homem grave e honesto que morrera antes de seus 7 anos. Algumas cenas vieram-lhe à mente: após a morte do pai, diversos homens visitaram sua mãe. Até mesmo o diretor Harvey Osborne. Mas a Anita criança não percebia neles qualquer substância, e sim uma ausência de virilidade.

A senhora Wagner provavelmente sentira o mesmo. Qualquer que fosse a razão, jamais se casara de novo.

As memórias lhe inundavam, estimuladas pelos eventos extraordinários do exorcismo.

Pois o exorcismo parecera romper a influência que Mario exercia sobre Anita. Aquele campo gravitacional, a força emocional de Mario, de repente pareceram perder sua intensidade. Estranhamente, a liberdade sexual de Mario era repressiva. Reprimia o lado mais intuitivo e delicado das emoções de Anita.

Recordou dos invernos em Seven Oaks. As raquetes de neve palmilhando o caminho até o córrego congelado junto aos estábulos. Folhas secas do último outono presas no gelo, entre bolhas e contornos cristalinos. Naquela solidão ela encontrara tranquilidade.

Era uma vida que se desenrolava vagarosamente, uma sensualidade não sexual. Inteligência desprovida daquela intelectualidade hostil. Era como um coração humilde que se abria à escuta e à partilha. Padre Malcolm entenderia.

Não era inocência o que renascia em Anita. Isso já se perdera havia muito tempo, recuada em uma infância irrecuperável. Mas algo raro e permanente acontecera: um despertar além do sexual. Uma espécie de aceleração da imaginação espiritual, aquela que parte dos sentidos, mas se eleva como a pomba que cruza os ares entre nuvens brancas ao luar.

Anita apoiou-se em um cotovelo. A igreja ainda brilhava sob a lua, parecendo responder ao bosque de bétulas que a encimava. Um eco novo, um novo conjunto de ritmos ganhava vida no Vale de Gólgota, tão diferente do que transpirava antes quanto uma escala maior é distinta da escala menor.

Algo acontecera naquele dia, algo raro, mesmo milagroso. Ou seria tudo uma ilusão?

8

Algo se agitou junto ao crucifixo. A princípio devagar, adentrando pela janela, as pétalas de macieira moviam-se ao sol, carregadas pelo vento até o colchão de padre Malcolm.

Tirou o lençol de cima do corpo, sentindo os músculos tesos e doloridos. Massageou-os devagar e então se levantou da cama. No umbral, viu um coelho a observá-lo com olhos sagazes, e então saltando de volta para fora.

Do cabide, a casula vermelha pendia ao sol oblíquo. A lama em sua bainha havia secado, esturricado e, durante a noite, se esfarelado em uma poeira cinzenta pelo chão. O barrete também estava coberto de poeira cinza. A alva, jogada sobre uma cadeira quebrada, estava amarela de poeira e suor.

Padre Malcolm levou a casula para o carro. Então, apanhou o barrete e os sapatos. O sol brilhava forte do lado de fora do presbitério. Não só a macieira refulgia naquela enorme claridade, abraçando a manhã, mas duas pereiras na parte norte da igreja haviam florido após o temporal.

A Igreja das Dores Perpétuas se erguia agora, luzente e incólume, feito o objeto mais esplendoroso do vale. Dentro dela, podia-se ver Mario vigiando seus instrumentos, esgotado pelo sono.

Enquanto preparava seu café da manhã, o jesuíta olhou pela janela. Dois passarinhos pretos saltitavam entre os galhos. Um deles carregava um galhinho no bico. Padre Malcolm avistou um ninho rudimentar em uma forquilha em meio às pétalas. O padre bebeu seu café com tranquilidade.

Na terminologia cristã, havia sido uma experiência extática. Mario talvez a chamasse de um surto físico. De todo modo, havia passado. Sobrara apenas uma sensação de imanência, de se estar no limiar da glória ou da aniquilação.

Agora era questão de preparar o relatório ao bispo. Um pouco contrariado, padre Malcolm encarou o pó de café em sua xícara. Uma abelha preguiçosa circundava sua mão.

Fora uma revelação que Cristo pudesse tê-lo escolhido como seu veículo, mesmo que naquele único rito. Algo que ele jamais acreditara ser possível, nem uma única vez, durante todos os seus anos de preparação.

Um padre, pelo que ele acreditava, sobretudo um jesuíta, podia atingir um intelecto sofisticado, até mesmo um certo estilo, sem jamais se confrontar com a pergunta fundamental: serei digno de Cristo?

Sua família havia depositado as esperanças no irmão mais velho, Ian, talhado para o sacerdócio. Quando Ian foi morto, Eamon assumiu seu lugar. Eamon era esperto, bom em imitação, e a ideia de falhar o apavorava. Por isso, conseguia bolsas de estudo. Mas a família sempre soube que nele havia uma lacuna sutil. Em seu íntimo, um estranho vazio onde devia haver vitalidade.

Elizabeth havia agitado aquele vazio, que então pareceu ser o furor da virilidade. Mas não passava de uma cópia. Eamon sempre soube que poderia sobreviver em Cristo, e em Cristo apenas, ou pereceria em Sua ausência.

Agora, sem qualquer dúvida e com a maior humildade, sabia que ao se juntar à Companhia de Jesus havia sido fabulosa e extremamente recompensado.

Calçou os sapatos ainda no umbral. O cemitério não escapara aos efeitos do temporal. Groselhas selvagens haviam florido, morangos e amoras silvestres. Borboletas-monarcas pousavam no telhado da casa paroquial. Lilases se debruçavam sobre o lépido Siloam.

Outra vez o Éden, pensou, maravilhando-se, e se pôs a explorar a grama alta, tapando o sol matutino com as mãos.

Por todas as partes do vale as plantas altas irradiavam o dourado do sol, e asclépias carregadas pelo vento voejavam feito globos de pura luz. Até o Vale de Gólgota, lavado pela chuva, se alterara. Gengibres e madeirames reluziam brancos sob os telhados vitorianos, de um vermelho vivo, que os dominavam.

Uma bota roçou os galhos da macieira. Padre Malcolm ergueu os olhos. Viu um fazendeiro jovem, a barba por fazer, uma espingarda nas mãos. O homem tinha olhos injetados, mas parecia feliz.

"Bom dia, padre", disse com timidez.

"Ora, por Deus, o que faz aí em cima?"

"Protegendo o senhor."

"Protegendo de quê?"

"De Satanás."

Padre Malcolm abriu um sorriso.

"Agradeço a boa intenção. De verdade. Mas você sabe que Satã não tem medo de tiros."

"Talvez não. Mas a gente tá pronto pra fazer uma barulheira danada."

O jovem, de talvez 25 anos, deslizou até o chão. Dois outros fazendeiros, mais velhos, vestindo jardineiras de brim e boinas encardidas, saíram de trás do presbitério carregando as espingardas nos braços.

"A gente quer que o senhor venha com a gente, padre", disse-lhe o mais velho.

"Mas estou a caminho de Boston."

O fazendeiro mais velho, de olhos castanho-escuros e um pouco avermelhados, aproximou-se devagar.

"O senhor vai gostar de ver o que a gente tem pra mostrar, padre."

Os olhos do velho expressavam sinceridade, com laivos de medo. Padre Malcolm sentiu sua curiosidade estranhamente atiçada.

"Tudo bem", concordou. "Vamos lá."

Juntos, marcharam colina acima por entre plantações. Por fim alcançaram uma velha cabana vizinha a um celeiro. Uma mulher gorda de avental, acompanhada de cinco crianças, olhava-os parada junto à casa principal.

O velho fazendeiro fez sinal para que padre Malcolm entrasse no celeiro. Estava tão escuro que o jesuíta via apenas a claridade residual do sol forte do Vale de Gólgota. Então, aos poucos, enxergou algumas tábuas horizontais, um tanto de palha e, bem aninhado na palha fedorenta, um bezerro recém-nascido.

"Dê uma olhada, padre", o velho disse, mais como súplica do que exigência. Padre Malcolm se ajoelhou. O bezerro tinha nascido havia poucas horas, seu couro ainda úmido, joelhos incrivelmente nodosos e os olhos róseos.

"Parece tudo certo."

O velho fazendeiro se agachou a seu lado, erguendo um pouco o chapéu encardido.

"Ele é perfeito, padre", completou.

Padre Malcolm analisou aqueles homens estupefatos. Faziam um círculo em torno dele, descansando as espingardas nas mãos. Então, a mulher gorda e as crianças se meteram cabana adentro.

"Da última vez que tivemos um bezerro saudável, meu pai nem era nascido", explicou o fazendeiro. "Sempre tivemos que comprar nosso gado em Dowson's Repentance."

"Entendo. E esta?"

Padre Malcolm afagou o animalzinho. A língua carnuda lambeu o próprio focinho. Ele não pode conter um sorriso. O fazendeiro se colocou de pé.

"Melhor vir com a gente, padre", disse.

Padre Malcolm acompanhou os homens pela porta lateral. Um dos fazendeiros a fechou para que a mulher e as crianças não pudessem ver. Os outros apanharam pás longas e forcados com os quais começaram a cavar a terra escura.

Padre Malcolm empalideceu.

Conforme revolviam a terra, bezerros distorcidos, mutantes, com crânios disformes apareceram. As patas dianteiras eram disformes, alguns tinham os focinhos no lugar das orelhas. Um deles não tinha pata alguma, mas barbatanas ao longo do couro opaco.

"Sabemos quem fez isso com a gente", o mais velho disse. "Mas o que aconteceu hoje de manhã?"

Padre Malcolm engoliu em seco, assistindo aos homens recobrirem de terra aqueles cadáveres em decomposição.

"Não posso responder a essa pergunta", admitiu. "Por isso devo ir a Boston."

Os fazendeiros se entreolharam.

"E o senhor vai voltar?"

"Com certeza. Agora, vivo aqui no Vale de Gólgota."

O fazendeiro mais velho anuiu. Todos regressaram à cabana. Padre Malcolm reparou que, embora suas roupas estivessem imundas e suas mãos encardidas desde que amanhecera, agora eles lavavam as mãos com a água fria da torneira.

Em silêncio, acompanharam-no de volta ao presbitério. A meio caminho, na descida da colina, o fazendeiro jovem colocou a mão em seu peito para que parasse.

"Você não entende, padre", começou. "Não tinha sinal nenhum de que ela estava prenha."

"Ora... essas coisas não são sempre..."

"A gente falou com o povo tudo aqui do vale. Ninguém sabe o que fazer."

O velho fazendeiro se aproximou.

"Quem foi que fez isso?", perguntou. "Se for coisa de Satanás, eu corto o pescoço desse bicho...!"

"Por favor. Esperem até que eu volte de Boston."

Mal-humorados, observaram-no enquanto descia, escorregando na lama, em direção à igreja. Tinha o cenho franzido, pensando no que poderia significar aquele filhote saudável. Seria, como o vale florido, mais um sinal da imanência de Deus, ou seria um fenômeno causado pelas forças sombrias? O exorcismo teria mesmo funcionado? O que eram todos aqueles sinais? Padre Malcolm, em seu íntimo, esperava ter deixado para trás aquele universo de símbolos e augúrios, e em seu íntimo murmurava medos e esperanças. Mas não possuía nenhuma certeza. Como o fazendeiro, teria que esperar pela resposta.

Ao lado da kombi, um micro-ônibus laranja estava estacionado. Na lateral, em letras pretas, liam-se as palavras *Secretaria de Saúde — Prefeitura de Haverford*. Anita falava de maneira entusiasmada com os dois homens, uma prancheta em seu braço. Padre Malcolm surgiu à porta da igreja. Então parou, observando-os.

Os homens estavam especialmente interessados no cemitério. Apontavam, discutiam algo, então ouviam. Depois de algumas discussões, cumprimentaram Anita, apontaram outra vez para as lápides, entraram no micro-ônibus e foram embora dirigindo lentamente pelo vale.

Padre Malcolm olhou para o cemitério. Entre groselheiras carregadas e morangos floridos, via-se uma única rosa na quinta lápide.

Anita cruzou o caminho até a igreja. Vestia uma blusa de algodão amarelo que mostrava seus ombros pálidos sob o tecido. Era uma espécie de irmã para ele, sem muito sentido, mas também sem qualquer dúvida, pensou o padre. Anita entregou-lhe a prancheta.

"Que é isso?", perguntou.

"Relatórios", ela disse. "Reações ao exorcismo."

Padre Malcolm debruçou-se sobre aquela caligrafia miúda e bem-feita que enchia, bem-ordenada, uma única folha de papel.

A senhorita Kenny havia morrido, em paz, às 4h38. Estendera seus braços, deitada na cama, e havia se posto a cantar. O olhar repentinamente brando, como se tivesse visto algo de uma beleza extraordinária. Sua irmã parou o relógio às 4h38, como era costume da família. E reparou que bem no instante da morte o Sol havia nascido, espalhando-se pela rua Canaã como um feixe de luz dourada até a igreja.

Padre Malcolm encarou Anita.

"Leia o próximo", ela disse.

No mesmo horário, Fred Waller, um mecânico, ouvira a irmã da senhorita Kenny chamar seu nome. Fora acordado pelo feixe de luz do sol. No instante que ouviu seu nome ser chamado, viu o sol banhar a Igreja das Dores Perpétuas, as nuvens pesadíssimas se dispersando. Então, escutou o grito do jesuíta.

Tinha acontecido exatamente o contrário do que ocorrera no dia da morte de seu pai, Waller afirmou com bastante certeza. Naquele dia, no hospital, havia sentido algo, talvez a alma, abandonar seu pai, e mesmo antes que o médico chegasse ao quarto ele sabia que o homem estava morto. Desta vez, algo *viera* ao vale, alcançando a igreja.

"Tem mais", observou Anita. "George Finster, o dono da bodega, levantou da cama para fechar a janela por causa da tempestade. Então o sol tomou a rua Canaã. Na mesma hora, explodiu uma garrafa de vinho."

Padre Malcolm analisou o rosto claramente sincero. Correu os olhos pelo resto do relatório. A maioria dizia respeito ao feixe de luz, a uma sensação de bem-estar, ao alívio súbito que se sentiu na atmosfera.

"Coisas assim já aconteceram na parapsicologia", ela completou. "Mas nunca foi tão rápido, nem tão intenso a partir de um único evento."

Em vez de oferecer a explicação da igreja, que pensou ser o desejo de Anita, algo que desse coesão às reações coletivas ao exorcismo, o padre olhou para o lugar onde estivera o micro-ônibus laranja.

"Quem eram aqueles homens?", perguntou.

"Do asilo de idosos. Bem a oeste no Vale de Gólgota."

"E o que queriam?"

Anita apontou para cemitério e para a única rosa. A flor brilhava, sedosa ao sol. O cemitério era agora uma profusão de frutinhas e flores silvestres, mas a rosa dominava a todos, como a lamparina do altar na igreja.

"Dois doentes, sem relação um com o outro, apresentaram melhoras", Anita explicou. "Leucemia e tuberculose. E os dois tiveram alucinações com a rosa no cemitério."

Os olhos do jesuíta percorreram o cemitério.

A rosa balançava, pendendo e se agitando com a brisa morna.

"O que isso tudo quer dizer, padre?", ela quis saber. "Em termos católicos, qual seria sua explicação?"

"O amor de Deus realiza milagres para que o desespero humano se transforme em fé. Não há outra possibilidade, Anita."

Por um instante ele hesitou em abandoná-la, em voltar à igreja, sentindo ainda vestígios da dor que o havia acometido no dia anterior. Mas ao fazê-lo, viu que o interior refulgia mais que o vale ensolarado.

O vestíbulo tinha marcas de pegadas no barro seco, acumulado ali pela tempestade. Mas o teto brilhava em círculos de luz, como em uma alvorada de prata, refletidos pela água benta.

Padre Malcolm molhou os dedos na fonte, ajoelhou-se e murmurou uma prece curta e baixa.

Quando entrou no salão principal da igreja, foi ofuscado pelo brilho que havia ali. O sol se derramando entre as flores de pessegueiro imprimia uma claridade matinal por todo o assoalho. As paredes resplandeciam com a graça da manhã.

Padre Malcolm se virou e, então, viu Mario pela primeira vez. Uma caneca cheia de bitucas de cigarro era testemunho de sua noite de trabalho obcecado. Fios, anotações, alicates, ferros de solda, lápis e tudo quanto era tipo de porcas e parafusos cercavam o monitor da termovisão.

Padre Malcolm se virou outra vez.

O altar seguia imaculado. As paredes não tinham qualquer mancha. Mesmo a cruz de Santo André no chão, de areia e cinzas, não fora bagunçada pelas botas de Mario. Acima de tudo, a luz suave da lamparina refletia pontos de luz por toda parte.

O padre se ajoelhou de novo, fazendo o sinal da cruz e beijando o altar conforme se levantava.

O que quer que tivesse chegado ao vale, pensou, havia penetrado a todos. Nada seria o mesmo outra vez. A fé agia por meio de seus seres sencientes, mesmo que fossem parapsicólogos com seus aparelhos sofisticados.

Padre Malcolm concentrou-se na imagem gerada pelos íons flutuantes naquela fita cassete.

"Sei que vai a Boston para relatar o ocorrido ao bispo", Mario disse com um sorriso. "Boa sorte com isso. Imagino que ele vá deixar bem claro quem detém o monopólio desses feitos milagrosos."

A princípio, o padre não pode responder. Ainda não havia pensado que o bispo Lyons podia ser reticente com a revelação do Vale de Gólgota.

"Mario, diga-me uma coisa", pediu-lhe com tristeza. "Por que escolheu a parapsicologia?"

"Porque era desafiadora. Além do mais, sempre fui muito bom nisso."

"A parapsicologia lida com todas as formas naturais, não é isso? Com realidades que estão além de nossos modos de percepção, além de nossos quadros habituais de entendimento?"

"Isso."

"Ela abrange todos os fenômenos em uma só teoria. Então sua natureza permeia cada aspecto físico e intelectivo da realidade. Não é assim?"

"Padre, desembucha de uma vez."

"Mario, me diga. O que a parapsicologia é para você, senão uma substituta da Igreja? Que a tudo abrange, absoluta, misteriosa..."

"Ai, Deus", Mario suspirou. "Você me cansa."

"Você fez dela sua amante, Mario... uma amante que jamais vai revelar sua natureza verdadeira. Não de forma voluntária."

"Cala a boca."

O padre se recostou em uma pilastra. A forma em cruz na tela de termovisão parecia pregá-lo à coluna de madeira.

"Mario", continuou falando em tom calmo, "sem a parapsicologia você estaria em um estado de total desespero."

"Ouça esse homem, Anita. Quer ficar aqui escutando o sermão de um jesuíta quando se sente ofendido?"

Anita acabara de entrar na igreja e parara em silêncio, observando os dois homens. Agora o jesuíta se virava para ela, procurando seu apoio.

"Um materialista, um ateu, um fatalista", padre Malcolm continuou. "Você está sempre desesperado. Perdeu Deus, e por isso perdeu a si mesmo. A devoção, nesse caso, à parapsicologia não é nada além de um grito, demonstração de carência por aquilo que perdeu — seu futuro, a transcendência..."

Mario apagou o cigarro e o jogou na caneca.

"Se o desespero é a condição básica do homem honesto", disse, "eu aceito."

"Não, Mario..."

"Deixa eu dizer uma coisa. Se Jesus Cristo em pessoa descesse neste vale, eu não teria nem metade do medo que você sente agora. Porque tenho vivido de acordo com a verdade que conheço, fazendo o que é preciso a fim de garantir nem que sejam dois centímetros de sanidade neste mundo fodido de merda!"

"Essa é sua motivação?"

Mario largou o lápis sobre a mesa com raiva.

"Eu nunca me vendi à Igreja!", exclamou. "Nem à universidade! E se o preço é viver desesperado, eu pago com gosto!"

Padre Malcolm impulsionou o corpo para longe da pilastra. Sentia os olhos de Anita a segui-lo. O brilho do vale lá fora o enchia de uma confiança sagaz. Virou-se para Mario.

"Seu deus é a eletrônica, Mario", disse sem levantar a voz. "Limitado por cabos e gravadores. Mas meu Deus é a soma de todas as coisas possíveis. Deus é Aquele a quem tudo é possível. Portanto, sou eu que tenho sobrevivido em condições dignas de vida."

Padre Malcolm olhou para a tela do computador. Depois, saiu em direção ao carro.

"Vai passar vergonha", Mario advertiu. "O puto acha que é João Batista."

Anita correu atrás do sacerdote. Alcançou-o enquanto ele colocava uma caixa de papelão no banco traseiro e esticava a mão para fechar a porta. Parou e olhou para ela.

"Tem certeza de que essa é a coisa certa a fazer?", ela perguntou.

"Em breve saberemos, Anita."

"Mas lembre-se... Boston não é o Vale de Gólgota. O que achamos ser um foco de paranormalidade... uma revelação... para eles é apenas..."

Padre Malcolm sorriu, colocando a mão em seu ombro.

"Sei o que quer dizer. Revelações e intervenções milagrosas são anátemas para as autoridades cosmopolitas da Igreja." Recolheu a mão. "Ainda assim, não são essas as coisas que existem no próprio seio da fé católica? No Vaticano. Por todo o mundo."

Com mão trêmula, apontou para a pereira florida, as íris silvestres e vivas, e para o brancor cintilante da igreja recuperada. "Quem poderá ignorar provas como estas?"

"Claro, claro", ela disse. Mas existem muitas formas de paranormalidade, e talvez esta não signifique o que o senhor pensa que significa."

Padre Malcolm girou a ignição. O Oldsmobile roncou, uma tênue fumaça azul se erguendo do escapamento.

"Você deseja me proteger daqueles corações de pedra do bispo e de seus secretários", disse, compreensivo. "Teme que eu passe vergonha. Talvez você tenha razão. Mas preciso comunicar minhas descobertas ao bispo e deixar que ele as explique."

Engatou a marcha. O freio de mão estava puxado, e o carro roncou feroz sem sair do lugar. Vendo a preocupação no rosto de Anita, assumiu um tom mais ponderado.

"Não deixe a ciência endureça seu coração", aconselhou-a. "Permita que esta igreja e este vale falem por si. São testamentos cheios de sinais, se você tiver coragem para lê-los."

Em desalento, vendo que nada demoveria o padre, Anita se afastou do carro.

"Que Deus esteja contigo, Anita", desejou com sinceridade.

"E com o senhor, padre."

O Oldsmobile rodou para fora dos sulcos que cavara sob os pneus. O sacerdote acenou alegremente, quase atropelando uma moita alta, sorriu ao ver que ela também sorria e, então, o carro preto venceu a ladeira até a estrada.

Anita acenou de volta, mas sua ansiedade retornara. O vale era belíssimo, a fé do jesuíta era uma fonte contagiante de confiança. De onde poderia ter vindo a ansiedade?

Mario viu o Oldsmovile levantar poeira atrás de si, cruzando os campos até chegar na estrada e sumir entre as árvores morro acima. Anita voltou à igreja.

"Mario", chamou suavemente.

"Oi."

"O que tá acontecendo?"

"Acontecendo?", Mario murmurou, concentrado no console de termovisão.

"É", vociferou Anita, "com a igreja, com esta cidade, *comigo*! Que diabos tá acontecendo?"

Mario deu de ombros. "Acho que você foi afetada pela fé daquele padre. O homem é um emissor psíquico poderoso. E você é sugestionável também."

Insatisfeita, Anita percorreu o corredor e parou sob a lamparina do altar.

"E isso aqui?", perguntou.

"Deixa de onda, Anita. Já vimos pirocinese antes. O padre estava carregado e a lamparina entrou em combustão espontânea. Temos as fitas para provar." Sua convicção a irritava. Caminhou até a janela gótica e se recostou na soleira. O sol aquecia seu rosto e o ar carregava a fragrância da macieira em flor. A rosa balançava tranquilamente na quinta lápide.

"O que aconteceu neste vale, Mario?"

"Quatro meses de seca. O ciclo de crescimento ficou todo fodido. Daí choveu. Tudo floriu. Com quatro meses de atraso."

Anita o encarou, furiosa.

"E a melhora na leucemia, porra?", tornou. "Tinha uma velha morrendo de tuberculose e hoje ela tá cantando!"

Mario não disse nada por um tempo, fingindo concentração ao computador.

"Não fui até o asilo", disse por fim, em sua defesa. "Não sei o que realmente aconteceu."

Anita cruzou o corredor lateral, o dedo ociosamente traçando uma linha na parede que o jesuíta crismara. Parou no vestíbulo, olhando para a superfície brilhante da água benta.

"Escuta, querida", Mario continuou, soando preocupado. "Quando um lugar se torna sugestivo nesse nível, muita coisa começa a parecer muito convincente. Então não deixe esse padre entrar na sua cabeça, tá bem?"

"Pode deixar que eu dou conta, Mario."

Do céu, ao norte, pássaros pretos voavam com tranquilidade em uma formação em V acima das copas outonais no alto do morro. Conforme adentrava o Vale de Gólgota, alguns pássaros começaram a sair de formação. O V perdeu sua forma. Confuso, o bando voou errático e acabou pousando nas árvores frutíferas junto à igreja.

Anita olhou para baixo. Teias de aranha reluziam nas pedras do caminho. Teias antigas ainda carregavam uma poeira densa, irradiando uniformemente a partir do centro, em treliças articuladas. Perto das pegadas deixadas pelos sapatos de padre Malcolm havia teias novas, ainda incompletas. Anita pôs-se a observar por muito tempo.

As teias tinham padrões anárquicos, cruciformes.

Na igreja, os movimentos curtos e contidos de Mario trabalhando na termovisão criavam sombras vermelhas e sensuais pelo chão, tamanho era o brilho daquela lamparina acesa sobre o altar. Mario analisava a imagem em forma de cruz, rebobinando a fita dezenas de vezes.

Uma mudança sutil e irremediável havia se produzido nele.

Seus dias como o esquisitão da universidade, tolerado como um favor a Anita, haviam chegado ao fim. Iogues levitadores, cartas de tarô, leitura de mãos e sessões de mediunidade jamais voltariam a compor sua imagem. A termovisão brilhava com clareza, fonte de sua comprovação científica. Os cavalheiros de Harvard podiam caçoar, conspirar, evitar o assunto — e o fariam — mas *não poderiam*, no fim das contas, rejeitar a imagem da termovisão.

Nem a Igreja Católica poderia rejeitá-la, Mario percebeu com profundo deleite.

Riu alto. Imagens do teimoso diretor Osborne e de bispos sarcásticos encheram-lhe a mente. Ele mostraria a todos aquelas fitas de termovisão. E suas caras presunçosas iriam ao chão. Uma ânsia de destruir os hipócritas fez Mario estremecer por antecipação.

Mas e se algo desse errado? Se a termovisão não fosse convincente? Não. Tinha que ser. Seus dias de intelectual remando contra a maré, cheio de dúvidas e angústias porcamente escondidas sob uma fachada de sarcasmo tinham, enfim, terminado. Agora, com certeza, era questão de semanas, talvez dias, para conquistar o respeito.

Mesmo assim, Mario estava apreensivo. Havia muita coisa em jogo. Qualquer fracasso agora o faria ser relegado ao ridículo, à escória da ciência.

Dado que projeções psíquicas não desaparecem de vez, mas se dispersam em uma lentidão quase infinita, a imagem na tela de termovisão ainda era mais ou menos discernível. Haveria algum modo de otimizá-la? Mario sabia que, em laboratório, era possível ampliar uma imagem banhando-a em uma frequência eletromagnética controlada, a chamada frequência "de assinatura".

Mario suspeitava que uma frequência próxima à das luminescências azuladas poderia destacar a imagem da interferência de fundo. Havia funcionado no laboratório com projeções muito mais vagas. Transformar a igreja em um laboratório atiçou o senso de ironia de Mario.

Na kombi havia tripés de iluminação, refletores e filtros de espectro azul. Rapidamente Mario correu até lá e começou a juntar o equipamento. O sacerdote havia partido. Com uma mistura de receio e excitação, percebeu que a igreja era apenas sua.

9

O Oldsmobile cruzou o rio Charles. A fachada norte daquele mar de casas cintilava com o crepúsculo a oeste. As luzes já haviam sido acesas nos becos, e os estivadores no cais eram iluminados de leve pelas luzes dos atracadouros. Acima dos cortiços se erguia a grande catedral, maciça e grave como um penhasco artificial.

Por ruas sinuosas, chacoalhando pelo calçamento irregular, o Oldsmobile sacolejava entre caminhos estreitos já bem avançados na noite.

Padre Malcolm estacionou atrás de um restaurante chinês. Uma figura na porta da cozinha olhou-o com desconfiança, então abriu a porta de tela e jogou um balde de água com sabão porta afora. Ao descer do carro, o sacerdote percebeu a névoa carregando as luzes alaranjadas de Boston, espalhando-as pelas colinas.

Seguindo pelo caminho de lajotas até a residência do bispo, deparou-se com a alvura cintilante da macieira defronte à porta do presbitério. O contraste não poderia ser maior. Gatos de rua miavam e saltavam ruidosamente pelas latas de lixo conforme ele se aproximava das portas ornamentadas.

De algum lugar lá dentro ouvia-se o som de uma máquina de escrever. Distante, na cidade povoada, o eco de uma sirene de polícia. Padre Malcolm sentiu-se capturado pela miséria do mundo.

Ergueu a mão uma vez, depois outra, e por fim tocou a campainha. A máquina de escrever se calou.

Quando a porta se abriu, um sacerdote esguio, de batina preta, olhou-o de cima a baixo, avaliando-o, julgando-o, com um ar superior e desdenhoso. Padre Malcolm, constrangido, a boca seca, ajeitou os cabelos desgrenhados e percebeu que suas calças e camisa estavam sujas com o barro do Vale de Gólgota.

O padre esguio aguardava.

"Preciso ver Sua Reverendíssima", informou, meio incerto, padre Malcolm.

O sacerdote balançou a cabeça.

"O bispo Lyons já se recolheu. Mas se vier amanhã depois das 10h, poderá marcar uma hora com seu secretário."

"É um assunto de extrema urgência."

"É?"

"Perdão pelo horário. Perdão por ter vindo neste estado. Mas algo aconteceu que importa muito à arquidiocese."

O sacerdote ergueu uma única sobrancelha.

Padre Malcolm entrou. Uma escada de nogueira conduzia aos aposentos superiores, ladeada por gravuras emolduradas e um retrato de Sua Santidade, o siciliano Baldoni, recém-investido como Papa Francisco Xavier. O padre apontou para um banco de madeira e cruzou um corredor. Pelo interior todo amadeirado, brilhavam suaves luzes vermelhas, e acima da mesa com a máquina de escrever pendia um crucifixo de ouro.

Padre Malcolm, impaciente, espiou outras duas mesas antigas dispostas sob os vitrais. Grandes livros em capas de couro vermelho, códices e agendas encadernadas estavam organizadas sob os painéis de cerejeira.

Passos voltaram pelo corredor. O padre esguio apresentou um mais velho, de hierarquia indefinida, e se retirou em silêncio para sua mesa. O som da máquina de escrever voltou a ecoar no salão.

O sacerdote idoso sentou-se ao lado de padre Malcolm, desconfortavelmente próximo.

"Que propósito lhe traz até esta casa?", perguntou com a voz calma, as densas sobrancelhas grisalhas sobre os olhos penetrantes.

"Que propósito?", repetiu padre Malcolm. "Como posso explicar? Preciso falar pessoalmente com Sua Reverendíssima."

"Mas você compreende que ele já se recolheu."

"Por favor, informe a Sua Reverendíssima que o padre Eamon Malcolm regressou do Vale de Gólgota. Diga-lhe que algo extraordinário aconteceu. Diga-lhe que apenas Sua Excelência Reverendíssima tem o poder de lidar com o assunto agora."

O padre ancião, escandalizado por aquela veste preta amarrotada sobre uma camisa imunda de barro e carrapichos, apenas soltou um suspiro. Levantou-se, inclinando um pouco o corpo para a frente.

"Esteja ciente, padre Malcolm, de que seus motivos devem justificar tamanha perturbação."

"Assim como dei testemunho de Cristo, garanto que justificam."

Aquela jura religiosa não causou qualquer abalo no velho de nariz adunco. Contra sua vontade, o sacerdote subiu a escadaria curva, passando pelo retrato do papa, porém manteve os olhos em padre Malcolm.

Este afundou o queixo entre as mãos em concha, soprando os dedos que estavam gelados até os ossos. Ergueu-se, caminhando pelo tapete verde, e tentou se distrair. Além das janelas com entalhes cruciformes, observou vultos desocupados caminhando na neblina, um caleidoscópio de formas humanas, perdidas e inseguras naquele inferno urbano.

O padre esguio atendeu ao telefone que tocava. Com voz suave e animada, entabulou conversa. Padre Malcolm passou próximo à mesa. Como em um sonho tétrico, impelido por alguma força motriz diferente de sua própria vontade, mais flutuando do que andando, viu o retrato do papa se adiantar enquanto a escadaria curva se endireitava. Silenciosamente, ele estava subindo os degraus.

Nervoso, padre Malcolm esquadrinhou os olhos cinzentos do papa siciliano. Os olhos pareciam encará-lo de volta. Por muito tempo administrador e mediador de conflitos junto ao secretário de estado do Vaticano, Baldoni, o homem que se tornou pontífice, jamais perdera suas origens sicilianas. Havia o rumor de que o rosário de sua mãe permanecia em sua cabeceira nos Aposentos Borgia. Francisco Xavier fora um trabalhador braçal nos campos da Sicília, e seus éditos eram repletos de tal imaginário.

Nos últimos cinco anos, o movimento milenarista havia ganhado força no Vaticano. Em resposta ao fervor que se observava por toda a América Latina, Ásia e África, os cardeais pressionaram Francisco Xavier a preparar a Igreja para seu propósito final: o fim da História e a Segunda Vinda de Jesus Cristo.

Francisco Xavier era conhecido por sua crença firme na doutrina milenarista. Padre Malcolm sempre ignorara o carisma dos milenaristas, mas agora sentia-se perturbado. Os acontecimentos no Vale de Gólgota haviam adquirido um sentido que o atordoava.

Sentiu ter servido como receptáculo do Cristo, ter sido usado para reclamar a Deus uma igreja profanada — um destino inefável, glorioso — e agora estava sob o olhar altivo do papa que lhe desafiava a coragem, colocando em questão sua esperança mais profunda, até que a sala pareceu ondular.

Avançou escada acima como se caminhasse sob as águas, e então viu um longo corredor coberto por um carpete vermelho felpudo. Um crucifixo reluzia de leve em uma das paredes de madeira. As luzes de Boston deitavam sombras vagamente geométricas a seus pés. Ao fim do corredor ardia uma pequena luminária. O velho padre conferenciava ali com um jovem jesuíta.

O padre ancião ergueu os olhos, ainda recostando-se na mesinha do aposento semiaberto, e via-se claramente seu espanto ao perceber a aproximação de padre Malcolm. Atrás dele, abajures de luz amarela iluminavam antigas cadeiras de estofado rubro pelo aposento.

"Tens noção de onde estás, padre Malcolm?", o sacerdote ralhou entredentes.

O jesuíta se levantou e sorriu para padre Malcolm.

"Sua Reverendíssima roga-lhe que encontre seu secretário amanhã pela manhã."

Ouviu-se um pigarrear vindo do quarto de dormir. Padre Malcolm percebeu que seu caminho fora bloqueado, de forma educada, mas decidida, pelos dois homens. Do interior do aposento emanou um roçar de tecidos, como se alguém bem corpulento houvesse se agitado em uma das cadeiras de antiquário. Padre Malcolm conseguia entrever os pés da cama, um baldaquim de carvalho e os altos-relevos da parede.

"Amanhã pode ser tarde demais!", afirmou padre Malcolm.

O jesuíta sorriu outra vez, um sorriso suavíssimo, mas, ainda assim, polido.

"E qual seria *exatamente* seu problema, padre Malcolm?", exigiu saber, já frustrado.

"Testemunhei o que não deveria ser testemunhado", disse o padre Malcolm, estudando as expressões dos homens.

O jesuíta franziu o cenho, tentando manter as aparências de um sorriso.

"Desculpa, mas não compreendo, padre" disse com educação. "Contudo, como sabes, tais matérias são sempre analisadas antes de chegar à atenção de Sua Reverendíssima."

O padre ancião encarava padre Malcolm com uma hostilidade cada vez maior.

Padre Malcolm os observava, suas expressões refinadas, mas severas. Conheciam os labirintos da arquidiocese. Sabiam como chegar a Sua Reverendíssima, caminho que guardavam ciosamente. Eram dois intelectuais sofisticados. Suas imaginações jamais compreenderiam o Vale de Gólgota.

"Padre Malcolm", o sacerdote de nariz adunco alertou, "afaste-se e evite causar um dano irremediável à sua causa."

A apenas dois centímetros dos homens, menos de dois passos da porta aberta, padre Malcolm espichou o olhar para ver o quarto. Sentado a uma escrivaninha, inteiramente trajado, de cabelos brancos e um corpo enorme, o bispo Edward Lyons selava uma carta e pressionava o anel sobre a cera.

Ao se virar, viu padre Malcolm à porta. Piscou os olhos escuros, mais surpreso do que abismado com a invasão. A cabeça leonina repousava sobre um pescoço denso, firme, em um corpo quase grande demais para a delicada mobília francesa na qual sentava.

De súbito, padre Malcolm lançou-se entre o padre e o jesuíta, arremetendo quarto adentro e caindo aos pés do bispo.

"Mas o que é isso, padre Malcolm?", zangou-se o jesuíta.

Enfurecido, o velho sacerdote entrou no quarto atrás de padre Malcolm.

"Vossa Reverendíssima", murmurou padre Malcolm, beijando-lhe o anel na mão direita. "Não se zangue. O que testemunhei decerto há de abalar as estruturas da Igreja!"

Confuso, o bispo Lyons se empertigou na cadeira. Depois de um tempo, recolheu a mão direita e fez um sinal para que o padre e o jesuíta se retirassem.

"Malcolm, Malcolm..." o bispo brandamente lhe chamou a atenção. "Afoito e rude como sempre."

Com ar exausto, o bispo indicou-lhe uma poltrona próxima. Padre Malcolm, pálido de apreensão, sentou-se na beirada do assento.

"Acabo de chegar do Vale de Gólgota Vossa Reverendíssima."

O bispo mantinha silêncio. Voltou a olhar para as correspondências na escrivaninha, analisou suas páginas e, refletindo sobre todos os pormenores, franziu as sobrancelhas e esfregou a testa. Ergueu o olhar, parecendo quase surpreso de ainda ver padre Malcolm ali.

"E isso justifica essa quebra de protocolo?"

Padre Malcolm engoliu em seco. Confrontados pelo rosto indômito e áspero do bispo, seus pensamentos debandaram como pássaros insanos, deixando apenas um jesuíta confuso, vazio, oco e desamparado.

"E então?"

"Senti a presença de Cristo", padre Malcolm respondeu devagar.

O bispo Lyons recostou-se na cadeira antiga, olhando padre Malcolm como se o julgasse louco.

"Você deve sempre sentir a presença de Cristo", disse o bispo.

Padre Malcolm inclinou-se adiante.

"Em meu próprio corpo, Vossa Reverendíssima. Ao final do exorcismo. No momento mais solene da liturgia."

Um ar de contrariedade varreu a expressão do bispo.

"Padre Malcolm, esse não é um assunto a ser trazido a mim desta maneira."

"E também fora de meu corpo."

Distantes soaram as badaladas de um velho relógio. Padre Malcolm percebia o jesuíta parado além da porta, escutando junto à mesa. Talvez o padre ancião também estivesse ali. Padre Malcolm sentiu um precipício abrir-se ao seu redor.

O bispo Lyons voltou o olhar à correspondência, tentando se concentrar nas contradições e insinuações sutis, mas àquela altura era impossível. Furioso, afastou as cartas e encarou o jesuíta.

"Realizei o exorcismo exatamente como me instruíste...", afirmou o padre Malcolm.

"Certo."

"E foi bem-sucedido."

"Ótimo."

"Mas durante seu ápice, quando o combate de fato aconteceu e houve alucinações das mais terríveis... de natureza sexual..."

Os olhos do bispo se estreitaram.

"Quando depositei a hóstia consagrada sobre o cálice, fui envolvido por um vento cálido. Que me invadiu, Vossa Reverendíssima, tomou conta de mim, e perdi a consciência."

"Entendo."

"E quando voltei a mim, a lamparina do altar havia se acendido. Sozinha."

"Em meio a sua perturbação, com certeza esqueceu de tê-la acendido."

"Não."

O bispo sorriu, frustrado. "Céus, padre Malcolm. Como pode estar tão certo?"

"Porque analisei as fitas."

O bispo Lyons se ergueu e fechou inteiramente a porta do quarto de dormir. Voltou caminhando a passos arrastados. Então, sentou-se ao lado de padre Malcolm e se curvou para a frente, tão perto que o jesuíta era capaz de sentir o aroma da colônia que emanava de seu pescoço largo.

"A que fitas se refere, padre?"

Padre Malcolm sentiu o rosto corar. Enxugou a testa com um lenço branco e o dobrou com cuidado.

"Algumas fitas foram gravadas", disse.

"De um exorcismo? Recomendei-lhe discrição."

"Precisei de auxílio. Eles já estavam lá."

"Eles *quem*?"

Padre Malcolm guardou o lenço com cuidado no bolso de seu velho casaco preto. Percebeu-se com medo.

"Cientistas, Vossa Reverendíssima. De Harvard."

Bispo Lyons tranquilizou-se a olhos vistos.

"Temos uma excelente relação com Harvard. Inclusive com o departamento de telecomunicações."

Padre Malcolm sacudiu a cabeça enfaticamente.

"Parapsicólogos", esforçou-se em dizer.

Bispo Lyons o encarou como se entre os dois existisse, agora, uma distância irremediável.

"Eles registraram o exorcismo, Vossa Reverendíssima."

O bispo encarou as próprias sandálias, apoiando-se nos braços da cadeira, a cabeça enorme balançando de um lado para o outro.

"Padre, eu não deveria jamais receber tal notícia de você."

"Tentei impedi-los."

"Mas deixou que fotografassem tudo!", disse o bispo em tom irritado.

Padre Malcolm não tinha o que responder. O bispo esfregou a própria nuca, massageando os músculos tensos, e então fez uma careta.

"Todo sacerdote, toda igreja é uma porta por onde Satanás tenta entrar", disse o bispo. "E você abriu a porta aos ateus da ciência."

"Por favor, me escute, Vossa Reverendíssima."

Padre Malcolm procurou palavras na tentativa de entrar na mente do bispo.

"Suas câmeras especializadas captaram algo semelhante à Crucificação."

O bispo o encarou. Então irrompeu em um ataque de tosse. Em desespero, apanhou um lenço em seu bolso, abanou a mão nervosamente e, devagar, os olhos lacrimejando, recobrou a compostura.

"Você deve renegar essa imagem como uma profanação a Deus", disse-lhe o bispo. "E deve expulsar esses parapsicólogos da igreja."

Padre Malcolm se levantou.

"O vale, Vossa Reverendíssima... O vale está florescendo como se na primavera. Lilases e arbustos. Macieiras. Pessegueiros. Margaridas e cravos por toda a cidade."

Bispo Lyons fitou-o com um desgosto fascinado. Padre Malcolm deu um passo em sua direção.

"O rebanho recobrou a saúde", disse rapidamente, "pela primeira vez em anos."

"Não diga!"

"Tudo ocorreu na manhã após o exorcismo."

O bispo abanou a mão com impaciência.

"E agora você é um especialista em pastoreio..."

"Vossa Reverendíssima. Duas doenças graves apresentaram melhoras! E os dois enfermos sonharam com a rosa no cemitério da igreja — uma roseira que não floria desde há muitas e muitas décadas!"

"Padre..."

"Mas hoje pela manhã ela floriu!"

O bispo se afastou.

"Ajude-me, Vossa Reverendíssima", padre Malcolm pediu com voz suave. "Não seriam tais sinais... o indício de algo que por tanto tempo a Igreja aguardou...?"

"Sinais são enganadores. Satã emula os sinais do Cristo. Não se deixe seduzir." O bispo o encarou irritado. "Ter vindo até aqui desta forma foi um erro, padre Malcolm. Você entregou sua igreja ao sacrílego!"

"Mas eu senti... em mim mesmo... que esses sinais... podem ser sinais da revelação!"

"Revelação? Ah. Então *esta* é a mensagem que me traz? Você determinou que tais sinais representam a Segunda Vinda de Nosso Salvador. Que Ele elegeu uma igreja problemática no meio do Vale de Gólgota como Seu portal de entrada!"

Mal contendo sua ira, o bispo esfregava as mãos sem parar. "Deixe-me dizer-lhe algo, padre Malcolm, sobre essa visão apocalíptica que abrasa sua mente. Não será uma visão alegre! Antes virão trovões, raios, grandes terremotos, pragas de gafanhotos, a fome... Traduzido em termos nucleares, mais contemporâneos, poderia significar a devastação, o fim da vida no planeta."

"Ou o *começo* da vida, Vossa Reverendíssima", Malcolm sugeriu ingenuamente. "'E vi o céu aberto, e eis um cavalo branco'", declamou, "'e o que estava assentado sobre ele chama-se Fiel e Verdadeiro; e julga e peleja com justiça. Ele prendeu o dragão, a antiga serpente, que é o Diabo e Satanás, e amarrou-o por mil anos. E de um e de outro lado do rio estava a árvore da vida, que produz frutos para a saúde das nações. E a doutrina divina foi entregue à humanidade.'"

Bispo Lyons palmilhava o chão do quarto, olhava para padre Malcolm e voltava a caminhar. Quando parou, sua face assumiu um ar benigno e quase paterno.

"Eamon", falou com a voz gentil. "Cristo virá quando vier. Não cabe a nós sair em busca dos sinais."

"Mas, decerto, aquela não foi uma transformação ordinária!"

O bispo manteve o sorriso benévolo, ainda que claramente irritado. Colocou as mãos nos ombros do jesuíta.

"Foi realmente o cavaleiro pálido que você *viu* sobre o cavalo, Eamon, portando a balança que há de pesar as almas?", disse em tom suave. "Ou terá sido a lua tingida de sangue? Gafanhotos com rostos de homens? Terá visto a besta de sete cabeças e dez cornos? Ouviu o povo falando em línguas desconhecidas? Uma linguagem de ritmo perfeito, cuja cadência harmoniosa jamais fora ouvida na terra, desconhecida até por quem a enuncia, idioma doce e extasiante, que o homem ignora, assim como surgido pela primeira vez em Pentecostes? Ouviu tal linguagem, Eamon?"

Padre Malcolm gaguejou. "N-nã... isso não, m-mas..."

"Viu os sete anjos e os sete selos das pragas finais? Viu, Eamon? Porque *esses* são os sinais do apocalipse. Não os que você citou. Não belos pessegueiros. Nem bezerros bonitinhos."

"M-mas... podem ter sido... sinais premonitórios... pois os senti em mim, na igreja e em todo o vale!"

Bispo Lyons o tomou pelo braço e o conduziu até o vitral da janela. Lá embaixo, a névoa alaranjada se infiltrava pelos canais escuros da enseada, e as luzes do trânsito subiam as colinas solitárias.

"Quantas dessas almas aí fora estão consagradas a Cristo?", perguntou. "Veja o mundo real, padre Malcolm. Corrompido pelo ódio e vil pela ganância!"

"Mas nossa missão..."

"Nossa missão é preparar plenamente a Igreja antes que possamos preparar os corações dos homens para o último ato da História."

Bispo Lyons caminhou de volta ao centro do quarto. Apanhou um largo dossiê da escrivaninha. Padre Malcolm vira muitos daqueles nas prateleiras de jacarandá.

"Sabe o que é isso?", inquiriu o bispo.

"Por favor, Vossa Reverendíssima..."

"É o itinerário papal pelo Quebec, Eamon. Dentro de três dias, o núncio, cardeal Bellochi, estará aqui. E sabe por quê?"

Padre Malcolm balançou a cabeça, miseravelmente.

"Porque em uma semana, Sua Santidade o papa Francisco Xavier irá ao Quebec em peregrinação!"

O bispo Lyons caminhou devagar na direção de padre Malcolm, o rosto vermelho.

"Por que Sua Santidade vem ao Quebec?", sussurrou o bispo. "Por que estou a caminho de encontrá-lo? Por que os cardeais e bispos de todo o continente estão se preparando para ir ao Quebec em uma semana?"

Padre Malcolm quase engasgou. O bispo se aproximou ainda mais. Recuperou o sorriso benévolo. Falou com padre Malcolm como se este fosse uma criança.

"Porque este é um mundo de pecado e corrupção, Eamon. Os homens não conhecem Deus. Um mundo cínico e amargo, mundo em que o Anticristo habita e viceja. O pontífice viaja pelo mundo indo aos lugares que precisam ser domados, Eamon. Para ali consagrá-los a Cristo. Por cada aldeia. Cidade a cidade. País após país."

O bispo retornou a sua mesa e largou o dossiê novamente sobre o tampo. A incrível pressão pela chegada iminente do núncio parecia sobrecarregá-lo.

"E isso demanda muito trabalho, Eamon," disse devagar. "Uma organização minuciosa e objetiva."

Bispo Lyons se virou, sorrindo com gentileza, quase amigável.

"Quando mantemos a disciplina e a firmeza mental, Eamon", continuou em tom suave, "vencemos as artimanhas de Satã."

"Claro, Vossa Reverendíssima."

O bispo palmilhou adiante, em suas sandálias frouxas, e levou as mãos aos ombros do sacerdote.

"Isso é razão para contentamento, meu filho. Você purificou uma igreja e a restituiu a Deus. Desejar mais do que isso seria render-se ao pecado da soberba."

Padre Malcolm sentiu os olhos lacrimejarem de fúria, mas anuiu com humildade. O bispo estendeu-lhe a mão anelada. Padre Malcolm ajoelhou-se e a beijou.

"O mais provável", arrematou o bispo, "é que a igreja jamais tenha sido possuída, sofrendo apenas de um influxo negativo de fiéis."

Alarmado, padre Malcolm fixou os olhos no anel. Então colocou-se de pé, atravessando o aposento acarpetado. O rosto ardia. Por certo o bispo apertara algum botão, pois a porta se abriu e lá estava o padre ancião, tentando conter o sorriso.

Padre Malcolm se virou, mas o bispo Lyons já retomara o assento à escrivaninha, absorto em sua correspondência. Padre Malcolm deixou-se ser conduzido pelas escadas até o andar de baixo.

O retrato de Baldoni, o papa siciliano, parecia observá-lo por todo o trajeto até o térreo.

"Desejas falar com o secretário do bispo pela manhã?", o padre idoso perguntou.

"Não. Obrigado."

"Boa noite, padre Malcolm."

"Boa noite."

Saindo na névoa fria, sentia-se abatido e trêmulo, e seus sapatos ecoavam o som dos paralelepípedos úmidos.

No carro, encontrou um bilhete informando que aquela vaga era reservada para os clientes do restaurante. Padre Malcolm amassou o papel e o atirou no meio da rua.

Quando entrou no Oldsmobile, não conseguiu dar a partida. Um rangido de afogamento soou do motor. Padre Malcolm se debruçou sobre o volante, encarando a pequena estatueta de Cristo que havia no painel.

"Dai-me forças", rezou. "Ó, Deus, dai-me forças, pois não a tenho."

Padre Malcolm saiu do carro. Engatara a segunda marcha e então empurrou o veículo. Quando voltou ao volante, conseguiu dar a partida. Conduziu pela viela estreita. Enxugava as lágrimas.

Dirigiu pela ponte pênsil que pairava sobre a baía escura e inquieta. As luzes alaranjadas do cais reluziam, distantes, sob si. Lampejos iluminavam o bojo das nuvens. O mundo era diverso, percebeu, algo movido a dinheiro e ilusões perdidas. A Igreja Católica havia surgido em meio à turbulência de um império que se desintegrava, além do oceano, quase dois milênios atrás. Padre Malcolm perguntava-se se a Igreja, mesmo com a vinda do novo papa, seria capaz de sobreviver à proliferação da indiferença.

Passava da meia-noite quando padre Malcolm assomou à colina norte do Vale de Gólgota. No mesmo instante, sentiu o calor e a fragrância de pêssegos e lilases erguendo-se ao ar. Parou o carro.

A Igreja das Dores Perpétuas reluzia em um claro tom de azul, feito fogos de artifício. Cabos conectavam coisas em meio ao matagal e um gerador roncava em alguma parte. Um azul frio envolvia a igreja, lançando sombras densas por todas as direções, mesmo sob o campanário.

Se a lamparina do altar ainda estivesse acesa, estaria completamente tomada pela estranha claridade azul, pois agora padre Malcolm via apenas a transfiguração espectral daquela igreja antes tão serena.

Em fúria, saiu do carro e bateu a porta atrás de si. Agora percebia, enquanto tapava os olhos contra a claridade e sentia o cheiro pungente das lâmpadas azuis dentro da igreja, que muitos homens e mulheres da cidade estavam ali.

"Conseguiram pegar!", um fazendeiro berrava. "Eles conseguiram!"

"Pegar o quê?", balbuciou o padre, arrastando-se pela multidão.

Pelas janelas góticas viu, lá dentro, Mario e Anita debruçados sobre o monitor de termovisão. Uma náusea fraca se transformou em total horror. Correu porta adentro.

"O que está acontecendo aqui?", berrou mais alto que o ronco do gerador que sacudia e fumegava junto às janelas.

Mario vestia a jaqueta de couro, com ar muito nervoso e agitado, as narinas se dilatando, suor escorrendo por sua nuca e empapando seus cabelos curtos e cacheados. Anita foi a primeira a se virar, e padre Malcolm viu em seu rosto um misto de vergonha e animação.

O fedor de gasolina do gerador empesteava a igreja. Sobre o altar, a lamparina brilhava púrpura, quase preta, inatural em meio a tantas luzes azuis fortíssimas. O ambiente era repugnante; Mario parecia um cadáver reanimado.

"Esta é uma igreja sagrada!", bradou o padre, dando um passo atrás.

"É meu laboratório!", Mario gritou de volta.

Padre Malcolm passou por cima dos cabos. De repente, espiando entre Anita e Mario, viu uma versão bem definida, um pouco flutuante e azul-cobalto da imagem cruciforme. O padre empalideceu, tanto que seu rosto quase pareceu azul como as luzes espectrais. Mario, percebendo o espanto em seu rosto, explodiu em uma gargalhada.

"É só o resíduo", Mario tripudiou. "Projeções psíquicas não se acabam."

Padre Malcolm encarou Mario, confuso, o gerador zumbindo em seus ouvidos.

"O quê?", perguntou, os lábios tremendo. "Do que você está falando?"

Em vez de responder, Mario desligou a tela do termovisor e, com movimentos tão hábeis que fizeram o padre pensar estar assistindo a um show de mágica, guardou as fitas nos estojos.

Anita se aproximou devagar. Padre Malcolm ainda encarava a tela apagada do monitor. Parecia-lhe que a igreja havia sido profanada da forma mais vil e grosseira.

"Temos imagens incríveis, padre", ela disse com gentileza, "e vamos levá-las a Harvard."

"Não, Mario", o padre murmurou. "O bispo me exigiu discrição."

Mario abriu um sorriso largo, revelando dentes perfeitos. Os olhos, contudo, mostravam malícia.

"Não reconheço a autoridade de bispos", zombou Mario.

Padre Malcolm se aproximou dele.

"Mario", segredou contrariado, "você não pode mostrar essas imagens ao mundo. São resultado de minha missão sacerdotal. Revelá-las seria uma profanação."

Mario viu que o jesuíta estava amedrontado. Não pelo fato do bispo tê-lo exigido discrição, instruindo-lhe a manter aquilo fora da imprensa. Não. Havia algo mais aterrador. O jesuíta acreditava naquela imagem. Assim como peregrinos acreditam no Santo Sudário ou na *stigmata* de milhares de cruzes espalhadas nos rincões mais ignorantes e crédulos.

"Preciso que renovem meu contrato!", disse Mario, agitado. "Preciso de mais tempo! E dinheiro! Meus avaliadores esperam provas! Bem, agora eu tenho. Não vão mais poder me rejeitar."

Padre Malcolm tentava apanhar a fita na mão de Mario.

"Mario", suplicou, "esta imagem não deve sair daqui. Da igreja."

Mario encarou padre Malcolm com desprezo.

"É uma projeção psíquica", disse com frieza. "Publicamos imagens assim o tempo todo. Em revistas. Até em jornais, se quisermos. Por que não?"

Quando se virou para sair, sentiu as mãos do padre agarradas em seu casaco.

"Não", padre Malcolm disse-lhe devagar. "Não posso permitir."

Mario riu, desvencilhando-se do padre.

"Certo, padre", zombou Mario. "Diga o que acha ser esta imagem."

Padre Malcolm se virou para Anita como se estivesse em busca de apoio. Mas ela apenas desviou o olhar, incapaz de conter a determinação de Mario. Padre Malcolm percebeu que ele se afastava outra vez.

"Você não acredita em projeções psíquicas, acredita?", Mario gritou. *"Você acha mesmo que é Jesus Cristo!"*

"Entregue a fita, Mario!"

"Vá pro inferno, padre."

Padre Malcolm se colocou no centro da igreja, aonde os refletores apontavam. Uma a uma, sentiu as lâmpadas se estilhaçando no chão da igreja. Elas haviam se aquecido tanto por trás das camadas de cobalto que explodiram, lançando cacos ardentes nas pernas do jesuíta.

"Não irei para o inferno", disse obstinado. "Nem esta igreja irá."

Seguiu até o meio da igreja e se pôs a destruir as lâmpadas quentes.

De repente, Mario avançou sobre o jesuíta e um braço musculoso agarrou-o pelo pescoço, colocando-o contra a parede.

"Seu desgraçado", sibilou, os olhos demoníacos de fúria. O jesuíta notou lampejos vermelhos contornando sua visão, e a respiração tornou-se difícil. Sem clareza, viu Mario agitando a fita cassete em frente a seu rosto.

"Olhe esta fita, padre!", berrou Mario, a centímetros do padre. "Eu consegui medir o tamanho da sua fé! Captei-a em uma fita magnética! Houve um tempo em que os homens confiavam nessas imagens. E agora voltarão a confiar, mas não mais nas igrejas e sim nas universidades, nos institutos científicos! Em qualquer lugar onde pensadores se reúnam com liberdade para estudar a natureza do homem e de seu universo!"

Mario afrouxou a mão. O jesuíta cambaleou um pouco, mas não foi ao chão. Apenas esfregou a própria garganta ferida.

"Você não passa de um imbecil superficial e egoísta", gritou padre Malcolm, livrando-se do domínio de Mario. Dando a volta até chegar ao altar, os olhos em Mario, a mão esfregando o pescoço, parecia um lobo encurralado. Então seus olhos fixaram o altar e viram que ele havia sido tirado do lugar. Por um instante não houve qualquer ruído senão o ronco do gerador. À luz azul espectral, suas mãos e rosto pareciam mármore.

"O que vocês fizeram?", a voz soou branda.

"Ah, isso? Um dos refletores ficou enrolado nos cabos e caiu."

Padre Malcolm olhou sob as toalhas. A pedra do altar e sua base haviam sido levemente separadas.

"*VOCÊS QUEBRARAM O CONTATO!*", rugiu o padre.

"*EU PRECISAVA DE ESPAÇO!*"

Padre Malcolm apontou um dedo trêmulo na direção de Mario.

"Sei quem você é", disse.

"Que diabo você tá falando?"

"Sei a quem serve!"

Padre Malcolm caminhou a passos seguros até a lamparina. Agarrou as fitas e os slides. Mario, em um átimo, lançou-se sobre ele. Todo o material gravado caiu pelo chão.

Padre Malcolm tentou alcançar o computador. Horrorizado, Mario saltou sobre o padre.

Anita correu também, mas Mario a empurrou para longe. O jesuíta avançava aos solavancos, espalhando eletrodos e circuitos por toda parte.

Mario agarrou com uma das mãos o cabelo loiro do padre. Com a outra, estapeou seu rosto pálido, uma e outra vez. As mãos do jesuíta tentavam, sem sucesso, proteger seu rosto. Os lábios cortados começaram a sangrar. Mario manteve a cabeça do homem em sua mão, empurrando e arrastando o jesuíta pelo corredor até o vestíbulo, seus tapas ecoando pela igreja.

"Mario!", berrou Anita.

Mario sacudiu o sacerdote como se fosse um boneco de pano e o arremessou pelo vestíbulo. Padre Malcolm chocou-se contra a pia de água benta, tentando se amparar nela, e terminou no chão.

Mario via a cena com um brilho selvagem no olhar.

"Nunca mais repita isso", advertiu.

"Padre...", gritou Anita.

Passou correndo por Mario e se ajoelhou junto ao jesuíta que gemia, humilhado e dolorido.

"Deixe esse desgraçado aí", disse Mario.

"Mario, sai daqui agora!", Anita asperamente ordenou.

"Não vou abandonar os equipamentos com esse homem aqui."

"Não se preocupe com isso. Eu vou ficar!"

Mario a olhou atônito. Ela ainda amparava o corpo do jesuíta, que tentava se erguer. Mario foi tomado por uma compreensão horrível, repugnante.

"Com *ele?*", perguntou com a voz lenta.

Padre Malcolm levou a mão ao nariz. Sangue vivo banhava seus dedos. Involuntariamente e aterrorizado, olhou para a água benta. A superfície estava manchada de vermelho.

Padre Malcolm, sem muitas forças, fez o sinal da cruz.

"Não vou deixar você aqui", Mario insistiu.

"Não vou para Harvard com você. Nem para lugar nenhum com você", soou a voz suave de Anita, resoluta, os olhos cheios d'água. "Mario, você enlouqueceu totalmente. Esta igreja o enfeitiçou! Alguma coisa o fez mudar e você não consegue controlá-la!"

Uma lembrança veio à mente de Mario. O estremecimento que o invadiu no ápice do exorcismo. A sensação de ser algo mais que apenas um espasmo muscular.

"Merda!"

Anita fitava Mario com um olhar duro.

"Vou ficar, Mario."

"Quando eu a conheci", ele começou a falar com frieza, "você tinha a mente científica mais brilhante que já conheci. Como um computador bailarino, Anita. Jamais imaginei que pudesse amolecer. Não depois de tudo que me ensinou."

"Mario, não estou lhe pedindo nada além de um pouco de decência."

Mario, ofendido, procurou as palavras.

"Você foi envolvida por essa epistemologia do sangue-do-cordeiro!", berrou. "Nunca na vida tinha perdido sua disciplina! Que diabos aconteceu com você?"

"Vá embora, Mario", exigiu.

Ele hesitou, então guardou a fita em uma mochila contendo outras fitas e caixas de slides. Um misto indefinido de dor, angústia e puro ódio cruzou seu rosto. Não era a primeira vez que brigavam e se separavam. Mas era a pior.

"Vai estar aqui quando eu voltar?", ele perguntou.

"Já disse, vou ficar com os equipamentos."

Olhou-a, não encontrou mais nada a dizer e, então, baixou o olhar para o jesuíta que estava estupefato.

"Padre", disse.

"Deixe o homem, Mario."

"Você é um homem de sorte, padre. Ela é ótima."

Padre Malcolm o encarava confuso. Mario deu uma piscadela maliciosa e se inclinou para a frente.

"De comer rezando."

"Seu desgraçado", resmungou Anita.

Mario soltou uma risada grosseira, então se encaminhou para a noite fora da igreja. Em pouco tempo, o ronco da kombi ecoou pelo vale.

Anita ajudou padre Malcolm a se levantar.

"Tudo bem?", perguntou.

"Tudo, tudo."

"Quero me desculpar por Mario, padre. Ele sempre ofende os outros quando se irrita."

Padre Malcolm não disse palavra.

O gerador ficou sem gasolina. Seu ronco assumiu um tom mais grave, enfraquecendo, engasgando e por fim deixando de soar. A sós, padre Malcolm e Anita assistiram às luzes na igreja se apagando. Primeiro laranjas, depois vermelhas e, enfim, como em um pôr do sol banhado a sangue, as lâmpadas já frias se extinguiram. Apenas a suave lamparina do altar iluminava o interior, calma e imperturbável.

Um vento crescente agitou as bétulas. Flores de asclépia atravessavam sem parar a porta da igreja.

"Sangue foi derramado... o altar profanado", disse ele, com a voz baixa. "Há muito o que reparar. Preciso realizar uma vigília."

"Hoje?"

"É. E todas as noites até que tudo seja purificado."

"Sozinho, padre?", ela perguntou.

"Não corro riscos", foi a resposta. "A igreja e seu solo estão santificados."

Contudo, o vento soprou forte nas bétulas, varrendo os arbustos além do rio e sibilando pelos campos distantes. Apenas na igreja e em seu solo consagrado a calmaria ainda imperava.

A rosa no cemitério pendia em seu ramo, pesada, escura como sangue seco na madrugada.

Padre Malcolm puxou uma caixa de papelão da parede norte. Dela, tirou velas brancas e as acoplou nos candelabros atrás do altar.

Anita, com uma pasta de papel, varreu os cacos de vidro para dentro de um caixote. O fedor de gasolina havia quase se dissipado. Ela levantou os tripés dos refletores e acomodou-os junto à parede.

Na imagem do computador, quieta e tremeluzente, estava a forma crucificada. A interferência voltara, agora que não havia mais lâmpadas. Anita distinguia seus contornos densos e robustos.

Padre Malcolm limpou a área em torno do altar. Ela o observou. Ele se colocou de joelhos, fez o sinal da cruz e se preparou.

O vento cada vez mais forte açoitava os campos próximos. Anita andava ansiosa pelo salão. Os íons na atmosfera causavam distúrbios no computador, irradiando arcos de fluxo na imagem, que a obliteravam.

"Tem certeza de que vai ficar bem, padre?"

"Tenho, Anita. Pode dormir no presbitério se quiser."

Depois de um tempo, Anita cruzou o vestíbulo e saiu para a noite. Ainda estava irritada com Mario. Carregou seu saco de dormir até o presbitério pensando que diabo havia tomado conta dele.

Estacou, horrorizada. Aquela metáfora, ainda que inconsciente, era precisa demais para que relaxasse. Um calafrio a percorreu enquanto ouvia a sonora litania de padre Malcolm, adversário do diabo, ecoando pela Igreja das Dores Perpétuas.

10

Mario deitou na cama em seu microlaboratório. Sentia-se febril, com a garganta atacada. Tudo lhe soava aos ouvidos como se estivesse submerso. O coração palpitava forte contra o peito. Que diabo estava acontecendo?, ele pensava. Tenho 38 anos, saúde perfeita. Será um ataque cardíaco?

Fora do laboratório um homem trabalhava com uma enceradeira. Um senhor negro com quem Mario fizera amizade havia anos, o homem que lhe deu acesso ao prédio quando o campus entrou em greve. Mario lembrou com carinho daquela época. No escritório do diretor Osborne, um megafone nas mãos. Gás lacrimogênio tomando todo o pátio. Tudo era mais fácil naquela época. Quase como seguir a correnteza. Nenhuma complicação como agora.

O Vale de Gólgota conquistara Mario. Ocupava suas entranhas como um vírus. Carregada pelo sangue até chegar ao cérebro. Havia chegado tão, mas tão perto de compreender aquela projeção psíquica.

Meio grogue, tomou outra aspirina, um antigripal e um pouco de água com gás. Quando deu a descarga no banheirinho do laboratório, achou que o barulho ia estourar seus miolos. Sob a mesa com slides, fitas e fotos catalogadas havia alguns halteres. Ele os afastou com o pé e examinou o material.

Três estojos de slides coloridos, a maioria deles com boa definição, o resto com qualidade bastante para servir de documento. O Vale de Gólgota, sua estação fora de época, o Siloam antes do exorcismo, a roseira no cemitério e o interior da igreja como o encontraram pela primeira vez, repleta de roupas mofadas e entulho. Revelados em Boston, serviço de urgência, e pagos com um cheque que, até onde Mario sabia, não tinha fundos.

Dois estojos de plástico com fitas de vídeo. Um tinha a fita gravada pela câmera a laser, mostrando a pressão nas estruturas detrás do jesuíta. O outro, sobre a qual repousavam delicadamente os dedos de Mario, guardava as fitas de termovisão do exorcismo, incluindo a primeira imagem cruciforme esverdeada e a imagem otimizada pelos refletores.

Fotografias com alta exposição haviam sido maximizadas a partir dos detalhes que Anita capturara nos equipamentos, a consagração do cemitério que mostrava a roseira seca e fotos sobrepostas comparando a ecologia do Vale de Gólgota e dos vales vizinhos.

Além disso, tinha em mãos um mapeamento geral, em papel gráfico, dos momentos exatos em que aconteceram barulhos e variações sísmicas. Imaginava que o subcomitê não fosse demonstrar interesse naqueles detalhes. O importante era apenas mostrar-se entusiasmado com o projeto e convencê-los de que era questão de meses até conseguir desvelar a imagem que seguia atrás do altar, identificando sua verdadeira natureza.

Folheou as cinco páginas de sua comunicação cuidadosamente datilografada. Havia um par de comentários adicionais que enfatizavam a perspectiva algonquina, pois sabia que um dos membros da comissão era antropólogo. O resto estava bem amarrado, fechadinho feito o traseiro de um doutorando no dia da defesa de tese.

Havia algo errado com seu corpo. Um calafrio na boca do estômago, um frio sobrenatural. Subia, pulsando, desde perto da virilha.

Mario vestiu o paletó de tweed. Penteou os cabelos rebeldes para trás. A gravata fina, preta, tinha mais de dez anos, mas voltara à moda. Sabia estar com boa aparência. Era algo irrelevante para a ciência, mas de uma importância sutil para a apresentação em público. Mario estendera o convite a todo o corpo docente, ao *Crimson* e a quatro jornais da Nova Inglaterra. Encomendara queijos e vinhos para setenta pessoas, esperando que ao menos dez aparecessem.

"Bom", murmurou. "Freud, Nietzsche e Gilbert, se eu não sair de cena completamente. De uma vez por todas."

Juntou o material, carregando-o consigo e saindo do laboratório.

"Boa sorte", desejou-lhe o homem negro com a enceradeira.

"Obrigado, meu amigo. Vou mesmo precisar."

Cruzando a porta de vidro, Mario seguiu caminho em meio às fileiras de arbustos sob a luz do campus. Tão perto do sucesso, nunca se sentira assim tão nervoso. Parecia que desmaiaria, tinha a boca seca. Por um instante, desorientou-se. Tentou se convencer de que haveria outros projetos caso falhasse, mas sabia que este seria um divisor de águas.

Atravessando a biblioteca, ocorreu-lhe que Anita seria de grande valia em um momento como aquele. Ele dependia de seu traquejo social, da influência de sua família naquela universidade. Bem, ela que se afundasse no Vale de Gólgota com as litanias daquele doido.

De súbito, teve a sensação de não estar realmente em Harvard. Estava, sim, no Vale de Gólgota. Como se tivesse se tornado um espírito puro, desencarnado, pairando junto às luzes noturnas. Mas a sensação passou.

Correu escada acima pelo prédio de conferências, subindo dois andares até a sala 220. O coração pesava. Perto da placa preta com letras brancas que diziam:

> *Uma Investida à Quarta Dimensão*
> *Fronteiras do Paranormal: Uma*
> *Investigação sobre os Limites da Ciência Física*
> *no Vale de Gólgota*

havia quase uma centena de professores, estudantes e várias pessoas de difícil trato, entre as quais reconheceu o editor científico do *The New York Times*.

Antes que o cumprimentassem, procurou às pressas o banheiro porque sentiu que vomitaria. Em vez disso, viu o editor científico se aproximar com a mão estendida.

"Um bioquímico que pesquisa ácidos nucleicos, ganhador do prêmio Bollington, fez seu discurso de agradecimento esta noite. Ficamos sabendo que você daria uma conferência e resolvemos ficar mais um pouco depois do coquetel. Espero que não se importe."

"Mal posso expressar o quanto me sinto honrado."

Mario torceu para que sua voz estivesse soando com naturalidade. O editor científico deu um sorriso sem graça e voltou para o meio da multidão. Muitos jornalistas seguiam atrás dos professores de maior renome e reuniam-se, agora, em volta da mesa atoalhada sobre a qual o coquetel parecia de fato minguar.

O diretor Osborne surgiu da confusão de vozes que se cumprimentavam.

"Onde está Anita?", perguntou.

"Em casa com as crianças."

"Não vá me dizer que se separaram?"

"Escuta, esse povo todo vai caber lá dentro?"

"Claro. Sem nem suar."

Mario contou a quantidade de pessoas. Havia mais de cem. Após o discurso de agradecimento do bioquímico, ele teria sua primeira chance de alcançar a mesma credibilidade. Ou se perder para sempre, sendo julgado medíocre de uma vez por todas. Abraçado a seu material, reconhecendo meia dúzia de físicos pós-graduandos e distribuindo apertos de mão, Mario por fim entrou na sala de conferências.

Naquele momento, era tudo muito real. As lousas em seus suportes móveis. O projetor a sua disposição. No quadro, seu nome caprichosamente escrito a giz, e ao lado o título da conferência. Doze fileiras de poltronas estofadas viradas para a tribuna. Câmeras de vídeo preparadas para registrar o evento.

Era tudo pelo qual sempre havia esperado. Mario sentia o brilho das luzes fluorescentes sobre sua cabeça, um tipo de paralelo visual ao pânico que lhe tomava os nervos, mas aquilo o motivava. Mais do que a velocidade. Seguiu até a cabine de projeção.

Um velhinho estava ali, pronto para receber os estojos de slides e as fitas, ouvindo as instruções de Mario. No projetor alto, ajustou a placa espelhada de modo que pudesse projetar uma cópia razoável das fotografias, mesmo em uma tela brilhante. Mario postou-se atrás da tribuna e se inclinou para o microfone.

"Testando. Testando. Vale de Gólgota."

O velhinho ajustou a entrada de áudio e fez sinal de que estava tudo pronto.

Os olhos de Mario varreram os assentos vazios, impessoais, mas, ainda assim, inebriantemente hostis. Todas aquelas mentes, refletiu. Confusas, hesitantes, preconceituosas, leigas ou hipócritas. Teria que penetrar em todas elas. Teria que meter naquelas cabecinhas e fazê-las gozar à ideia do Vale de Gólgota.

"Ok", disse ao microfone. "Pode liberar a boiada."

O corpo docente entrou primeiro, em blocos, trajados em seus ternos. Naturalmente, sentaram-se nas primeiras fileiras, acomodando-se de maneira confortável. Os pós-graduandos vieram em seguida, tanto aqueles de cabelos bem aparados, ambiciosos e ansiosos por saber dos últimos acontecimentos, quanto os veteranos, cabeludos e desleixados que só estavam ali para matar o tempo. Várias mulheres chegaram juntas, de expressões vivas, inteligentes e sutilmente agressivas, com sorrisos gélidos e um tagarelar afetado. Umas piranhas, ele pensou na hora.

Dez minutos depois, o velhinho baixou as luzes do ambiente. A claridade que partia do teto permitia que a audiência tomasse notas. Várias das mulheres usavam suas próprias lanterninhas.

"O tópico em bioquímica que acaba de ser apresentado a vocês, ainda que parcialmente, na conferência do prêmio Bollington", Mario começou, "é um exemplo da extraordinária diversidade presente na ciência contemporânea. O domínio de tal diversidade tem sido possível graças a uma série de rupturas com os pressupostos mais arraigados. Desde o surgimento do modelo experimental, à época do Renascimento, pressuposto após pressuposto tem sido superado por meio de um confronto com a documentação de dados experimentais. Talvez nenhum desses pressupostos tenha se mantido de forma mais arraigada, até hoje, do que a materialidade dos eventos mundanos."

Mario deu um gole no copo d'água que estava na beira da tribuna. A audiência ouvia com atenção, animada. Não eram imunes a ideias.

"Até o presente", prosseguiu com convicção, "toda ocorrência imaterial era confinada ao terreno da experiência religiosa. De fato, pode-se dizer que a religião não é nada mais do que o controle organizado da experiência imaterial."

Percebendo o tom de ataque implícito àquela conferência, a audiência começou a se engajar com a fala, avaliando a capacidade intelectual de Mario.

"O projeto no Vale de Gólgota foi um modelo experimental desenhado para testar a habilidade da tecnologia atual em investigar experiências que se enquadram no limite entre o material e o imaterial. Sendo assim, nossa compreensão de tal limite foi desafiada com o mesmo tipo de desafio que oferece avanços aos métodos e experimentos futuros."

A plateia agora percebia a aposta altíssima que Mario pusera naquela apresentação. Um conferencista sem estabilidade na carreira afirmar, com grandiloquência, os méritos da própria pesquisa era uma quebra da etiqueta acadêmica. Tal privilégio era reservado apenas àqueles que já tivessem alcançado prestígio científico ou premiações nacionais e internacionais. Mas a audiência estava disposta a entregar para Mario aquela chance.

Tanto que se fez um silêncio pensativo em todo o auditório.

"Pode projetar as fotografias ampliadas, por favor?", pediu, tomando mais um gole de água e conferindo suas anotações.

As luzes se atenuaram um pouco mais. Homens se ajeitaram em suas poltronas. Jornalistas buscaram se aproximar das luzinhas dos corredores. Pouco a pouco, tudo se acalmou.

Atrás de Mario, o telão brilhante baixou até a altura devida. Ele não conseguia enxergar a pessoa que estava manejando as fotos no aparelho, mas viu suas mãos e braços iluminadíssimos. Virou-se para a tela.

Estendendo-se por quase três metros, uma foto de Anita tomando banho de espuma.

Risos nervosos eclodiram, depois silenciaram, mas logo retornaram com força quando a audiência percebeu que Mario havia trazido as fotografias erradas.

Mario notou lampejos vermelhos pipocando nas laterais da vista.

"A próxima!", pediu.

As risadinhas baixas continuaram, e vozes masculinas tomaram todo o salão, fazendo as mulheres rirem.

A fotografia seguinte mostrava Anita sentada aos pés da cama de Mario, pernas abertas e a mão recatadamente posicionada, nua por completo.

Ouviram-se mais risadas, porém ainda mais nervosas.

"Eu não tirei essas fotos!", berrou Mario, correndo até a borda do palco.

Avistou um jovem bolsista apavorado, suando para ganhar algum dinheiro como operador de audiovisual.

"Passa pra próxima, vai!", fez Mario.

Havia várias imagens. Todas mostrando Anita em poses diferentes. Com uma variedade de utensílios domésticos. Nem todas recatadas. Era pornografia pesada, repleta de genitálias. A plateia estava escandalizada.

Mario saltou para junto do projetor. Apanhou as fotografias e as analisou bem. Mostravam o cemitério do Vale de Gólgota, a igreja e os vales vizinhos.

"Me fodi", disse para si mesmo. "Que inferno é esse?"

O operador de audiovisual se afastou, com medo de ter perdido o emprego.

Mario fez sinais afobados para o velho operador na cabine atrás da plateia. Também com sinais, o operador perguntou se devia projetar o vídeo ou os slides. Mario apontou para os slides.

Voltou ao palco, bebendo de maneira longa e demorada seu copo de água.

"Não era esse impacto que eu pretendia causar", disse. "Peço mil perdões. Com toda a sinceridade, não fui eu quem tirou essas fotos. Estou tão horrorizado quanto vocês por essa criancice. Por favor, aceitem minhas mais sinceras desculpas."

A plateia se agitava, remexendo-se inquieta nas poltronas. A mente coletiva procurava decidir se havia se ofendido.

"Mas *era* sua colega. Ou melhor dizendo, sua amante?", ergueu-se a voz gélida de Osborne.

No fundo, no fundo, Mario tinha a estranha sensação de que Osborne fizera algo para sabotar sua conferência. Uma fúria violenta tomou seu campo de visão, tão violenta que, se aquilo fosse real, ele não hesitaria em caçar o diretor e chegar às vias de fato.

"Os slides, por favor", pediu Mario.

O telão foi ajustado para dar conta do formato alongado dessa projeção. Uma tosse rouca soou no meio das fileiras. O primeiro slide, por engano, era de um branco ofuscante. As pessoas protegeram os olhos. Então veio o segundo.

Nele se via um camaleão, o tipo de camaleão branco que corriam pelos terrenos do Vale de Gólgota.

Mario conferiu suas anotações. Não se lembrava de ter colocado aquele slide ali, nem recordava o motivo de tê-lo fotografado.

"Aqui, um exemplo da fauna local", disse sem graça. "Pode passar, por favor?"

Dessa vez, dois camaleões no que parecia ser o chão da igreja.

Perplexo, Mario se afastou da tribuna para ver a imagem por inteiro. A plateia percebeu seu embaraço. Independentemente do que estivesse acontecendo ali, era fascinante. De um jeito mórbido. Mario ergueu a mão, indicando o slide seguinte.

Os dois camaleões estavam agora muito mais próximos, um na cola do outro.

O slide seguinte mostrava-os copulando, os ventres colados e um fiozinho de sêmen visível nas partes da fêmea.

O editor científico do *The New York Times* pediu licença às pessoas a sua volta e saiu do auditório.

Mario virou-se para a cabine de projeção.

"Que diabo é isso?", reclamou. "Eu não trouxe esses slides!"

O velhinho, bravo, ergueu o estojo dos slides. Era de Mario, sem sombra de dúvidas.

"Pula para o final! Pegue um dos últimos!"

Mostrava o reto de um bode.

Muitas das mulheres riram. Muitas outras saíram ostentosamente da conferência. Os jornalistas já haviam desistido de tomar notas. Alguns dos professores mais velhos aguardavam com paciência, porém os mais jovens sentiam-se ultrajados.

"Que merda é essa, Gilbert?", um deles perguntou em tom de lamento.

"Não fui eu que..."

"Certo, mas foi alguém."

"S-só um segundo... P-por favor, esperem...!", implorou.

Mario ergueu os braços, tentando acalmar a fúria e as ofensas que se erguiam, tentando manter as pessoas sentadas. As luzes se acenderam.

"Eu n-não sei o que está acontecendo aqui", informou, contendo as lágrimas. "É ul pesadelo holível..."

Sua língua o sufocava. A febre aumentava. Sentiu-se como se flutuasse.

"A termovisão foi... boa mesmo, eu...", balbuciou.

Perplexa, preocupada e, ainda assim, deslumbrada, a audiência se sentia trespassada pela catástrofe que acometia a carreira do jovem conferencista, bem ali diante de seus olhos. Mesmo com as luzes apagadas, seus olhares estavam fixos tanto na tela quanto no próprio Mario.

"Termo... termovisu... é Cristo... nós capturamos... nós capturamos a..."

Mario agarrou o pescoço, tentando dissolver os espasmos musculares que lhe travavam a língua.

"Meu Deus... estou preso...!"

No telão a termovisão mostrava, em cores invertidas, um cavalo galopando por um matagal atrás de um homem. Em um silêncio horrorizado, a plateia viu o cavalo atingir o homem e jogá-lo contra uma parede de madeira, empinando em seguida para atingi-lo com as patas dianteiras. Houve um jorro vermelho e a plateia prendeu a respiração. Repetidas vezes, o cavalo empinou o corpo e desceu com toda a força na cabeça do moribundo. Miolos esguichavam contra a parede. Os olhos se dissolviam nas órbitas. O sangue espirrava dos cascos mesmo quando eles se erguiam no ar, e a cada vez havia menos o que se reconhecer naquele rosto. Apenas os braços se agitavam em convulsões.

E tudo era real, inegável e revoltante, mas de uma forma doentia. As mulheres correram em disparada para a saída. Até o diretor Osborne empalideceu. Os jornalistas, mesmo calejados, quedaram-se paralisados pela extrema violência daquele filme.

"Não... não...", gaguejou Mario. "Eu n-n-não... a termo... termu... não fui quem... aquela coisa me seguiu... s-s-sinto... s-s-sinto... minto... minto... pinto."

A língua de Mario se movia arrastada, solta na boca formando uma careta horrenda.

"Gleba... gleba... valsa... b-b-bunda... macuf... m-m-mamália... isso... isso... isso... ai, meu Cristo... M-M-Maria... vai, vai... marelo... ralo... ralo... b-b-bunda..."

Vários homens se levantaram, indecisos sobre o que fazer.

"S-s-s-into... um... pinto... m-m-minto... minto..."

Um jovem do departamento de sociologia subiu ao palco tentando conter Mario.

Mario o golpeou com os punhos fechados, em um ataque de raiva e frustração, olhos esbugalhados, saliva escorrendo.

"É um ataque epiléptico", declarou o sociólogo. "Alguém me ajuda, por favor!"

Outros homens subiram, com dificuldade, no palco. Pareciam temer a Mario que, ensandecido, golpeava por todos os lados como se estivesse se afogando em mar aberto.

Mario viu seus rostos, estranhos e pálidos, fechando-se sobre ele. Chegara ao fim que sempre temera. A persona de um homem, sua fachada de independência não é capaz de resistir a certos ataques. Tudo desmoronava naquele momento, e a fúria animalesca era tudo que lhe restava.

Em seu frenesi, Mario viu a termovisão ainda rodando. Enquanto era levado ao chão pelos homens, enquanto sufocava com a própria língua, sentindo os músculos contraídos lhe fechando a garganta, viu o garanhão preto cavalgando glorioso, as patas banhadas em sangue, por entre o mato alto.

"F-fitalta... magaserata... perima... hed... barestra..." Mario ouviu ecoando a milhas de distância.

"Não é epilepsia", fez o sociólogo.

"Seja o que for, pegou ele de jeito."

No telão, uma égua branca saltava furiosamente pelo campo, a baba escorrendo, perseguida pelos cascos sangrentos do cavalo.

Mario, sem razão, estendeu a mão para aquela imagem projetada, como se tentasse resguardar um pouco da sanidade que estava perdendo definitivamente.

"Gerosma... J-j-j-es... teraupia... já... perima... ima... ima."

Mario não sentiu as mãos que o prenderam contra o chão do pódio. Nem mesmo todo o pânico que o cercava era capaz de adentrar na tormenta de seu cérebro. Conhecia apenas a imagem ambígua e incerta de um universo que, subitamente, o rejeitara.

"Senhores", o sociólogo, assombrado, começou, "ele está falando em línguas."

No telão brilhante, distorcido e alongado, mas ainda assim claríssimo, o longo pênis do cavalo despontou em toda sua vermelhidão. Empinou-se nas patas traseiras, uma fera exaltada, mas triunfante, e a égua, encurralada no mato, virou-se em supremo terror.

"G-G-G-Gerosma... meta... lafa... já..."

"Pois é. Psicologia é isso mesmo", murmurou um jornalista.

Mario sentiu-se afundar na subestrutura de sua própria personalidade. Era uma psiquê com um fundo falso, os alicerces frágeis. Debateu-se em meio às origens primitivas de uma vida desalmada, em que o estupro e a violência eram a ordem natural, em que a crueldade era o modo de existência.

No fundo do poço havia apenas a escuridão.

11

Padre Malcolm seguia imperturbável em sua vigília na Igreja das Dores Perpétuas. Já haviam se passado três dias de meditação e oração solitárias.

Anita levou-lhe água, frutas e queijo, que aceitou sem prestar maior atenção. Por vezes, quedava-se de joelhos em um transe suave, então ela deixava um prato e um copo a seu lado. Parecia não sofrer, mas algo ainda estava deslocado. Perdera tanto peso que tinha os olhos fundos.

Anita o observava em sua meditação. De tempos em tempos, ajustava os aparelhos, trocava as fitas de vídeo ou substituía o rolo de papel gráfico do sismógrafo. O interior da igreja mantinha-se imperturbável. O computador mostrava a familiar imagem cruciforme, um pouco iridescente e ambígua.

Muita gente começara a se reunir no entorno da igreja, fosse dia ou fosse noite.

De vez em quando, padre Malcolm cantava, e o cantochão de tenor permeava o espaço entre flores rosas e brancas. Às vezes, a cantoria era acompanhada pelas vozes dos presentes. Outras, as vozes se erguiam por si só, perdendo-se em meio a íris e lilases.

A lamparina vermelha no altar ardia inabalada, fazendo resplandecer com delicadeza os cabelos loiros do jesuíta, que rareavam.

Por todo o Vale de Gólgota, as plantações se cobriam de brotos e um vento fresco, seco, soprava pequenos botões pela terra inculta. Os cumes se avermelhavam cada vez mais com suas copas outonais. Um técnico agrícola do Sindicato dos Agricultores de Haverford apareceu em sua picape verde para analisar o verde cintilante daquele vale. Testes de solo indicaram baixa alcalinidade, e quase não havia desgaste nas camadas superficiais. Os níveis de nutrientes eram altos demais para o que se costumava ver na Nova Inglaterra.

Anita coletou testemunhos de outras ocorrências anômalas.

Em Dowson's Repentance, a oeste do Vale de Gólgota, dois casos clínicos apresentaram melhoras e os pacientes, idosos, tiveram alta no asilo. Os exames de sangue do paciente com leucemia demonstraram certa flutuação, depois uma estabilização dentro da margem esperada. O paciente tuberculoso, Henry "Hank" Edmondson, fazendeiro com seus 87 anos, voltou para a casa da família, situada em uma colina justo acima da cidade-fantasma de Kidron. Nas entrevistas com Anita, os dois disseram ter visto, com clareza, a rosa despontando do roseiral no cemitério da Igreja das Dores Perpétuas.

Ambos estavam ansiosos por visitar o local.

Harvey Timms, de 8 anos, era surdo de nascença, mas sentiu como que distorções ruidosas na cavidade óssea de seu canal auditivo. No domingo de manhã, estava na cozinha de casa se exercitando durante uma sessão com o fonoaudiólogo de Dowson's Repentance. O fonoaudiólogo colocou os dedos de Harvey sobre sua garganta, pedindo-lhe que articulasse algumas palavras. Abruptamente, Harvey se afastou e demonstrou grande impaciência.

Levou meia hora para que, usando linguagem de sinais, ele explicasse que as distorções que ouvia tinham se tornado mais definidas. Eram distorções agudas, com eco metálico. Os exames médicos coletados em Dowson's Repentance não indicaram nenhuma alteração nos tecidos internos do ouvido. Mas, na volta, ao passarem pelo Vale de Gólgota, Harvey soltou um guincho deslumbrado.

O jesuíta tocava o sino da Igreja das Dores Perpétuas.

Anita estava deitada em seu saco de dormir, no presbitério. Defronte à janela, as pétalas de macieira se agitavam, roçando no crucifixo, e bem além dos campos os cumes eram tomados por uma cerração leve e andarilha. Mario logo regressaria, pensou. As fibras esgarçadas de seu relacionamento seriam reatadas ou rompidas de vez.

Mario inventara um personagem para si, agressivo, sexual, charmoso de um modo quase assustador. Mas nos dois últimos anos, havia se perdido no papel. Parecia ser mais importante humilhar o diretor Osborne do que desenvolver uma pesquisa irretocável a partir daquele projeto.

Padre Malcolm representava uma ameaça a Mario, não apenas por seu catolicismo, não apenas pelo internato, mas porque padre Malcolm revelava um nível de desenvolvimento de personalidade que Mario rejeitava. Anita conduzira Mario até o limiar daquele nível, até as interconexões entre a sociedade e seus mecanismos imutáveis e misteriosos, mas Mario dera uma olhada naquele mundo sem risco físico, sem o vigor do antagonismo, sem a mediação do sexo, e se afastou enojado.

Anita afundou em um sonho leve, um que a visitara três noites seguidas. Nele, um homem de sombras caminhava pelo caminho até a casa paroquial. Saía de trás da lápide. Parecia tirar seu chapéu e alisar os cabelos. Queria conversar tranquilamente com ela, mas a via adormecida e aos poucos estava se tornando transparente, até que Anita pudesse ver a igreja através dele.

Então o sonho se esvaneceu. Estava desperta. Sabia quem era o homem. Era a última lembrança que tinha do pai, da noite em que ele partiu para o aeroporto. Tinha vindo até seu quarto, espiado a filha no dossel da cama e imaginado, erroneamente, que ela dormia. Em vez de despertá-la, apenas sorriu, deu as costas e foi embora. Ela nunca mais o viu. O avião perdeu altitude nos arredores de Boston e mergulhou no gélido Atlântico.

Anita pôs-se a escutar com atenção a voz calma e melodiosa de padre Malcolm.

De acordo com os princípios do efeito do observador, sua presença e a de Mario poderiam alterar quaisquer descobertas obtidas pelos equipamentos. Isso porque um objeto de estudos responde, mesmo que de forma inconsciente, aos desejos e expectativas daqueles a sua volta. E o que ela estaria dizendo ao padre Malcolm, ainda que inconscientemente, agora que Mario havia partido?

Anita acreditava em Deus? Desejava sinceramente vê-Lo? Encontrar a prova inegável de Sua existência para nunca mais sofrer de dúvidas agnósticas?

Ou se sentiria satisfeita com algum tipo de princípio da incerteza de Heisenberg? Talvez houvesse uma área em que emoções poderosas, sugestionamento e paranormalidade se encontravam, tornando-se detectáveis em diferentes medidas, a depender do momento.

A única conexão comum, percebeu, era o amor. Amor reprimido. Amor ansiado. Amor etéreo e sublimado. Amor como ideal. Medo do amor. O poder que a tudo conecta, suprema necessidade e suprema fraqueza do homem, o amor.

A voz de padre Malcolm soou, de repente, como um grito preso na garganta.

"Anita..."

Ela se sentou abruptamente. Vestiu-se depressa e correu à janela da igreja. Padre Malcolm ainda estava de joelhos, as mãos postas sobre o colo. Mas a cabeça curvada em um ângulo estranho, o rosto pleno de agonia.

Ela entrou na igreja correndo.

"Padre..."

Ele parecia ciente de sua presença, mas incapaz de se mover. Ela cruzou o corredor para olhar em seu rosto. As narinas estavam dilatadas, como se não houvesse oxigênio bastante na igreja. Os olhos completamente brancos sob as pálpebras semicerradas.

Ela se inclinou e tocou-lhe o rosto.

"Está tudo bem, padre?", perguntou em voz baixa.

De repente, as pálpebras se arregalaram. Os olhos estavam revirados. Apenas vagarosamente recobrou o foco. E viu Anita. Tentou sorrir e apertou sua mão entre as dele.

"Está tudo bem, Anita", sussurrou de volta.

"Que bom."

"Ajoelhe-se, Anita!"

Devagar, ela se ajoelhou a seu lado, as mãos nas pernas, e isso pareceu reconfortá-lo.

Padre Malcolm baixou a cabeça outra vez, fazendo o sinal da cruz, e pôs-se a ouvir. Balançou a cabeça firme e negativamente. Os lábios começaram a se mover. Anita se inclinou um pouco, mas não pode ouvir quaisquer palavras.

"Reze, Anita", rouquejou com a voz sofrida.

Confusa, Anita tentou ampará-lo para que não tombasse.

"Padre, por favor, eu..."

"*Reze!*"

Terrivelmente tensa, Anita juntou as mãos. Então notou não ser tão terrível assim, assumir a postura de prece. Era quase como a postura de apoio durante as sessões de terapia em grupo. Ou concentração psíquica na ioga. Contudo, culpada, sentiu que uma distância irreparável se criava entre ela e Mario.

Um toco de vela caiu, rolando devagar pelo chão e indo parar na frente deles. A cera seguia ardendo, iluminando com ainda mais claridade seus rostos.

Padre Malcolm rezou pelas vítimas do padre Bernard Lovell. Rezou pelo gêmeo perdido. Rogou que a misericórdia de Cristo os reparasse de suas mutilações.

Padre Malcolm rezou por Bernard Lovell. Rezou pelo amor que fora destroçado no peito do finado.

Padre Malcolm rezou por James Farrell Malcolm. Ofereceu-se como testemunha do caráter daquele homem, de sua alma sem qualquer soberba ou inveja. Implorou que aquele cataclismo final de perversões não apagasse uma vida inteira de obediência a Cristo.

O Siloam cantava suavemente, banhando as rochas que antes se encontravam escondidas sob o lodo e o detrito acumulados por meio século. Anita abriu os olhos. O altar brilhava à luz das velas. As paredes da igreja pareciam irradiar sua luz, mais do que as refletir.

Padre Malcolm rezou por Mario, para que sua raiva fosse purificada e ele pudesse se recobrar em Cristo. Padre Malcolm rezou pela mulher a seu lado, para que sua criança interior pudesse despertar outra vez para a misericórdia do Deus infindo.

Padre Malcolm rezou pelo bispo que o enraivecera por sua indiferença.

O jesuíta notou, então, que como mediador entre céu e terra, ele permanecia impuro. Em silêncio, questionou-se.

Como pode se enfurecer contra Sua Reverendíssima?

Por causa de sua cegueira espiritual.

Você se colocou como um igual frente a ele.

E me tornei indigno por conta disso.

Sentiu-se com o orgulho ferido.

Senti-me gravemente humilhado.

Diga quais são suas fantasias.

Por meu orgulho pecaminoso, acreditei que Cristo separou-me um papel fundamental entre os homens. Acreditei ter sido eleito como um homem mais digno do que sou. Acreditei ao ponto de sonhar com uma audiência com o Santo Padre em Roma.

Fantasias infantis.

E por elas me tornei indigno.

Anita baixou a cabeça. A alta madrugada, a ausência de Mario e o suplício do padre a seu lado haviam alterado sua própria noção dos acontecimentos. Já não havia pressa. Tinha chegado a um solo firme onde a vida concede tempo bastante para que a alma se acomode de acordo com o que é esperado dela.

Na atmosfera tranquila do ambiente iluminado em vermelho, sem qualquer razão que pudesse entender, começou a chorar baixinho.

Padre Malcolm rezou por seu pai, com todos os seus defeitos. Padre Malcolm rezou pela mãe, mulher tímida e amedrontada que nunca alcançou a própria identidade.

Rezou pela alma de seu finado irmão Ian.

Reza inequivocamente por seu irmão Ian?

Honro sua memória.

Mas ainda assim o odeia.

Desejo-lhe o melhor.

Como pode?

A graça e a fé, mesmo no menor sopro, vinham-me apenas a muito custo, após um esforço intolerável. Para Ian, eram um dom.

Essa é uma inveja infantil.

Rezo inequivocamente pelo perdão de Cristo.

Anita enxugou os olhos de leve. Não chorava de verdade havia tempo demais. A vida com Mario não costumava permitir aquilo.

"Não tenha medo, Anita", disse o padre. "Entregue a Deus seu coração."

Padre Malcolm rezou pelas multidões nas cidades, perdidas em meio a forças que não controlavam nem compreendiam. Rezou pelos pobrezinhos do Vale de Gólgota, peões na guerra entre bem e mal. Em silêncio, continuava a se questionar.

Seu amor por Cristo é absoluto?

É sim.

Não há ressentimento em seu coração?

Eu renunciei à vida mundana.

E seguiria a ordem de Cristo?

Subitamente, a voz já não era a sua, mas uma voz que o conhecia muito bem. Padre Malcolm sentiu o ar se adensar diante de si e temeu erguer o olhar.

"Anita", chamou.

"Estou aqui, padre."

O jesuíta sabia que estava a salvo no interior da igreja e em seu solo sagrado. Mas precisava fazer a mediação entre as almas na terra e Deus no firmamento, seguindo as doutrinas e instrumentos da Igreja. Sentiu o questionador roendo-lhe a consciência.

Seguirei toda ordem de Cristo.

Sem hesitar?

Jamais hesitaria.

E se Cristo o mandasse partir?

Eu partiria.

E se Cristo o mandasse ficar?

Eu ficaria.

Então, renegue-O.

Padre Malcolm dobrou-se pela agonia da incredulidade. Não ousava abrir os olhos, pois ouvia um suave rumorejar. A voz aguardava, e não era a sua voz.

Eu... não posso...

Não deves viver a renúncia?

Sou fraco. Tenho medo.

Cristo não sentiu o abandono na hora de Sua morte?

Não sou Cristo.

És Seu eco na terra.

Padre Malcolm contorcia-se de aflição, com as mãos na cabeça. O estresse mental daquele paradoxo era insustentável. Atordoante, o brilho vermelho do ambiente penetrava em seus olhos mesmo quando fechados.

Anita abriu os seus. Padre Malcolm estrebuchava como um cão envenenado. Com um lenço, enxugou sua testa. Devagar, o padre largou o peso do corpo contra o dela.

Na tela do computador, o fluxo magnético havia obliterado a imagem cruciforme.

Trêmulo, rilhando os dentes, o sacerdote agitava-se nos braços de Anita em um agoniante conflito de fé.

Aquele que acendeu a lamparina é quem te ordena.

"Não...", balbuciou em voz alta.

"Padre... sou eu... Anita..."

Aquele que trouxe os sinais ao vale é quem te ordena.

"Não!", berrou o padre, balançando a cabeça vigorosamente.

Deves adentrar a escuridão.

"Nunca!"

"Padre... por favor..."

Em um ataque de angústia, padre Malcolm saltou para longe, afastando-se de Anita e incapaz de abrir os olhos.

Não acreditas que Cristo o aceitará do outro lado?

Padre Malcolm cobriu os ouvidos, como tentando cancelar o som. Mas não havia som. Anita levou as mãos aos ombros rígidos do sacerdote, os olhos cheios d'água.

"Padre Malcolm... é quase manhã. Termine a vigília, por favor..."

Renegue-O.

"Não."

Renegue-O.

"Nunca."

Sua obediência é apenas orgulho. Renegue-O.

"Ainda que meu coração perca a graça de Deus, jamais O renegarei!"

De repente, um galo cantou entre as montanhas ao norte do Vale de Gólgota. Era como uma risada áspera a cacarejar. O eco ressoou pelo interior da igreja, fazendo o mostrador do sistema de som se agitar.

O rosto do sacerdote se contorceu. Sem pressa, afastou-se de Anita, confuso.

"Padre... o senhor está bem?"

Ele pareceu focar a vista, ainda desorientado.

"Estou. Eu..."

O galo cantou uma segunda vez, viril e vigoroso.

Padre Malcolm correu os olhos pela igreja. Estava toda iluminada pela imperturbável lamparina vermelha. Virou-se para Anita, surpreso ao ver suas lágrimas.

"O senhor quase esteve inconsciente", contou-lhe.

O galo cantou pela terceira vez.

"Diferente de São Pedro, não reneguei Cristo", disse com a voz fraca, tentando sorrir.

Recobrou plena consciência.

"Anita... era tudo tão lógico, ainda que estranho... Meu cérebro pareceu travar... Eu não conseguia pensar... Tudo que consegui foi me recusar a..."

"Mas a vigília está completa."

"Sim. Consegui."

Ela o observava com atenção enquanto ele se erguia, um joelho ainda no chão, tentando entender o que havia acontecido.

"Estava tão perto... daquela presença... mas não pude pensar... era tudo incoerente..."

"O senhor passou por uma dissociação."

"É, pode ser. Senti-me diluído. Com medo. Será que falhei?"

Ele a olhou com ansiedade.

"Veja!", ela disse. "Veja sua igreja! Deixe que ela mesma seja o testemunho!"

Um fulgor dourado coloriu a janela sobre o altar, anunciando a manhã no Vale de Gólgota.

"O amor age de modo tão poderoso", disse o padre, maravilhado. "É absoluto. A tudo abrange."

Agitado, esfregou as mãos na batina e mordeu os lábios.

"Cristo é amor", disse, o cenho franzido. "Qualquer movimento que nos afaste de Cristo é um movimento que contradiz o amor."

Olhou nos olhos opacos de Anita.

"Entende?", perguntou com paixão. "Cristo é aceitação. Apenas um homem afastado de Cristo é capaz de entender o que significa a separação. E foi assim que me vi naquele paradoxo!"

Radiante, o padre abraçou Anita.

"Pois eu vivo, verdadeiramente, em Cristo! E renegá-Lo para provar-Lhe meu amor... é uma ideia que minha mente não pode conceber!"

Anita enxugou as lágrimas que lhe enchiam os olhos, tão comovente era a alegria de padre Malcolm.

"E você, Anita", sugeriu com delicadeza, olhando-a nos olhos. "Aprendeu algo nesta noite?"

Padre Malcolm pensou em seu ordálio de três dias, na privação física, na concentração intolerável. Havia despedaçado sua consciência cristã de modo cruel, sido seu Grande Inquisidor, e, por fim, se descoberto digno da imanência que fazia correr o rio pelo Vale de Gólgota. Vira, como pétalas desabrochando, a transformação naquela jovem que, ao assisti-lo, descobrira o segredo da imperturbável sinceridade. Padre Malcolm sentia-se orgulhoso. E, naquelas circunstâncias, sentia não ser um pecado capital.

Mas era o bastante.

Por impulso, inclinou-se e beijou-lhe a testa. Anita corou de imediato, apertando-lhe o antebraço.

Uma segunda vez, com mais vagar, sua sombra encobrindo-lhe a face, beijou-a delicadamente no ponto em que o preto de seus cabelos revelava sua fronte.

Ela sorriu com doçura, deslizando a mão por seu rosto.

Um estremecimento o percorreu. Sentindo isso, ela levou as mãos a seu peito para confortá-lo, olhando-o nos olhos e sentindo as batidas descompassadas de seu coração.

Então, ela entendeu. Ainda que para ela as demonstrações físicas de gratidão e afeto tivessem havia muito tempo perdido seus tons de vergonha, notou que tais gestos haviam despertado uma instabilidade no sacerdote. Apavorou-se. Não por ela, mas por ele.

Até você poderia ser um agente do Anticristo, Mario provocara.

"Anita...", dizia o padre, contendo-se, pedindo-lhe atenção, suplicando-lhe contra sua própria natureza.

"Não tenha medo, padre."

Mas essas palavras eram terrivelmente ambíguas e acabaram por inebriar ainda mais o já desorientado sacerdote.

Tinha a mulher em seus braços, arquétipo da alegria terrenal, análogo a sua própria solidão desconsolada. A mesma que se deitara em seu peito na sacada de uma noite mormacenta junto ao Potomac. O sangue que aquecia o corpo de padre Malcolm tinha uma sabedoria própria, um conhecimento que repudiava todos seus anos de discrição e treinamento.

Anita percebeu, no mesmo instante, o que estava acontecendo. Tentou afastá-lo com gentileza, mas seu abraço tornara-se incrivelmente forte.

"Padre... não... não..."

Por suas narinas penetrava o cálido perfume feminino, destruindo todas as barreiras. Com a respiração acelerada, sua pele tornava-se mais quente, febril, e ele sentiu a mudança, o desejo, a metamorfose abaixo da cintura.

Sua mão direita apalpou-lhe sob a camisa enquanto ainda a abraçava, buscando o seio. Anita curvou as costas, afastando-o, mas não era possível rejeitá-lo. Seus lábios desajeitadamente pressionaram os dela, suas mãos seguraram-lhe a cabeça e sua língua penetrou-lhe a boca.

Em um movimento abrupto, Anita afastou o rosto, sua mente aterrorizada pensando nele, desesperadamente ciente de que havia, mesmo sem querer, feito algo eclodir em seu íntimo.

Ciente de outra coisa ainda, mais perturbadora: de que no toque áspero de suas línguas, um calor havia percorrido seu corpo, excitando-a como uma corrente elétrica.

Anita desvencilhou-se do abraço firme e viu a igreja detrás do padre preenchida pela claridade rubra. Rapidamente ergueu os olhos à lamparina do altar. Bruxuleou sobre suas cabeças, enfraquecendo, e de repente se extinguiu em escuridão. Padre Malcolm também ergueu os olhos, desperto de seu delírio, apavorado, o rosto lívido e os olhos fundos.

"Oh, Anita...", urrou, incrédulo. *Ele fez de você sua concubina!*

Ela se livrou dele, contornando o altar. O jesuíta, bastante desajeitado, alcançou o altar para se colocar de pé. Em vez disso, a toalha do altar veio em suas mãos e o tabernáculo tombou ruidosamente, espalhando o cálice e a pátena de prata pelo chão.

"Oh... Deus do céu... não!", clamou, recolhendo os panos do chão.

Anita continuou circundando o altar-mor.

"Anita!"

Padre Malcolm agarrou o pavio de prata do altar. Colocou uma cadeira junto a ele e tentou subir, mas alguma força fez com que o bastão se agitasse de maneira alucinada em sua mão, e apenas um óleo fumacento se derramou sobre o jesuíta.

"ANITA!"

De repente, Padre Malcolm tombou como se arremessado por alguém, atirando o pavio contra a parede sul, no extremo oposto da igreja.

"ACENDA A LAMPARINA!", berrou, dobrado pela dor.

Com cautela, Anita subiu na cadeira. Do bolso da camisa, desabotoada pelo padre, sacou alguns fósforos. Acendeu um palito. Um sopro longo e intencional, vindo de suas costas, apagou-o.

Vagarosamente, virou o corpo.

"Não se vire!", gritou-lhe o padre.

Acendeu um segundo fósforo e logo o levou à lamparina. Atrás de si, ouviu movimentos pesados, como o de um corpo cheio de pelos, e o jorro fedorento de mijo na porta.

"Pelo sangue de Jesus Cristo, nosso Salvador, pela intercessão de Maria, Mãe de Deus, pelos apóstolos e santos do céu, abjuro-te, a ti e a teu horror sinistro, para que voltem às profundezas do inferno..."

A voz de padre Malcolm se calou abruptamente.

Anita manteve a chama no lugar. O pequeno cone de luz parecia correr pela borda do reservatório de óleo como se fossem minúsculos ratinhos. Então, o fogo pegou. O calor logo se expandiu contra seu rosto, desagradavelmente. A chama se firmou, amarelenta, exalando um aroma fétido.

Muito melhor, ela ouviu uma voz diferente. *Muito melhor.*

Anita se virou.

A igreja estava quieta. Padre Malcolm jazia silencioso, mas trêmulo, no chão. Na tela de termovisão via-se uma forma como a de um bode portando a mitra episcopal, inclinando a cabeça ensanguentada e tendo um crucifixo preto apoiado sobre os joelhos selvagens.

Uma gargalhada retumbante ecoou e ressoou pela Igreja das Dores Perpétuas.

12

O Hospital Municipal de Cambridge tinha uma péssima iluminação, pois seus holofotes acumulavam poeira e detritos de noites invernais e manhãs chuvosas. Mario sentava-se em seu leito, na oitava ala, vestido apenas com um camisolão branco de algodão e folheando um velho exemplar dominical do *The New York Times*. De tempos em tempos, passos percorriam a ala, aproximando-se e se afastando. Perguntava-se por quanto tempo estaria naquele quarto. Dois dias? Três? Após o fiasco de sua conferência, o tempo deixara de ser uma entidade calculável.

Lá fora chovia. Uma chuva pesada e tamborilante. O paciente no leito ao lado, um senhor barrigudo com a pele incrivelmente rosa, gemia e esfregava o peito depilado que em breve encontraria um bisturi.

Mario correu as páginas até a seção de ciência. Dois pós-graduandos do MIT haviam replicado as fibras retínicas de um olho de salamandra. Um matemático de Berkeley refinara o modelo de emissão de energia de buracos negros. Um historiador das ciências, marxista, provara que a teoria da evolução de Darwin refletia as necessidades da sociedade vitoriana.

Abismado, Mario estudava os artigos procurando pistas sobre a idade desses homens. Ultimamente, tornara-se obcecado pelas idades daqueles que realizavam algum feito. Mario já passava da idade com a qual os melhores cientistas atingiam seu ápice. O Vale de Gólgota era seu divisor de águas. Acreditava que ainda poderia ser, se pelo menos descobrisse o que acontecera naquela sala de conferência.

Um homem engravatado entrou no quarto. Era o professor Hendricks, do departamento de física.

"Como está se sentindo, Mario?", perguntou.

Pelo espanto estampado em Hendricks, Mario imaginou que ainda estivesse pálido feito cera. O homem na cama ao lado gemeu. Hendricks se aproximou mais.

"Você nos deu um baita de um susto, Mario", disse-lhe. "O que aconteceu?"

Mario dobrou o caderno de ciências do jornal e o deixou sobre o pequeno móvel ao lado do leito. Encarou os sagazes olhos cinzentos do físico Hendricks e cruzou os dedos na altura do estômago.

"O que *você* acha que aconteceu?", Mario devolveu.

"Boa pergunta. O auditório virou um pandemônio. Pensei que você estivesse tendo um ataque epiléptico."

"Certo, mas o que você viu? No telão?"

Hendricks olhou confuso para Mario.

"O mesmo que todo mundo."

"E o que era? Diga-me, professor Hendricks. É importante."

Hendricks coçou o queixo. Era um gesto de embaraço. Mario aguardou com impaciência.

"Bom, havia aquelas imagens de uma mulher nua... sua companheira, alguém disse... e uns lagartos... e um trecho sinistro de um filme... um cavalo selvagem pisoteando a cabeça de um infeliz. Cristo, foi horrível..." Hendricks devolveu o olhar de Mario.

"Que diabo aconteceu? Fazer um negócio daqueles depois de tanto esforço que depositou no projeto."

Em vez de responder, Mario se recostou no travesseiro alto.

"Tem *certeza* de que foi isso que viu?", perguntou depois de bastante tempo.

"Claro que tenho. Não dá para confundir essas coisas."

"Você prestaria testemunho, se preciso?"

"Como?"

"Se eu precisar, prestaria testemunho do que viu?"

"Claro. Por que não?"

Mario relaxou um pouco. A cor voltava devagar ao seu rosto. Hendricks não sabia dizer se era saúde ou alguma febre.

"Lembra-se de quem mais estava na plateia?"

Hendricks encolheu os ombros.

"Alguns físicos do departamento."

"E houve algo antes da minha conferência, não?"

"Sim. O prêmio Bollington. Houve sim. Provavelmente há uma lista de presença. De convidados. Muitos ficaram para ouvir sua conferência."

"Preciso desses nomes", disse Mario. "Preciso dos depoimentos de todos eles."

"Por quê?"

"Porque foi uma das plateias mais renomadas que já se reuniram para uma conferência."

Hendricks estava perplexo. Tendo sido um apoiador de Mario por tanto tempo, seu professor mesmo antes das manifestações estudantis, Hendricks percebia agora como os anos haviam endurecido seu antigo assistente.

"Não faço ideia do que você está sugerindo", confessou.

Mario apoiou-se nos cotovelos. O paciente a seu lado gemeu. Mario se aproximou mais de Hendricks.

"Todos eles viram o que você e eu vimos", sussurrou-lhe com empolgação.

"Claro que viram. E daí?"

Mario se aproximou ainda mais, assegurando-se de que ninguém mais ouviria.

"*Aquelas imagens não estavam nem em meus slides, nem em minhas fitas*", sibilou.

Hendricks baixou os olhos, embaraçado. Mario agarrou o braço do velho.

"Está entendendo? Aquelas imagens não vieram das minhas fitas!"

Hendricks afastou o olhar. Uma enfermeira apareceu para ministrar uma pílula vermelha ao paciente vizinho. Retirou-se ao ruído de passos emborrachados. Hendricks acompanhou-a com o olhar.

"Você não acredita em mim", disse Mario.

"Eu precisaria ver os slides e as fitas, Mario." Hendricks olhou outra vez para a expressão perturbada de Mario. "*Onde* estão?", quis saber, pálido, o que indicava o enorme esforço que fazia para controlar seus sentimentos.

Mario sacudiu a cabeça. "Imagino que ainda estejam na cabine de projeção."

Hendricks se levantou. "Bem, não sei o que espero encontrar lá," admitiu. "Você está sugerindo que houve algum tipo de... o quê? Que todos sofreram uma..."

"Alucinação. Exatamente, professor Hendricks. É por isso que preciso dos depoimentos."

Hendricks anuiu com simpatia. Cumprimentaram-se. "Descanse um pouco", sugeriu-lhe com gentileza. "Você está esgotado. Quando estiver melhor, pegue essas fitas e venha me ver. Pode ser assim, Mario?"

"Claro. E obrigado pela visita." Mario largou-se outra vez no travesseiro. Estava mais fraco do que supunha. Claro que Hendricks não poderia acreditar no que acabara de contar a ele. Teria que mostrar-lhe, sem dúvidas, confrontá-lo com as evidências das fitas. Mario deu um suspiro e automaticamente apanhou o jornal. Enquanto folheava a seção de política, caderno que raramente lia, uma matéria chamou-lhe a atenção.

Um secretário do tesouro do Vaticano estava envolvido em negociatas com mafiosos da Sicília e do Brasil. Havia uma foto do cardeal, resplandecente em botões de ébano e com uma enorme cruz peitoral, segurando o grande chapéu orlado diante do rosto, como se fosse um criminoso comum. Mario destacou a foto com cuidado. Era a síntese de todo o esplendor e a fraude daquela instituição.

A Igreja possuía um infinito talento para a sobrevivência, independentemente de seus escândalos, heresias, mercenários e papas ilegítimos. Qual seria o segredo? Como era capaz de capturar geração após geração de filhos para servir a seus mistérios arcanos e medievais? De onde vinha tanta energia?

Mario estava certo de que vinha da repressão. O id era sutil, mas inexoravelmente transmutado pela culpa, pelas estranhas ideias a respeito da sexualidade, tornando-se hospedeiro de pesadelos neofreudianos. Havia apenas uma vazão possível: a reverência à autoridade da Igreja. Parecia hipnose. Um sacerdote se tornava um sonhador, e suas imagens de salvação não eram mais que a medida da agonia excruciante de seu id.

Mesmo um homem normal, na solidão do confinamento, alucina e se torna dependente de suas ilusões.

Isolado, pressionado para além dos limites normais da psiquê, um id como o de Eamon Malcolm cedeu, materializando uma imagem de sua própria dor e contradição.

Mario assistiu à chuva derramar véus úmidos de sujeira pelos holofotes. Mal notou o homem da cama ao lado sendo levado para a cirurgia. Tentava apenas se concentrar em Eamon Malcolm.

O Vale de Gólgota, com seu solo peculiar, seus medos coletivos, seu isolamento, havia transformado Bernard K. Lovell em um necrófilo. Em seguida, destruíra James Farrell Malcolm, tornando-o um bestialista. Mas Eamon Malcolm, temperamental e bem-educado, um idealista neste mundo rude, sofrera a sina mais incompreensível de todas: metamorfoseara-se em um dos mais notáveis transmissores psíquicos já conhecidos.

Por mais incrível que parecesse, conjurara uma teia onírica de suas obsessões por um raio de mais de cem quilômetros, sobre observadores insuspeitos e sofisticados. Como isso seria sequer possível? E, sendo, por que ocorrera? As imagens que haviam se manifestado durante a conferência eram facilmente decifráveis: visões irreais de luxúria e ira. A sexualidade agressiva e anormal aparecera em sua forma freudiana, quer dizer, disfarçada. O garanhão que atacava o homem em fuga só podia ser uma metáfora da inveja sexual e do ódio que nutria por Mario.

Havia sido um grito psíquico e surdo de dor.

Duas questões permaneciam: Por que imagens tão violentas na sala de conferências? Por que não a forma em cruz, símbolo de sua salvação? Classicamente, o id do sacerdote seguia sublimando sua hostilidade em um imaginário de benevolência.

A menos que algo tenha mudado no Vale de Gólgota.

Outra questão: havia outras vítimas potenciais das projeções inconscientes do padre?

Pela primeira vez, Mario sentiu que Anita poderia estar em perigo.

Mario escapou do leito do hospital e procurou sua roupa no cabideiro. Ela ainda estava suja nos pontos em que havia sido friccionada contra o chão do auditório.

Dr. Cummins, um médico jovem, aproximou-se pelo corredor.

"Está nos deixando, Sr. Gilbert?"

Mario, abotoando a camisa, olhou-o. Tinha um rosto elegante. Do tipo bem-nascido em antigas famílias dos estados de Long Island ou Cape Cod, com certeza havia frequentado escolas particulares, a dicção perfeita. Do tipo que Mario detestava.

"Preciso só pegar uma coisa e dar o fora daqui", disse Mario.

Dr. Cummins era mais jovem que Mario. Acuado pelo tom de voz de Mario, sentiu-se desconcertado e baixou os olhos para a prancheta.

"Foram pedidos alguns exames de ressonância para averiguar epilepsia."

"Não tive epilepsia", disse Mario, vestindo as calças. Era estranho, mas estavam sujas de lama. Provavelmente tinha chapinhado na saída do auditório. Tudo de que lembrava era do caos e da visão atordoada por lampejos vermelhos.

"Sr. Gilbert", murmurou o Dr. Cummins, aproximando-se um pouco, "acreditamos que o senhor esteja sofrendo de alguma forma de histeria. Pelo excesso de trabalho e motivação com relação a seu projeto. Causou-lhe um desequilíbrio emocional."

Mario o encarou.

"Esse é seu diagnóstico?", quis saber. "Eu tive um colapso?"

Dr. Cummins nervosamente umedeceu os lábios.

"O senhor foi carregado de uma conferência aos gritos, agindo de forma incoerente", respondeu com sinceridade. "A próxima vez pode ser muito pior."

"Que próxima vez?"

"Alucinações. Violência. Pode progredir até mesmo para epilepsia, pelo que sabemos."

"Não há nada de errado comigo."

Completamente vestido, Mario tentou passar pelo médico.

"Recomendo que o senhor se afaste de seu projeto", fez Dr. Cummins, bloqueando a saída. "Vou receitar alguns calmantes. E recomendamos que procure um psicoterapeuta."

Mario dirigiu-lhe um olhar maligno. Por um instante, Dr. Cummins pensou que Mario lhe acertaria um soco, e se afastou.

"Não tem nada a ver com minha mente", disse Mario. "É apenas um tipo de experiência sobre a qual você não sabe nada."

Mario abriu caminho em direção à porta.

"Mostrar pornografia para uma plateia em Harvard não é comportamento de um homem são!", gritou o médico.

Mario virou-se furioso à porta. "Estamos lidando com fenômenos insanos, doutor! Mas *você* não entenderia!"

Mario cruzou o corredor com pressa.

Dr. Cummins gritou a suas costas: "Pelo menos tenha a decência de registrar sua saída!".

Mario entrou no elevador azul. As portas se fecharam e o levaram para o térreo.

Levou quinze minutos para chegar correndo ao campus, patinhando na lama e atravessando arbustos úmidos. A sala de projeção do auditório estava trancada. Furioso, Mario sacudiu a maçaneta. Lá embaixo viam-se papéis amassados e as lousas ainda riscadas de giz.

Mario socou e chutou a porta com frustração.

O velhinho apareceu no auditório, carregando caixas de slides e papéis nas mãos.

"Não esperava vê-lo outra vez", resmungou, tateando atrás da chave presa a uma corrente em seu cinto.

"Preciso de meus slides. Minhas fitas", Mario afobou-se, sacudindo a água dos cabelos cacheados.

O projecionista abriu a porta e depositou com cuidado a caixa de slides em uma mesa próxima a dois projetores conectados.

"O material visual de conferências antigas fica na prateleira de baixo", disse.

Mario vasculhou as caixas de slides na última prateleira.

"Não estão aqui", comentou.

"Veja dentro das caixas, então. Às vezes fica tudo misturado."

Mario conferiu os primeiros slides de diversas conferências. Engenharia: sistemas hidráulicos. Química: polímeros e cadeias poliméricas. Metalurgia: desgaste de metais. E mais uma série de conferências do departamento de arquitetura: E. R. Robson e as *London Board Schools*.

"*Não estão aqui!*", gritou Mario.

"Bom, talvez tenham se misturado com os materiais de hoje."

Mario conferiu as prateleiras próximas aos projetores. Todas as caixas de slide tinham rótulos claramente escritos com a caligrafia de outras pessoas. De todo modo, não havia nenhum estojo de fitas de termovisão, nem cartuchos de slides.

Naquele momento, o bolsista de audiovisual, aquele que fora responsável pelo projetor em sua conferência, apareceu empurrando um carrinho cheio de transparências.

Mario avançou sobre o menino e o agarrou pela gola.

"Onde estão?", vociferou a centímetros do rapaz.

"Onde estão o quê?"

"Meus slides. Minhas fotografias e fitas."

Mario empurrou-lhe contra a parede, de forma bruta. O bolsista estremeceu, as têmporas latejando de medo.

"Nem encostei nisso", defendeu-se.

"Então quem pegou?"

"A polícia do campus."

Mario, em gestos lentos, foi soltando o menino.

"Os guardas do campus?", perguntou Mario, incrédulo.

"Bom, *era* pornografia."

Mario encarou o bolsista com asco, então saiu pisando nas transparências caídas ao chão, descendo rapidamente as escadas.

Chovia ainda mais forte. Uma chuva pesada que lhe açoitava com maldade os ombros e a cabeça. Lama escorria das sebes, todos os guarda-chuvas do campus dobravam-se ao vento. Um calafrio agora o invadia. E não lhe deu alívio mesmo quando entrou no departamento de polícia do campus.

Luzes elétricas pendiam de um teto alto. Ecos gemiam pelos corredores de cimento. Nas paredes, cartazes mostravam os terroristas procurados pelo FBI.

A polícia do campus lembrava bem dele. Três vezes já tivera que ser arrastado aos gritos para fora do escritório da direção. Outras duas, sem mandatos, haviam vasculhado seu apartamento atrás de material subversivo. Fazia vinte anos, mas, no fundo, no fundo, ninguém esquece.

Quando Mario entrou no corredor que levava à sala do capitão, reconheceu a iluminação lúgubre, o cheiro pegajoso e bolorento de móveis envernizados e paredes úmidas, o infindável tédio e a melancolia de policiais que odiavam a vida intelectual, e que no passado o haviam odiado.

O capitão, homem de seus cinquenta e tantos anos, com rugas ao redor dos vivos olhos azuis acinzentados, recebeu Mario no mesmo instante. Pelo sorriso que estampava seu rosto, estava claro que sabia do acontecido na conferência. Girou-se na cadeira de madeira, observando a figura emburrada e encharcada a sua frente.

"Eu adoraria prendê-lo por vadiagem, Gilbert", sorriu ainda mais abertamente. "Mas ninguém prestou queixa."

"Vim atrás das minhas fitas. Os guardas do campus foram até a cabine de projeção e as pegaram de lá. Tenho testemunhas."

O capitão ergueu uma sobrancelha e pressionou o botão do interfone. Em pouco tempo um guarda do campus apareceu e os dois se puseram a segredar. Mario já vira aquele truque antes.

"Não estão na seção de achados e perdidos", o capitão informou. "E não estamos com esse material na central."

Seu tom de voz era definitivo, duro e metálico. O capitão se levantou e foi conduzindo Mario até a porta.

"Vou processar vocês, se precisar", Mario ameaçou sem estardalhaço. "Você sabe disso."

O capitão sorriu ainda mais e abriu a porta. "Certo, Gilbert. Boa sorte com isso."

Mario foi embora de mau humor. Sentia o capitão e os guardas observando seus passos com uma alegria nada disfarçada.

Mario voltou à chuva fria e pesada e se dirigiu para o prédio de ciências, percorrendo o longo e enlameado corredor até o laboratório de Anita.

Uma nova fechadura reluzia na porta.

Mario a sacudiu, mas o trinco se manteve firme. Foi até o almoxarifado e ali também havia uma nova fechadura trancando qualquer acesso.

Não havia janelas no laboratório de parapsicologia. Nenhum acesso pelo departamento de física. Era apenas um cubículo sem aquecedores que o diretor Osborne concedera a Anita havia anos, que só pouco a pouco foi se equipando como uma câmara de testes.

No fim, Mario golpeou o trinco com um pesado extintor de incêndio, e lascas de madeira cobriram o chão.

"Não adianta nada, Mario", ouviu atrás de si. "O diretor Osborne fechou o laboratório."

Com a respiração pesada, o extintor ainda nas mãos, Mario virou-se e viu Henry, o zelador negro, limpando a lama do corredor.

"O diretor Osborne?", repetiu, quase inaudível.

Henry fez que sim, evitando o olhar de Mario.

"Depois da conferência, ele tirou tudo do laboratório. Depois trocou a fechadura. Vieram até uns policiais junto dele. Pensei que você tivesse matado alguém."

Pasmo, Mario recostou-se contra a porta.

"Ele não pode fazer isso. O projeto... meu curso... tenho autorização até o fim do semestre."

"Mas ele fez."

Mario ergueu os olhos devagar. Nervoso, Henry afastava-se com o esfregão indo limpar outros cantos do lugar.

"E meus slides?", murmurou. "Minhas fitas?"

Henry encolheu os ombros, mas evitou o olhar de Mario.

"Melhor falar com o diretor sobre isso."

Mario não deixava de encará-lo. Então, afastou-se da parede, enxugou a chuva do rosto e bafejou nos punhos fechados.

Um tremor percorreu sua coluna. Henry viu-o seguir pelo corredor, subindo devagar a escadaria de pedra rumo à administração.

Mario atravessou o corredor escuro, os sapatos ecoando, até chegar à porta de vidro martelado que dizia: *Faculdade de Ciências — Administração, Diretor Harvey Osborne.*

Abriu a porta. Um leve chiado e o batucar das máquinas de escrever elétricas cessaram. A porta fechou atrás de si. Debaixo de uma luz irritantemente fluorescente, a recepcionista olhava-o espantada.

"Mario Gilbert", sorriu. "Pensei que estivesse no hospital."

Mario se debruçou na mesa, apoiado nos dois braços estirados.

"Quero ver o diretor Osborne", informou sem pestanejar.

O sorriso da mulher desapareceu. Falou algo no interfone. Houve uma conversa baixa. Então ela indicou uma cadeira de couro, de espaldar reto, encostada sob o relógio.

"Aguarde um pouco, por favor."

Ao sentar, gotejando uma poça d'água sobre o chão, passou os olhos pelos relatórios pregados no mural, pelos memorandos empilhados em cestas organizadoras e pelo escaninho onde o corpo docente recebia sua correspondência. Em uma antiga lareira, agora devidamente cimentada, havia um cofre de segurança.

"É ali que estão minhas fitas e slides?", perguntou.

A recepcionista deteve sua datilografia.

"É preferível que você fale com o diretor sobre isso", disse ela, logo retomando a escrita.

Vinte minutos depois, a porta do diretor se abriu. Uma mulher de uns quarenta e poucos anos, morena e com ar de apreensão, saiu dali. Mario imaginou que fosse alguma mãe implorando para que seu filho não fosse reprovado na disciplina de introdução à química. A porta se fechou.

Nisso, um homem bem esguio com um cachimbo apagado chegou a passos largos e, sem pedir licença, entrou no escritório do diretor.

Vinte e cinco minutos se passaram. Embora fosse pouco mais de meio-dia, o céu chuvoso fazia o dia parecer quase noite.

Um pensamento incômodo ocorreu a Mario: se o diretor Osborne lhe negasse suas fitas, se a conferência terminasse sendo apenas um fiasco, ridicularizada e ignorada, os resultados dos experimentos do Vale de Gólgota jamais ganhariam o mundo. Mario começou a caminhar de um lado para o outro, entre o cofre e o escaninho.

"Mais cedo ou mais tarde ele vai ter que me receber", Mario falava devagar. "Pode avisar."

A recepcionista falou uma segunda vez pelo interfone. O homem esguio de cachimbo apagado passou por ele, sorriu acenando com a cabeça e seguiu corredor afora.

"Pode entrar agora."

Mario se dirigiu à porta de carvalho que ainda estava fechada, onde letras douradas mostravam o nome de Osborne. Dos dois lados, nas paredes revestidas, viam-se pinturas de antigos diretores e notáveis alunos de Harvard. Todas as salas, a recepcionista, a sala de correspondência e outras duas salas de secretárias fizeram silêncio à passagem de Mario.

Quando ele abriu a porta, o diretor Osborne examinava alguns papéis à luz fraca que entrava pela janela.

Mario fechou a porta atrás de si e sentou-se na cadeira em frente a uma mesa enorme.

O diretor franziu o cenho, rabiscou algo em duas páginas e então anotou algo no rodapé. Agora estava satisfeito. Apertou um botão. A recepcionista apareceu, tomou-lhe os papéis e voltou a sair. O diretor Osborne se virou para encarar Mario.

"Mario", disse em tom cordial. "Você está acabado aqui em Harvard."

O diretor empurrou-lhe um tabloide sobre a mesa.

> *Mario Gilbert, parapsicólogo e professor da Universidade de Harvard, sucumbiu na última terça-feira às influências demoníacas de sua própria pesquisa. Uma conferência sobre a observação de assombrações em uma remota igreja no norte de Massachusetts transformou-se em pandemônio após um surto do jovem cientista.*
>
> *Testemunhas disseram ter visto sua língua "tornar-se preta e intumescida", enquanto outros descreveram-no "falando em línguas" e tomado por uma "expressão diabólica".*
>
> *O incidente ocorreu na sequência de uma apresentação de slides pornográficos produzidos durante sua pesquisa.*

Mario largou o jornal no lixo.

"Preciso de minhas fitas e dos slides", disse.

O diretor Osborne sacudiu a cabeça.

"São de propriedade da universidade."

"Pelo amor de Deus, eu que os fiz."

"Com equipamento de Harvard. Para um projeto de Harvard. Apresentado em Harvard. Você conhece as regras."

Mario esfregou os lábios como se um gosto amargo tivesse se espalhado por eles. Inclinou-se adiante.

"Preciso deles", disse em tom calmo.

"Por quê?"

"Porque as imagens que estão nos slides não são aquelas que você ou as outras cem pessoas viram."

O rosto do diretor se contorceu. A fachada daquele filho bem-nascido de uma família importante da Nova Inglaterra estava prestes a ruir. Em seu lugar surgiu um homem furioso e exaltado que havia sido pessoalmente humilhado, talvez até mesmo ameaçado, por um fiasco que ele próprio financiara.

"Vi apenas *depravação!*"

"Sei que sim. Mas não é isso que está impresso nos materiais."

O diretor se afastou, tentando se controlar. Mario via o sangue latejando em seu pescoço. Aos poucos, voltou-se a Mario outra vez, educado, tranquilo e com a cortesia de sempre.

"Que absurdo sem sentido é esse agora, Gilbert?", questionou.

Mario se inclinou sobre a mesa, os dedos batendo ritmadamente sobre o mata-borrão para dar ênfase às palavras.

"Alucinação coletiva."

O diretor Osborne o encarou por um longo tempo.

"Uma transmissão telepática de imagens!", Mario completou com entusiasmo. "De uma fonte a mais de cem quilômetros de distância! E posso provar se você me entregar os slides!"

O diretor sacudiu a cabeça. Havia uma expressão de incredulidade no rosto do homem já avançado em anos. Incredulidade naquelas afirmações ridículas de Mario. Incredulidade por se ver envolvido nessa teia de loucura. Não sabia o que responder.

"Diretor Osborne", Mario apressou-se em continuar, "eu encontrei o sujeito mais extraordinário do Vale de Gólgota. Um jesuíta."

O diretor fez uma careta.

"Homem muito inteligente", Mario prosseguiu. "Mas emocionalmente perturbado. Muito mais perturbado do que ele próprio reconhece."

"São dois, então."

Mario respirou fundo, ignorando o sarcasmo do diretor.

"O jesuíta, inconscientemente, é a fonte dessas imagens."

O diretor molhou os lábios. Mario percebeu que o homem empalidecera. Um envolvimento com a Igreja Católica apenas aprofundava os problemas de sua administração.

"É *isso?*", perguntou o diretor, a voz falha. "Esse é o grande avanço científico que você me trouxe? Isso justifica ter me exposto ao ridículo diante da imprensa e dos maiores cientistas da universidade?"

Mario recostou-se na cadeira.

"Já fui capaz de capturar a imagem de uma das obsessões mentais", disse em tom desafiador.

O diretor sacudiu a cabeça.

"Quando? Onde?", duvidou.

"Está na fita."

"Mario, aquela fita não mostra nada além de um cavalo estraçalhando o coitado de um fazendeiro!"

"*Vá conferir!*", gritou Mario.

Em resposta, o diretor virou-se de um lado para o outro, batucando os dedos nos braços de sua pesada cadeira. O diretor Osborne sentiu uma espécie de vulgaridade tomando-lhe o espírito de modo inexorável.

"Que porra de obsessão mental?", quis saber.

"Cristo. Filmei-o no clímax de um exorcismo. É uma imagem indiscutivelmente cruciforme!"

O diretor Osborne já se envolvera em muitas disputas, encontrara muitos homens que o desagradavam. Mas nenhum tinha o poder de Mario em abalar sua tranquilidade. Havia algo naquela expressão agressiva que fazia o diretor querer esmurrá-lo. Algum antagonismo mais profundo do que uma simples humilhação administrativa fez com que aquele dileto professor perdesse os modos.

"Sabe o que eu acho?", o diretor perguntou.

"O quê?"

"Que isso tudo é apenas um monte de merda. E que você é louco."

Mario, enfurecido, bateu com um punho fechado sobre o tampo da mesa.

"Confira o material visual!", bradou. "A menos que esteja com medo", completou, como que logo reconhecendo aquela possibilidade.

Irritado, o diretor se colocou de pé.

"Você viu os retratos junto à porta?", respondeu. "Homens eminentes. Homens de valor. Homens que moldaram a forma como pensamos hoje. Homens que criaram o mundo moderno. Ganhadores de prêmios Nobel. Diretores de grandes universidades. Homens que partiram átomos e inventaram a viagem espacial."

"Eles também tinham seus desafetos."

"Talvez. Mas não faziam acordos com padres malucos, não dilapidavam igrejas, nem... nem tinham... alucinações coletivas..."

"É a verdade."

"Uma ideia repugnante!", disse o diretor. "Mario, você é um ex-revolucionário, um eterno investigador que se perdeu em uma crise de meia-idade e deu ouvidos a velhinhas e sessões espíritas!"

Mario se ergueu, olhos úmidos.

"Seu puto", sibilou. "Me entregue as fitas e slides!"

O diretor sentou-se na cadeira, largando o corpo pesado. Despejou o conteúdo de um cinzeiro na lata de lixo, sobre o jornal amassado. Até onde lhe dizia respeito, Mario sequer existia.

Mario deu um salto adiante e socou a mesa com os dois punhos.

"Você não pode suspender uma pesquisa apenas por não acreditar em suas premissas!", gritou.

"Saia daqui."

"Você participou de um dos eventos mais sensacionais na história da paranormalidade e nem vai se dar ao trabalho de investigá-lo!"

"SAIA DAQUI."

Mario recuou ao grito. O rosto do diretor estava pálido. Toda a educação cavalheiresca havia acabado. Sobrara apenas a ira.

"Mesmo que fosse verdade", disse com a voz rouca, "eu cancelaria a pesquisa. Essas anormalidades psíquicas me enojam, assim como a qualquer cientista sério."

Mario recuou até a porta, os olhos lagrimejando de raiva e frustração.

"Envie Hendricks ao Vale de Gólgota", suplicou.

"Não."

"Venha pessoalmente. Lá é outro mundo."

"Não."

O diretor se debruçou sobre a mesa, apontando a haste do cachimbo na direção de Mario. "Seu mundo tem a ver com chás e almofadas de meditação. Cítaras e incensos. E tudo bem. Se é isso que deseja fazer. Mas não pode fazê-lo aqui."

"Por quê?"

"Porque isso não é ciência!"

Derrotado, Mario voltou-se à porta.

"Protegi-o por anos. Em respeito a Anita. Bom, já não posso mais fazer isso. Não com essa merda que você anda vomitando. E matérias sensacionalistas feito essa."

Mario abriu a porta.

"Quero o equipamento, Gilbert!", Osborne gritou-lhe às costas. "Traga-o de volta até o fim da semana."

Mario girou nos calcanhares.

"Só uma semana?"

"Exato. Seu projeto foi cancelado. As câmeras custam uma fortuna. Traga-as de volta."

"Mas estou no meio de uma experiência totalmente viável!"

"Então alugue seu próprio equipamento", devolveu com frieza o diretor. "O de Harvard, traga de volta."

Mario o encarou, os olhos arregalados àquela afronta direta.

"Em perfeitas condições", completou o diretor. "Enviarei a polícia no fim da semana se precisar."

Mario bateu a porta com tanta força que o retrato do diretor anterior a Osborne pendeu na parede.

Osborne se levantou e ajeitou o quadro. Lamentava profundamente ter perdido a calma. Aquilo o rebaixara ao nível de Mario. Toda perda de dignidade era imperdoável. Aos poucos, a austera organização do escritório, seu ambiente tranquilo, devolveu-lhe a calma.

E uma pontada de culpa. Porque a tragédia pessoal de Mario Gilbert se devia a ter sido protegido por muito tempo, mesmo depois de todo mundo já ter recebido a mensagem, alertando que a parapsicologia estava sendo encerrada em todo o país. O diretor Osborne fora quem protegera seu laboratório. E não por razões científicas, mas por questões pessoais envolvendo a mãe de Anita.

O diretor olhou por entre as persianas semiabertas. Mario atravessava o jardim em direção a ruas enlameadas. Quase parecia que o jovem chorava. O diretor Osborne fechou as persianas.

Mario não apenas estava morto para o mundo acadêmico, mas estava morto e sozinho. O diretor tinha a forte premonição de que as coisas estavam mudando entre Anita e Mario. Se não fosse assim, teria sido ela a vir em seu escritório a fim de requisitar os materiais, e ele teria achado quase impossível negar-lhe o pedido. Aquela separação seria o único resultado positivo daquele malfadado projeto no Vale de Gólgota.

Mas a culpa não diminuía. Talvez devesse a Mario uma olhada nos slides.

O diretor saiu de seu escritório e foi ao cofre. Era sexta-feira. Todos os funcionários haviam saído mais cedo. Girou a fechadura e a porta maciça se abriu.

Folhas de pagamento. Rascunhos de um contrato de doação. Um pedaço de fibra ótica compartilhado entre a física e a bioquímica. Na prateleira superior, uma caixa com o rótulo *Vale de Gólgota* guardando três caixinhas de slides e duas fitas cassetes.

Era impressionante o poder daquela curiosidade. Não sentia nada parecido desde que, ainda estudante, assistira aos cursos do grande B. F. Skinner e vira um novo universo se abrir perante seus olhos. O diretor

Osborne suava em bicas. Se a obsessão de um homem *realmente* pudesse ser filmada, ainda que vagamente, mesmo que de forma sugestiva, que implicações extraordinárias isso não traria para a psicologia!

A emulsão do slide brilhava quase verde. Reflexos azulados tremulava nas fitas. O diretor olhava fixamente, hipnotizado, o rosto trêmulo.

Era uma fraude. Ideias como aquelas não tinham lugar em uma administração de respeito. Mario era um charlatão, e o diretor preferia morrer a cair em seus truques baratos. A gritaria em sua sala havia atiçado, incomodamente, a imaginação do diretor. Mas não funcionara. O diretor Osborne recobrou o autocontrole e fechou de uma vez a porta do cofre.

A evidência foi tragada pela escuridão do cofre. A tranqueta girou até travar. Mario Gilbert não existia. O Vale de Gólgota seguiria ignorado pelo mundo.

13

Do alto da serra do Vale de Gólgota uma pancada de chuva obscurecia a cidade.

Os barrancos de argila se desfaziam aos torrões, indo cair no Siloam já transbordante e agitado, que corria pela terra erodindo os alicerces da igreja. A chuva torrencial inundava os porões, arrancando do lugar utensílios de metal e vidrarias do tempo de Bernard Lovell. O ferro do velho portão da igreja era visível onde a lama fora lavada, na entrada do terreno.

Mario parou no cume do vale, olhando o lugar através de seus binóculos, o rosto quase encoberto pela capa de chuva amarela.

As flores e os botões das árvores pareciam maltratados, ressequidos e murchos, definhando sob a água; o chão ia forrado por um piche escuro das frutas que haviam caído dos galhos.

Pela terra encharcada de chuva, pelo Siloam que abria caminho no solo frágil e poroso, o cemitério se erguia e afundava, com lápides agora irregulares e caídas feito dentes podres.

Não havia nenhum sinal de Anita.

O carro do jesuíta não estava lá. Mesmo do alto da colina, Mario podia ver por onde o carro cortara a vegetação rasteira, em uma corrida desabalada e errática que sulcara os campos.

Erguendo-se sobre o sinistro matagal que se agitava, dobrando-se, rangendo e rebatendo a água da chuva com seus galhos, a estrutura principal da Igreja das Dores Perpétuas seguia intocada. Rolos de fumaça densa e amarronzada circundavam-na, feito uma serpente, subindo de piras acesas no vale.

De todas as fazendas se erguiam colunas de uma fumaça rósea que eram abruptamente abatidas pela chuva e, dispersas, percorriam os campos e iam circundar a igreja branca.

O que teria acontecido? Mario tentava entender, abrindo caminho por sobre galhos caídos, trepadeiras secas e espinheiros. A visibilidade era horrível no alto do morro. Neblina e rajadas de chuva mesclavam-se em um turbilhão confuso que encobria as bétulas ocas e encharcadas. Mario guardou o binóculo no bolso da capa e voltou para a kombi.

O veículo rodou pela lama, manchando de marrom os faróis e o para-brisas. Torrões de lama grudavam no para-choques. Por fim, quando Mario chegou ao fundo do vale, não havia neblina ou chuva, apenas uma nebulosidade baixa e metálica.

A igreja fora selada em seu vale, escondida dos vales vizinhos.

Mario estacionou em uma curva da estrada, em terreno firme.

Enquanto descia, suas botas iam cavando sulcos no solo. As flores murchas, assim como as íris secas e mortas, haviam sido carregadas pelas pedras e lodo, como se vítimas de um campo de batalha.

"Anita!", gritou Mario, levando as mãos até as laterais da boca.

Tropeçou. A seus pés, a chuva e a terra revolta haviam exumado os retalhos de roupas femininas e aquele crucifixo deformado que antes tinham sido queimados e enterrados. Tudo que sobrara da imagem de Cristo eram uma perna comprida e o rosto derretido em uma careta.

"ANITA!"

Não houve resposta. As ruas do Vale de Gólgota estavam desertas. Apenas os cães vadeavam por ali, curvados, os rabos entre as patas.

Aves mortas, vítimas de um instinto migratório defeituoso, espalhavam-se pela base do campanário.

Mario tirou uma lanterna vermelha do bolso da capa de chuva e atravessou os restos retorcidos de ferro rumo à igreja.

Parado no vestíbulo úmido, passou o facho de luz lentamente pelo interior.

Naquele lusco-fusco, rebrilhando quando atingidos pela lanterna, doze cruzes nas paredes: a crisma consagrada de padre Malcolm.

A lamparina do altar emitia uma pequena luz ocre que tremulava devagar pelo chão e pelas paredes. Mario cruzou o corredor e apontou a lanterna para a lamparina. Um denso fio negro escorria dela, quase genital. Cheirava a alcatrão.

Junto do altar-mor, o sismógrafo continuava a se agitar, ainda que não houvesse mais papel e a agulha seguisse apenas inscrevendo mais e mais linhas sobre uma já densa e ilegível confusão de tinta.

"ANITA!", chamou.

Um eco repetiu o nome, transformando-o e fazendo com que reverberasse pelas vigas.

—*ni-ta... ni... ta...*

Zombaria lúgubre e soturna de seu chamado.

Mario passou pelo sismógrafo. O gravador de áudio estava quase apagado, a luz da bateria baixa e piscando.

A câmera a laser seguia ali, recostada contra uma parede. Um mofo azulado se espalhara em seus cabos, brilhando à luz da lanterna.

... ni... ta... ni... ta...

Um eco arrastado? Ou a voz de Mario?

Mario varreu o teto com o facho da lanterna. Nos pontos em que a chuva entrara, fios negros pendiam aos montes.

A luz da lanterna atingiu a termovisão. Uma cruz fora desenhada na poeira que a cobria. De ponta-cabeça.

Mario percorreu o caminho imundo até a câmera de termovisão. Suas botas esmigalhavam frutinhas e cacos de vidro. Uma gosma densa e oleosa escorria das frutinhas, cheirando a alcatrão.

Rapidamente, ligou o termovisor. As baterias ainda estavam carregadas. As lentes apontavam para o interior da igreja, frio e estável, agitado por correntes de ar frio vindas de fora.

Quando Mario girou o seletor para *fita*, o vídeo na tela mostrou apenas o mesmo interior escuro e sombrio. A fita estava congelada na última imagem, tendo chegado ao fim. Mario ajustou a imagem para correr ao contrário. Uma miscelânea de imagens multicores brilhou pela tela.

Mario pressionou o botão. A fita parou.

Um guincho fez com que ele corresse a lanterna por toda a igreja. Sobre a toalha do altar, cruzando o feixe de luz sem parar, ratinhos minúsculos entravam e saíam do tabernáculo.

"ANITA!"

Soou o eco, suave e decrescente.

... ita... ita... puta... puta...

Os olhos de Mario baixaram até a termovisão. Seguia de trás para a frente, devagar, por vontade própria, jogando diferentes imagens sobre a tela.

Mario apontou a lanterna para a tela convexa. A fita corria ao contrário, em um fluxo violento e com um lento lampejo amarronzado. Mario desligou a lanterna. Na escuridão da igreja as imagens se destacavam, mais bem definidas, inconfundíveis.

Os turbilhões disformes se condensaram em forma de imagem: uma besta peluda sentada em uma cadeira, cabeça inclinada e um crucifixo preto sobre os joelhos.

Mario logo pressionou o botão para pausar a imagem.

"Ai, meu Deus", murmurou, sentando-se devagar, sem despregar os olhos.

Mario correu a fita ao contrário e no sentido correto. As imagens da besta apareciam apenas por poucos segundos, o mesmo tanto que durara a forma em cruz.

A besta parecia ciente, zombeteira, sustentando um sorriso insolente.

Mario correu para fora da igreja.

Abriu caminho pelos tufos de espinhos que se curvavam na direção da igreja, seguindo ao presbitério.

No chão da casa paroquial, o saco de dormir de Anita. Pequenas garras o haviam retalhado, espalhando o estofamento por toda a cozinha e deixando pedaços de lona sobre a mesa, peitoril e cadeiras.

"*ANITA!*", urrou.

Nenhuma resposta. Apenas o vento fumacento. Mario passou por cima de galhos partidos na soleira da porta e entrou na cozinha. O colchão do jesuíta tornara-se um ninho de serpentes que se enfiavam no forro atrás de calor.

O aspersório, usado para borrifar água benta de seu frasco, estava ao chão, pisoteado por pés em fuga. Por toda a cozinha havia pratos, toalhas e embalagens de comida espalhados, como se alguém houvesse fugido dali em pânico, partindo no Oldsmobile.

Quando Mario olhou pela janela da cozinha, vendo os rastros na terra e o mato esmagado pela passagem do carro, viu os frascos de água benta, de óleo ungido e pedaços do estojo de madeira partidos pelo chão enlameado.

Saiu da casa paroquial, voltando até o caminho ao sul da igreja.

Na escuridão, divisou as silhuetas de alguns fazendeiros carregando algo até uma pira fumacenta. Não demorou muito tempo até que entendesse do que se tratava: um bezerro natimorto, monstruosamente deformado. Com expressões sérias e impassíveis, levaram o mutante ao fogo e o observaram queimar. Muitos deles tinham espingardas e, inquietos, vigiavam o lugar.

Passando pelas janelas da igreja, Mario viu a imagem da besta, destacada na tela de termovisão. Por um efeito de ângulo, parecia encará--lo conforme ele caminhava.

Mario caminhou perdido pela rua Canaã. Uma fogueirinha também queimava ali. Um cachorrinho era carregado pelas patas através da rua. O dono da bodega, as mãos enluvadas, o atirou nas chamas. Então Mario viu o cachorro à luz do fogo: não tinha a cara de um cão, mas de algo bestial.

Anita tinha um cigarro aceso entre os dedos e observava Mario chegar, recostada na porta de um velho salão de sinuca caindo aos pedaços.

Mario a encarou aturdido.

"Anita, que diabo tá acontecendo?"

Anita devolveu-lhe o olhar com uma expressão sombria e vaga, incapaz de responder, ou sem a intenção de fazê-lo.

Mario atravessou a rua Canaã, passando pela pira funerária. A água da chuva gotejava de seus cachos. Toda aquela fumaça havia manchado seu rosto e as costuras de sua capa amarela.

"O padre foi embora", ela disse devagar.

Mario apenas piscou os olhos, seu rosto corado pelo fogo.

"Eu *sei* que ele foi embora!", gritou nervoso. "O carro não está mais lá! A igreja está uma bagunça! As câmeras todas cheias de mofo! Que diabo aconteceu?"

Anita o encarou com um olhar inexpressivo.

Mario a mediu com cuidado, percebendo o quanto ela havia mudado. Todo seu idealismo virado cinzas.

"Anita...", começou, ainda nervoso, mas em um tom mais calmo, "por que você deixou o equipamento virar aquele pandemônio?"

"Porque nada neste mundo vai me fazer voltar naquela igreja."

Surpreso com o tom monótono da resposta, Mario simplesmente a fitou.

"Por quê?", perguntou.

Viu no semblante de Anita o pavor por ter presenciado algo abominável e sentiu-se nervoso. Ela apenas se virou devagar e entrou no salão de sinuca.

Mario a seguiu. O lugar estava deserto. Quieto. Uma claridade avermelhada penetrava pelas janelas, vinda das fogueiras na rua Canaã. Tinha cheiro de umidade, poeira, da cortina apodrecida cobrindo as janelas.

As roupas de Anita e um pedaço de cortina, que usava como colchão, estavam debaixo da escada que levava a um andar escuro. Sobre a camisa enrolada que usava de travesseiro, o revólver cintilava.

"Conversa comigo, Anita", murmurou. "O que aconteceu aqui?"

Era uma pergunta explícita e difícil. Sentou-se com cuidado na borda de uma mesa de bilhar, os olhos seguindo-a em cada movimento.

"O que aconteceu com a lamparina do altar? O que mudou?"

Anita se apoiou nos degraus. Observou-o por um longo tempo. Naquele curto período em que estiveram separados, ambos haviam experimentado coisas que agora os faziam estranhos.

Então, com uma voz sem ênfase alguma, quase infantil, ela respondeu.

"Foi na última noite de vigília. Provação terrível. Me ajoelhei a seu lado. Para apoiá-lo. Quando rezamos, a igreja se aqueceu. Era o brilho suave e avermelhado da lamparina. Dava para ver de olhos fechados."

Fez uma pausa, os olhos arregalados, revivendo cada momento terrível que se seguira.

"Era quase de manhã", prosseguiu com a voz monótona, vazia. "Tínhamos passado por muita coisa. Ele estava sofrendo demais."

Anita sentou-se devagar em um engradado junto à velha máquina de Coca-Cola.

As sombras causticaram seus olhos, como se penetrando-lhe o rosto. Mario alcançou o interruptor e uma lampadinha sobre a mesa de bilhar se acendeu. A pele de Anita parecia estranhamente cadavérica.

"Ele enlouqueceu", continuou. "Tentei tirá-lo do delírio. Mas, no fim, pareceu acreditar que tudo correra bem. Rezamos juntos."

Anita se levantou do engradado e caminhou pela área defronte às janelas acortinadas.

"Então... aconteceu alguma coisa", disse com a voz falha. "Nosso afeto..."

"*Afeto?*"

"Se transformou em outra coisa. Ele tentou fazer amor comigo."

Mario, incrédulo, apenas a encarava.

"Eamon Malcolm? Deus, isso explica tudo. Pai do céu..."

Nervoso, Mario manteve-se junto à mesa de bilhar, jogando as bolas umas contra as outras naquela superfície de feltro verde.

"Ele me tocou. Pôs a mão por baixo da minha blusa. Nos beijamos."

Mario olhou-a espantado, então arremessou uma porção de bolas, com toda a força, pela mesa. Virou-se inteiramente para ela.

"Certo, e treparam?", quis saber.

Ela não respondeu. Ultrajado, sentou-se na borda da mesa.

"Então...?", gritou.

"Não. Não fizemos amor."

Mario deu um tapa nas caçapas de couro. O material, já podre, cedeu de vez. Várias bolas caíram em seus pés. Outras rolaram pelo chão e sumiram no escuro. Esfregou as mãos nos cabelos enovelados.

Anita se aproximou. Inclinou-se em sua direção. Tomou-o pelos ombros e devagar virou-o para si. O tom monótono e inexpressivo da voz e o vazio do olhar haviam desaparecido. Ela procurava seus olhos, querendo sua atenção, calorosa e viva outra vez.

"Ele o abandonou", ela disse em tom suave.

"O quê? Além da virgindade?"

"Feito um pássaro. Sem asas. Senti quando saiu dele."

"Não faço ideia do que você está falando."

Suas mãos brancas e delicadas puxaram-no com delicadeza para perto dela.

"Era sua própria essência, sua identidade... sua alma", disse. "Chame como quiser. Saiu de seu corpo e o largou vazio."

"Foi quando apareceu a imagem da besta?"

Anita recuou na hora.

"Então você também viu! Sim! Foi exatamente nesse instante que a besta entrou na igreja!"

Anita lembrou daquele momento com um calafrio. Padre Malcolm de queixo caído, os olhos tomados pelo horror, e ela no mesmo instante sentindo a lamparina fria e apagada sobre o altar. Algo nele havia se partido.

"Mario", disse devagar, "você lembra das pesquisas com pacientes terminais? As testemunhas muitas vezes viam algo deixando o corpo, algo sem asa e disforme, mas ainda assim perceptível."

"Eamon Malcolm não morreu."

"Não. Talvez um pouco. Mas já não tem controle sobre si. Mario, ele perdeu a alma."

"E desde quando você acredita em almas?"

O sarcasmo não surtiu efeito em Anita. Ela se afastou, impávida. Recostou-se em uma parede afastada e disse com a voz fria e indiferente: "Sua teoria sobre projeção psíquica está errada, Mario".

Aquilo era um confronto aberto. Não apenas a sugestão de uma hipótese alternativa. Era uma refutação tanto de Mario quanto de sua confiança nos equipamentos e de sua necessidade quase desumana de destruir tudo em busca da verdade. Aquelas nuvens vinham se acumulando já havia tempo demais, e agora a tempestade rebentava.

"Que diabo é isso agora?", ele esbravejou.

Mas Anita mantinha a mesma calma da época em que ele a conhecera no laboratório informático de física. Intuitiva. Com um pensamento afiado, de alcance maior do que o simples empirismo, algo que sempre o deixava irritadiço. E agora, firme e definitivamente, restabelecia tal postura como um obstáculo entre os dois.

"Aquela imagem cruciforme, Mario", disse, articulando bem as palavras. "Não era uma projeção. Era uma *presença.*"

Mario sentiu o sangue subir-lhe à face, de raiva e incredulidade. A separação dos dois havia se completado. Seguiu evitando o olhar dela, olhando pela janela a rua Canaã. Não queria que ela visse seu rosto. Sentia, afinal, um abismo de incertezas abrindo-se sob seus pés.

"Aquela imagem bestial", continuou Anita, com mais convicção, "também não é uma projeção."

A sensação era de se afogar em terra firme. Mario arremessou um cubinho de giz azul contra a parede mais distante, fingindo indiferença. Desde que as manifestações no campus haviam fracassado, Mario refugiara-se na ciência na intenção de afastar sua enorme insegurança. De forma inconsciente, agarrava-se também a Anita. E o Vale de Gólgota havia separado os dois como água e óleo.

Como poderia continuar o projeto sem Anita? Seu próprio futuro, sua vida, será que ainda teriam algum valor? O pior de tudo era aquela pressão quase física do caos iminente pairando sobre sua cabeça.

"É o que, então?", perguntou casualmente.

"O Anticristo."

Mario apanhou outro cubo de giz e, com raiva, o atirou na porta. Uma ira infantil e assombrosa começava a fermentar em seu íntimo.

"Por que, Anita?", perguntou entredentes. "Por que o Anticristo? Por que o Vale de Gólgota? Deve haver mil lugares mais importantes do que este buraco escabroso."

"Por causa dos padres, Mario. Ele se alimenta dos padres."

"Então deve estar satisfeito agora", disse. "Já devorou três."

"Foram só a entrada. Ele quer mais. Acho que está atrás de peixe grande."

Mario mal podia acreditar no que ouvia.

"*Isso* é o que você chama de ciência, Anita?", balbuciou. "O Anticristo fazendo recrutamento de padres? É nisso que acredita agora?"

"Foi o que deu vida à igreja."

Mario deu um salto para o chão. Apontou um dedo trêmulo na direção dela.

"Escuta aqui, eu estava em uma conferência com mais de cem professores e jornalistas quando Eamon Malcolm jogou sua projeção em nós. Cada falta, cada paixão doentia que ele guardava naquela psiquê cristão-temente-a-Deus. Ninguém viu nossos slides! Ninguém viu nossas gravações! Só viram pornografia!"

Anita o encarava em choque.

"Uma alucinação coletiva!", gritou Mario. "Corpos nus e um cavalo estraçalhando um infeliz até a morte! Foi uma vergonha!"

Mario recostou-se outra vez na mesa, cabisbaixo.

"Senti como se a língua", acrescentou desanimado. "Como se a língua inchasse, gorda, sufocante. Como se alguém tentasse falar por mim. Alguém atirava sobre nós uma chuva de imagens freudianas.

Arrastaram-me aos gritos do auditório, Anita. Estamos acabados em Harvard. O diretor Osborn cancelou tudo. Nossas aulas, laboratório, o projeto. Tudo. Temos uma semana para devolver o equipamento."

Anita absorveu as notícias devagar. Deu a volta na mesa para abraçá-lo, mas, envergonhado, ele se afastou.

"O padre", disse Mario, com a voz baixa, "é um assassino psíquico. E eu sou o alvo."

"Você está errado, Mario."

Com ar miserável, ergueu o olhar para ela.

"Todas as noites que passou naquela vigília, Anita", continuou, "todas as preces sagradas e os murmúrios e a vontade de te comer. Foi aí que ele projetou em cima de mim... em cima da plateia inteira..."

Anita se encostou na máquina de refrigerantes. Por mais estranho que parecesse, era um alívio ter o projeto cancelado.

"Você que está procurando culpados", ela disse. "O padre é uma vítima. Que nem você. Que nem eu. Como todo mundo no Vale de Gólgota."

Mario caminhou de um lado a outro, bravo e agitado.

"Aquela forma em cruz... a imagem bestial...", insistiu ele, "são como as imagens que invadiram minha conferência... delírios freudianos daquele doente..."

"Uma besta chifruda?", Anita devolveu. "Pelo amor de Deus, Mario! O que isso significa?"

"O tio do padre. Sua própria luxúria. Ou então o bispo. Ele era bem apegado ao bispo. É uma metáfora maligna do bispo!"

"Por que tão maligna?"

"COMO DIABO EU POSSO SABER A RESPOSTA? ELE QUE É DOENTE! NÃO EU!"

Mario chutou a taqueira no canto da parede, reduzindo-a a ripas de madeira e pregos enferrujados.

"Talvez estivesse puto com o bispo. Você sabe como são essas coisas de inconsciente. A psiquê sempre dá o troco."

Mario tentou se acalmar. Virou-se para Anita diversas vezes. A cada vez, via-a irredutível, obstinada, encarando-o sem que ele a tivesse convencido.

"Admita, Anita", disse com desgosto. "Você se envolveu demais com Eamon Malcolm."

"Ele gritava de agonia. Claro que tentei ajudar."

"Não é disso que estou falando."

Mario sentou-se perto de Anita, quase na extremidade da mesa.

"Ele era uma figura paterna para você, Anita", disse com frieza. "Seu pai morreu no acidente de avião bem antes de você chegar à puberdade. Além disso, há todo o resquício de culpa que sente por viver a liberdade comigo. Precisava de um porto seguro onde resolver seu complexo de Édipo. Por isso ele lhe pareceu tão carismático. Por isso você aceitou sua mitologia."

Anita cruzou os braços e se afastou dele.

"Assim é fácil, né?", disse. "Mais cedo ou mais tarde tudo acaba em sexo."

"É daí que vêm as idealizações. As suas e as dele."

Anita balançou a cabeça devagar.

"Não sei por que você é assim, Mario. Freud é importante em nossa ciência. Os instrumentos científicos também. Mas tanto Freud quanto os aparelhos podem levá-lo a um beco sem saída se não mantiver a mente aberta."

"O padre a seduziu, Anita. Fodeu com sua mente, isso se não tiver fodido o corpo."

Anita recuou diante daquela vulgaridade.

"Para ser um cientista de verdade, Mario, você precisa ser mais do que um técnico. Precisa saber o momento de arriscar, de saltar além do que mostram os instrumentos e abraçar a intuição sobre os fenômenos. E eu sei o que experimentei, sei que foi real."

Mario a ignorou. Começou a ficar mais nervoso, esfregando as mãos. Anita percebeu que ele já não lhe dava mais atenção.

"Senão pode até parecer ciência, Mario", arrematou. "Mas não é."

Provocado, Mario se virou a ela.

"E é o quê?", perguntou.

"Algum tipo de vingança disfarçada de ciência."

Por um longo tempo eles se encararam, olhos nos olhos, como se de amantes tivessem se transformado em inimigos por alguma espécie de bruxaria. Mario afastou-se e foi à janela espiar as brasas incandescentes na rua Canaã.

"O que vai fazer?", ela perguntou.

"Arrumar as câmeras. Continuar. Não tem mais nada que eu possa fazer."

"Sem o padre?"

"Ele vai voltar", murmurou. "Tem que voltar. Ainda tenho uma semana para reproduzir as evidências daquela gravação."

"Se Deus existir", Anita comentou com a voz calma, "não vai deixar que Eamon Malcolm volte."

Mario apanhou a jaqueta de couro de cima da mesa. Olhou para Anita.

Era dona de uma das mentes mais analíticas que ele jamais conhecera. E agora tinha se enredado na mitologia de um padre esquizofrênico. Seria sugestão? Atração física? O que eles partilhavam? O que realmente acontecera naquela manhã de sexta-feira?

Por que Anita continuara no Vale de Gólgota mesmo temendo a igreja? Estaria esperando por Eamon Malcolm?

Mario fechou o zíper do casaco.

Ao pisar na rua Canaã, o nevoeiro, tingido pela lua, pairava sobre as calçadas como se fossem dedos translúcidos. Nos cumes, a tempestade soprava a névoa morro abaixo feito dedos alongando-se sobre as tumbas.

Mario entrou na igreja. A imagem da besta bruxuleava vagamente na tela de termovisão, senhora da situação. No alto do altar, a lamparina brilhava em luz pálida.

Limpou dois sensores com um pedaço de camurça e os instalou dentro da lamparina. Ajustou o limite do sistema de som: ruídos baixos e de alta frequência sibilavam pela igreja.

... *ni... ta... ni... ta...*

Mario apanhou os fones. Os ecos estavam gravados. E havia a imagem da besta. Seria o bastante para convencer Osborne?

Não. Não seria. Não seria possível saber como Mario gravara as novas fitas. Ele precisava correlacionar a formação das imagens e dos ecos com as fortes alterações físicas e emocionais no padre. A evidência tinha que ser inquestionável.

Uma onda de desânimo o percorreu. E se o jesuíta não voltasse? Eamon Malcolm vinha emitindo aquelas visões com a simples força de sua libido, mas Mario precisava aplicar-lhe receptores à pele, sensores nas têmporas e termômetros pelo corpo. Tudo precisava estar relacionado. Osborne não aceitaria menos.

Sentia a mesma agitação que houvera no campus. Conforme os riscos aumentavam, sua determinação aumentava junto. Conseguiria aquelas imagens, mesmo que o padre acabasse destruído no processo.

E assim como naqueles dias de agitação, o espectro odioso do fracasso o rondava.

Que diabos Osborne — ou qualquer outra autoridade — queria dele? As tripas? Servidas em uma bandeja? Tudo bem. Aqui estão. Meu corpo, minha alma, tudo que tenho. Pronto, aceitam agora? Posso ficar com o laboratório?

Furioso, Mario cuspiu no chão.

E se levasse a Osborne aquela forma sinuosa e elétrica de Cristo? O que o velho carrancudo diria? Ele não tem espaço na ciência. Tire-O de minha sala. Crucifique-O outra vez!

Mario gargalhou, amargo, lágrimas de fúria lhe enchendo os olhos.

C-crucifique-O... C-crucifique-O... C-crucifique-O...

A blasfêmia foi morrer nos cantos obscuros da igreja.

O sorriso amargo de Mario se desfez com uma lentidão infinita.

Não havia dito nada em voz alta.

C crucifique... C crucifique... C crucifique...

O eco persistiu muito abaixo do limiar da audição humana, um lamento fúnebre que sibilava de forma contínua e violenta, feito uma nuvem de insetos no verão.

Mario baixou os fones de ouvido e encarou, paralisado, a imagem da besta que soltava um sorriso largo em sua direção.

O que Anita dissera?

"Ele se alimenta dos padres."

Uma terrível hesitação o abalou. Seria possível ter errado tanto em sua teoria?

"Está atrás de peixe grande."

Mario colocou-se de pé, em uma postura desafiadora.

"Qual peixe grande?", berrou em tom de zombaria, protegendo-se daquela imagem. "A porra do bispo? O papa Francisco Xavier?"

Mario soltou uma gargalhada horrenda, mas o frio horripilante da igreja ainda assim o invadiu e tirou-lhe toda a segurança.

"Jesus Cristo em pessoa?", gritou.

...Cristo... Cr... ist... isto... sto...

FRANK DE FELITTA

14

Bispo Lyons sentava-se em uma cadeira de madeira de lei, com sua mitra, a cabeça um pouco inclinada e um crucifixo comprido sobre os joelhos.

Estava passando por um déjà vu. Em sua antecâmara, sentia-se de repente como se em sonho. Suavam-lhe as palmas das mãos. Uma espécie de luz invisível, uma força enorme, ainda que imaterial, seguia-lhe os movimentos das mãos e pés.

Seguira-lhe desde a manhã, e agora o envolvia e observava.

O bispo buscou se acalmar. Até que, de repente, figuras alvoroçadas surgiram pelo corredor.

"Vossa Eminência chegou", um franciscano sussurrou-lhe.

Bispo Lyons ergueu os olhos, ainda pálido.

"Cardeal Bellocchi? O núncio?", balbuciou.

"A delegação já o recebeu."

Bispo Lyons soltou um suspiro e se levantou da pesada cadeira ornamentada. As perturbações mentais haviam passado. Olhou os corredores cheios de padres, secretários jesuítas e franciscanos, inúmeras mesas antigas com telefones adornados, arquivos de encadernações douradas. O poder de seu alto gabinete o reconfortou.

"O senhor está passando bem?", o franciscano perguntou, conduzindo o bispo pelo cotovelo.

"É apenas a excitação do momento."

Bispo Lyons, então, conduziu um trio de franciscanos pelos corredores acarpetados, cruzando arranjos de flores e lustres fulgurantes, passando pelas pesadas portas de carvalho.

O bispo se deteve. O núncio era um total desconhecido. Fazendo jus a sua função, Bellocchi era os olhos e ouvidos de Sua Santidade, e vinha investigando o caráter dos homens para o conclave de Quebec. O núncio era um membro muitíssimo experiente da cúria romana, mas era também profundamente devotado a Francisco Xavier. E, nos últimos tempos, Francisco Xavier estava lhe enviando em missões singulares.

Quando pisou no vestíbulo, braços abertos em um gesto de hospitalidade fraternal, a luminosidade azul-celeste do céu e folhas radiantes de outono cegaram momentaneamente o bispo. O núncio, mediador para a América do Norte, delegado papal a Quebec, era um homem baixo e moreno, magnífico em seu hábito escarlate, em suas sandálias e solidéu carmim. O sol de outubro explodia sobre a pesada cruz em seu peito.

"É uma honra enorme recebê-lo em nome de Cristo", falou, grandiloquente, o bispo Lyons enquanto beijava o anel do núncio.

"Em nome de Cristo", respondeu o núncio com um sorriso.

Com os hábitos varrendo o chão, ambos os homens subiram as escadas de pedra que levavam a portas de carvalho abertas por franciscanos admirados.

"Correu tudo bem em seu voo?", o bispo perguntou, estendendo a mão em um gesto para que o núncio adentrasse a residência episcopal.

"Dormi mal", respondeu o cardeal Bellocchi, examinando os lustres e as vigas do teto.

"Não diga."

O cardeal Bellocchi se virou ao bispo e sorriu.

"Sonhei que era um soldado", começou, as obturações em seus dentes reluzindo enquanto avaliava aquele bispo. "Cumprindo uma missão secreta."

"Uma missão secreta, Vossa Eminência?"

"Sim. E eu não sabia que missão era essa."

O sotaque italiano era melódico, até um pouco didático. Bispo Lyons estendeu a mão para o corredor que conduzia ao jardim com seu bufê. O núncio seguiu, suas vestes se arrastando ruidosamente pelo carpete.

Ele falava de maneira oblíqua, por metáforas sutis, testando e medindo o homem a sua frente. Bispo Lyons sentia-se desconfortável pois era um homem prático, de organização clara, conselheiros confiáveis e com uma equipe competente na administração diocesana.

Conforme conversavam, cruzando portas com vitrais, padres que lhes davam passagem, um grupo de freiras acanhadas que serviam na cozinha, uma aura esplendorosa emanava do cardeal Bellocchi, transformando aquela residência em algo quase palaciano.

Havia flores decorando todos os cantos do pátio. Enormes tigelas de vidro cheias de frutas importadas estavam dispostas em mesas de toalhas brancas. O sol projetava halos de luz ao refletir nos cristais sobre a mesa, e padres que até então se mostravam animados entre jarras e guardanapos silenciaram quando o cardeal pisou sobre as pedras do pátio.

"Espero que Vossa Eminência aprecie nosso modesto bufê", disse o bispo Lyons, indicando-lhe uma mesa em que as duas únicas cadeiras eram revestidas por almofadas lilases.

Devagar, usando as mãos para amparar o manto, o núncio se sentou à mesa enquanto um padre lhe segurava a cadeira.

"Um exército depende do estômago", fez o cardeal Bellocchi, admirando as louças e cristais sobre a mesa, "assim como o Vaticano."

O bispo Lyons tomou assento defronte ao cardeal. As mesas vizinhas estavam repletas de assistentes do bispo e da comitiva do cardeal, muitos dos quais não falavam inglês e apenas sorriam na direção dos anfitriões. Conversas descontraídas tiveram lugar assim que o primeiro de muitos decantadores de vinho foi esvaziado. O bispo admirava a facilidade com que o núncio lidava com a situação. Tratar dos negócios do Vaticano, dos jantares diplomáticos, coisas às quais o italiano devia estar tão habituado, despertaram a inveja do bispo.

O núncio o estudava detidamente.

"Como vai a obra de Cristo?", perguntou o cardeal Bellocchi.

"Creio que nossos relatórios estão todos em perfeita ordem, Vossa Eminência, e prontos para serem examinados."

"Quer dizer então que a arquidiocese é administrada com eficiência?"

Bispo Lyons sentiu-se orgulhoso, mas tentou manter a modéstia.

"É uma máquina bem azeitada", respondeu. "Se me permite a expressão."

Sem aviso, o núncio mergulhou sua colher na sopa de aspargos e a levou à boca, fazendo pequenos ruídos.

"Apenas isso?", questionou. "Uma máquina bem azeitada?"

O bispo sentiu um rubor subir-lhe do pescoço à face. Percebera que a mesa ao lado havia silenciado. Um pânico irracional o assaltou.

"Certamente, como uma das funções administrativas", protestou o bispo.

O núncio soltou um grunhido, deixou que um padre recolhesse seu prato de sopa e secou os lábios com um guardanapo de linho.

No pátio, pássaros de outono saltitavam pelos galhos, lampejando o verde e azul das penas por entre o amarelo das folhas secas e gravetos estaladiços.

O cardeal Bellocchi abriu um sorriso.

"Está vendo aquele pássaro de papo verde?", perguntou, apontando um carvalho além dos muros do pátio.

O bispo se virou com dificuldade e esticou o pescoço, à procura.

"Estou sim, Vossa Eminência."

"Veja como é ocupado. Cheio de ansiedade. Saltando de um lado a outro como se o Maligno o estivesse observando."

Bispo Lyons olhou para as folhas radiantes, confuso. Quando retornou o olhar para o núncio, os olhos escuros e penetrantes do italiano estavam postos nele. O bispo percebeu que, de algum modo, cardeal Bellocchi já o conhecia muito bem.

"Você tem estado ocupado do mesmo modo", observou o cardeal. "Preparando seus relatórios para minha chegada."

Bispo Lyons conseguiu sorrir. "Mas com certeza não tenho sido observado pelo Maligno", respondeu.

O núncio não pronunciou palavra. Diante deles estava o prato principal, carne ao molho de vinho e alcachofras na manteiga. Às costas do núncio, conversas animadas haviam irrompido entre os italianos e os jesuítas e franciscanos do bispo. Uma agitação azul percorreu a copa das árvores, duas aves alçando voo juntas. O cardeal Bellocchi contemplou-as com gosto.

"Já viu aves alçando voo, por puro prazer ou ao primeiro sinal de perigo?", perguntou.

"Muitas vezes."

"Às vezes, centenas e centenas de pássaros, no mesmo instante, sincronizados, levantam voo como se fossem uma nuvem subindo ao céu. Feito uma erupção. Em um átimo, estão nos céus, disciplinados e em formação.

"É um milagre da natureza", o bispo concordou.

"Como acha que se comunicam com os outros de forma tão rápida? Como o líder comunica sua sensação de perigo?", o núncio perguntou. "Será telepatia?"

"Duvido muito."

Os pratos foram recolhidos das mesas. Começara a esfriar um pouco, ainda que o sol brilhasse.

"Não acredita em telepatia?", inquiriu o núncio.

"Não."

"Sua Santidade acredita."

O sorriso de bispo Lyons se desfez no mesmo instante.

"Nosso Santo Padre é um grande apreciador de pássaros", prosseguiu o núncio, "como se sabe. Já elaborou teorias sobre seu comportamento." O núncio bebeu a água de uma taça de cristal. "Claro, doutrinariamente não existe fundamento para a crença na telepatia."

"Não existe."

"Ainda assim, Francisco Xavier a experimentou durante seu sacerdócio."

"Eu não fazia ideia, Vossa Eminência."

"Sua Santidade é siciliano", comentou o núncio, sorrindo. "Nasceu Baldoni, um camponês. E, na Sicília, a fé é como o sopro cálido dos vinhedos. Os homens vivem-na, movem-se por ela, todos os dias de suas vidas."

"Mas com certeza..."

"A Segunda Encarnação de Jesus Cristo não é conto de fadas para esses homens", o cardeal o interrompeu. "Eles estão atentos. Observam os sinais."

Fez-se um longo silêncio.

"Tais homens se movem por uma fé apaixonada", continuou o cardeal Bellocchi. "São alvos fáceis."

"Alvos?", questionou o bispo. "De quem?"

Os olhos escuros do cardeal Bellocchi tornaram-se ainda mais sombrios.

"De inimigos ancestrais", disse, levantando-se.

No mesmo instante, as duas comitivas estavam de pé. Bispo Lyons conduziu o cardeal Bellocchi de volta pelos corredores acarpetados onde as claraboias projetavam uma radiância retangular a seus pés. Ao longe, o bispo ouviu os funcionários preparando a sala de conferências, distribuindo os relatórios, enchendo os copos d'água e ajeitando as cadeiras de madeira junto à mesa comprida.

"O Vaticano está se preparando", o núncio confidenciou.

"Preparando?"

"Para um Concílio Ecumênico. Em razão da Segunda Encarnação."

O bispo Lyons espantou-se tanto que quase deteve o passo. Cardeal Bellocchi levou a mão ao braço do bispo e manteve-o caminhando com calma.

O fato de o embaixador do papa confidenciar-lhe segredos políticos tão importantes para o Vaticano fez a cabeça do bispo rodar. Seria o núncio um inimigo de Francisco Xavier? Teria encontrado no bispo de Boston um aliado estratégico?

"Se eu pudesse ao menos lhe contar", sussurrou o cardeal, "o que tem acontecido no Vaticano nas últimas semanas."

Bispo Lyons, ainda atordoado por aquela história, apenas balançou a cabeça. Quando um Concílio Ecumênico tinha lugar, nada mais era garantido, nem na doutrina, nem na estrutura da Igreja.

"É uma decisão sábia?", gaguejou o bispo Lyons. "Digo, politicamente? Quanto apoio Sua Santidade terá?"

"Todo o apoio de que precisa", o cardeal atalhou em tom seco. "O Espírito Santo."

O bispo viu em sua mente as muitas disputas políticas que se seguiriam. Por seus pensamentos passavam todos os contatos de bispos e cardeais que possuía na América do Norte.

Teve o mesmo *déjà vu*.

Bispo Lyons empalideceu, sentindo-se como um vulto abandonado em meio a um sonho poderoso. Vários franciscanos pelo caminho perceberam a palidez em seu rosto, os olhos vidrados e temerosos. O bispo andou com dificuldade.

De súpito, tanto o *déjà vu* quanto sua desorientação tornaram-se palpáveis quando um vulto saltou de um canto escuro.

Atônito, o bispo Lyons abriu caminho enquanto a figura se embrenhava em meio ao séquito, indo se ajoelhar com as mãos agarradas às vestes rubras do cardeal Bellocchi.

O cardeal, abalado pela confusão, tentava erguer o perturbado padre a seus pés. Mas padre Malcolm nada fez além de se baixar cada vez mais, afundando o rosto na bainha vermelha como se tentasse se esconder em meio aos santos homens.

"Em nome de Cristo, proteja-me!", berrou padre Malcolm.

"Mas claro, meu filho..."

"A igreja... minha igreja... foi maculada por minha presença!"

Sem compreender, cardeal Bellocchi tocou o rosto do jesuíta com um dedo anelado, sentindo-o oscilar entre a febre e o frio.

"*Cristo foi derrotado!*", gritou padre Malcolm. "*Por meu intermédio!*"

O cardeal Bellocchi empalideceu, mas manteve-se firme. Muitos dos franciscanos fizeram o sinal da cruz. O tumulto era tanto que três jesuítas fizeram menção de carregar o lunático para fora, mas encontraram resistência dos franciscanos.

"Algo assim é impossível!", um jovem franciscano gritou, irado.

"A lamparina acesa por Cristo cheira a corrupção!", retorquiu padre Malcolm, erguendo-se e percebendo que estava cercado por braços e batinas cautelosos.

"A imagem da cabeça de bode toma conta da igreja e zomba de todos nós!", gritou o padre.

A mão furiosa do bispo Lyons fez com que padre Malcolm desse meia-volta. "Que imagem?", exigiu saber, as veias saltando-lhe à face irada.

Padre Malcolm encarou o bispo com um misto de fúria selvagem e súplica desamparada.

"A imagem Dele que preside sobre a igreja! Por sua causa! Eu pedi ajuda! Você a negou!"

Bispo Lyons, paralisado pela afronta, corou por completo, aproximando-se bem do padre para poder sussurrar.

"Você sequer sabe onde está agora, Eamon Malcolm?", ralhou. "Percebe que este é o cardeal Bellocchi, núncio do papa?"

Com ar de desafio, padre Malcolm afastou bruscamente as mãos do bispo. Apontou-lhe um dedo acusador.

"*A estigmata do Anticristo*", disse com uma terrível convicção, "*floresce na igreja que você abandonou!*"

O bispo Lyons, afetado pela veemência daquela denúncia, humilhado em frente ao núncio, acabou fazendo algo curioso. Espiou um dos corredores escuros e depois esticou o pescoço para espiar o outro, como se temesse ser secretamente observado.

O cardeal Bellocchi dirigiu-se com firmeza até o padre Malcolm, erguendo a cruz brilhante que trazia em seu próprio peito.

"Reconhece Jesus Cristo como o verdadeiro Filho de Deus, Nosso Senhor, e que Francisco Xavier é seu representante na terra?"

Padre Malcolm se afastou, caindo outra vez nos braços que o detinham.

"Não posso", murmurou. "Ele tomou minha alma."

"E, ainda assim, veio em busca de santos homens", o cardeal observou.

"Para alertá-los", fez padre Malcolm, aprumando-se, "*Cristo foi expulso do Vale de Gólgota!*"

Vários franciscanos levaram as mãos aos ouvidos protegendo-se da blasfêmia.

"Reconheça", ordenou o cardeal Bellocchi, levando o crucifixo até o rosto de padre Malcolm.

"Reconheço", disse com a voz rouca, como se dominado e hipnotizado pela escultura reluzindo a ouro de Cristo em Sua agonia.

"Beije-a em sinal de obediência", disse-lhe o cardeal.

Os franciscanos arrastaram padre Malcolm na direção do pesado crucifixo esculpido, com sua corrente dourada. Padre Malcolm parecia afastar a cabeça, mas pouco a pouco seus lábios franzidos tocaram o ouro frio. De repente, lágrimas escorreram por sua face.

"Estou correndo de Satanás", chorava padre Malcolm, "desde a madrugada."

"Permita que Cristo seja seu refúgio."

Desorientado, o padre se viu encarando rostos chocados e curiosos. Então, a passos trôpegos, seguiu por corredores, cruzando arranjos de flores e vitrais. Embora seus pés estivessem bem, dois franciscanos o carregavam pelos braços, seguindo cada vez mais para o interior da residência episcopal. Na porta da capela do bispo, com o incenso e o brilho fraco da vela, desmaiou nos braços dos franciscanos.

No corredor, bastante alarmado, o cardeal Bellocchi encontrava-se junto ao bispo.

"Onde fica essa igreja?", questionou o núncio.

"Mais ao norte, no Vale de Gólgota. Há muitos anos não funcionava, por causa de um pároco decadente e..."

Os olhos do cardeal Bellocchi se estreitaram. "E..."

"E de uma tragédia horrível que acometeu o primeiro padre, Bernard Lovell."

"Quero ser informado de todos os detalhes dessa tragédia", disse o núncio.

"Certamente, Vossa Eminência. Os relatórios estão bem guardados."

O cardeal correu os olhos, com tristeza, pelo corredor por onde o jesuíta havia ido.

"É um jovem excelente", prosseguiu o núncio. "Por que o encaminhou sozinho ao perigo?"

"Ele parecia capaz", desculpou-se o bispo. "Sua fé era profunda e apaixonada."

O núncio o encarou.

"Claro", atalhou em tom rude. "Homens assim são os alvos mais vulneráveis."

Bispo Lyons engoliu em seco à repreensão do núncio. "Fecharei a igreja imediatamente", prometeu. "E o jesuíta, fazendo sua confissão, será absolvido. Na verdade, farei com que se recolha ao seminário, para sua própria segurança."

O núncio olhou para o bispo com grande decepção.

"Sua máquina bem azeitada", completou com rispidez, "era apenas sua fantasia!"

Após a conferência, preparando a agenda para a visita pastoral ao Quebec na semana seguinte, o núncio partiu para um encontro com católicos leigos em Baltimore. Bispo Lyons teve a extraordinária impressão de ser, ao mesmo tempo, o aliado político do cardeal e seu inimigo espiritual.

Perturbado, o bispo foi à capela. Lá, foi informado de que o jesuíta colapsara antes da confissão, tendo sido levado para o dormitório do seminário, onde dormia.

Naquela noite, bispo Lyons jantou sozinho, sendo servido por um criado silencioso.

Os arquivos da diocese eram fechados a todos, exceto à autoridade episcopal e a alguns secretários da equipe. Em arquivos de metal verde e caixas de madeira, havia correspondências e decretos desde 1745. Era uma sala longa, com vento encanado, que agora era iluminada por lâmpadas pendentes feito um necrotério. Naqueles arquivos, bispo Lyons certa vez procurara, e encontrara, os registros relacionados ao padre psicopata, Bernard K. Lovell.

Lovell era um menino aleijado, sem graça e sem instrução, filho de um tanoeiro e sem qualquer ambição para o estudo. As correspondências revelavam uma personalidade medíocre, animada pela amargura e não por amor ou senso de propósito.

Os arquivos mal escondiam a abjeta cumplicidade da diocese: Lovell, o transviado, fora deixado para morrer em pecado, e a igreja do Vale de Gólgota abandonada à ruína. Depois de um tempo, quase não havia mais relatórios financeiros a respeito dela.

Por que isso? Porque pelas dioceses da Igreja Católica havia centenas, senão milhares de igrejas abandonadas. Sem recursos, sem supervisão, tornavam-se solo fértil para a alucinação e a blasfêmia. Em tais lugares, os de fé ingênua criavam imagens a partir de seu próprio desespero e culpa, infundindo-as nos paroquianos. Quando não podiam fazê-lo, incutiam-nas em suas próprias mentes amedrontadas. O Vale de Gólgota não era diferente, pensou o bispo Lyons.

A não ser pelo fato de que Bernard Lovell, em sua última carta compreensível, havia usado a mesma frase que Eamon Malcolm: *Cristo foi derrotado no Vale de Gólgota.*

O que, eclesiasticamente, não era possível.

Bispo Lyons tirou um naco de frango dos dentes. Os arquivos de fato relatavam diversas ocorrências próximas às paróquias em fevereiro de 1914. Alguns casos de histeria. Sinais duvidosos da Segunda Vinda. Mais semelhantes àqueles de que Eamon Malcolm havia falado.

O caso de James Farrell Malcolm não fazia nenhum sentido. Homem maduro, estudioso da Renascença, que graças à mãe era conhecido por diversos juízes e advogados influentes, ele havia sido um dos mais bem quistos entre os intelectuais de Boston. Sua sagacidade era sempre citada, e seu domínio sobre a obra de Ticiano fez dele membro do conselho do Museu de Arte de Boston.

A memória afiada do bispo fez com que ele buscasse a última carta enviada por James Farrell Malcolm.

"Seguirei à Igreja das Dores Perpétuas unicamente na companhia Dele que em mim habita, e lá procederei a uma vigília noturna de orações com a força Dele que é fonte de todas as esperanças na Ressurreição, confrontando a mentira daquele que pronunciou que *Cristo foi derrotado no Vale de Gólgota.*"

Aquela era a armadilha. O teste de fé. Uma tentação a todo homem ordenado. Inclusive para o papa, Francisco Xavier. De que outro modo suas famosas vigílias nas cavernas da Sicília poderiam ser explicadas? Para cada santo que as cumpria com sucesso, contudo, centenas de homens, feito Eamon Malcolm, reduziam-se a destroços, quebrantados em confusão e terror.

Seria aquela a mensagem ambígua do cardeal Bellocchi? De que deveriam, espiritualmente, apoiar a predileção de Sua Santidade pelo misticismo, enquanto politicamente o protegiam e até mesmo o confrontavam?

O bispo, por sorte, havia entendido.

"Traga-me papel e caneta", instruiu seu criado. "Desejo preparar dois éditos esta noite."

Mesmo surpreso, o criado lhe trouxe caneta, mata-borrão e papéis, deixando-os na antiga mesa do quarto de seus aposentos.

Duas instruções seriam enviadas de imediato, a despeito das altas horas, ao conselho administrativo da diocese: a Igreja das Dores Perpétuas devia ser extirpada da Igreja Católica de Roma e nenhum sacerdote jamais serviria nela outra vez.

"Já perdemos três padres naquele ninho de serpentes", murmurou.

A segunda instrução era mais detalhada e escrita sem tanta paixão: a Igreja das Dores Perpétuas, sendo classificada como um imóvel já não consagrado, devia ser posta à venda no mercado aberto.

Satisfeito com seus decretos, o bispo Lyons seguiu a seu banho noturno, mergulhando em uma banheira de água quente. A espuma enchia a porcelana sobre seu corpo. Os azulejos gotejavam pelo vapor, assim como os encanamentos nas paredes. As janelas, escuras e embaçadas, criavam padrões intrincados.

"Veja se o jesuíta já fez sua confissão", o bispo ordenou a seu criado. Este anuiu e seguiu caminho pelo corredor.

A Igreja das Dores Perpétuas valeria pouco dinheiro, refletiu o bispo Lyons. Era um mercado em recessão. Talvez alguma companhia teatral se interessasse pelo espaço.

Então, de súbito, veio-lhe a intuição de que a igreja deveria ser demolida e o terreno, este sim, colocado à venda. A intuição se tornou convicção e ele se ergueu a fim de corrigir as instruções que escrevera.

Ao vestir o roupão vermelho, sentiu o *déjà vu* retornar. Todo esse assunto envolvendo Eamon Malcolm o afetara, quase destruindo sua reputação frente ao núncio, e agora lhe rendia um zumbido doloroso nos ouvidos.

Calafrios violentos percorreram seu corpo. Olhou para os éditos tão cuidadosamente redigidos. Seus olhos se esbugalharam e dele ecoou um grito de profundo terror. A caligrafia nos decretos era dele, mas suas sentenças agora exprimiam um poema horrível, vil e asqueroso em louvor ao animalismo.

Bispo Lyons olhou para a janela escura. Uma cabeça de bode, peluda e risonha, pela qual escorria lentamente, muito lentamente, uma substância sanguinolenta que a cobria da cabeça ao queixo hirsuto.

"D-D-Deus...!", berrou.

O bispo se sentiu sufocar, as costas arqueadas. Então, subitamente, pela nuca e pelo topo da cabeça, sentiu os vasos sanguíneos cegando sua visão com uma branquidão dolorosa, e o sangue subindo ao cérebro em uma pressão paralisante.

Bispo Lyons convulsionava no chão, os calcanhares cavando o tapete. Agulhadas de frio penetravam seus pulmões, sádicas e afiadas. Luzes tremularam ao redor da janela congelada. O bispo se ergueu apoiado em um cotovelo.

Toma o sacramento, escravo de Deus! Ouviu o eco ressoando no fundo de seu próprio crânio já ferido.

O criado surgiu correndo, aterrorizado. Soube na hora que devia ser um ataque cardíaco, mas diferente de qualquer outro que já tivesse visto. Levou o ouvido à boca do bispo. Da garganta atormentada e angustiada do bispo veio o berro de um obsceno animal.

"*Méééééé!*", baliu. "*Mé-éééé!*"

15

A geada amarelenta, iluminada pelo luar, refulgia no dormitório do seminário da catedral.

Sombras longas se projetavam das silhuetas sentadas à janela. Fazia frio quando padre Malcolm recobrou a consciência. Quando se ergueu apoiado em um dos braços, a silhueta se agitou.

"Onde estou?", perguntou com a voz rouca.

"No dormitório do bispo", respondeu-lhe uma voz suave. "Você desmaiou antes que pudesse se confessar."

Padre Malcolm sentou-se, estava na beira da cama inferior de um beliche. Vários outros beliches cobriam as paredes. No fundo do aposento, um pequeno fogão sobre o qual um crucifixo fora pendurado.

"Posso beber algo?", perguntou padre Malcolm, esfregando o pescoço.

A silhueta na janela, um franciscano, arrastou-se até o fogãozinho e ferveu água.

O globo lunar pairava quieto enquanto as nuvens o encobriam. Padre Malcolm se recostou no pilar do beliche.

"Que horas são?", perguntou.

"Duas da manhã", disse o franciscano, já lhe trazendo o chá.

A fumaça da caneca subia até seu nariz. Erguendo os olhos, percebeu a curiosidade apreensiva do sacerdote. Padre Malcolm agradeceu com um aceno de cabeça, pegou a caneca e tomou um gole. Queimou-lhe suavemente a garganta, dando-lhe ânimo.

O franciscano arrastou sua cadeira para mais perto, o rosto iluminado pela claridade da janela congelada. Os olhos castanhos seguiam grudados em padre Malcolm com extrema curiosidade.

"Como é isso?", sussurrou. "Perder a alma?"

Padre Malcolm sentiu a friagem da noite penetrando-lhe outra vez. Bebeu mais chá. Então segurou a caneca com ambas as mãos, encarando o luar oblíquo no assoalho de madeira.

"Parece que você está no vácuo", padre Malcolm respondeu com amargor. "Não tem mais poder algum."

"Não tem mais poder?"

Padre Malcolm balançou a cabeça.

"Fica sendo um escravo. Amedrontado. Querendo fugir. Suplica a Cristo. Mas não existe Cristo. No seu íntimo, já não existe Cristo."

Padre Malcolm recordou sua vigília na Igreja das Dores Perpétuas. Ali tinha havido uma premonição, logo confirmada. Afastara-se de Anita ao perceber a baixeza de sua própria vaidade e confusão. Viu a lamparina apagada e fria. Naquele átimo de segundo, clamara não por Cristo, mas pelo bispo, tomado pela fúria. Mas nem o bispo, nem Cristo o impediram de correr para a friagem da manhã, apenas uma casca vazia, marionete em busca de um novo Mestre.

Padre Malcolm afundou o rosto nas mãos. Da primeira vez, no exorcismo, quando se sentira naufragando em febre e alucinação, clamara a Cristo por impulso, sem nem pensar direito, e com toda sua força. Foi quase como se a tensão de seu corpo cessasse. Mas na sequência da vigília, praguejara contra o bispo, figura paterna que o havia rejeitado.

Padre Malcolm lamentou-se por sua corrupção.

O franciscano puxava sua manga. "Você o *viu*?", perguntou, afoito.

"Vi quem?"

"O que se opõe a Nosso Senhor Jesus Cristo."

O padre levou a caneca aos lábios, mesmo que o chá já tivesse terminado. Sedento pelo calor, por uma aparência de normalidade.

"Vi seu rosto em cada homem por quem passei", disse o padre Malcolm, arrepiando-se. "E em cada cidade que cruzei pelo caminho."

Fascinado, o franciscano se inclinou para mais perto.

"Como é sua aparência, padre?", quis saber, trêmulo com a ansiedade.

"Como a sua e a minha."

O franciscano fitou padre Malcolm. "Como assim, padre?"

"Em todo rosto eu vejo o mal da ganância, da ambição e da hipocrisia. Vi que as cidades estão repletas de seus servos. Por trás dos olhos de cada estranho eu sabia quem me observava, rindo de mim."

"Mas o senhor conseguiu escapar", disse o franciscano. "Está a salvo aqui."

"Estou?"

O franciscano franziu o cenho, então sorriu de leve, inclinando-se mais, e deu um leve tapinha no joelho de padre Malcolm, casualmente, com intimidade.

"Agora diga uma coisa, quando você entrou na residência e viu o bispo, não enxergou um rosto santo?"

"Pelo contrário. Notei fingimento e um coração de pedra."

Embaraçado, o franciscano se afastou.

"E o que achou do cardeal Bellocchi?", tentou mais um pouco.

"Eu estava tão desorientado, irmão, que mal me recordo."

"Mas com certeza pensou algo."

"É um bom homem. Austero. Mas Cristo reside nele."

O franciscano relaxou. Padre Malcolm tremia muito, e puxou um grosso cobertor preto por sobre os ombros.

"De todo modo", disse com tristeza, "o bispo recebeu o que merecia."

Perdido, o franciscano o encarou.

"O que o senhor quer dizer, padre Malcolm?"

O padre o fitou, confuso. "Não é óbvio?", perguntou. "O pobre homem está à beira da morte."

"Até onde sei, o bispo Lyons goza de perfeita saúde. Na verdade, há poucas horas enviou seu criado para saber de sua condição."

Padre Malcolm esfregou o rosto. Desorientado, apoiou-se no pilar do beliche, buscando apoio.

"Não sei por que eu disse isso", confessou. "Às vezes me vêm umas ideias na cabeça. Não sei de onde."

"Bem, o senhor estava furioso com o bispo", conjecturou o franciscano.

Padre Malcolm cerrou os olhos.

"Estava. Confesso. Ele me deixou para sofrer sozinho."

"Você deve confessar essa ira, padre Malcolm", disse o franciscano usando um tom mais sóbrio e ativo. "Essa e todas as experiências da última semana."

"Por quê?"

O franciscano arrastava uma velha mesinha de cabeceira até ele. Quando a colocou defronte ao padre, abriu suas gavetas e depositou sobre o tampo materiais para que escrevesse: frasco de tinta, caneta-tinteiro, um mata-borrão e um delicado papel bege.

"O que é isso?", quis saber o padre Malcolm, recuando.

"Cardeal Bellocchi sugeriu-lhe uma bela confissão."

"Pensei que o cardeal tivesse ido embora."

"Estará em Baltimore até amanhã. Sua confissão será entregue a ele."

"Mas por quê?"

"Porque, como você percebeu, Cristo habita nele."

Padre Malcolm umedeceu os lábios feridos. As folhas de papel pareciam brilhar sob os raios branco-amarelados de luar. A caneta cintilava. Ele ajustou o cobertor sobre os ombros.

"Isso é irregular", protestou.

"Pelo contrário", disse o franciscano. "Será levado por Sua Eminência até a Sagrada Penitenciária Apostólica no Vaticano."

Espantado, padre Malcolm ergueu os olhos.

"Para Roma? Quando?"

"Ainda amanhã. E o santo tribunal, com a competência que lhe é devida, definirá sua penitência."

O coração de padre Malcolm disparou no peito. Apesar do frio que preenchia o dormitório mal aquecido, o suor começou a brotar de sua testa.

"Minha penitência?", balbuciou baixinho.

"Rezemos para que não seja muito rígida", o franciscano tentou animá-lo. "Mas que lhe traga a absolvição."

Fez-se um longo silêncio no dormitório. O som distante de louças e panelas vindo da cozinha chegou-lhes pelos corredores, junto ao aroma tênue de repolhos e sabão.

Padre Malcolm se inclinou para a frente, derrubando abruptamente o frasco de tinta.

No mesmo instante o franciscano se aproximou da mesa, secando as folhas. De uma gaveta, tirou uma resma nova de papel. Encheu a caneta tinteiro, testou-a e a entregou a padre Malcolm.

"Escreva com o coração contrito, padre."

Perturbado, padre Malcolm sentiu o peso da caneta em seus dedos. Aquilo o encorajou.

Começou, então.

> Em busca de meu próprio crescimento e no intuito de restaurar uma igreja maculada ao seio de Nosso Senhor Jesus Cristo, eu, padre Eamon James Malcolm, da Companhia de Jesus, arquidiocese de Boston, Massachusetts, empreendi viagem solitária até a Igreja das Dores Perpétuas no Vale de Gólgota.

Padre Malcolm sentia seus dedos batendo. O franciscano buscou um aquecedor elétrico e o colocou próximo a suas pernas. A confissão, quando iniciada, desenrolou-se em seu próprio ritmo.

Talvez levasse horas. Padre Malcolm ergueu o rosto. O franciscano era de uma paciência infinita. Acompanharia o padre por toda a noite, se preciso.

Então padre Malcolm teve a sensação inconfundível de que ele não estava ali na intenção de protegê-lo do mundo externo, mas para vigiá-lo como a um prisioneiro.

A culpa por seu fracasso subiu-lhe à garganta feito fel.

Os papéis reluziam, mesmo com a lua já baixa além da janela. Padre Malcolm revisou sua caligrafia.

> Na intenção de purificar-me e recuperar a Cristo, Nosso Senhor, uma igreja abandonada, eu, padre Eamon James Malcolm, da Companhia de Jesus, arquidiocese de Boston, Massachusetts, viajei sozinho até a Igreja das Dores Perpétuas no Vale de Gólgota.

Padre Malcolm largou a caneta.

"Estou me sentindo mal", rouquejou.

Tentou se levantar, mas a mão pesada do franciscano o manteve sentado.

"Continue, padre. E não esqueça de nada."

Trêmulo, o padre levantou a folha na direção do franciscano, em meio à penumbra.

"Eu lhe imploro", sussurrou. "Leia."

"Não podemos. É estritamente confidencial. Ninguém poderá lê-la até que chegue ao Vaticano."

"Por Cristo... eu lhe imploro..."

"Continue padre", tornou a dizer, severo. "Ainda que seja penoso. O tribunal a interpretará."

A mão trêmula de padre Malcolm pairou sobre a folha. Prosseguiu, tomado pelo medo e observando os movimentos de sua própria mão.

> Pela autoridade do bispo, seguindo o cânone e cumprindo os ritos da Igreja, exorcizei a Igreja das Dores Perpétuas e a recuperei em nome de Cristo.

Padre Malcolm recostou-se, largando o peso do corpo contra o pilar da cama, os olhos fechados. O esforço para elaborar um pensamento coerente o estava destroçando. Sentia uma resistência se erguendo por todo seu ser.

Hesitante e evasivo, Malcolm debruçou-se sobre a mesa.

> Pela autoridade da cabeça de bode, zombando do cânone e dos ritos da Igreja, exorcizei Cristo da Igreja das Dores Perpétuas.

Um grito assustado e amargo irrompeu dos lábios ensanguentados de Eamon Malcolm.

"Leia!", berrou, agitando o papel.

Mas o franciscano apenas devolveu-lhe a folha, e o padre continuou com as mãos sobre a mesa, fitando a face pálida do jesuíta.

"Seus lábios", murmurou o franciscano. "Você os mordeu."

Então, de repente, padre Malcolm sentiu o sangue quente. Imediatamente enxugou os lábios com um lenço.

"Complete sua confissão", ordenou devagar o franciscano. Então acrescentou: "padre".

> E fui recompensado pelo sinal duplo de Sua presença sagrada: pela lamparina sendo acesa de forma milagrosa, sem que ninguém a tocasse, e pela imagem miraculosa do Homem das Dores na cruz junto ao altar.

Padre Malcolm sentia apenas o frio em seus membros conforme escrevia. Seu intelecto percebia perfeitamente a formação das letras, palavras e pontuação. Já seus sentidos se viam emaranhados em uma teia negra. Porque, na verdade, o que pensava fazer não correspondia ao que surgia firmado no papel.

Era uma desorientação formidável. O que era real? Aquilo que escrevia ou o que pensava ler?

E o que era ainda pior: aquele seu irmão em Cristo era incapaz de ajudá-lo no que quer que fosse.

Um riso fraco e rouco, de desamparo e desespero, eclodiu de sua boca enquanto lia:

> E fui recompensado pelo sinal duplo de sua presença: pelo escárnio da lamparina, acesa sem que ninguém a tocasse, e pela sádica pornografia da agonia de Cristo crucificado junto ao altar.

A confissão prosseguiu. Ocupava sete páginas. Exausto, fez um sinal indicando ter terminado. O franciscano no mesmo instante selou as páginas em um grosso envelope.

"Ótimo. O bispo ficará satisfeito", disse.

"Ficará?", gaguejou padre Malcolm, confuso. "Talvez se recobrar a saúde."

O franciscano franziu o cenho. "É a segunda vez que você diz isso."

"É?"

O franciscano tocou uma sineta. Em pouco tempo, passos soaram pelo corredor. O franciscano destrancou a porta.

"Poderia, por favor, averiguar a saúde do bispo?", sussurrou pela fresta iluminada da porta entreaberta.

"A esta hora?", soou a reposta surpresa.

"O mais rápido que puder, irmão."

Padre Malcolm viu a porta se fechar. Nervosismo e ansiedade o assaltaram. À sua frente, na mesa, o franciscano pressionava uma cópia do selo do bispo sobre a cera vermelha no envelope.

O envelope pareceu carregado de uma sutil vida própria.

Padre Malcolm desabou cansado. "Sinto como se aquela confissão tivesse sido escrita pelo próprio autor de todo pecado."

"Certamente. Muitas vezes essa é a sensação."

Padre Malcolm sentiu o líquido quente em seus lábios. Enquanto enxugava o sangue no escuro, sentiu que o franciscano o observava com atenção.

"Posso usar o banheiro?", pediu, já sem forças.

"Claro."

O franciscano abriu a porta e o padre seguiu pelo corredor ladrilhado. Distantes, outros corredores levavam à saída do seminário. O franciscano o empurrou em outra direção. Dormitando em uma cadeira recostada à parede havia um padre de batina simples. Padre Malcolm não lembrava de haver tanta segurança nos corredores do seminário que frequentou.

O padre acordou sobressaltado, com um sorriso encabulado. Fez um aceno para o franciscano.

Padre Malcolm entrou no lavatório. Os azulejos brilhantes refletiam a claridade das lâmpadas do teto. Enquanto lavava o rosto com uma água fria e refrescante sobre a pia, tanto o padre quanto o franciscano postavam-se na porta.

"Vai amanhecer logo", o padre comentou.

"Sério?", espantou-se padre Malcolm. "Perdi a noção do tempo."

"Logo será hora das matinas."

Padre Malcolm esfregou o rosto com uma toalha de algodão grosso, sem entender bem.

"Gostaríamos que o senhor conduzisse o serviço, padre Malcolm", disse o padre, avaliando com atenção o jesuíta.

"Oh!"

"Não gostaria de fazê-lo?"

Padre Malcolm engoliu em seco. Então, vigorosamente enxugou as mãos.

"Seria uma honra."

"E talvez você se sinta de volta ao lar", acrescentou o franciscano com compaixão.

Padre Malcolm se voltou aos espelhos. Com bastante cuidado, tentou estancar o sangue dos lábios. O padre e o franciscano apenas observavam.

Então, para seu horror, padre Malcolm percebeu em seu próprio reflexo a Face da qual fugira o dia inteiro. Um lampejo de triunfo ardia em seus olhos. Naquela breve visão, enxergou seu próprio fingimento, sua vaidade, luxúria e ira.

Padre Malcolm se recurvou diante daquela imagem de mesquinhez, trêmulo, desatando a soluçar sem controle.

Preocupados, o padre e o franciscano correram até ele.

"Fui preenchido, feito receptáculo de Cristo!", disse padre Malcolm em sua degeneração. "Cessei de existir a não ser como extensão de Sua maravilhosa graça! Floresci! Alcancei o êxtase! E Cristo — a doce paz do amor puríssimo — estava em minhas mãos e em meu peito!", Padre Malcolm enxugou as lágrimas com a toalha grossa. "Mas agora Cristo me abandonou! Sou impuro! Seria melhor jamais ter nascido."

O padre e o franciscano pousaram suas mãos, de forma gentil, no irmão caído, os lábios formando orações.

De súbito, padre Malcolm sentiu uma urgência enorme e inexplicável. Livrou-se das mãos e deu meia-volta até encarar o padre e o franciscano.

"Malditos hipócritas", murmurou com voz rouca. "Passam o dia enfurnados em bibliotecas poeirentas, servindo chá a um bispo incapaz de entender os mistérios de Cristo, e ainda assim acham que podem me proteger do mal!"

Assustados, o franciscano e o padre recuaram.

"Não somos nós que o protegemos", recordou-lhe o franciscano, "mas a absolvição por meio de sua penitência."

Padre Malcolm ouviu murmúrios agitados vindo da entrada do dormitório. Enrolou a toalha nas mãos com tanta força que os dedos ficaram brancos. Aproximou-se do padre e do franciscano.

"O que sabem da experiência religiosa?", zombou. "Sequer são capazes de imaginar? O que fariam se o Anticristo viesse até *vocês*? *Rezariam*?"

"E o que mais poderíamos fazer?"

A fúria perante aquela obviedade livresca, aquela superioridade afetada, cegava padre Malcolm. A mera visão de suas vestes, da batina, a elegância bem cultivada em suas vozes causava-lhe enjoo. Eram uma farsa. Gente incapaz de lidar com o mundo real ou com a verdadeira experiência religiosa, buscando refúgio na estúpida rotina daquele seminário.

"Foi isso que eu *fiz*", sibilou padre Malcolm. "E Cristo não estava lá!"

O padre engoliu em seco.

"Então você pecou em intenção. Não foi sincero."

"Ah, claro. Bom raciocínio. Faz de conta..."

"Que outra explicação possível existe para sua queda?", bradou o franciscano, corado e aborrecido.

Padre Malcolm não soube responder. No silêncio, ouviu passos no corredor distante. Era o mensageiro que retornava do quarto do bispo.

Em vez de responder, padre Malcolm abriu caminho pelo corredor.

O franciscano agarrou seu braço.

"Pare!", gritou. "Nós somos a autoridade aqui..."

Padre Malcolm sacudiu o franciscano para longe, atirando-o sobre o padre e derrubando o cesto com toalhas ao lado da porta.

"Não reconheço sua autoridade!", gritou.

O mensageiro que regressava dos aposentos do bispo se dirigiu ao franciscano e ao padre, os olhos arregalados. Conversaram por um breve momento e então, erguendo as barras das vestes, correram pelo corredor, afastando-se de padre Malcolm.

"*Cristo foi derrotado no Vale de Gólgota!*", gritou o jesuíta, correndo atrás deles com uma voz amarga e trêmula.

Enquanto corria, desviando das sombras, padre Malcolm atravessou as portas duplas e a cozinha. Outro padre abatinado se ergueu da cadeira em outra porta. Com um grito horrendo, padre Malcolm arremeteu contra o padre, estatelando-se entre sacos de batata.

Irado, padre Malcolm fez uma curva e correu por outro corredor. Às cegas, com o ar gelado da noite rompendo-lhe os pulmões, ele fugiu pelo depósito de carvão.

Padre Malcolm seguiu tropeçando pelo jardim do bispo.

As luzes do quarto do bispo estavam acesas e silhuetas moviam-se nas janelas. Padre Malcolm tinha a estranha sensação de ser um pouco responsável por aquilo. Mas não sabia a razão. Na verdade, não fossem os gestos nervosos das silhuetas, não haveria por que suspeitar que algo fora do normal estivesse acontecendo.

Caminhou a passos incertos na direção do estacionamento. Já não sentia mais raiva. A força enorme de uma presença estranha e controladora também havia sumido. Abraçou o próprio corpo, tentando se aquecer. Tudo voltara ao normal. Entrou no Oldsmobile e tentou entender o que acontecera.

Tudo não passara de um sonho? A violência, a blasfêmia — ele não era assim. Havia um poder em seu corpo que era independente de sua vontade. De repente, sentiu-se aterrorizado pela catedral e dirigiu para longe. Padre Malcolm percebeu que cruzava a longa ponte sobre o rio Charles, seguindo ao norte. Estava voltando ao Vale de Gólgota.

"Meu Deus, tende piedade de minha alma", murmurou.

O volante girou bruscamente para a direita e ele enfiou o carro na beira da pista, contra um parapeito da ponte. A imagem de Bernard Lovell se atirando sob um caminhão passou pela mente de padre Malcolm, e ele compreendeu: era um meio de escapar à servidão. O carro bateu em um banco de concreto escondido sob a neve, deu um solavanco e parou.

Padre Malcolm se esforçou para abrir a porta.

"Jamais", jurou em voz alta. "Jamais servirei contra Cristo!"

Deslizando pelo gelo, correu até a borda da ponte. Abaixo dela agitava-se o rio Charles, frio, escuro e aniquilador.

Um facho de luz o paralisou. Virou-se de súbito e viu o rosto redondo e o nariz avermelhado de um policial, a cabeça protegida por um quepe azul com protetores de orelha.

O policial se aproximou, guardando a lanterna em seu cinto.

"Padre", disse com o sotaque irlandês de Boston. "O senhor está bem?"

Padre Malcolm, sem poder falar, encarou o policial e viu no rosto do homem um misto de ganância, luxúria e falsidade. Era uma sensação repugnante. Padre Malcolm desviou o olhar.

Quase invisível na neblina, a catedral assomava feito o tabique de uma enorme embarcação indo a pique nas colinas ao sul.

"Para onde estava indo, padre, quando derrapou no gelo?"

"Norte."

"Está longe de sua paróquia?"

"Paróquia?"

"É. Fica a quantos quilômetros daqui?"

O policial deu um passo adiante. Os olhinhos redondos e brilhantes pareciam algo demoníaco, até sádico. Padre Malcolm sabia que era uma alucinação. Estava olhando a face de seu próprio mal, o Mestre que mandava em todos aqueles afastados de Cristo.

"Está tudo bem?", o policial insistiu.

"Está."

O policial estudou o rosto do jesuíta. Era óbvio que o sacerdote havia sofrido alguma espécie de trauma psicológico, mas não era resultado do acidente.

"Talvez possa ficar na catedral esta noite", sugeriu o policial. "É uma noite infernal para dirigir."

"Não, na catedral não posso."

"Qual o problema, padre?", perguntou, solícito. "Talvez eu possa ajudar."

Padre Malcolm sentiu o lábio ferido, seu sabor avinagrado.

"Alguma vez", padre Malcolm perguntou com delicadeza, "você já duvidou da divindade de Cristo?"

O policial pareceu perdido. Por fim, rendeu-se à autoridade do jesuíta.

"Jamais, padre. Nenhuma vez sequer."

"Então você é afortunado."

Involuntariamente, padre Malcolm voltou-se para a estrada escura que seguia ao norte. Um breu infinito se desdobrava ali, em uma rota tortuosa até o Vale de Gólgota.

O policial tocou em seu ombro.

"Já que não vai à catedral, poderia seguir para sua paróquia. Venha, vou ajudá-lo a colocar o carro de volta na estrada."

Padre Malcolm, entorpecido, entrou no Oldsmobile. O policial usou a viatura para empurrar o outro veículo de volta à pista.

O motor pegou na mesma hora.

"Posso ajudá-lo com mais alguma coisa?", o guarda se ofereceu, enquanto emparelhava os carros.

"Só espero que Deus me ajude", murmurou o padre.

Mas o policial pareceu não entender. Sorriu de volta.

"Deus lhe abençoe também, padre."

E a viatura foi embora.

Como se por vontade própria, o Oldsmobile começou a patinar sobre a neve aluada, seguindo pelos bosques escuros rumo ao norte.

Um vento gélido passou por padre Malcolm. Seu corpo não era mais seu. Tinha medo, agora. Será que Mario Gilbert, homem violento, havia percebido a violência escondida nele próprio, que agora aflorava? *Alguma* força psíquica o estava estraçalhando, assim como um cão faz ao abocanhar um chinelo velho.

Uma figura lívida o encarava com olhos vermelhos.

Era o Cristo de plástico sobre o painel. A batida contra o parapeito acionara suas pilhas. Agora, as feições do Homem das Dores encaravam com tristeza este mundo cruel. Os olhos fitavam padre Malcolm. Estranhamente, sofrera um leve acidente com a batida. Tinha as costas tortas e corcundas. Os olhos brilhavam com maldade. Os contornos maltratados do rosto, a barba suja e estriada fazia com que parecesse mais e mais com o oposto do Cristo, cintilando toda vez que o luar penetrava por entre as árvores.

A cada vez que saía debaixo das copas para o luar, a figura se metamorfoseava.

De súbito, com um grito indistinto, padre Malcolm abriu a janela e jogou a imagem para fora. Ouviu-a quicar, rolando e se quebrando no acostamento.

"Assim é melhor. Bem melhor...", disse em uma voz que soava estranha a si mesmo. "Cristo, tende misericórdia!", sussurrou.

Seguindo aos solavancos, patinando de um lado a outro da pista tortuosa e congelada, o Oldsmobile correu na direção da lua cancerosa que pairava sobre o Vale de Gólgota.

16

O cardeal Bellocchi cruzou o vasto espaço da Praça de São Pedro.

Sobre os campanários e igrejas abobadadas da Cidade do Vaticano, uma lua cor de açafrão singrava o céu junto das estrelas. Os esgotos haviam transbordado, e uma espuma encobria o calçamento, sendo soprada pelo vento seco. Ao longe, um cão uivou sob o aqueduto. *Carabinieri* patrulhavam o perímetro daquela cidade no interior da cidade de Roma.

O Tibre exalava um cheiro úmido e modorrento. As oliveiras nos jardins do Vaticano perfumavam o ar. Cardeal Bellocchi saiu da praça, seguindo pelas colunas sombreadas em direção ao caminho do jardim, rumando aos Aposentos Bórgia.

Sete jesuítas caminhavam em grupo, carregando pastas trazidas da América. Suas sombras deslizavam pelas colunas de mármore aluado, logo se perdendo nos cantos escuros da Basílica. O cardeal apressou o passo, como se os fantasmas de velhos inimigos o perseguissem na noite.

Os jesuítas de cardeal Bellocchi, esbaforidos, tentaram alcançá-lo na larga escadaria de mármore. Caminhavam meio incertos, feito as sombras de cúpulas, fontes distantes e basílicas que oscilavam ao luar. Nos Aposentos Bórgia, os jesuítas cruzaram corredores repletos de quadros, as pastas nas mãos, atravessando salas com camareiros sentados a suas mesas, cada vez mais para dentro do edifício, afastados da metrópole com suas ruas agitadas.

Cardeal Bellocchi baixou a cabeça, atravessando diferentes corredores, cruzando com rostos encapuzados, sob a luz de lamparinas fracas, até que seus passos ecoaram, juntos aos dos jesuítas, nos aposentos de mármore rajado do papa.

O Vaticano era um lugar escuro, de sussurros discretos atrás de pilares barrocos. À distância, os sinos da Cidade do Vaticano e de Roma anunciavam a meia-noite, suas vozes profundas de ferro, cobre e de um aço melodioso ressoando a madrugada a cada segundo.

Um superior beneditino aproximou-se pelo corredor, o rosto pálido. Cardeal Bellocchi o tomou pelo cotovelo.

"Ele o aguarda."

"E?"

O beneditino recolheu o braço.

"Isso é tudo, Vossa Eminência. Ele está aguardando. Por você."

O beneditino se afastou. Cardeal Bellocchi e seus jesuítas retomaram a marcha rápida prédio adentro.

Ultimamente, Sua Santidade vinha realizando vigílias completas pelas basílicas de Roma. Orava à meia-noite nas catacumbas abafadas onde ossos e crânios decoravam as criptas de freis e monges desde há muito reunidos a Cristo. Visitas surpresa haviam sido feitas ao Observatório do Vaticano, e nessas ocasiões Sua Santidade demonstrara um conhecimento extraordinário a respeito da configuração do firmamento e de seus movimentos.

Duas vezes no mês, anônimo e com apenas um jesuíta a lhe acompanhar, viajara até Bolonha para a missa da meia-noite, e outra vez fora a sua cidade natal na Sicília, San Rignazzi, para os ofícios nas cavernas já abandonadas.

Corria o boato de que na manhã da última sexta-feira, as velas brancas da capela papal, nos Aposentos Bórgia, haviam se acendido sozinhas, exalando um perfume doce que subiu ao teto adornado.

À meia-noite da sexta-feira, dois *carabinieri* afirmavam ter saudado o vulto de Sua Santidade no balcão de seu quarto privativo. Mas Sua Santidade, retornando de San Rignazzi, dormira aquela noite em Castel Gandolfo.

Cardeal Bellocchi deixou seus jesuítas com as pastas de couro, os rostos na penumbra, apenas a claridade fraca das lâmpadas nas paredes sobre eles, e seguiu para a antecâmara mais reservada. Ao se aproximar da porta orlada, sentiu a pressão da iminente presença papal.

Na antecâmara dos Aposentos Bórgia, o cardeal Bellocchi parou por um instante diante de uma paisagem belamente pintada, emoldurada em ouro, na qual São Jerônimo flagelava o peito com uma pedra em seu deserto espiritual.

Recentemente, a despeito do carisma, certos problemas na estranha e poderosa personalidade de Francisco Xavier tinham sido revelados. Temores indescritíveis eram comunicados, insônia, dúvidas e mau humor, mas, mesmo assim, nada parecia demovê-lo de sua ânsia por realizar um Concílio Ecumênico sobre o tema da Ressurreição.

À luz das velas, em uma cadeira branca bordada, sentava-se Francisco Xavier.

Um manto branco e sandálias bordados a ouro realçavam a bela figura do siciliano. Seu rosto largo e vivo, os olhos profundos, agora quase pretos à luz das velas, fitaram o cardeal Bellocchi assim que este entrou no aposento, e as mãos fortes e nodosas que repousavam majestosas e tranquilas sobre os braços da cadeira parcial eram apenas o reflexo exterior do carisma que nele havia, originado do próprio Espírito Santo.

O cardeal se ajoelhou e, reverentemente, beijou o Anel do Pescador na mão de Francisco Xavier.

"Como vai a obra de Cristo?", perguntou o papa.

Cardeal Bellocchi sentou-se na cadeira de veludo diante dele. A voz gentil do papa traía a extrema gravidade de seus olhos. Francisco Xavier parecia fortalecido e confiante depois das últimas vigílias.

Do corredor, mais distantes que os jesuítas, cardeal Bellocchi ouvia os funcionários do Vaticano com suas próprias maletas de couro, caixas de prata ornamentada que levariam na grande jornada à América do Norte.

Francisco Xavier também ouviu, e pareceu despertar de alguma perturbação.

"Todo nosso empenho no Quebec", disse, "deve servir como preparação, como missão fundamental da Igreja, para a Segunda Encarnação."

"Temos uma agenda cheia, Vossa Santidade — há muitos assuntos de natureza política e social aos quais devemos responder."

Francisco Xavier franziu a testa. Cardeal Bellocchi era seu maior obstáculo no conclave de Quebec.

"Sim, sei disso. E receberão nossa atenção de acordo com sua relevância."

"João xxiii", insistiu o cardeal, inclinando-se adiante, "ao convocar o Vaticano ii, estava também animado pelo Espírito Santo. E ainda assim, sem as preparações devidas, o que aconteceu? Quase nada mudou."

Uma brisa leve agitou as velas fazendo com que a fumaça rosa se erguesse com delicadeza em forma de redemoinho, para logo depois se erguer reta com a chama firme.

"Você é romano, cardeal Bellocchi", disse Francisco Xavier. "Compreende como funcionam as instituições. Entende os políticos. Mas o mundo da fé não é como Roma."

"É mais como Roma do que Vossa Santidade gostaria."

Francisco Xavier recostou-se nas flores de ouro bordadas em seu espaldar branco. Então se inclinou para a frente em um único impulso. As mãos, juntas sobre o colo, pareciam calejadas e duras como as de um camponês.

"Não. Quando volto a San Rignazzi, visito meus parentes. Vou à velha casa de meus pais, de meus amigos, à igreja de pedra onde fui batizado. Passeio pelos olivais onde meu pai trabalhou. Meus tios e sobrinhos ainda trabalham lá. Sabe o que eles me perguntam?"

"Não sei, Vossa Santidade."

"Perguntam: Baldoni — ainda me chamam de Baldoni — quando será? Quando Cristo irá voltar?"

Francisco Xavier manteve-se inclinado, os olhos faiscantes, as mãos já separadas. Sorria com entusiasmo.

"Consegue compreender, cardeal Bellocchi?", perguntou. "Não querem saber *se*, mas *quando*!"

Cardeal Bellocchi enxugou a testa com um lenço de linho, olhando rapidamente para as manchas de suor e poeira que Roma lhe deixara, e guardou o lenço de volta no bolso.

Francisco Xavier agitou o dedo enorme, ainda sorrindo.

"E devo dizer que não sei quando, cardeal. Mas há de ser em breve. *Muito em breve!*"

Cardeal Bellocchi tentou sorrir. Francisco Xavier deu um leve golpe no joelho do cardeal, para enfatizar o que dizia.

"Lá em San Rignazzi é possível *sentir* Cristo! No céu, nas rochas, nas casas de pedra! Está sempre a poucos minutos de distância, Bellocchi — você pode senti-Lo no ar que respira!"

Tal declaração não teve efeito no cardeal. Francisco Xavier recostou-se outra vez na cadeira. Conforme examinava o núncio, tocava o lábio com os dedos, pensativo, deixando que um fulgor lhe viesse aos olhos.

"Vou enviá-lo a San Rignazzi", disse. "Isso vai tirar o cosmopolitismo romano de sua alma." Francisco Xavier entrelaçou os dedos, sorrindo. "Isso. Um ano entre aqueles pobres trabalhadores, cardeal Bellocchi. Isso há de reanimar as expectativas de seu espírito."

O cardeal não estava certo se aquilo era uma brincadeira. Estaria ele pensando em um expurgo contra os não milenaristas? Cardeal Bellocchi sentiu o coração saltar no peito ao imaginar quão catastrófico seria um ano de banimento na Sicília, em meio à banalidade dos camponeses supersticiosos.

Francisco Xavier ergueu-se devagar de sua cadeira. Com a mão espalmada, pediu que o núncio permanecesse sentado. Tinha outra vez o olhar sombrio.

"Recorda-se das circunstâncias de minha eleição?", perguntou.

Surpreso com a questão, cauteloso, cardeal Bellocchi observou Francisco Xavier apanhar um crucifixo de prata, pesado e bem trabalhado, acoplado a uma base de ébano, no estilo místico, alongado e triste da Espanha dos Habsburgo.

"Recorda-se?", repetiu.

Cardeal Bellocchi deu um sorriso amarelo com seus dentes de ouro.

"Foi uma exibição extraordinária do Espírito Santo", respondeu.

Francisco Xavier pôs o Homem das Dores de volta no lugar, com cuidado, e se virou.

"Nunca lhe pareceu estranho", perguntou, "que o arcebispo de Gênova, transmitindo a mensagem do Espírito Santo, o fizesse enquanto sofria uma hemorragia cerebral?"

"Ele já tinha mais de 90 anos, Vossa Santidade."

Francisco Xavier olhou pelas janelinhas abertas sobre as velas. Cardeal Bellocchi via-se maravilhado pela beleza espiritual daquele rosto, face que comovia milhões de pessoas graças a sua espiritualidade espontânea. Mas era uma face solitária. Uma face, nos últimos tempos, isolada e melancólica.

"Eu havia pressentido aquilo", disse Francisco Xavier, em voz bem baixa. "Vi os avisos."

Francisco Xavier sentiu, mais do que ouviu, o ruído do manto do cardeal se levantando e seguindo em direção às velas.

"A Segunda Encarnação de Cristo", disse suavemente Francisco Xavier. "Posso vê-la, esteja em Roma ou esteja em San Rignazzi."

"Mas os sinais podem ser enganadores, Vossa Santidade."

"Os sinais têm me perseguido por toda a vida."

"Homens santos, de fé apaixonada, são vulneráveis a sinais enganosos."

Francisco Xavier não disse nada por bastante tempo. Um coro distante se ergueu, potente, com a brisa noturna, trazendo um canto gregoriano que ondulava desde uma câmara além dos jardins.

"Cristo não engana", disse.

O cardeal Bellocchi se inclinou um pouco, nervoso, apoiando-se no veludo que cobria a mesa dos candelabros.

"O tempo não pode estar certo", sussurrou.

"Tenho conversado com Monsignor Tafuri..."

O cardeal cerrou os dentes.

"Monsignor Tafuri é um oportunista, Vossa Santidade!"

"Monsignor Tafuri é o responsável pelos arquivos do Santo Ofício", comentou Francisco Xavier, sem se exaltar. "Uma posição bastante humilde para quem deseja nutrir ambições, devo dizer."

"O século xx está repleto de massacres", protestou o cardeal. "Crianças aniquiladas por mísseis. A criação de embriões artificiais. Religiões bizarras, cultos às drogas. E o mundo civilizado segue sufocado pela riqueza material que não oferece sentido algum. Este século, Vossa Santidade, não está preparado para Cristo!"

Francisco Xavier sorriu com discrição.

"Tais são os sinais do Anticristo."

O papa sentou-se triunfante na cadeira bordada a ouro. Cardeal Bellocchi andava de um lado a outro do tapete, os sapatos pretos marcando o caminho sobre a tiara e as chaves ali estampadas.

"E o Anticristo", concluiu Francisco Xavier, "se revelará antes da Segunda Vinda."

Cardeal Bellocchi o encarou, baixando a cabeça em seguida, em sinal de concordância. O ânimo de Francisco Xavier era vivíssimo. Em situações como aquela, não havia como influenciar-lhe a vontade.

Os sinos de Roma dobraram a uma da madrugada, primeiro em um crescente, depois morrendo aos poucos em meio às nuvens.

Fez-se um longo silêncio. Francisco Xavier pareceu relaxar. Seus olhos fitavam o tapete entre os dois.

"O que é isso, querido núncio?", perguntou em tom amigável.

Um grosso envelope branco, endereçado à Santa Penitenciária Apostólica na Cidade do Vaticano, enviado pela catedral da Sé metropolitana de Boston, Massachusetts, repousava aos pés de Francisco Xavier, enquadrado pelo luar.

Havia caído da pasta de couro que seguia na cadeira do cardeal.

"Uma confissão", disse o cardeal, caminhando na direção do envelope. "Prometi entregá-la."

Francisco Xavier, com delicadeza, levou a sandália até o envelope. Estava estranhamente frio.

"Mandei-o à América do Norte para que preparasse meu conclave", provocou. "Em vez disso, foi fazer o trabalho da Penitenciária Apostólica."

Francisco Xavier se curvou e apanhou o pesado envelope. Mexeu-o devagar na palma de sua mão.

"Por favor", cardeal Bellocchi suplicou, constrangido. "Permita-me entregá-lo."

"Você o entregou", respondeu Francisco Xavier, abrindo-o com uma lâmina prateada. "Não somos nós a suprema autoridade da Penitenciária Apostólica?"

Cardeal Bellocchi alisava as próprias vestes enquanto o papa fazia a leitura, ajustando seus óculos sem armação sobre o nariz. Uma a uma, passava as páginas ao cardeal.

"Extraordinário", disse Francisco Xavier. "Você havia lido?"

"Claro que não."

Francisco Xavier guardou seus óculos em um pequeno estojo e o colocou sob as velas.

"Não é nem de longe uma confissão", disse, incomodado.

Cada vez mais trêmulo, cardeal Bellocchi leu o conteúdo da última página. "É o testamento de uma alma dividida."

"Cristo e Satanás. Duas vozes. Um homem só."

Francisco Xavier aguardou até que o cardeal dobrasse as páginas, recolocando-as no envelope e guardando o envelope de volta em sua maleta.

Com cuidado, Francisco Xavier o analisava.

"Como essa carta chegou a suas mãos?", perguntou com a voz tranquila.

"Houve um incidente bastante desagradável na diocese de Boston. Um jesuíta americano — o homem se atirou a meus pés, implorando pela proteção de Cristo."

"Por quê?"

Cardeal Bellocchi sentiu-se desconfortável sob o olhar fixo e sombrio de Francisco Xavier.

"Por quê, cardeal Bellocchi?"

"Porque o Anticristo o expulsou de sua igreja."

Francisco Xavier retesou os dedos, de súbito inclinando-se para a frente.

"Faz ideia de quantos sacerdotes perdemos no último mês?", perguntou com a voz tensa. "Faz ideia do que está acontecendo conosco?"

Cardeal Bellocchi recusou-se a responder.

"Igrejas abandonadas. Perversões. Heresias. Mas sempre — sempre, cardeal Bellocchi — após lampejos dos sinais da Segunda Vinda!"

"Sim", o núncio comentou apalermado. "O homem fez menção a... sinais... em seu texto..."

Francisco Xavier, subitamente irritado, mexia-se impaciente na cadeira. "É tudo muito claro", disse. "A natureza das coisas."

De repente, pôs-se de pé, estendeu a mão e o cardeal Bellocchi se viu obrigado a ajoelhar para beijar-lhe o vistoso anel.

"Pela manhã, partiremos ao Quebec", informou Francisco Xavier. "Entregue seus relatórios ao secretário de Estado."

"Claro, Vossa Santidade."

Cardeal Bellocchi caminhou a passos arrastados até a porta entalhada. Não havia registros escritos, apenas a tradição oral no Vaticano recordava dos perigos que pairavam, feito um bafo quente, sobre a cadeira de São Pedro. O mundo sequer sonhava com os riscos que aqueles corredores renascentistas abrigavam, por trás de toda a pompa grandiosa do Vaticano.

Papas já haviam se corrompido pela paixão sagrada, deformadas em heresias, atrasando por gerações a missão da Igreja.

"É um desígnio grandioso, cardeal Bellocchi", disse-lhe com gentileza Francisco Xavier. "Nós ouvimos. Atendemos. Somos guiados pelo sobrenatural."

"Sim, Vossa Santidade."

Na antecâmara, cardeal Bellocchi, o rosto em um sorriso forçado, ergueu a mão e conduziu os jesuítas consigo pelos corredores.

Em frente a eles, aguardando por uma audiência, estava Monsignor Tafuri com cinco lideranças milenaristas formando um semicírculo atrás de si. Tinham os olhos fundos, quase vampirescos na palidez daquele luar que agora entrava por galerias distantes.

"Está farejando sua presa, Monsignor?", perguntou o cardeal.

Monsignor Tafuri abriu um sorriso doce.

"Sua Santidade deseja ouvir nossos conselhos."

Cardeal Bellocchi seguiu adiante e os jesuítas fizeram com que os milenaristas se dividissem em duas porções a fim de lhes dar passagem.

Luxuosas antiguidades dos palácios de Veneza e da Bavária adornavam os compridos corredores. Pinturas do reino de Espanha e Cristos de Siena, Florença e Pisa. Apesar de todas as dificuldades, a Igreja florescia em pleno século xx.

E o fazia graças à fé e à extrema organização que comandava as crenças de bilhões de humanos. Não o fazia graças a um carisma pessoal e a estratagemas, mas à paciente experiência que a fazia influenciar o mundo. Disso o cardeal Bellocchi tinha certeza.

No aposento papal, Francisco Xavier permanecia sozinho à luz das velas já bastante reduzidas, semicerrando os olhos e sustentando a cabeça com a ponta dos dedos.

Uma tontura momentânea o havia desorientado.

Com um mau pressentimento, retirou-se para sua capela pessoal. Na mão, levava o rosário de madeira preta que a mãe lhe dera quando se ordenou padre, ainda em San Rignazzi.

O Cristo dourado, pintura de Duccio, tremeluzia detrás de incensários que exalavam fumaça perfumada nos pilares barrocos. A toalha do altar tinha bordadas a tiara e a chaves. O tabernáculo, decorado com brilhantes, reluzia sob as diversas fileiras de velas colocadas diagonalmente no altar.

Francisco Xavier ajoelhou-se em oração.

Aos poucos, a sensação desagradável deixada pela confissão do jesuíta americano se desfez. Em seu lugar agora estavam a amplidão resplandecente do Cristo de Duccio, o conforto radiante do pálio que o encimava e a sensação de que o Espírito Santo pairava, em um movimento inefável, em seu próprio peito.

Um leve tremor fez tilintar o candelabro sobre sua cabeça.

A imagem melancólica do Cristo contemplava Francisco Xavier com um brilho perceptível apenas a poucos, brilho que a auréola pintada fazia apenas representar.

De repente, o rosário se soltou de seus dedos, desafiando a gravidade. As contas flutuaram suavemente e quedaram suspensas naquele ar carregado de incenso cor de açafrão. Devagar, bem devagar, Francisco Xavier levou os dedos outra vez em torno das contas pretas de madeira e elas recobraram seu peso.

A capela tremulava, bailando agitada sob a luz dourada.

Em breve, Francisco Xavier sentiu a certeza em seu coração meditativo. *Muito em breve.*

17

Junto ao bosque da colina que encimava o Vale de Gólgota ao sul, Harvey Timms, o menino surdo, levou as mãos aos ouvidos quando o sol se ergueu e soltou um grito. Seu berro ecoou por todo o Siloam, infiltrando-se no cemitério e nas ruas do Vale de Gólgota.

A atendente da mercearia disse que Harvey Timms ouvira o riso de triunfo do diabo ao penetrar no padre.

As infecções deixaram de ser apenas em bezerros recém-nascidos e passaram também a vacas e porcos adultos. Lançados às piras de cremação, os buchos se rompiam pelo calor que lhes fervia o estômago.

Fred Waller, o mecânico, fechou a oficina e aguardou, com ar cadavérico, pela invasão dos mortos profanados.

A senhorita Kenny, estranha desde a morte de sua irmã, saiu pelas ruelas do Vale de Gólgota, lanterna em punho, procurando com sua vozinha de rato esganiçado pelo gêmeo que fora violentado e morto, Maxwell McAliskey, cuja tumba agora era marcada por um único ramo murcho de rosa.

Apenas a novilha vermelha parecia imune ao pavor generalizado. Vagava livremente, pastando no cemitério, um corte na cauda, feito por crianças supersticiosas, e o couro ferido, chamuscado por carvão e arranhado por galhos pontiagudos. Ao amanhecer, seu berro ecoou em uma estranha harmonia com o grito distante de Harvey Timms.

Hank Edmondson morreu antes de seu 88º aniversário, sendo enterrado na campa da família, situada nas imediações de Kidron. A terra, ao ser revolvida, revelou vermes brancos que se contorciam fugindo das pás. Quando a tuberculose destruiu seus dois pulmões, na manhã da sexta-feira, suas últimas palavras haviam sido: "As covas serão abertas".

Na bodega, o comentário foi tomado como uma premonição de morte. O taverneiro disse que tinha outro sentido: as covas violadas da Igreja das Dores Perpétuas seriam abertas por uma força profana.

Os homens agitavam-se aos pares ou em pequenos grupos, atentos, observando os céus, parados na calçada da bodega. Apenas a velha senhorita Kenny, chamando convulsivamente em meio às ruínas do moinho e das casas vitorianas, perturbava o silêncio sepulcral da cidade.

Histeria coletiva, Mario escreveu em seu caderno. *Assim como um neurótico se apega à doença, o povo do Vale de Gólgota se apegou à Igreja das Dores Perpétuas como foco de sua pobreza e ansiedade. Se o padre retornar, acabará absorvendo a força emocional de suas superstições.*

Os ataques que vinha sofrendo, sintomas de exaustão, diminuíram quando o sol se pôs. Anita fumava na porta do presbitério. Ainda tinha receio de entrar na igreja.

Dentro dela, as paredes tinham a cor desolada e cinzenta dos campos estéreis, quase invernais, e do chão barrento da igreja.

A única luz no interior era a pálida e pulsante lamparina amarela e a mancha esverdeada da besta na tela de termovisão. Por dias e noites, Mario manteve-se a postos, protegendo o equipamento da histeria daquela cidade. Com o revólver na cintura, seguia escrevendo em seu caderno.

Eamon Malcolm se desintegrou quando perdeu a fé. Como resultado, fragmentos brutos de sua libido têm sido projetados, em sons e visões, na forma de um sonho desordenado. Um fluxo constante de imagens é possível se toda repressão for suspensa. O último vestígio de repressão: a ideia de Deus. Preciso destruí-la.

Impaciente, Mario aguardava o jesuíta. Também nervosa, Anita mantinha guarda na porta da casa paroquial. A cada hora passada, tornava-se menos provável que Eamon retornasse, o que atenuava a aflição em sua mente.

Então, por sobre os chiados da senhorita Kenny em sua busca nas ruínas do moinho, Mario ouviu o ronco alto de um carro se aproximando.

O Oldsmobile parou no cume da colina como se fosse uma enorme ave ferida, uma das rodas chapinhando na lama, a porta do carona arranhada e extremamente amassada, e fumaça subindo do radiador.

"Meu Deus, não...", disse Anita.

Correu para interceptar o carro.

O jesuíta não chegou a estacionar o carro, mas deixou o motor morrer e o veículo rodar lentamente até parar nos arbustos de uma curva na estrada. Permaneceu sentado, os olhos baixos, fatigado, os lábios trêmulos.

Muito devagar, ergueu os olhos para ver Anita seguindo em sua direção colina acima. Fazia frio e, sobre a blusa branca, ela vestia um casaco vermelho xadrez. A fivela e suas botas de couro, estilo caubói, pareciam não combinar com a igreja branca que se erguia sobre o solo escuro atrás de si.

Ele então observou suas próprias mãos antes de olhar para Anita novamente.

"Lamento muito", disse com a voz baixa, "que eu tenha lhe ofendido, Anita."

Por um instante, ela o observou, a barba por fazer, os olhos profundos de quem compreende verdades sobre si mesmo, a incapacidade de olhá-la por mais do que um segundo ou dois.

Ao se aproximar, ela viu os lábios feridos e o carro amassado. A janela do passageiro estava quebrada e o metal da porta, destroçado pela batida.

"Não tem mais importância, padre", respondeu ela. "Só uma coisa importa... ir embora do Vale de Gólgota!"

Em vez disso, ele abriu a porta, saiu do carro cambaleando e se agarrou na porta aberta.

"Livre arbítrio", disse, em desespero, "não passa de uma ilusão, Anita." O lábio cortado recomeçou a sangrar lentamente. "O que fazemos, os pensamentos que animam nossos corpos, nossos desejos — tudo isso é sinal das forças que poderiam destroçar o mundo."

Em seus olhos ela viu os estilhaços daquele jesuíta antes tão altivo, e em seu lugar agora encontrava um ser muito mais complexo, um homem que ficara face a face com suas paixões mais insondáveis e autodestrutivas.

"Este vale é minha área, Anita", disse, "até que chegue algum superior."

"Padre, quero que volte a Boston. Quero que procure um médico."

A chuva desabava sobre o cume feito um halo encobrindo o espinheiro, em seguida desabando sobre os campos cinzentos. Pelo Vale de Gólgota, os habitantes das cidades e os fazendeiros perambulavam a esmo pelos campos sulcados e ressequidos.

"Foi por minha causa que isso aconteceu, Anita", disse em tom suave. "Estou preso aqui. E se eu trabalhar... e orar... talvez as coisas deem certo... outra vez..."

Mas a imensidão do trabalho que deveria realizar para se recompor, consagrar outra vez a igreja e cuidar do povo do Vale de Gólgota, naquele momento, pareceu esmagar seu ânimo.

"Fugi de minha penitência para vir aqui", confidenciou a Anita. "É provável que minha pena seja logo informada à catedral, mas consegui escapar antes disso."

Com o dedão, limpou o filete de sangue do lábio.

"Não posso realizar a missa", disse, abalado, "mas posso recuperar a igreja. Trabalhar. Rezar. Talvez até... eu... talvez possa deixar o Vale de Gólgota. Algum dia..."

"Deixe-me levá-lo agora!"

"Isso só colocaria sua vida em risco."

Com amargor, mas resignado e fatalista, começou seu caminho declive abaixo até a igreja.

"Padre!", ela gritou, correndo atrás dele.

Mas ele seguiu sua marcha, sem qualquer resistência, conhecedor dos horrores daquela igreja.

"*Padre!*"

Mario, com as pernas estendidas sobre a termovisão de onde a besta sorria ao jesuíta, sorriu também.

"Sabia que você voltaria, padre."

Padre Malcolm caminhou devagar pela igreja imunda. Restos de galhos secos estalavam sob seus pés. A imagem da besta o encarava com olhar maligno. Parou em frente a ela, os dentes cerrados.

"Foi por isso que voltei, Mario", murmurou.

Anita cruzou o vestíbulo, a respiração pesada, e parou na nave principal. Mario baixou as pernas, casualmente, e se virou ao jesuíta.

"Você voltou foi por isso", provocou, apontando para Anita.

Padre Malcolm virou-se a ela, pálido e trêmulo.

"A besta surgiu no instante em que você desejou transar com ela", Mario disse com frieza. "É sua própria luxúria. Transformada em imagem. Por seu cérebro."

Padre Malcolm rilhava os dentes, apertando-os cada vez mais, como se tomado por uma ira profunda e amarga.

Anita andou a passos lentos até a parte central da igreja. Padre Malcolm ouviu cada um de seus passos, quase capaz de sentir o peso daquela mulher esguia sobre o assoalho.

"Mario", ela disse. "Ele fugiu da absolvição para poder voltar aqui."

"Fugiu do quê?"

"Escrevi uma confissão para o cardeal Bellocchi", resmungou padre Malcolm, os olhos trespassados pelo olhar quieto e escarnecedor daquele bode. "Mas eu... fugi da catedral... às cegas... é como se algum estranho, muito arrogante e poderoso, tomasse conta de mim e corrompesse até meus pensamentos!"

"Vou levá-lo de volta", Anita decretou.

Mario olhou para Anita em desalento. Por incrível que pudesse parecer, ela queria levar o jesuíta de volta a Boston para aquela absolvição fictícia. A última coisa de que Mario precisava era ver o superego do padre reforçado pela mitologia católica.

"Por que fugiu?", Mario quis saber. "Por que apenas não saiu pela porta?"

"Eu... fui tomado por violência... raiva..."

"Deve haver motivo para que tenha raiva deles."

Padre Malcolm ergueu o rosto, o olhar flamejante.

"Eles não fazem ideia do que eu passei!"

Mario esboçou um sorriso e se aproximou do jesuíta.

"E pelo que passou?", perguntou com uma lentidão perigosa.

"Por uma experiência religiosa", o padre respondeu, piscando os olhos. "Eles são burocratas. Bibliotecários. Bajuladores do bispo. Não passam de administradores. Mas eu..."

Mario de repente se inclinou para a frente e bradou *Teve uma experiência sexual!*".

Padre Malcolm recuou. Aturdido, olhou para Anita, para a tela da termovisão, para o bruxulear amarelo da lamparina, e sacudiu a cabeça vigorosamente.

"Você os desprezou por sua falta de sexualidade!", disse Mario, perseguindo-o. "Ela estava bem à mão. Acessível. Desejosa. Tocando seu corpo! E foi uma delícia!"

"Mario... pelo amor de Deus", reclamou Anita.

Mario, porém, só fez se aproximar ainda mais do jesuíta.

"A explosão sentimental inundou sua mente com tantas sensações e pensamentos que fodeu com sua cabeça! Foi disso que fugiu correndo, padre Malcolm! É disso que está fugindo a vida inteira!"

Padre Malcolm, recostado na pilastra do corredor, devolveu o olhar de Mario com repugnância.

"Mas você foi seguido até a catedral!" Mario berrava. "Claro que foi seguido! Porque isso faz parte de você. Nunca vai conseguir escapar!"

Um olhar maligno cruzou o rosto do padre Malcolm, olhar de um homem encurralado.

Anita olhou para o jesuíta suado e para Mario, observando também a eletricidade estranha que havia entre os dois. Era como se o antagonismo entre eles não fosse nada mais que a eclosão de um confronto muitíssimo mais profundo e destruidor.

"Foi sua sexualidade que o trouxe de volta ao Vale de Gólgota!", caçoou Mario.

Padre Malcolm apontou, com a mão firme, para as doze cruzes azuladas de bolor que brilhavam nas paredes.

"Isso também foi por causa do sexo?", entrou na discussão.

"Não."

"Blasfêmia e escárnio da Crucificação... Foi o dedo do Demônio que desenhou esses traços!"

Mario fez pouco caso. "Você crismou as paredes. O crisma era uma solução úmida, cheia de nutrientes. Claro que criaria mofo."

Padre Malcolm, acossado, afastou-se indignado. De repente, acenou indicando a paisagem desolada que se via além da janela gótica.

"Quem arrancou a vitalidade deste vale?", questionou com uma voz firme, convicta, mas ainda assim perturbada.

"Estamos em outubro. O clima fica ruim em outubro."

O jesuíta gargalhou com rudeza.

"Não seja ridículo! Você é tolo como uma criança!"

"Depois da seca devem vir as chuvas. Os brotos dormentes voltam a florescer. Agora é pleno outubro, o vale parece morto. Por que procurar Satanás nos ciclos da natureza?"

A mente do jesuíta ia pouco a pouco afrouxando. Impulsos cada vez mais sombrios e incoerentes vinham-lhe à tona.

Anita via seu sofrimento, o rosto trêmulo que, sem dizer palavra, revelava-o à deriva. Quando deu o primeiro passo em sua direção, ele se afastou dela com medo.

"Quem acendeu a lamparina?", roncou, apontando a chama amarelenta que bruxuleava.

Por um momento, observaram línguas de um fogo cor de açafrão lambendo o ar sobre o objeto. Quanto mais escuro se tornava o dia, mais a força da lamparina parecia crescer, reluzindo sua luz opaca no tabernáculo, nas câmeras, equipamentos e em seus rostos.

"Foi Anita que acendeu."

Padre Malcolm avançou, cheio de confiança.

"Mas por que brilha de um jeito tão nefasto?", contestou. "Quem fez da lamparina vermelha de Cristo algo tão pecaminoso?"

"Anita quebrou o vidrinho vermelho enquanto a acendia."

Mario arrastou uma cadeira até debaixo da lamparina, subindo nela rapidamente e tirando dali um caco de vidro vermelho. Segurou-o entre os dedos para mostrá-lo ao jesuíta. Então, deixou que caísse ao chão. A chama amarela ardeu com mais força em seu rosto.

"E está assim tremulando porque há combustível perto", disse Mario, os olhos escuros contra a chama clara.

Deu um toque leve com os dedos na tigela, um tapinha que fez com que o óleo, depois de um tempo, gotejasse ecoando pela escuridão da igreja.

"Nenhum Satã", Mario concluiu, soltando um calmo sorriso.

Padre Malcolm cambaleou, recuando até o altar, apoiando-se nele, mas evitando tocar a toalha sagrada que o cobria. Por causa disso, acabou perdendo o equilíbrio e tropeçou até a outra ponta da mesa sacrificial.

"A lamparina se apagou", gritou o jesuíta, "no exato momento do pecado!"

"Foi o vento", respondeu Anita, suavemente. "O vento havia mudado."

Horrorizado, padre Malcolm olhou para ela. Mario a havia seduzido outra vez. A lógica fria e cruel da ciência daquele homem a fazia trair tudo que sentira na manhã da sexta-feira. Padre Malcolm, atônito, sentiu-se outra vez perdido no universo alucinatório do qual fugira na ponte Charles.

Lutando contra um colapso total, o padre sentiu todo o idealismo de sua juventude, seu irmão Ian, o tio James Farrell Malcolm, Elizabeth, até mesmo o próprio Cristo, todos observando sua derrocada, sua queda irrefreável, sem misericórdia ou salvação.

Seus lábios sangravam em profusão.

Mario caminhou devagar até quase chegar ao jesuíta. Padre Malcolm recuou, amedrontado. Mario então tocou de leve sua boca ferida. A cabeça do jesuíta, com a dor, deu um tranco para trás.

"Eu beijei o crucifixo do cardeal", murmurou com a voz rouca, "e meus lábios sangraram. Como pode ver, tenho o corpo atormentado por Satã."

Padre Malcolm caiu de joelhos defronte ao altar. Os lábios moviam-se muito rápido, a respiração ofegante. Anita cruzou o lugar até ele, mas Mario agarrou-a bruscamente pelo ombro e a manteve afastada.

A termovisão indicava um aumento de labaredas carmesim. Mario sabia que a resistência do jesuíta estava cedendo.

"Mario... ele está muito mal..."

"Está pronto para as projeções", respondeu Mario, os olhos faiscando. "Mas continua resistindo."

"Mario... ele não é um animal!"

Mario riu dela.

"Claro que é! Todos nós somos animais!"

Mario voltou-se ao jesuíta que, mesmo com a concentração enfraquecida, lançava-se ardentemente em oração.

"Que tipo de santo você acha que é?", Mario provocou. "Não existem santos neste mundo!"

Padre Malcolm fez uma pausa.

"Não renegarei a Deus", disse em voz baixa.

Virou-se devagar para Mario, a expressão carregada.

"Nem a Seus santos", acrescentou em tom suave.

Padre Malcolm virou-se outra vez e seus lábios reassumiram a oração. Mario chegou um passo mais perto.

"Está tentando ser Deus?", gritou. "Acha que é o Cristo?"

"Não."

"É quem, então?", Mario questionou. "Quem mais, na história do mundo, foi assim tão santo quanto você finge ser?"

Padre Malcolm parou no meio da prece.

"Meu irmão Ian", disse apenas. "Ian era dotado da graça de Deus."

"Bom, e onde esse santo está agora?"

"Ele morreu. Afogou-se quando tinha 12 anos."

"E aí seus pais o beatificaram."

Padre Malcolm estacou.

"Minha família devia um filho à Igreja. Fui mandado em seu lugar."

"Mas você odiou que tenham feito isso."

Padre Malcolm, incapaz de se concentrar, deixou as mãos penderem. Já não tinha mais defesas.

"A cada missa que executava", continuou Mario, "sentia-se aprisionado ao irmão morto!"

Mario avançou.

"Mas você não é Ian! Você é Eamon Malcolm! E em algum lugar debaixo dessa postura beata, existe um homem real, e esse homem tem necessidades sexuais, tem vontades! Deixe-o se libertar!"

Exausto, padre Malcolm esfregou o rosto. Não dormira desde o colapso na catedral. De algum modo, por mais inconsciente que fosse, Mario o atingira em um ponto fraco. A raiva reprimida de um estranho que agora fervilhava quieta, prestes a rebentar.

"Meu tio era um homem santo", disse com convicção.

"Claro, e você passou dias e dias em seu colo contemplando pinturas renascentistas de gente nua!"

"Mario, sua infantilidade me assombra!"

Mario, então, percebeu que algo enfim começara a se romper no jesuíta. Inclinou-se na direção do homem ajoelhado.

"Você se apavorou com as coisas que sentiu", Mario continuou, articulando as palavras detida e exageradamente. "Então idealizou o homem. Tirou-lhe toda a sexualidade. E a tirou de você também!"

Anita tentou afastar Mario, mas ele a repeliu de forma grosseira.

"*E aí* você soube como ele morreu!", gritou Mario. "Descobriu que não era santo coisa nenhuma!"

A termovisão flamejou em carmesim, logo formando desenhos híbridos nas ondas rodopiantes, e voltando a morrer em meio ao fluxo vermelho.

Padre Malcolm, sem poder rezar, ergueu-se furioso e empurrou Mario. De repente, a meio caminho do vestíbulo, estendeu o braço direito. Agarrou-se a uma pilastra. Gemendo terrivelmente, o fôlego lhe faltou e os ombros caíram. Anita ouviu o timbre triste e derrotado da voz que emanava daquela personalidade em frangalhos.

"É verdade...", padre Malcolm dizia em prantos. "Você está certo! Oh, Deus!"

Padre Malcolm tentou se afastar do interior da igreja, tentou fugir da dupla zombaria vinda tanto do riso da besta quanto do olhar penetrante de Mario espicaçando sua alma.

"O que aconteceu a Bernard Lovell... também aconteceu comigo..."

"Nada além de psicologia anormal", disse Mario, enfiando uma fita nova no aparelho de termovisão.

Tossindo, padre Malcolm cambaleou pelo corredor central, as costas iluminadíssimas pela lamparina amarela. Olhou-a aterrorizado. Anita percebeu que ele já não sabia onde estava. Arrastava-se como um cego, evitando, ainda que paralisado, a lamparina fria que brilhava na escuridão da igreja.

"Lovell... Lovell... Lovell sou eu...", balbuciou.

Anita abriu caminho passando por Mario.

"Vou tirá-lo daqui", disse em tom de desafio.

"Eu não terminei ainda!"

"Terminou sim."

Mario apontou as manchas laranjas, carmesins e brancas que refulgiam na tela.

"Espera um pouco, Anita! Pelo amor de Deus, ele está instável!"

Anita se esforçou por amparar o jesuíta em seus ombros. O calor de seu corpo atordoou o homem.

"Sou Lovell", murmurou. "Sou James Farrell Malcolm. Sou a encarnação do pecado!"

A força indomável do universo de Mario, aquela vacuidade agressiva, penetrou-lhe repetidas vezes e ele, de repente, estremeceu. A voz de Anita soava vagamente acima de todo o caos.

"Eamon Malcolm não está nada bem para continuar neste experimento!", implorou. "Vou levá-lo de volta a Boston!"

De súbito, uma parede de imagens fantasiosas se ergueu na tela vermelho-alaranjada da termovisão. Anita e Mario viraram-se para ver formas surgindo e se desfazendo.

"É isso!", sibilou Mario. "Projeção direta! Não vá embora agora!"

Ela se afastou com padre Malcolm. Mario a seguiu e, penosamente, agarrou-a pelo braço.

"Não sei o que aconteceu com você, Anita", disse em tom baixo. "Eu era capaz de te dar o mundo. Mas esse infeliz fez algo que te mudou..."

"Você fez, Mario... Perdeu toda a decência..."

Ela se livrou dele, que outra vez a seguiu até a porta e evitou que saísse.

"A ciência exige sacrifícios de todos nós, porra!", disse. "Eu dei minha vida e minha sanidade por ela. Não me tire isso!"

Ela o fitou. A separação entre os dois estava completa.

"Não, Mario", ela respondeu. "O amor exige sacrifícios também."

Surpreso, apenas a encarou. Então, uma aura intensa de energia explodiu no termovisor, iluminando as paredes, refletindo vermelha na toalha do altar, rebrilhando no azul das cruzes.

Mario cambaleou até o termovisor, cheio de reverência e medo como um padre se aproximando da imagem de Cristo. Naquele momento, ela conduziu o padre distraído para fora da igreja.

Atravessavam os montes de brita e entulho, tentando chegar à kombi no fim da rua Canaã, quando Mario apareceu correndo à porta da igreja, olhando de um lado para o outro com um revólver em punho.

"Voltem já!", urrou.

Eamon Malcolm se virou na tentativa de ver aquela figura forte à porta, envolvida por um mal tão grande, tão supremo que chegava a deformar o telhado e o campanário da igreja.

Ouviu-se um tiro.

"Voltem já aqui!"

Anita continuou arrastando o jesuíta pela rua e abriu a kombi.

Eamon batia os dentes. Pressentimentos de uma catástrofe, morte — e uma morte profana, sem absolvição — tomaram sua alma.

A danação correu em sua direção na forma de um cientista furioso que atravessava os montes de entulho.

"Entre no carro, padre!", chiou Anita.

Mas já era tarde. Mario saltou adiante, agarrou o jesuíta pela roupa e o arrancou do banco da frente.

Anita gritou e correu para a outra porta. Padre Malcolm gemia largado no chão, coberto de terra. Agarrou as pernas de Mario que logo golpeou as mãos do padre com a coronha da arma.

O motor roncou, galhos secos voaram quando as rodas traseiras giraram e a frente da kombi se ergueu. Com o veículo dando a partida e deixando atrás de si uma nuvem de poeira, Mario foi arremessado para longe pela porta aberta do passageiro.

Mirando nos pneus, um joelho apoiado na terra, Mario puxou o gatilho três vezes. Os tiros ecoaram pesados no entardecer. Devagar, bem devagar, ouviu-se a resposta zombeteira: o sino, lentamente, badalou três vezes no campanário.

"Deus tenha piedade de você", gemeu o padre.

A kombi circundou o campo e chegou à estrada. Mario guardou a arma na cintura. O jesuíta o encarou incrédulo, o rosto pálido e trêmulo.

O jesuíta se arrastou de lado feito um caranguejo, tentando chegar à cidade. Mario o puxou do chão com força.

"Não terminamos ainda, padre!", ameaçou ao ouvido do sacerdote. "Vamos voltar para a igreja!"

Arrastando o jesuíta atrás de si, Mario o arremessou porta adentro, na direção do altar.

O teto brilhava com uma luz estranha.

Mario foi devagar até a termovisão. Por muito tempo a encarou. Padre Malcolm percebeu sua expressão horrorizada.

"O que... o que é isso?", murmurou. "O QUE É ISSO?!"

Mario, devagar, virou a câmera em seu tripé.

O jesuíta se arrastou até o termovisor, fitando com espanto a imagem bastante definida de um esqueleto, sua carne pendendo nas costelas e na cabeça, arrancado das profundezas da tumba, erguendo um crucifixo.

"É minha morte..." segredou.

Mario se recostou em uma pilastra, tateando o bolso atrás de um cigarro.

O gravador registrou a imagem escura e efêmera. Era um espectro lutando contra o peso da terra. Os dentes esqueléticos forçavam um sorriso, erguendo para o alto aquela cruz em meio ao breu.

"Você conseguiu essa projeção sem religião alguma", disse Mario, recobrando sua calma e confiança naquele instante de triunfo. "Sem rituais. Sem litanias. Nu e cru."

Padre Malcolm tinha o desespero estampado no rosto.

"A imagem de minha penitência...", tentou dizer.

"Sua depressão. Seu tormento."

A figura meio decomposta guardava enorme semelhança com Eamon Malcolm, inclusive por seu manto preto e pelas mechas aloiradas. A agonia em seu rosto era inconfundivelmente a sua.

"Sem Cristo, sem Satã", Mario continuou falando em tom frio, enquanto soprava a fumaça do cigarro. "Apenas você e seus problemas humanos."

Padre Malcolm tombou perante o altar, impactado por uma revelação tão desoladora. Mario teve pena.

"Acreditei no sinal da cruz", resmungou.

"Uma fantasia."

A cabeça do padre baixou ao chão.

"Acreditei que a igreja era preenchida pela presença divina."

"Sublimação sexual."

Mario fumava calmamente, esperando que a verdade baixasse por completo sobre o padre e o tomasse para si. Remover a ideia repressiva de Deus abrira caminho para uma projeção direta. Aquilo poderia destruir as reivindicações miraculosas da religião. Poderia provar de onde vinham os milagres. Das pulsões sexuais insatisfeitas.

A voz do jesuíta soou cada vez mais embargada, bêbada, arrastada. "Os homens... santos... creem... em sinais..."

"Claro. Mas lamento, padre. Apenas por ingenuidade você acreditava nas imagens. Mas é tudo psicologia. Simples assim."

Mario abanou os insetos invisíveis que voavam em frente a seu rosto. Um calor tomou-lhe a face. Sentiu a pressão de um novo colapso se aproximar.

Padre Malcolm baixou-se até quase tocar o solo.

"Homens santos... hão de crer... em sinais..."

Incomodado, Mario abanou mais insetos que o atacavam. O suor lhe escorria pela testa. O cigarro caiu ao chão. Apoiou-se no termovisor.

"Tá choramingando por quê, porra?", disse.

A voz do jesuíta pareceu vir das paredes e vigas mais distantes da igreja.

"Que nem... você..."

Mario olhou para o gravador de som. Na igreja que parecia ondular, a estabilidade das máquinas o reconfortava. As agulhas moviam-se de acordo com a voz do sacerdote. Mas os lábios do padre não estavam se movendo.

"Ahn? Que diabo é isso?", gritou Mario.

... o Mal... é a destruição... do bem... que há no homem...

As palavras ecoaram fundo na mente de Mario.

O termovisor mostrava o verde carregado da igreja fria se movendo na direção do jesuíta, preenchendo-o por completo.

"O que...? O que tá acontecendo...?"

Mario recuou, tropeçando nos cabos espalhados e caindo por cima de pranchetas, copos de café e fitas virgens. A figura no chão da igreja se levantou. Os olhos azuis do jesuíta estavam opacos. No fundo deles havia um brilho de pura maldade, vermelho feito lava. Mario observou os lábios de Eamon Malcom repuxados como em um riso cadavérico — amálgama hipnótico do escárnio e do deleite diabólicos.

Trêmulo, quase em convulsão, Mario não foi capaz de conter o grito de horror que brotava das profundezas de sua alma. Fixou o olhar na tela, procurando em desespero por qualquer explicação lógica. A projeção do jesuíta, sem dúvidas, estaria registrada tanto em sua mente quanto na fita de infravermelho. Com mais violência do que a febre que o tomara durante o exorcismo, com mais força do que a alucinação coletiva na conferência, Mario sentiu o poder absoluto e franco do ódio psíquico que emanava do jesuíta.

Com a visão instável e turva, Mario observou com atenção Eamon Malcolm no altar.

... Mal... Mal... Mal...

Os lábios do jesuíta não se moviam. Mas as agulhas do gravador sim. Eram projeções audíveis.

Com desembaraço, então, o jesuíta fez um corte na palma da mão usando um caco de vidro da lamparina. Uma gota escorreu no vinho. Uma segunda gota ele espalhou pela pátena até que se mesclasse com perfeição aos padrões ornamentais.

"Está profanando sua própria missa, imbecil!", Mario gaguejou sem forças.

A figura havia se perdido em seus próprios pesadelos. Mas era um pesadelo contagioso. Mario sentiu o lugar ondulando aos poucos, conforme o jesuíta ruidosamente atravessava o corredor e ia lavar a mão sangrenta na pia de água benta à entrada. Mario se lançou atrás dele, aos tropeções, apoiando-se na pilastra.

"Volta aqui, caralho!", gritou, lutando contra a própria desorientação. "Ainda não acabamos!"

O jesuíta apenas o olhou. Era um olhar de outro planeta. Olhos malignos se estreitaram para vê-lo. Na mão, um revólver preto. Mario o reconheceu. Era seu. E recuou.

"*Já* acabamos", foi a resposta direta de Eamon.

A desorientação voltou como uma onda violenta, agora ampliada pelo pânico. Mario seguiu recuando até passar pelos equipamentos. Nos olhos do padre, o fulgor vermelho tinha a cor do sangue.

...O Mal... é a destruição metódica... do bem que há... no homem...

Outra vez, seus lábios não se moviam. A igreja ecoava pensamentos, não palavras. Com cuidado, Eamon seguiu Mario por entre as sombras dos equipamentos.

"A gente... a gente podia se ajudar...", Mario tentou argumentar de forma patética, seu rosto pálido e nervoso.

Eamon abriu um sorriso largo e astuto.

"Não preciso de *você* para nada", disse enquanto erguia a arma com as duas mãos.

Mario tropeçou. Algo atingiu sua cabeça. Eram as lentes de termovisão. E o termovisor vomitava imagens. Figuras cruciformes, cabeças chifrudas de bode e, acima de todas, a figura esquelética erguendo com desespero o crucifixo, cumprindo alguma missão de outro mundo.

Um tiro ecoou. Mario ouviu a bala silvando através da nave gótica.

O rolo de papel do sismógrafo se desenrolou, aos trancos, espalhando-se no chão.

"Meu Deus...", Mario deixou escapar. "Os equipamentos..."

A última linha de defesa que Mario possuía, seu último refúgio, desfez-se com a visão dos aparelhos desregulados, com a ciência tomada pelo poder da ilusão.

Mario desabou sobre o sistema de gravação, que reproduzia a fita.

Gerosma... J-j-j-es... teraupia... já... perima... ima... ima...

Era sua própria voz, falando em línguas no chão do auditório em Harvard.

G-G-G-Gerosma... meta... lafa... já...

"NÃO!", berrou Mario.

A agulha do termômetro movia-se de um lado a outro, de um lado a outro, agitando-se preguiçosamente sob o controle do jesuíta.

Eamon sorria. Uma bruma azulada se desprendia de seus lábios. Ao erguer a arma pela segunda vez, Mario percebeu que a cor das luminescências azuis eram idênticas à cor da respiração do jesuíta.

A realidade objetiva e as distorções psíquicas de repente se fundiram.

Mario se viu correndo, correndo vestíbulo afora, tomando fôlego no ar frio da noite.

"*Anita! Anita! Ajuda!*", gritou, já sem qualquer aparência de autocontrole.

Mario tropeçou no caminho que levava à igreja. À entrada, Eamon parou. Sua imagem mal parecia humana. Tinha a maldade do chifrudo. Lentamente, empunhou a arma com uma firmeza sobrenatural.

"Muito obrigado, seu puto! Foi um trabalho muito bem-feito."

Um relâmpago encheu o céu, os olhos do jesuíta faiscaram vermelhos e o vale ecoou sua risada desvairada e retumbante quando o revólver disparou.

18

O avião do Vaticano atingiu altitude de cruzeiro a 34 mil pés e atravessou o Oceano Atlântico.

Na cabine dianteira sentavam-se seis jesuítas, um assistente administrativo e o subsecretário de Estado do Vaticano. Os jesuítas, ocupadíssimos, escreviam a mão ou a máquina em suas mesas, ou conversavam em voz baixa. O subsecretário e seu assistente anotavam compromissos na agenda para o Quebec.

Na cabine traseira, duas poltronas de camurça traziam estampadas a tiara e as chaves. Na esquerda sentava-se o cardeal Bellocchio, escrevendo parágrafos às margens de documentos datilografados. Estalou os dedos e, de pronto, um jesuíta surgiu. Pouco depois, o som da máquina de escrever preencheu o ar.

Na outra poltrona, Francisco Xavier retirava os óculos e esfregava a ponte do nariz, largando seus documentos sobre a mesa.

"Tanta perfeição no céu", refletiu, olhando as nuvens tingidas de laranja e rosa que cobriam parte do Sol que começava a se pôr. "Tanta confusão na Terra."

O cardeal Bellocchi sorriu. "É verdade, Vossa Santidade. Nossa missão é desfazer a confusão."

Francisco Xavier mergulhou em um estado de fadiga e sonolência, descansando ao calor do sol que atravessava a janela dupla do avião. Visões de seu passado lhe vieram à mente.

Uma cena em San Rignazzi: uma erupção de serpentes negras que corriam de baixo das pedras claras sob as oliveiras.

Foi de tarde, mais de quarenta anos atrás, que Guido Baldoni, tio de Giacomo, remexeu com sua foice em um ninho de víboras sob o sol quente. O beato e magro camponês disparou aos berros por San Rignazzi.

Levara três picadas na perna e duas no braço, e tombou à porta da igreja tremendo feito um cachorro. Então, teve convulsões mais severas e morreu após um derrame.

Foi a primeira vez que Giacomo viu Satanás.

Outra cena daquela terra quente e estéril: uma vizinha de Giacomo, mãe do padre, enrolada em trapos escuros e banhada na própria baba, sofria convulsões sobre um colchão de palha. Na parede manchada à sua cabeceira, uma sombra alada se agitava. Giacomo já a vira antes: sobre seu tio morto. Quando as asas pousaram na mulher, ela deixou de respirar.

A difícil tarefa de reconquistar terreno para Cristo era repleta de retrocessos. Nas aranhas que infestavam os sacos de azeitonas, na morte das crianças pagãs, nas árvores podres dos pomares, o jovem Giacomo enxergava o avanço constante de Satanás sobre a paisagem.

A canção de Satã gorgolejava nos desfiladeiros por onde corriam rios escuros, banhando árvores mortas e rochas brancas.

Os ossos dos bodes, esturricados pelo sol, cheios de moscas, reluziam em triunfo nas colinas.

O avião do Vaticano passava por uma zona de turbulência. Francisco Xavier viu o cardeal Bellocchi curvado em sua direção, tocando-lhe o braço com gentileza.

"O senhor adormeceu, Vossa Santidade."

Francisco Xavier esfregou os olhos.

"Sonhei que era criança outra vez, em San Rignazzi. Crianças percebem tanto o mal quanto o espírito de Cristo com olhos puros."

Cardeal Bellocchi sorriu. Francisco Xavier penetrou em um estado calmo e receptivo.

Uma cena do seminário em Bolonha: o obstinado padre siciliano, Giacomo Baldoni, na biblioteca abafada, encurralado pelos jesuítas, debatedores sagazes, que o colocavam em posição de heresia.

De volta a San Rignazzi, viu a sombra alada repousando sobre o casaco de seu pai. À meia-noite daquele dia, o vigoroso camponês Luigi Baldoni, levantando da cama, começou a berrar. Cuspindo sangue, cambaleou pela cozinha esbarrando em panelas, chutando tachos de ferro, mas seus pulmões se romperam mais rápido do que parecia possível. O pai de Giacomo tombou, metade do corpo ainda na rua poeirenta de San Rignazzi, a uns quarenta metros da igreja.

A sombra alada, desaparecendo na viela oposta, virou-se para sorrir a Giacomo com um sorriso provocativo.

"Vossa Santidade", o assistente sussurrou ao papa.

Assustado, Francisco Xavier abriu os olhos. Então, com um sorriso afável, apanhou a pilha de papéis e leu-a por alto, rubricando as folhas. O assistente as recolheu e levou-as à cabine dianteira.

O avião do Vaticano sacudiu um pouco em meio à dança das nuvens em turbilhão, até mergulhar no brilho castanho do pôr do sol.

"Vossa digníssima mãe continua conosco?", perguntou o cardeal Bellocchi, notando que os dedos de Francisco Xavier portavam o rosário preto.

Francisco Xavier sorriu.

"Sim. Aos 83 anos ainda trabalha nas oliveiras. Mulher formidável."

Cardeal Bellocchi soltou um sorriso amigável.

"Foi uma das pessoas que me deu a fé que tenho", confidenciou-lhe Francisco Xavier. "Há muitos anos."

O cardeal contemplou a figura sutilmente vivaz do papa. Capaz dos gestos mais tenros e das falas mais graciosas, ainda assim ansiava obsessivamente pelo conclave de Quebec.

"E o senhor garante a fé de milhões", comentou o cardeal.

"Sou apenas um padre."

Cardeal Bellocchi riu.

"Mas apenas o bispo de Roma é infalível", disse com cortesia.

"Ninguém é infalível."

Francisco Xavier recordava-se com pesar que, por conta do nervosismo extremo, em sua primeira missa, o atrapalhado padre Baldoni derramara vinho consagrado sobre o chão de pedra da igreja em San Rignazzi.

"Mas Vossa Santidade se ampara no Espírito Santo de maneira muito mais direta e próxima do que a de qualquer padre paroquial."

"Sou apenas um padre."

O cardeal Bellocchi admirava quão sincera soava a humildade de Francisco Xavier. Era por ela que os fiéis viam no siciliano algo muito mais próximo de um santo do que de um homem.

"Mas é apenas ao senhor, e a mais ninguém, que a Igreja e bilhões de almas olham em busca de orientação."

"Outros também nos observam." Um temor se esgueirava na voz do papa.

De Bolonha: na cripta da enorme igreja, o bispo Baldoni, anônimo, rezava ajoelhado com os outros peregrinos, a luz das tochas projetando sombras que se moviam no chão de pedra, e ele murmurava em estado de êxtase.

Era a vigília noturna, e ele mergulhava em níveis cada vez mais profundos de meditação. De súbito, um sussurro percorreu sua mente.

Abandona este lugar pois tu serás papa.

O coração de Baldoni estremeceu. Envolvendo-se no manto escuro, saiu rapidamente dali, passando por cima dos sapatos e das pernas daqueles peregrinos franceses. A cripta era úmida, infecta. Em três semanas, dezessete pessoas caíram doentes com uma infecção viral. Antes que o contágio atingisse o pico de febre, dez já estavam mortas.

Teria sido uma mensagem de Cristo? Ou Satanás, secretamente, testando sua ambição, pela qual dez almas foram perdidas?

Francisco Xavier arregalou os olhos. Seus punhos cerrados. Encarava, pela janela, as nuvens noturnas.

De repente, tinta espirrou do frasco de um jesuíta que estava próximo. Os dedos do alarmado padre se mancharam de preto.

"Jesu figlio, Maria", murmurou o jesuíta, limpando a mão com um lenço.

O avião prosseguiu calmamente, mas agitado pelas nuvens tempestuosas lá fora.

Então, em rápida sucessão, todos os frascos de tinta nas oito outras mesas perderam suas tampas. Fontes de tinta preta jorraram, manchando os mantos, paredes e o tapete com a insígnia do Vaticano.

Os jesuítas, aturdidos, olhavam aquela bagunça.

"São esses frascos novos, com tampas pressurizadas," explicou o subsecretário, intelectual florentino de nariz adunco. "A pressão da cabine caiu por causa da tempestade."

Relâmpagos iluminaram os jesuítas que, de joelhos, limpavam o tapete e as poltronas com esponjas e toalhas do banheiro.

Francisco Xavier cutucou o cardeal Bellocchi e apontou para seu frasco de tinta. No mesmo instante, o núncio o cobriu com uma toalha branca. Um estouro abafado se ouviu, e uma mancha preto-azulada tomou o vão entre os dedos médio e anelar do cardeal.

"A humanidade não foi feita para se erguer tão próxima a Deus", soou calma a voz de Francisco Xavier. "Nossa proximidade resultou no protesto por escrito do Espírito Santo."

De fato, os filetes de tinta espalhados nas paredes lembravam a escrita aranhosa das caligrafias monásticas.

Cardeal Bellocchi riu com prazer, sorriu carinhosamente a Francisco Xavier, e com cuidado depositou a toalha manchada e o frasco de tinta em uma lixeira plástica sob sua mesa.

A memória mais antiga: a mãe de Giacomo, os cabelos brancos demais para a idade, contava-lhe em sua casinha escura de pedra que Cristo batalhava constantemente nos céus, nos mares e em todas as cidades contra Satanás. À luz de velas, explicava a Giacomo, então febril com alguma doença infantil, que quando Cristo enfim triunfasse, os bons e decentes viveriam para sempre sem qualquer moléstia ou sofrimento, na glória e na retidão à direita de Cristo.

Em um delírio leve, Giacomo, então com 5 anos, fez a promessa de se tornar sacerdote e ser o tenente de Cristo.

Quando a mãe afagou-lhe o cabelo, franziu a testa de preocupação: pois viu vulnerabilidade nos olhos cinzentos de seu caçula.

O avião do Vaticano rangia pelos fortes ventos contrários. Na cabine dianteira, os jesuítas apertaram os cintos.

Cardeal Bellocchi tentava dormir, mas era inútil. Virou-se. Francisco Xavier estava imerso em pensamentos, recordando os estranhos acontecimentos que o acompanharam em sua longa jornada ao papado, e que ainda o perseguiam mesmo agora, na iminência da conferência do Quebec.

"No dia em que assumi o cardinalato", comentou, "cheguei a Bogotá e lá celebrei uma missa a céu aberto com 27 padres, muitos deles indígenas, todos recém-batizados por nossos missionários nas montanhas."

Francisco Xavier se voltou ao cardeal.

"Os 27 foram mortos pelo governo militar nas semanas que se seguiram. E por quê? Por que Satanás comemorou meu cardinalato com todas essas almas?"

Cardeal Bellocchi notou que o ar melancólico retornava. Tentou encorajá-lo com um sorriso.

"Ouvi dizer que na Sicília as imagens de cera de Vossa Santidade têm sido dispostas nas igrejas com delicados arranjos de flores. Casais de idosos tiveram o glaucoma curado. Isso decerto é um sinal ainda mais verdadeiro."

Francisco Xavier apertou delicadamente o rosário preto entre os dedos. Seu peso, que na capela papal tornou-se inexistente por um momento, agora o reconfortava.

"O milênio, cardeal Bellocchi, está chegando", foi tudo o que disse.

Se chegou a dormir no voo sacolejante e turbulento, Francisco Xavier não foi capaz de saber. O ar apenas escurecia lá fora e o vento uivava pelas asas de aço.

A tempestade atirava o avião ao sul e os pilotos, vez após vez, o redirecionavam contra o temporal.

Uma série de explosões o deixaram em alerta. As luzes âmbar das paredes haviam se apagado, uma após a outra, em uma destruição cadenciada. Os jesuítas olhavam espantados para as lascas de plástico sobre a insígnia papal no tapete.

Vários deles fizeram o sinal da cruz.

Com as luzes destruídas, um estranho silêncio preencheu o avião do Vaticano, ainda que o granizo saraivasse as asas e janelas trêmulas.

Luminescências azuis, frias e ovais, deslizaram pelas paredes de couro e poltronas de camurça na cabine dianteira, à espreita, pairando em busca de algo na atmosfera gélida.

Os prelados viram os objetos cada vez mais transparentes, flutuando sobre as máquinas de escrever nas mesas, pelo peito do subsecretário e junto à porta da cabine de comando.

Francisco Xavier ergueu dois dedos da mão direita, sinal da autoridade de seu gabinete.

"Eis um sinal", disse, "que não tememos."

As luminescências refulgiram pelas janelas grossas e desapareceram no vento e granizo da noite.

Os jesuítas se entreolharam e procuraram retomar os seus assentos. Por um instante, ficaram ali na escuridão. As luzes logo voltaram a se acender. Mas ninguém era capaz de voltar ao trabalho.

A porta da cabine de comando se abriu. O copiloto inclinou-se para o subsecretário que fez um sinal de anuência, e em seguida os jesuítas viram o copiloto voltar à cabine.

"Não tenha medo", Francisco Xavier disse ao cardeal Bellocchi.

A porta da cabine de comando se abriu novamente. O copiloto fez gestos animados na direção da cabine traseira. O subsecretário cochichou algo a seu assistente, que tirou de uma gaveta um pequeno telefone branco, uma agenda e ergueu-se com dificuldade.

Lutando contra as oscilações de altitude imprevisíveis e nauseantes, o subsecretário seguiu vacilante até o papa na cabine posterior, resistindo à vertigem.

"Vossa Santidade", disse quando o ruído do vento, de repente, pareceu dar trégua. "O combustível já não é suficiente para chegar até o Quebec."

Em pânico, os jesuítas encararam o subsecretário.

"Estamos com problemas no rádio. O copiloto está em busca de um aeroporto alternativo em Newfoundland."

"Não aterrissaremos em Newfoundland", foi a resposta de Francisco Xavier.

Sem saber ao certo o que Sua Santidade queria dizer com aquilo, o subsecretário olhou para o cardeal Bellocchi. O núncio não lhe deu qualquer ajuda.

"Manterei Vossa Santidade informada sobre os acontecimentos", ele disse.

O subsecretário voltou para junto de seu assistente que tentava, sem sucesso, acordar a catedral do Quebec.

O voo seguia errático, com o avião chocando-se contra massas de ar, sempre arremessado mais ao sul, e as asas, àquela altura, com uma carga a mais pelo gelo que se formava em seu aço branco.

"Nossos irmãos estão temerosos", disse o cardeal Bellocchi.

Murmúrios apavorados circulavam de um lado a outro da cabine dianteira. Ainda que o subsecretário batesse primeiro o lápis, depois o punho sobre a mesa, os jesuítas encaravam as janelas açoitadas e se lamentavam.

O copiloto abriu a porta de sua cabine. Tinha o rosto pálido, e com a boca seca, de lábios bastante rachados, segredou algo ao subsecretário.

Este fez o caminho outra vez à cabine traseira.

"Não temos combustível para chegar a Newfoundland!"

Francisco Xavier não disse nenhuma palavra.

O subsecretário refez o caminho passando pelos jesuítas atônitos.

Cardeal Bellocchi, nervoso, girava seu próprio rosário entre os dedos, encarando sua própria janela congelada.

Sentiram como se flutuassem assim que o avião perdeu altitude. Os ventos se acalmaram.

"Estão vendo isso?", animou-se o subsecretário. "A própria tempestade se recolhe pela segurança de Sua Santidade!"

O ar congelante roncou alto ao açoitar a fuselagem, fazendo com que o avião se inclinasse. Maletas, cobertores, travesseiros e máquinas de escrever choveram por sobre os jesuítas, esmigalhando os copos de café.

Em desespero, o subsecretário e seu assistente folheavam as páginas da agenda do Vaticano. Furioso, o assistente batia no gancho do telefone e gritava no fone ruidoso.

A porta da cabine de comando se abriu.

"O que foi?", perguntou a voz amedrontada do subsecretário.

A voz do copiloto foi engolida pela tempestade. Com grande esforço, o subsecretário fez seu caminho, pela última vez, até a cabine papal.

"Boston vai nos receber."

Um suspiro de alívio crescente soou por toda a cabine dianteira.

O subsecretário, notando uma reação estranha do papa e do cardeal, fez uma reverência e se retirou discretamente.

"A carta vinha de Boston", Francisco Xavier disse em voz baixa.

"Vinha", concordou o cardeal Bellocchi.

"Talvez a estejamos respondendo."

Naquele instante, uma grande movimentação se iniciou na cabine dianteira. O subsecretário conseguira contato com a catedral de Boston.

Um jato militar, com uma estrela na asa rombuda, e depois outro jato, fazendo uma curva em meio às nuvens, aproximaram-se para escoltá-los até a costa tempestuosa de Massachusetts.

Os três aviões iniciavam suas descidas, ajustando rapidamente os ângulos para tentar seguir caminho em meio à poderosa tempestade. O rádio e o telefone estalavam com sotaques americanos.

"Receio ter havido uma tragédia", disse um jesuíta que de repente aparecera à porta da cabine traseira.

"Tragédia?", fez o cardeal Bellocchi.

"O bispo de Boston, bispo Lyons, está internado, em estado grave."

Cardeal Bellocchi ficou boquiaberto.

"Mas estive com ele há poucos dias!", exclamou. "Estava perfeitamente bem de saúde!"

"Um acidente vascular, Vossa Eminência. Não um derrame. Estão investigando a cavidade craniana, buscando descobrir se é algo maligno."

Cardeal Bellocchi fez o sinal da cruz bem devagar, pronunciando uma oração silenciosa pela melhora do bispo. Do lado de fora, o vento uivava feito cães ganindo sob as asas que preparavam a aterrissagem.

"Não fique tão assustado, cardeal Bellocchi", Francisco Xavier disse-lhe com a voz calma. "Todos os homens são vulneráveis."

O cardeal esboçou um sorriso.

"Lamento apenas que entre o nascimento e a morte, esta salvação em Cristo, exista tanto sofrimento reservado à raça humana."

"Consequência do pecado original."

"Com certeza."

"Que perdurará até a Segunda Encarnação de Nosso Senhor Jesus Cristo."

Um imenso clarão de luz inundou as cabines, tão intenso, tão próximo que fez as imagens dos jesuítas se tornarem sombras invertidas. Por um instante, a cena parecia a de um filme em negativo.

As nuvens se dispersaram, cargueiros eram visíveis no mar abaixo deles, e então, muito mais cedo do que o cardeal Bellocchi julgava ser possível, as luzes e as pistas de concreto surgiram conforme o avião descia pesadamente em sua direção.

Sirenes de bombeiros e ambulâncias aguardavam junto à pista.

Os jatos militares arremeteram para longe assim que o avião do Vaticano tocou a pista de pouso, em altíssima velocidade.

O trem de pouso direito estalou. Tudo pareceu estar suspenso, até que, então, o estrondo de metal rangendo cortou a fuselagem. Os jesuítas levaram as mãos aos ouvidos.

"Oh, Dio... Dio... Jesu...", lamentavam-se.

Assustado, o cardeal Bellocchi olhava pela janela. A torre de controle parecia girar devagar em torno deles. Os corpos reluziam verdes, depois amarelos, conforme as luzes do aeroporto passavam piscando. Mangueiras de incêndio cuspiam uma grande quantidade de espuma no bojo do avião.

O nariz do avião embicou, ergueu-se, endireitou-se e, com um solavanco nauseante, como se um cabo de aço o segurasse pela cauda, parou.

"Oh, Dio... Jesu..."

O cardeal Bellocchi enxugou o suor da testa com vigor. O coração disparara no peito, seus ventrículos pareciam fora de compasso. Um tique nervoso separara seus lábios, em uma cópia grotesca de um sorriso.

Limusines e viaturas correram até o avião caído. A pista ganhou vida com os agentes do aeroporto, em uniformes amarelos, correndo na tempestade em direção ao trem de pouso que fumaçava.

Piloto e copiloto saíram da cabine de comando, bastante afetados, mas ainda assim sorrindo, erguendo os polegares para os jesuítas que comemoravam.

"Chegamos, Vossa Santidade!", disse o cardeal Bellocchi.

Uma estranha calma fez com que se voltasse àquela figura de branco e ouro. Francisco Xavier, o ser humano a quem amava mais do que a si próprio, cujo destino o preocupava mais do que o seu, não disse palavra, embora os olhos cinzentos cintilassem e ele estivesse escutando.

"Ainda não, querido núncio", sussurrou de forma intensa. "Ainda não!"

A dúvida, a melancolia e a introspecção haviam desaparecido. Uma confiança profunda e carismática, quase palpável, emanava de Francisco Xavier. Cardeal Bellocchi o olhava admirado.

A chuva desabava sobre o aeroporto. Francisco Xavier viu as nuvens escuras fervilhando sobre as luzes da cidade e a imensidão de chuva caindo no oceano escuro e agitado. O vento silvando gritava coisas em línguas desconhecidas.

Na claridade escarlate, sob o vermelho das luzes de emergência e o clarão dos refletores de mercúrio, os homens trabalhavam debaixo da chuva forte. Tinha os olhos escuros, uniformes encharcados. Na violenta chuva que atingia a torre de controle, Francisco Xavier pressentiu a tormenta ainda maior que viria pôr fim ao trágico fardo que carregavam.

Imagem do futuro: Um esqueleto, com retalhos de tecido preto e mechas aloiradas, erguia-se da cova empunhando uma cruz de ouro.

Com certeza era um sinal.

Francisco Xavier se remexia inquieto no instante em que a escada móvel era aproximada do avião e, por entre as viaturas da polícia, o bispo em exercício de Boston chegava em uma limusine preta.

"Ainda não, querido núncio", sussurrou de novo, os olhos fundos pela visão do extraordinário. "Ainda não!"

19

A chuva desabava sobre as fileiras de casas coloniais em Cambridge. As venezianas verde-escuras batiam com o vendaval à meia-noite, e as luzes nos postes balançavam com tamanho temporal. Galhos passavam rolando e se partindo pelas ruas largas, até então imaculadas.

Anita estacionou a kombi branca em frente ao número 355 da Avenida Bilgaren. Através do limpador de para-brisa, via o jardim bem cuidado da casa do diretor Osborne, grama e sebe aparadas à perfeição. As lâmpadas de um lustre iam acesas no corredor e a luz da lareira refletia pelo veludo verde das cortinas semicerradas na janela saliente.

Levou as mãos ao rosto. A chuva repicava com violência sobre o teto de metal. Tudo que ela via em sua mente era Mario parado à porta da igreja, arma em punho, e Eamon Malcolm sendo arrancado da kombi, arrastando-se pelo chão.

A polícia não conseguiria suspender aquele experimento. Mario já estava envolvido demais. Louco o bastante para usar o revólver contra eles. Então, quem mais? Quem, neste mundão de Deus, conseguiria impedir que Mario acabasse com o padre? Anita sabia a resposta, mas também sabia que, ao procurar tal ajuda, poderia destruir tudo que alguma vez já representara a Mario.

Não havia alternativa. Anita atravessou a rua enquanto um trovão ensurdecedor ecoava pelos jardins úmidos e desertos, folhas secas batendo em seu rosto. Quando enfim chegou à porta do diretor Osborne, seus longos cabelos escuros empapados de chuva escorriam pelo rosto.

Tocou a campainha, um botão parecendo pérola, e não ouviu som algum. Então, bateu a aldraba de bronze que havia sobre a placa de família pregada à porta, em que se lia *Osborne*. Bateu uma e outra vez. O vidro acima do batente permitiu observar uma luz se acendendo, ouviram-se passos e Emily Osborne, esposa do diretor, vestindo um luxuoso robe de seda, receosa, abriu a porta.

"Anita Wagner, mas quê?", espantou-se.

"Peço mil desculpas", respondeu Anita, sem jeito. "Sei que é tarde. O diretor está acordado?"

"Está sim. No escritório."

A senhora Osborne hesitou. Analisava a jovem, filha de uma rival antiga, com um traço de cuidado, mesmo desconfiada.

Então abriu um sorriso artificial e deixou Anita entrar.

Anita aguardou, tremendo de frio e pingando sobre o tapete Aubusson. O lustre emanava uma claridade amarelenta que lembrava a lamparina do altar. O guarda-chuva preto do diretor repousava em um apoio de madeira e suas galochas, sobre um tapete emborrachado. Enquanto, por trás da casa, a tempestade silvava pelos caramanchões e jardins, na rua as árvores estalavam fazendo ruídos ameaçadores.

A senhora Osborne voltou do escritório com um sorriso educado, mas frio, e se retirou para um pequeno gabinete junto à cozinha. O diretor, trajando um pesado suéter marrom e calças pretas, aproximou-se do corredor de entrada.

Imediatamente percebeu que algo terrível devia ter levado Anita, sozinha, a sua casa.

"Por favor", disse, indicando-lhe o escritório.

Anita entrou no aposento espaçoso e atapetado. A lareira alta ardia sob uma cornija de mármore, e vários relógios de bronze, antiguidades, em silêncio tiquetaqueavam seus mecanismos delicados. Belíssimas gravuras da costa de Massachusetts preenchiam as paredes da biblioteca, e um enorme Frankenthaler dominava a área por trás da mesa de mogno.

Constrangido, o diretor Osborne a observava. Ensopada, ela parou à entrada.

Era a cópia de sua mãe, vinte anos mais nova, cabelos feito breu, uma beleza altiva que não precisava de ninguém, nem de nada, para cumprir sua natureza.

Mas havia algo diferente. Anita precisava de algo.

"A lareira vai lhe aquecer", disse em tom cortês.

Vacilante, ela seguiu até as chamas que crepitavam amarelas. Elas também pareciam partilhar da palidez doente da lamparina.

"Vim pedir sua ajuda", disse.

O diretor Osborne se pôs a pensar. Havia coisas que não poderia mudar, mesmo que lhe fossem caras. Foi a uma prateleira e serviu duas doses de um conhaque fino.

"Protegi Mario por sete anos", disse calmamente. "Não posso continuar com isso."

"Não foi por isso que vim aqui."

O diretor ergueu a sobrancelha. Sentou-se a uma poltrona de couro defronte da lareira. Na mesa, junto à luminária, um porta-retratos com a foto da equipe que sequenciou o DNA.

"Então para que veio, Anita?"

Anita, recusando-se a sentar na poltrona oposta à dele, tomou um gole do conhaque. O calor da bebida a pegou de surpresa. Respirou fundo, ainda incapaz de encarar o diretor, os olhos se demorando na metamorfose sugestiva das chamas na lareira.

"Mario está acabando com um homem bom e decente. Um jesuíta", disse devagar.

A expressão do diretor se contorceu e seus olhos pareceram ainda mais sombrios à luz rubra da lareira.

"Sei disso. Foi uma das razões que me levaram a cancelar o projeto."

De um gole, ela bebeu o resto do conhaque, estremecendo.

"O problema, diretor", disse-lhe com uma voz estranha, monótona, "é que Mario está alcançando resultados enquanto destroça o padre."

"Não estou entendendo, Anita."

"Mario conseguiu arrancar projeções psíquicas do homem. Explícitas. Do mesmo tipo das que aparecem nas fitas que o senhor confiscou."

"Aquelas imagens não eram projeções, Anita. Eram alguma pornografia."

"Não. Não o que o senhor viu. Mas o que está nos slides. É real, diretor. É real de verdade."

Cheio de culpa, o diretor Osborne se ajeitou na poltrona, tentando disfarçar seus sentimentos com um sorriso afável. Anita era um enigma para ele. Era uma garota amável demais para estar com Mario, de mente afiada demais para ser tragada pela parapsicologia. E agora parecia ter uma obsessão secreta, mas obstinada.

"Não acredito nisso", disse, desinteressado.

"Uma daquelas imagens parece a Crucificação."

"Foi esse o papo-furado que Mario tentou me empurrar. Mandei-o embora da minha sala."

"Bom, mas é verdade."

O diretor Osborne se manteve em silêncio. Anita afastou-se devagar da lareira, tateando os relógios de bronze que brilhavam ali, com seus mecanismos internos perfeitos demais, refinados demais para o mundo descontrolado que Mario desvelara no Vale de Gólgota.

"Na sexta-feira de manhã outra imagem apareceu no termovisor."

O diretor engoliu em seco. Vasculhou uma caixa ornamentada atrás de um charuto. Depois, remexeu entre livros e papéis sobre a mesa, buscando um cortador.

"Que tipo de imagem?"

"Uma imagem satânica."

O diretor acendeu seu charuto e a chama deitou sombras em seu rosto.

"Parece que esse padre é uma espécie de canal entre o céu e o inferno", ele comentou de forma seca, batendo as cinzas sobre a lareira. Inclinou-se um pouco, ciente da mulher junto à parede, sem precisar olhá-la. Uma intimidade peculiar, nascida de conflito e simpatia, unia os dois. As sombras de ambos se espalhavam pelo escritório, fugindo da lareira.

"Escute, Anita", disse irritado. "Eu vi as imagens que Mario apresentou na conferência. Eram incoerentes. Embaraçosas. Pornográficas. Não havia Cristo ali. E ele insistiu que estávamos alucinando." Virou-se para ela. "Não vá me dizer que concorda com ele, né?", completou.

O silêncio dela, seu olhar fixo, compenetrado e inquieto, foi algo que o desconcertou. Ela pertencia a um novo mundo, ele entendeu. Uma mente superior que se recusava a ficar escondida sob os modos habituais da feminilidade. Era sua vontade contra a dele, intelecto contra intelecto. Uma violação dos códigos implícitos em meio aos quais o diretor Osborne fora criado.

Sentiu-se totalmente perdido. Tentou pensar rápido, buscando meios de controlá-la.

"Não posso proteger Mario", repetiu. "Ele está acabado. Inteiramente. Pelo menos no que diz respeito a Harvard."

"É para o padre que estou pedindo sua proteção."

O diretor se voltou outra vez para encará-la. A grandeza daquela mulher o assombrava. Ele sequer era capaz de imaginar tudo pelo que ela passara no Vale de Gólgota, tudo pelo que estava passando agora.

"O padre é um dos homens mais decentes e sinceros que já conheci", disse em tom moderado. "Mario o está partindo em pedaços."

"Não vejo como posso ajudar."

Ela apenas o encarou, não implorando algo, mas exigindo.

"Pegue o carro e vá até o Vale de Gólgota. Diga a Mario que aceita suas provas. Que ele não precisa continuar torturando o padre."

O diretor Osborne viu-se tomado de emoções confusas e conflitantes.

"Hoje", Anita completou, imperturbável.

"Hoje? Não posso. Não vou. Está um temporal lá fora, Anita..."

"O padre está à beira de um colapso."

O diretor cerrou os dentes. Sua compaixão natural estava em atrito com o ódio profundo e indestrutível que nutria por Mario. Desolado, encarou Anita, depois fitou as labaredas que se agitavam.

"Dizer a Mario que aceito as provas?", murmurou. "Recontratá-lo? Depois da humilhação que me causou? Fui totalmente humilhado!"

Anita deu um passo adiante, pondo-se entre o diretor e a lareira, os olhos penetrando suas defesas.

"Como supervisor do projeto, se alguma coisa acontecer ao padre o senhor será responsabilizado."

O diretor estacou, encarando-a, e virou o resto de seu conhaque. Dirigiu-se ao decanter e serviu outra dose.

"Não vou ao Vale de Gólgota", disse. "Fica a duas horas de carro e parece que tem um furacão lá fora."

"O padre está sofrendo de dissociação! Está perturbado! Pelo que sei, pode já estar além de qualquer ajuda!"

"Ligue para a catedral. É problema deles."

"Não posso ligar para lá."

Surpreso, o diretor devolveu: "Por que não?".

Anita evitou seu olhar. Atrás dela, a esquadria preta da janela, e além, a tempestade atirando folhas e chuva nos fachos de luz.

"Ele fugiu de sua absolvição. Pode não parecer muita coisa para nós. Mas para a Igreja é um pecado mortal. Ele seria punido."

O diretor balançou a cabeça, confuso.

"Talvez seja disso que ele precise."

"Ele precisa de nossa ajuda. E precisa dela hoje."

O diretor Osborne caminhou devagar até a mesa, parando e bebendo um gole de seu conhaque.

"Com uma condição", disse sem se abalar.

Anita ergueu os olhos, receosa pela mudança de tom.

"Que condição?", perguntou.

"Que você largue a parapsicologia."

Ela o fulminou com um olhar irritado e curioso. Ele se aproximou um pouco.

"Desista disso, Anita. Você viu o que ela fez com esse padre. Viu o monstro que Mario virou."

"Mario é a mente mais brilhante de Harvard."

"Ele faz da ciência um maquiavelismo", o diretor acusou com vigor. "Usa as pessoas e suas mentes como se fosse um ditador."

"É. Ele é manipulador. E violento. Agressivo, sem modos. Hoje mesmo ele atirou nos pneus da kombi, tentando impedir que eu chegasse aqui."

Alarmado, o diretor observou a forma tranquila e objetiva com a qual ela comentava tanta violência. Ela o encarava com um olhar penetrante tão cheio de beleza e confiança que ele se sentiu violado.

"Mas ele está certo sobre as fitas e slides!"

Com desprezo, o diretor se afastou.

"Não acredito."

Ele então se sentou à mesa, empedernido. Anita correu os dedos pelos grandes livros escuros e empoeirados das prateleiras. Uma expressão estranha tomou-lhe os olhos. Alcançando um interruptor na parede, acendeu as luzes das estantes, uma a uma, até que uma série de lâmpadas amarelas em delicados abajures de vidro iluminaram as fileiras e mais fileiras de revistas, coletâneas e textos.

"Diretor, o senhor já foi um cientista também."

Perplexo, irado, ensaiou dizer alguma coisa, mas desistiu na mesma hora. A poeira dos livros, caindo de seus dedos conforme ela erguia os pesados volumes contra a luz, era argumento mais do que suficiente.

"A aptidão científica não é algo que se adquire por genética", ele se esforçou em uma zombaria.

Os ilustres retratos na parede chamaram sua atenção e ele desviou o olhar envergonhado.

"O desejo pelo conhecimento, pela descoberta, jamais desaparece", ele disse, quase como se falasse aos retratos e não a Anita. "Mas aquela ânsia... aquela motivação... ela rapidamente se vai..."

Anita apanhou um grosso volume que ocupava um nicho inteiro das prateleiras. Era a tese de doutorado do diretor Osborne. Psicologia comportamental. O diretor Osborne sentiu uma dor no peito ao ver sua velha ambição, um sonho antes tão vivo, pousado nas doces mãos de Anita como uma peça velha de antiquário.

"A gente assume a administração", explicou o diretor, "para dar oportunidades àqueles que têm essa motivação... essa curiosidade insaciável, essa energia implacável..."

Anita se virou com calma, o livro ainda nas mãos. Em seus olhos, o diretor percebia o desprezo, a raiva e uma compaixão estranha, mas infinita.

"*Mario* é assim", sussurrou.

O diretor sorriu.

"Certo, vamos fazer um acordo. Volte ao Vale de Gólgota. Veja como está o padre. Se estiver tão mal quanto você disse, me ligue. Eu mando uma ambulância particular."

"O padre quase perdeu a sanidade, diretor."

"Não vou perdoar Mario. Não vou. Não vou dar essa satisfação a ele!"

"Diretor Osborne, vamos conferir aqueles slides. Se forem pornográficos, eu renuncio à parapsicologia. Mas se forem de verdade, então o senhor vem comigo para o Vale de Gólgota."

O diretor perdeu a cor, relutante em confrontar Mario, sua carreira, em confrontar a si mesmo.

Tantas imagens giraram em sua mente que ele se sentiu tonto. Seu pai, seu avô, ambos haviam sido professores em Harvard. Seu tio Philip se tornara famoso pelo trabalho com o cíclotron. Imagens de lares tranquilos, casas de campo, congressos científicos. Imagens de estranhos e de colegas, todos em silêncio, mas dizendo *fracasso* enquanto o encaravam com duros olhares.

Algo perde o vigor depois de três gerações. Algum impulso vital acaba se perdendo mesmo nas famílias mais renomadas. O azar do diretor Osborne havia sido herdar um destino pesado demais para sua natureza. Respeitado e citado em jornais, homem de meios e influência, ainda assim vivera uma sutil, mas constante humilhação na comunidade científica. E Anita reabrira aquela ferida.

O diretor recordou da monstruosa curiosidade, da animação e do enorme *desejo pelo conhecimento* que sentira ao ver os slides de Mario na outra noite.

Seria seu destino, sua humilhação final, fazer parte do sucesso de Mario Gilbert? Ou haveria ainda outra coisa, como um renascimento do intelecto, a renascença do espírito, reservada a ele?

A resposta aguardava, possivelmente, no Vale de Gólgota.

Ouviu-se um ruído abafado vindo do corredor. A senhora Osborne apareceu com um livro debaixo do braço.

"Estou indo para a cama, Harvey", disse. "Vai demorar ainda?"

"Há um homem à beira da morte, senhora Osborne", contou-lhe Anita.

A mulher ergueu uma sobrancelha, calma e elegante, mas também preocupada.

"É verdade, Harvey? O que está acontecendo?"

Mal-humorado, o diretor caminhou de um lado a outro de sua mesa, até atirar o resto do charuto na lareira. O clarão de um relâmpago pareceu transformar as árvores lá fora em um imenso vulto de fogo.

"Não sei", admitiu. "Eu *não sei* o que está acontecendo." Tinha a preocupação estampada no rosto. "Emily, escute. Preciso ir ao campus, mas é rápido. Vá para a cama, devo voltar em meia hora."

A senhora Osborne olhou de Anita para o diretor.

"A previsão é de mais tempestade e vento forte, Harvey."

Ele a beijou carinhosamente na testa.

"Deixe a luz da entrada acesa", disse. "Eu volto logo."

Anita podia sentir que a mulher os olhava enquanto se dirigiam à porta. A indiferença da senhora Osborne era um disfarce para sua sensibilidade neurótica, e estremecia a cada raio caído lá fora.

O diretor sorriu sem graça e, calçando as galochas, a capa de chuva e apanhando o guarda-chuva, saiu pela porta com Anita.

O vento dobrou o guarda-chuva antes mesmo que chegassem à kombi.

Em sete minutos já haviam chegado ao estacionamento do prédio administrativo de ciências. O diretor destrancou a porta e, juntos, encharcados pela chuva, subiram a escadaria de mármore. Ao longe, ouviram o gorgolejo dos frascos no laboratório de química e sentiram o cheiro dos compostos sendo filtrados em algum experimento noturno.

O escritório estava deserto, e as lâmpadas fluorescentes deixavam o ambiente com uma palidez surrealista.

O diretor Osborne se ajoelhou para abrir a fechadura do cofre. Suas mãos tremiam, o coração disparava, e ele estacou assim que abriu a portinhola, sem saber ao certo o que desejava encontrar. Pingando pelo chão, sentou-se a uma mesa que era usada para o preparo e a colagem dos boletins internos, mimeografados. Colocou a caixa com o rótulo *Vale de Gólgota* entre Anita e ele.

"Abra", Anita mal pronunciou a palavra.

Com dedos nervosos e atrapalhados, o diretor ergueu a tampa comprida da caixa. Os slides eram minúsculos e estavam apertados demais na caixa para que saíssem com facilidade. Virou alguns sobre a mesa, de uma só vez.

As emulsões tinham um brilho verde sob as luzes fluorescentes.

O diretor pegou um slide ao acaso e o olhou de perto. O clarão de um raio iluminou seu rosto tenso.

Depois, apanhou outro slide e o olhou. E então mais outro, e outro ainda.

"Dê uma olhada", ele disse.

Anita lentamente apanhou um slide qualquer e o ergueu contra a comprida lâmpada fluorescente. Encarou-o por muito tempo.

Magnífica e com boa definição, a forma em cruz pairava difusa em meio ao fluxo da termovisão.

"Certo", o diretor Osborne disse com a voz embargada. "Mario conseguiu."

Anita não disse palavra.

"Ele realmente, realmente conseguiu", repetiu, apertando os olhos para ver o slide.

Por um momento, ela esperou vê-lo chorar. Os lábios trêmulos e o rosto em uma estranha expressão de ódio contra o destino, contra Mario, contra a injustiça de não ser ele a ter o brilhantismo reconhecido, contra o escárnio que suas ambições juvenis agora sofriam, tudo aquilo, apenas pouco a pouco foi se atenuando. Cobriu o rosto com as mãos e olhou outra vez para o slide verde.

"Jesus", murmurou.

Olhou para Anita. "Então aquilo que aconteceu na conferência", balbuciou, "*era mesmo* uma alucinação coletiva."

O diretor Osborne largou o slide, que caiu sobre os outros, um pouco cintilante. Encarou-os com repulsa.

"Tenho pavor do paranormal", suspirou, de pronto empurrando a pilha para longe. "Ele não pertence a este mundo!"

Anita se levantou. Olhava-o de cima.

"Diretor. Tem um homem morrendo. O senhor vai me ajudar?"

O diretor Osborne anuiu devagar, ainda aturdido.

Anita seguiu para a porta. "Por favor, ligue para sua esposa. Temos que ir agora até o Vale de Gólgota."

O diretor fez a ligação, obediente, e foi encontrar Anita no corredor escuro, apagando também as luzes do escritório.

Ela já percorria o corredor enquanto lá fora a chuva desabava sobre os holofotes. O diretor Osborne a alcançou e os dois desceram rapidamente as escadas até o estacionamento.

Encharcado, o diretor se agarrava ao painel do carro como se sua vida dependesse disso, a kombi derrapando pelas ruas de Cambridge de volta à escuridão, rumo ao Vale de Gólgota.

20

No avião papal, Francisco Xavier observava, desanimado, o terminal do aeroporto. Era uma noite densa. Pancadas de chuva açoitavam as enormes janelas das salas de embarque, muitos rostos grudados ao vidro, hipnotizados pelo espetáculo que era o avião do papa envolto por holofotes.

"E agora?", murmurou nervoso o cardeal Bellocchi, enquanto andava pela cabine. "Para onde vamos agora?"

Francisco Xavier fechou os olhos e se recostou, descansando a cabeça no encosto forrado da poltrona.

"Para onde Cristo nos enviar", respondeu com toda a calma do mundo.

A chuva e o granizo batucavam acima deles. Na pista de pouso, debaixo de guarda-chuvas revirados pelo vento, a delegação do bispo James McElroy, de Springfield, conversava em tom nervoso com o subsecretário de Estado do Vaticano.

Na cabine dianteira, os jesuítas aguardavam. Alguns sopravam as próprias mãos para aquecê-las. Um após o outro, espiavam o cardeal Bellocchi e Francisco Xavier.

Francisco Xavier abriu os olhos devagar. Uma viatura policial cruzava a pista, as sirenes ligadas. Luzes e holofotes brilhavam iridescentes em meio ao violento temporal. Energia parecia espiralar para fora da escuridão pura e profunda.

"Tragam-me os instrumentos litúrgicos", ordenou Francisco Xavier, com calma.

Cardeal Bellocchi ergueu a sobrancelha antes de fazer sinal a um jesuíta. Este se aproximou e o cardeal sussurrou-lhe algo ao ouvido. Com espanto, o jesuíta concordou. Outros dois jesuítas o seguiram pela escada de metal.

O jesuíta se encolheu sob a chuva e desceu depressa até a pista.

Nas cabines do avião do Vaticano, ninguém disse nada, sequer se moveram, quando o compartimento de carga se abriu, rangendo, sob as paredes curvadas.

O bispo de Springfield observou três jesuítas carregando baús pesados de madeira sobre os ombros, nos quais estavam os utensílios e vestes religiosas para as Celebrações Litúrgicas do Sumo Pontífice. O bispo McElroy, com sua face redonda e rosada, abriu caminho logo atrás deles.

"Há algo errado?", o bispo exigiu saber. "Por que Sua Santidade permanece lá dentro?"

O jesuíta o encarou, a chuva escorrendo por todo o rosto.

"Com licença", disse-lhe, afastando o bispo McElroy do caminho.

O jesuíta voltou ao avião. Lá dentro, os três pesados recipientes foram postos no centro do tapete felpudo. A água fria gotejava ritmadamente sobre a insígnia papal. Em silêncio, o italiano contemplou a água que, lenta e cintilante, gota a gota ia caindo...

Francisco Xavier surgiu na cabine. Os jesuítas, com reverência, voltaram-se a ele.

"A jornada que nos trouxe até aqui durou mais de seis horas", comentou com tranquilidade Francisco Xavier. "Mas é uma jornada que começou muito antes de nosso pontificado."

Os jesuítas se entreolharam. Cardeal Bellocchi notou que os lábios retesados de Francisco Xavier e sua testa empapada de suor traíam a calma das palavras que dizia.

"A jornada teve início mesmo antes de nascermos."

Vários jesuítas engoliram em seco. Alguns empalideciam pelo terror de que eram presas.

Francisco Xavier caminhou cabine adentro, abarcando a todos com seu olhar.

"Esta jornada começou há dois mil anos, quando Cristo combateu Satanás", disse lentamente. "É a jornada em direção à qual a Eterna Igreja sempre marchou em sua missão sagrada. Irmãos em Cristo, esta jornada em que embarcamos agora é a mais extensa das jornadas."

O estrondo surdo de trovões ecoou sobre a pista. Luzes vermelhas de emergência e de sirenes lampejavam no rosto de Francisco Xavier, deixando seus olhos ternos e sombrios na escuridão.

"Meus filhos", disse com um carinho extremo. "Meus soldados. A jornada está quase completa."

Os jesuítas se benzeram.

"Não teremos medo algum", concluiu Francisco Xavier. "Pois Cristo é nossa fortaleza."

O cardeal Kennedy, de Nova York, um velho magro e de olhar penetrante, aguardava-os ao fim da escada. Atrás dele, o bispo McElroy e quatro padres de batinas pretas com guarda-chuvas em mãos.

"O aeroporto ficará fechado por três horas devido à tempestade", o cardeal Kennedy informou rapidamente ao cardeal Bellocchi. "E nenhum avião poderá decolar até amanhã cedo."

O bispo McElroy sussurrou algo atrás do cardeal Kennedy.

"O serviço secreto está preocupado com a possibilidade de que multidões acabem cercando as saídas."

Cardeal Bellocchi esfregou o anel no dedo. A massa de rostos pregados aos vidros no terminal perturbava o núncio. Nos olhos daquelas pessoas havia um clamor angustiado, sombrio. Os cordões de isolamento da polícia, ali na pista de pouso, mal davam conta de conter os repórteres e as equipes de televisão com seus holofotes iluminando a entrada do avião.

"Venham à catedral", rogou o cardeal Kennedy. "Lá, Sua Santidade poderá descansar. Ao amanhecer o tempo estará melhor."

Mas a catedral fazia com que o cardeal Bellocchi recordasse da imagem do jesuíta se atirando ao pés do bispo Lyons. E da carta insolente e suplicante enviada à Penitenciária Apostólica. Deixou o cardeal Kennedy na escada e voltou para dentro. Por minutos sem conta, ele e Francisco Xavier confabularam.

"Sua Santidade deixará o avião", anunciou o cardeal Bellocchi.

Três limusines pretas manobravam vagarosamente pela pista. Uma multidão animada recepcionou o cardeal Bellocchi que descia os degraus atrás do cardeal Kennedy. Os flashes dos fotógrafos e os potentes holofotes se voltaram a todos na escada.

Os agentes do serviço secreto averiguaram as limusines e abriram espaço. Era possível ouvir as vozes dos repórteres com seus microfones. Freiras de um convento de Boston se aglomeravam, em êxtase, nos cordões de isolamento.

Enquanto isso, os três jesuítas desceram as escadas carregando as caixas pesadas. Cardeal Bellocchi os enviou à primeira limusine.

"Estou certo de que a equipe de solo poderia carregar a bagagem de Sua Santidade!", sussurrou-lhe o cardeal Kennedy.

O alarido da multidão engoliu a resposta de cardeal Bellocchi. Viaturas com as sirenes ligadas cercavam as limusines. Agentes secretos dirigiram-se à escada de metal. Até os policiais que continham as freiras se viraram para a entrada da aeronave, agora branquíssima pela iluminação das equipes televisivas.

O uivo da tempestade se confundia com a agitação da multidão.

Delicado, tímido, sorridente, com um braço estendido, Francisco Xavier surgiu à porta, o robe e o solidéu brancos rebrilhando a luz forte.

Debaixo de um guarda-chuva carregado pelo subsecretário de Estado, Francisco Xavier desceu os degraus enquanto era banhado pelos flashes das câmeras. No mesmo instante, um grupo de prelados, padres e policiais ansiosos se aglomeraram no pé da escada. Francisco Xavier pareceu sumir no meio de tantos corpos agitados.

Na primeira limusine, defronte aos três jesuítas com suas caixas de madeira, o bispo McElroy sentava-se ao lado do motorista.

Na segunda limusine, junto do subsecretário de Estado e de seu assistente administrativo, o cardeal Kennedy, adorado e retribuindo a receptividade da multidão, acenava.

Já na terceira, equipado com uma mesinha e um telefone branco, Francisco Xavier sentava-se sozinho no banco de trás. O cardeal Bellocchi seguia no assento do carona. Um agente do serviço secreto dirigia o longo Cadillac cintilante.

Centenas de pequenas câmeras tiravam fotografias, câmeras de plástico manejadas pelas freiras, pelo pessoal do aeroporto e até por passageiros que chegavam correndo dos terminais. Com educação, Francisco Xavier acenava para todos. Holofotes montados sobre os carros das equipes de tevê inundavam a limusine e o cegavam.

Três viaturas da polícia de Boston assumiram a dianteira e guiaram as limusines para longe da aeronave do Vaticano, fazendo uma curva aberta. Outras quatro viaturas vinham atrás.

Sete motos da polícia ultrapassaram a comitiva e foram tomar a frente, como ponta de lança sob a chuva.

Na primeira limusine, o bispo McElroy olhava por sobre o ombro e, sem compreender nada, via os jesuítas, zelosos, guardando seus pertences. A água escorria deles, devagar, agourenta. Bispo McElroy apanhou um telefone perto e entrou em contato com a catedral de Boston.

"Como assim, dificuldade?", esbravejou. "Escute aqui, eu estou com a comitiva do papa e nós vamos sair agora do aeroporto e seguir até a catedral!"

O bispo repousou o queixo sobre um ombro e ouviu.

"Estou ciente do estado de saúde de Sua Eminência."

O rosto rosado do bispo McElroy se tornou rubro de raiva. Ele ouvia. Então apertou um botão na base do telefone. O cardeal Kennedy, circunspecto, atendeu na segunda limusine.

"Problemas?", perguntou. "Que problemas?"

Ouviu atentamente.

"Desde quando?", quis saber. "Sábado?"

O cardeal Kennedy olhou para o relógio e esticou o pescoço a oeste, conferindo as condições do céu. Continuava fechado e ameaçador.

"Não", respondeu irritado. "Não sei nada sobre esse jesuíta. Agora, se o cardeal Bellocchi estava presente, talvez ele saiba."

Cardeal Bellocchi atendeu o telefone branco.

"Entendo", disse depois de um tempo. "Sim, falarei com Sua Santidade."

Devolveu o fone ao gancho. Por bastante tempo, contentou-se em olhar para a chuva que desabava na rodovia. Então virou-se para falar com Francisco Xavier, a voz tranquila.

"Houve alguns sinais preocupantes na catedral", disse. "Os funcionários estão aterrorizados."

"Quando começaram?"

"Ao que parece, depois do incidente sobre o qual lhe contei."

"E o padre?"

"Ninguém sabe para onde foi."

Francisco Xavier olhou com atenção para as nuvens carregadas sobre a metrópole encharcada.

"Adie nossa chegada até que amanheça."

Cardeal Bellocchi concordou. Em conjunto com o bispo McElroy e a equipe da catedral, organizou um percurso que iria abranger toda a área dos subúrbios ao norte, de forte presença católica.

Às cinco horas da manhã, as estações de rádio de Boston anunciavam que Sua Santidade decidira realizar uma série de visitas pelas dioceses mais distantes antes de chegar à catedral.

Nos aposentos privados do bispo Lyons, o prelado convalescente assistia, mudo e horrorizado, à televisão colocada em seu armário. Imagens de uma figura esquelética se alternavam com imagens da comitiva papal percorrendo os distritos ao norte.

O choque daquele *déjà vu* imobilizou o bispo. Era uma visão da morte, ele sabia, destinada a Francisco Xavier.

"Absolv...", murmurou o bispo Lyons.

Um vaso veneziano se espatifou no peitoril da janela, lançando cacos de vidro no tapete.

"Absolva!"

Uma brisa súbita virou as páginas do Evangelho sobre a mesa antiga. Uma a uma, sopradas lentamente, as páginas avançavam como se um dedo invisível acompanhasse a litania.

"ABSOLVA!", guinchou o bispo Lyons, o rosto inteiramente vermelho, pescoço arqueado, as veias pulsando e as costas rígidas.

Os franciscanos se aproximaram do leito. Para atenuar o sofrimento do bispo, começaram a abrir os frascos de óleo santo e iniciaram os ritos derradeiros.

Para Eddie Fremont, um menino de 8 anos, a atmosfera daquele amanhecer parecia alguma coisa cinza-azulada.

Havia algo estranho. Na cozinha, sua mãe ouvia o rádio. Debruçava-se sobre ele, absorta. Com medo, Eddie esfregou os olhos sonolentos e caminhou, ainda descalço, até ela.

Era tudo muito confuso para o menino. Ainda meio sonhando, ouvira, ou pensara ter ouvido, uma aeronave pousando e milhares de fiéis aglomerando-se no aeroporto de Boston. A princípio, achou que seu pai tivesse morrido em um acidente de avião. Sua mãe, contudo, ouvia o rádio calma e serenamente, como que em presença de algo miraculoso.

Olhou-o com uma expressão densa, entre maravilhada e curiosa. "O Santo Padre veio a Boston", disse-lhe em voz baixa, admirada.

Então os vizinhos apareceram à porta, trajando capas de chuva. Sem nem tomar café da manhã, viu-se vestido, embrulhado em uma capa de chuva, e levado de carro até um estacionamento na zona industrial além de um beco sem saída. O lugar já estava tomado pela multidão. A aglomeração de freiras, padres e alunos dos colégios católicos, com cartazes feitos às pressas, o aterrorizava.

"Francisco Xavier!", entoava a multidão.

De súbito, ergueu-se um alvoroço. Eddie virou para ver. Vindo pelas ruas daquele subúrbio, uma limusine preta era escoltada por viaturas e motocicletas da polícia.

A multidão avançou afoita, e os padres tentaram, em vão, manter alguma aparência de ordem. Eddie sentia aquela empolgação coletiva tomando conta de seu peito. Por um momento, a limusine pareceu sumir por trás de um declive da rua.

No veículo, Francisco Xavier pressionava as têmporas com os dedos. A imagem de um esqueleto lampejava em sua mente.

Como se estivesse sonhando, Francisco Xavier viu a multidão sob um mar de guarda-chuvas a encher as ruas. Sem pronunciar palavra, aqueles rostos expressavam uma ânsia enorme. Francisco Xavier havia alterado seu itinerário, e agora partia em uma expedição de alto risco.

A multidão parecia crescer à medida que a comitiva se aproximava do estacionamento da zona industrial, resplandescente pelos holofotes que o cercavam. Funcionários dos restaurantes, das fábricas, mães com suas crianças, centenas e centenas de padres e freiras aclamavam a chegada das limusines. Mas ao contemplar outra vez aqueles rostos, Francisco Xavier viu neles o mesmo pavor espiritual, a mesma escuridão.

"Acha que eles se dão conta?", sussurrou. "Percebem que existe algo em suas almas?"

De imediato, Francisco Xavier enterrou o rosto entre as mãos.

"Cardeal Bellocchi. Não tenho forças. Meus joelhos estão trêmulos como os de uma velha."

O cardeal Bellocchi tomou Francisco Xavier pelo braço.

"Aquele a quem o Espírito Santo elege", o cardeal sussurrou, com fervor, repetindo o que dissera na manhã de sua eleição, "a ele o Espírito Santo dá forças."

E com a mesma crueza, em um surto agonizante de dúvida, Francisco Xavier perguntou outra vez: "Mas *foi mesmo* o Espírito Santo?".

O *déjà vu*, com aquela figura esquelética se erguendo, tornou-se insuportável.

"Pare o carro."

Francisco Xavier saiu trôpego da limusine, amparado pelo núncio.

No estacionamento, vivas extraordinários faziam estremecer o chão. Agitado, Francisco Xavier subiu no pequeno aclive do gramado de onde quase trezentas pessoas podiam vê-lo. Com um gesto transmitido instantaneamente para o mundo todo, as vestes brancas agitadas ao vento úmido, ergueu as mãos espalmadas e abençoou a multidão que avançava.

"Livrai-nos de todo o mal!", Francisco Xavier orou. "Senti-os Vossa santa presença e buscamos os santos sinais de Vossa vontade!"

Todos os trabalhadores, as crianças ainda sonolentas e outros funcionários viram aquele rosto cansado e pálido sobre o morro, e algo pareceu surgir no meio deles, algo que alterava e elevava sua relação com o mundo material.

"Perdoai aqueles a quem os sinais falsos tenham enganado!", bradou Francisco Xavier. "Na hora do juízo, que seus corações se abram para o santo mistério de Vosso amor!"

Francisco Xavier baixou a cabeça.

"Dai-nos a capacidade para suportar os horrores que precederão Vossa Segunda Vinda", rezou. "Conduzi-nos pela tormenta até o porto seguro da felicidade eterna."

Muitas pessoas na multidão haviam se ajoelhado, descoberto as cabeças, ouvindo atentamente e se benzendo àquelas palavras. Eddie Fremont sentiu uma grande energia ao ver o pontífice, e um desejo irreprimível de se aproximar para tocá-lo, de ser tocado por ele, de partilhar a sensação daquelas bênçãos. Eddie não estava só. A multidão inteira começou a avançar, deixando os agentes de segurança em pânico.

"Eles percebem!", disse Francisco Xavier, erguendo dois dedos na direção do próprio peito, tomado pelo êxtase. "Em breve será hora! Muito em breve!"

A polícia conduzia os representantes da igreja de volta à limusine. Os cordões policiais começaram a ser rompidos, e muitas pessoas disparavam morro acima na intenção de agarrar e beijar a mão do papa.

"O bispo Lyons entrou em coma", informou o cardeal Kennedy, com o telefone ainda na mão. "Sua última palavra foi... *'Absolva'*..."

Com ansiedade, Francisco Xavier correu os olhos pelo céu. Um amanhecer da cor do chumbo irrompia sobre a metrópole, pesado pela dor dos séculos e por gerações de promessas não cumpridas.

"Será que... era sobre o tal padre que falava...?", cogitou, em voz alta, Francisco Xavier, afastando-se, mas ainda contemplando as formações de nuvens ao norte. Em meio às silhuetas cinzas e agitadas estavam aquelas sombras aladas que Francisco Xavier vira sobre seu tio, sobre a mulher moribunda, junto ao casaco de seu pai. Francisco Xavier apertou o rosário da mãe até seus dedos perderem a cor.

"Procurei-o por tanto tempo", murmurou. "Em San Rignazzi. Em Bolonha. Nas montanhas da Bolívia. Mas nunca, nunca estive tão perto!"

O brilho dos campos e dos bosques úmidos pareceu de repente se animar. Sombras se arrastavam para junto das limusines. Francisco Xavier sentiu um calafrio, como se algo poderoso o observasse.

"E quando encontrar a serpente", disse no dialeto da Sicília, "vou lhe cortar a cabeça!"

O cardeal Kennedy tocou o braço de Francisco Xavier.

"O tempo está firme", disse-lhe. "Podemos voltar ao aeroporto."

"Não vamos ao aeroporto."

"Mas, Vossa Santidade. A conferência de Quebec já foi adiada por um dia."

"Devemos responder a um chamado, cardeal Kennedy", Francisco Xavier se voltou ao cardeal Bellocchi. "Esse padre... Eamon Malcolm, se não me engano... onde fica sua paróquia?"

"No Vale de Gólgota, Vossa Santidade", o núncio respondeu.

Cardeal Kennedy imediatamente deu um passo adiante.

"É uma igreja perdida em um vale bastante pobre, a muitas horas de viagem naquela direção", resmungou, apontando o céu azulíssimo que se abria além das colinas e bosques sobre os quais sombras vastas cortavam o céu. "Sua santidade foi corrompida, e depois disso houve esforços para consagrá-la outra vez. Mas foram todos em vão."

Cardeal Bellocchi e Francisco Xavier se entreolharam.

"Então *nós* vamos ao Vale de Gólgota", afirmou o papa.

21

Mario tateou a lama escura. Um fedor de grama decomposta e sangue seco lhe encheu as narinas. Espinhos. Besourinhos em suas mãos e na camisa.

... Puto...

Aos poucos, tornou a enxergar, com os olhos da mente que o pânico aguçava, o jesuíta parado à porta da igreja com a arma em punho. O padre tinha uma expressão maliciosa, a maldade estampada nela.

... Puto...

Por quê? Como fora usado? E por quem?

Estalos pareciam espocar em sua cabeça. As moitas à sua volta davam a impressão de estarem afundando enquanto ele se arrastava morro acima. Suas botas reviravam a argila úmida. A risada insinuante do jesuíta ricocheteava em sua imaginação.

Na primeira vez que Eamon Malcolm projetara, durante o exorcismo, um feixe daquela energia atingira Mario. Na segunda vez, Mario sofrera alucinações, caído no chão de Harvard. Mas desta vez — com a imagem do morto se erguendo — sua cabeça parecia conter um incêndio. Era impossível separar alucinação e realidade. Mario sabia apenas ter sido atingido com toda a força por um ódio insano, extraordinário.

As mãos de alguns homens o agarraram pelos braços. As botas de Mario abriram sulcos na lama.

"Mas... que diabo...?"

Fazendeiros de macacões, um sorriso no rosto e lama salpicada no corpo todo arrastavam-no para um celeiro fustigado pelas intempéries.

Mario se debatia com toda a força, em pânico.

"Me larguem, seus merdas! O que vocês acham que estão fazendo?"

Mas os fazendeiros apenas o agarravam com mais força, segurando suas pernas e braços, resistindo a ele, enquanto arrastavam-no em direção à velha estrutura.

"Isso quase aconteceu quando aquele padre Lovell andou por aqui", segredou um dos fazendeiros, em um amargor terrível.

"Isso o quê? Que história é essa?"

Brutalmente, Mario sentiu um ramo de espinheiro açoitando as costelas. Os fazendeiros arrastavam seu corpo implacavelmente pela estrada enlameada. De tempos em tempos, viravam os rostos lívidos para observar a igreja.

"E quase aconteceu também quando aquele velho grisalho veio de Boston", disse um fazendeiro mais jovem. "Graças a Deus ele morreu antes."

"Antes *do quê?*"

Mario lutava contra seus captores. Então viu que dois rapazes abriam as portas do celeiro. Um breu escancarou-se para recebê-lo.

Gritando contra os captores, Mario se debatia. As mãos firmes dos fazendeiros o imobilizaram.

"E aí *você* apareceu", continuou o primeiro fazendeiro, o bafo colado ao rosto de Mario. "Você e esse padre novato. Ah, e *vocês dois* conseguiram mesmo!"

"O quê? Do que vocês tão falando?"

O fazendeiro agarrou Mario pelo colarinho, erguendo-o do chão.

"A gente sabe para quem vocês trabalham, moço!"

De súbito, Mario foi catapultado para a escuridão. Um fedor de esterco, feno úmido e lama o engoliu. Mario girou nos calcanhares e tentou correr até a porta. Mas já era tarde. Ela estava trancada.

Desesperado, Mario bateu na porta.

O olho de um fazendeiro apareceu pelo orifício da madeira.

"Tem mais nada que fazer agora além de seguir cada um de um lado", murmurou o fazendeiro em um misto de admiração e medo.

Aquela voz paralisou Mario com um medo irrefutável. Outra vez pensou em tudo que Anita dissera sobre as causas das imagens na termovisão, dos eventos na igreja e do medo do jesuíta. Mario bateu contra a porta.

"Como assim, cada um de um lado?", gritou, enfim compreendendo, apesar de cada fibra de seu corpo.

O cano duplo de uma espingarda apareceu lentamente por uma fenda entre as tábuas gastas.

"*Os justos e os condenados!*", respondeu a voz risonha.

Mario recuou tropeçando sobre os fardos de feno. As vozes do jesuíta, de Anita e do padre Pronteus trovejaram em seus ouvidos junto do estrondo surdo daquele disparo.

O som dos tiros ecoou duas vezes na mata escura ao sul de Dowson's Repentance, no leste do Vale de Gólgota. Anita pisou no freio. Um terceiro eco, mais abafado, chegou-lhe aos ouvidos.

"Meu Deus", sussurrou espantada, "vem lá do Vale de Gólgota."

Anita correu os olhos pelo vale. Uma névoa azulada se erguia do Siloam, espalhando-se e invadindo os campos. Eram quase seis da manhã.

A kombi conseguira escapar da tempestade. Nuvens escuras corriam agora pelo litoral, seguindo ao mar. Rajadas de vento ainda castigavam as árvores e os campos, batendo as portas dos celeiros e quebrando o silêncio aterrador. De vez em quando, uma coruja piava e um vulto escuro alçava voo, agitando as grandes asas e se perdendo na floresta.

"Que lugar desolador", o diretor Osborne murmurou, nervoso. "O inferno deve ser assim."

"Aquela estrada", apontou Anita. "Não sei se a kombi consegue passar por lá."

O asfalto que cruzava o caminho de galhos tombados estava em péssimas condições. Rachaduras se abriam feito abismos à luz dos faróis. A névoa azulada se espalhava pela estrada como se fossem dedos vindos da mata fria.

Anita deu a partida. Confiante, avançou sobre o asfalto rachado, os galhos estalando sob as rodas e voando para os lados. Agindo apenas por instinto, o diretor Osborne se encolheu, agarrando o painel com um sobressalto.

A claridade anunciando o amanhecer cobria o vale feito um manto de silêncio.

"Anita", fez o diretor.

"Diga."

"Eu nunca acreditei em Deus."

Anita não lhe respondeu.

"Até tentei", continuou falando, buscando aliviar seu incômodo. "Frequentei a igreja regularmente até os 13 anos. Cheguei a estudar religiões comparadas na faculdade, inclusive. Mas nunca me fez muito sentido. Nenhum sentido *lógico*. Entende o que estou dizendo?"

Ele abriu os olhos e se voltou para Anita. Ela, compenetrada na pista, limpava o para-brisas embaçado.

"Você já acreditou, Anita?", perguntou delicadamente. "Alguma vez acreditou?"

Anita mantinha os olhos fixos no caminho escuro, cheio de galhos e plantas de ambos os lados.

"Conheci um homem que acreditava em Deus", disse por fim. "Isso me fez mudar de ideia."

O diretor Osborne se agarrou ao painel enquanto a kombi rodava por cima de galhos escuros.

"O jesuíta?"

Ela anuiu.

"Através dele eu pude experimentar uma... uma espécie de força, um tipo de amor. Senti isso nele, e agora em mim." Ela o encarou. "Como se fosse um passarinho engaiolado aqui dentro."

Impressionado, seus olhos se voltaram para a estrada.

"Minha esposa não está bem", ele disse. "Os médicos não sabem o que ela tem. Procurei outra vez por uma resposta divina, Anita. Mas tudo que encontro é um vazio imenso."

Anita desacelerou a kombi. Aproximava-se do Vale de Gólgota pelo norte, pela margem mais distante do Siloam, fazendo a volta no vale. A estrada começou a sumir gradualmente, tornando-se um brejo de lama grossa e troncos caídos. De súbito, freou a kombi.

"O que houve?", perguntou o diretor.

Sob a luz dos faróis, um guaxinim estava de pé sobre as patas traseiras. Os fachos de luz haviam paralisado o animal. As patinhas dianteiras se agitavam hipnotizadas.

Anita desceu do carro e cutucou o guaxinim com o pé. Ele tombou de lado em meio à grama. Então, foi gingando em direção aos troncos caídos, repletos de cogumelos, e da névoa azul.

O azevinho crescia pelos troncos, de folhinhas estreitas e brilhantes. Frutinhas vermelhas, maduras e vivas, se espalhavam em meio às folhas.

"Estranho", disse o diretor Osborne assim que Anita voltou ao volante. "Não é época de azevinho."

"Sei disso", respondeu, com a voz tranquila.

Confuso, o diretor a olhou. Então Anita deu a partida, a kombi avançou e eles penetraram na fria manhã que finalmente se abria na borda distante do Vale de Gólgota.

Mario despertou com uma dor lancinante na lateral do corpo. Seu gemido tomou conta da luz cinza-azulada daquela manhã nublada. Por um instante, não conseguia lembrar onde estava, quem era e nem a razão pela qual se encontrava em um celeiro imundo.

Então o pesadelo daquele jesuíta que não era um jesuíta voltou-lhe à mente, e ele se lembrou.

Os fazendeiros tinham partido. Por que não haviam entrado no celeiro para matá-lo de uma vez, do jeito que haviam feito com um monte de bezerros e ovelhas deformados? O tiro da espingarda havia destroçado várias tábuas no fundo do celeiro, mas passara por cima de sua cabeça.

Talvez, Mario cogitou, eles estivessem correndo contra o tempo.

Afastou-se do monte de palha e esterco onde caíra. Limpou a sujeira de sua camisa e calças, os olhos correndo por todo o palheiro. No alto, uma única janela parecia oferecer uma rota de fuga.

Mario empilhou fardos de feno sobre um engate de trator e escalou até o alto. Alcançou os degraus de uma escada de mão, jogou o corpo até ela e se ergueu com dificuldade até o segundo andar. Da janela, tinha uma visão ampla do Vale de Gólgota.

A névoa havia se dissipado. A manhã seguia limpa. Os fazendeiros e os habitantes do lugar não podiam ser vistos em parte alguma. A igreja parecia vazia. Mario não conseguia ver nenhum de seus equipamentos daquele ângulo. Eamon Malcolm também não podia ser visto.

"Maldito do caralho!", resmungou Mario.

Um som peculiar pairava no cume ao norte, um ronco que parecia o zunido distorcido de uma colmeia agitada.

Mario esticou o pescoço para ver melhor. Acima das bétulas via apenas as nuvens tormentosas de tempestade, bem ao leste. Pássaros voavam dos galhos. E o ronco aumentava.

Uma moto despontou no cume e desceu pela estrada tortuosa.

Surpreso, Mario se debruçou para fora da janela. A moto reluzia ao sol, bem distante, e o motoqueiro calçava botas. Era um policial. Mario se recolheu de volta ao celeiro.

Teria Anita enviado a polícia atrás dele? Ou a delegacia estava atendendo ao chamado de alguma denúncia feita por alguém do Vale de Gólgota, alertando sobre o perigo que Eamon Malcolm representava?

Devagar, procurou olhar outra vez.

Uma segunda moto despontou no cume, seguindo a primeira pela estrada que descia a colina. Então um terceiro e um quarto policial chegaram ao vale.

Quatro policiais para prender... quem?

Mas os quatro pararam em uma curva mais aberta para discutir alguma coisa. Com suas luvas, apontaram alguns lugares próximos à igreja e à cidade. Um deles falou ao rádio. Agiam com rapidez e eficiência, e logo os quatro se espalharam pela rua Canaã, guardando seus postos.

Teriam sido invocados pelo poder de projeção do padre?

Mario atirou fardos de feno no chão, debaixo da janela. Agarrando-se em uma corda presa na roldana, desceu até o feno, e com dificuldade saltou até o chão.

Caminhou devagar pela encosta gramada ao sul. Outras duas motos, seguidas por mais outras, apareceram de repente em meio às árvores. Mario se escondeu atrás de uns arbustos. Assim que elas passaram, voltou a trotar pelo caminho, a cabeça baixa, procurando a melhor vista da cidade.

Um cervo, encoberto pelas sombras dos galhos entrelaçados, encarava Mario. Onde as galhadas se encontravam, no alto da cabeça, havia uma espécie de cruz reluzindo como um halo à luz do sol nascente.

"Oh, Cristo!", assombrou-se Mario.

Correu em desespero até o cume. Outro tipo de zumbido começou a roncar, depois desapareceu e logo voltou mais forte em meio ao ar perfumado. Mario se escondeu detrás dos espinheiros.

Uma viatura da polícia municipal de Boston levantava poeira conforme atravessava o alto da colina.

Será que Anita o havia denunciado por estar armado? Mas ainda que o tivesse feito, aquela quantidade de policiais não fazia sentido.

Uma segunda viatura, patinando devagar no cascalho solto da estrada, também saiu de dentro do bosque fechado. Mario apenas observou. Os dois policiais pareciam bastante profissionais, fazendo uma varredura pelo Vale de Gólgota antes de descerem.

Mario se levantou. *Mas que diabo está acontecendo?*

Depois de uma terceira e de uma quarta viatura, reluzente em um trecho ensolarado da estrada, uma limusine preta se aproximou. Portava a insígnia da diocese católica de Boston. Mario se lançou na direção da estrada, os passos vacilantes, totalmente confuso. Agitou os braços de um jeito desengonçado.

Mas a limusine passou roncando por ele. Mario deu um passo atrás, tossindo com a poeira. Três jesuítas no banco de trás o olharam, agarrados nas caixas de madeira. Mario fixou o olhar no Cadillac.

Teria a catedral enviado aqueles jesuítas para reconsagrar a Igreja das Dores Perpétuas, sem saber dos poderes maníacos de Eamon Malcolm? Talvez sem sequer suspeitar que ele estivesse ali?

"Vão embora!", gritou.

Então viu, à distância, duas motocicletas fazendo a volta e seguindo em sua direção. Mario conseguia ver a agressividade em seus rostos, os olhos duros preparados para a violência. Recuou correndo pela estrada.

Uma segunda limusine passou roncando por uma curva, saindo da sombra das árvores.

Sentado no banco de trás, o cardeal Kennedy observou a figura, o cabelo inteiramente bagunçado, rosto cheio de arranhões, olhos em brasa. Mario estacou, espantado pela visão de um cardeal naquele vale desolado.

Cardeal Kennedy colocou a mão pela janela, diminuindo a marcha daquela procissão, e olhou nervoso para a limusine atrás de si.

E foi então que Mario viu as bandeiras auribrancas do papa tremulando nas laterais do último carro da comitiva. Resguardada em seu interior, a imagem de Francisco Xavier, o próprio pontífice, encarava com curiosidade o olhar assombrado de Mario.

De uma só vez, as palavras de Anita desabaram sobre ele: *"Ele se alimenta dos padres... está atrás de peixe grande...!"*. E recordou também de sua resposta cínica: *"Que peixe grande?... O bispo?... O papa?... Jesus Cristo em pessoa?"*.

Anita acreditava que Eamon estava ameaçado pelo Anticristo. Teria sido aquilo que o possuíra?

Ou, como Mario ainda se esforçava para acreditar, seria o poder extraordinário de projeção daquele padre?

Seria possível que aquele poder chegasse ainda mais longe do que Harvard? Que tivesse chegado, digamos, até a catedral de Boston, às mentes de seus clérigos e prelados? Ou ainda mais distante, muito mais distante do que a catedral, chegando mesmo ao coração da Igreja, e ali causando hipnoses, ilusões e tormentos, todos baseados na fúria primal daquele sofrimento pessoal?

Qualquer que fosse a verdade, apenas ele sabia do perigo ao qual a comitiva papal se dirigia em sua ignorância.

"Vão embora!", gritou, agitando os braços defronte ao alarmado pontífice. Uma viatura de polícia se afastou do cortejo, dirigindo-se ao intruso. As duas motocicletas se juntaram a ela.

"Pelo amor de Deus, vão embora daqui!", berrou Mario, correndo até o Cadillac do papa e batendo os punhos contra o vidro à prova de balas. *"É UMA CILADA!"*

No mesmo instante, os dois policiais das motos o derrubaram. Houve uma luta no chão. Mario agitava as pernas, contorcendo-se e se arrastando para a frente, rastejando de joelhos.

"*O PADRE ENLOUQUECEU!*", gritou Mario.

Um cassetete acertou com violência sua cabeça. Ele tombou, mas ainda consciente. A viatura parou junto à limusine do papa e, logo, mais dois policiais saltaram em meio aos redemoinhos de poeira que se erguiam do chão, armas em punho.

"O padre enlouque...", Mario tentou repetir, os braços algemados às costas, as pernas se debatendo no ar.

Outros dois policiais saltaram no ponto mais alto daquele cume, armas também em punho, vasculhando a mata atrás de outros intrusos.

A viatura que seguia mais à frente veio na direção de Mario, já rendido. "Levem-no para a viatura!", grunhiu pela janela aberta. "Fiquem de olho nele!"

Mario se sentiu erguer, depois foi atirado com tudo na traseira de um carro, atrás de um gradil que o separava dos bancos da frente.

Lentamente, as limusines avançaram em sua descida ao Vale de Gólgota.

"*Vão embora!*", vociferava Mario, colocando-se de joelhos contra a janela da viatura. "*É uma cil...*"

Um punho bruto interrompeu seu berro. Mario despencou contra o vidro. Enxergou os campos secos lá embaixo e a silhueta escura e sombria do jesuíta no interior da igreja.

"... cilada... Deus... pare esse homem..."

Aborrecido, o policial no banco da frente fechou o gradil que os separava.

"Maluco do caralho", comentou.

De onde a viatura estava parada, no topo da colina, Mario tinha uma visão privilegiada do drama que tinha se instaurado ali. Mais adiante no cume, a comitiva papal se reunia e organizava uma entrada triunfal na Igreja das Dores Perpétuas. No vale, um tráfego lento, mas constante, preenchia cada espaço do caminho até a igreja onde uma multidão já aguardava à porta.

"Cristo", fez o policial. "Parece que Boston inteira veio para ver esse circo."

Mario atirou o corpo contra a grade. "O papa...", balbuciou entredentes. "Está correndo risco de vida!"

O policial se voltou e encarou Mario. "Por quê?", perguntou de pronto. "Tem mais de vocês por aí?"

Mario se aproximou ainda mais da grade. "O padre dentro da igreja, o jesuíta", chiou. "Está armado!"

O policial estudou a figura truculenta ali no banco de trás. "E onde ele conseguiu uma arma?"

Mario mordeu os lábios. A hostilidade policial era muitíssimo mais intensa do que qualquer coisa que já experimentara com a guarda do campus. A polícia era acostumada à violência. Mario tinha mesmo a impressão de que haviam gostado de acertar-lhe a cabeça com o cassetete.

"Eu... eu tinha um revólver. Ele o roubou."

"Você tem porte de arma?"

"Não..."

O policial se inclinou para perto da divisória gradeada. O sol que, aqui e ali, infiltrava-se pelas copas das árvores salpicava-lhe o rosto.

"E você está a mando de quem?", perguntou à queima-roupa. "Algum grupo revolucionário?"

"Mas que inferno!", Mario gritou. "Estou tentando avisar que o padre lá embaixo é louco! Ele consegue criar projeções psíquicas! Deturpar o pensamento das pessoas! Até fazê-las ver Satã!"

O policial piscou os olhos ainda fixos em Mario. Então, sem aviso, irrompeu em uma enorme gargalhada. Gargalhou tanto que precisou de um lenço para enxugar os olhos. Seu parceiro, ao volante, começou a rir também.

"Satã!", ofegou o policial, secando as lágrimas. "Deus do céu... Satã!" Focando os olhos avermelhados em Mario, balançou a cabeça. "Se você quiser ver Satanás, meu caro, não precisa vir até o Vale de Gólgota, não. Posso lhe mostrar Satã lá mesmo na delegacia. Lá tem um homem que matou o irmão e estuprou a irmã. E uma mocinha que jogou veneno no leite das crianças. Satanás está em todo canto, meu camarada!"

Vencido, Mario recostou o corpo no banco. Desgraçadamente, assistiu ao espetáculo lá embaixo. A Igreja Católica, seguindo seu faro aproveitador, estava transformando a maior prova de paranormalidade que o século xx já vira em um bacanal religioso.

Mario era capaz de enfrentar Harvard, o diretor Osborne, Eamon Malcolm. A polícia de qualquer lugar. Sentimentos falsos e ilusões estimulados pela todo-poderosa Igreja. Mas tudo junto, ao mesmo tempo, ele não conseguia. Algemado naquela viatura, estava esquecido e desprezado por todos que ainda detinham algum poder.

A derrota absoluta deixava um gosto amargo nos lábios de Mario.

"Tá bem, seus putos", sussurrou. "Não foi por falta de aviso."

22

Francisco Xavier encontrava-se na cumeeira do Vale de Gólgota. O solo abaixo de si era de um cinza desolador, perturbado apenas pela brisa que movia os sedimentos de argila no rio. Lírios brotavam nas encostas e íris púrpuras agitavam-se às margens. Um cheiro de fumaça redemoinhava por todo o vale.

Em seu ponto mais profundo, onde poeira e cinzas eram sopradas pelo vento, erguia-se a igreja de tábuas brancas.

Francisco Xavier examinava com cuidado a Igreja das Dores Perpétuas.

"Não é como eu imaginava", murmurou. "Não é nem um pouco como eu imaginava."

Cardeal Bellocchi espiou por sobre as moitas e espinheiros que o vento agitava na borda do cemitério. Um movimento na porta da igreja chamou sua atenção. O jesuíta na igreja sentiu estar sendo observado e prontamente se recolheu.

"Não gosto disso", disse o cardeal, preocupado.

Multidões já se aglomeravam defronte à igreja e por toda a rua Canaã. Tinham os rostos agitados pela expectativa enquanto a polícia a seu redor guardava o perímetro com firmeza.

Em seus olhos surgia uma ânsia, algo vindo do fundo de seus corpos alquebrados e espíritos abatidos.

O hábito do papa esvoaçou com o vento. Esfregou as mãos, espantando o frio da manhã. "Que lugar desolado. Parece com as cavernas do inferno, ou com a tumba de Cristo."

Nos campos cinzentos daquele vale, circundando a igreja, Francisco Xavier via uma mistura curiosa de Cristo e Satanás, de vida e morte, em uma luta renhida até o amargo fim.

O chiado dos rádios nas viaturas e o burburinho baixo das equipes de rádio e televisão se erguiam no vento. Um murmúrio constante partia da multidão que, impaciente, tentava romper as barreiras policiais. Do norte e do sul, procissões intermináveis de carros e caminhonetes serpenteavam devagar até a cidade, convergindo à igreja branca.

Então o sino dobrou; repiques firmes, certeiros, vibrantes. Francisco Xavier viu as cabeças da multidão se voltarem ao campanário branco e, a cada novo ressoar, avançavam naquela direção como uma falange compacta. Policiais e agentes se dividiram nervosamente, em um esforço inútil para conter as hordas.

"Sim", sussurrou Francisco Xavier. "É aqui. E agora."

Ao seu sinal, os jesuítas ergueram as caixas de madeira aos ombros e se prepararam para descer a encosta poeirenta.

"Estamos em presença do mal vivo", alertou-lhes Francisco Xavier. "Depositem sua fé em Cristo e observem os sinais de Seu atormentador."

Os jesuítas, pálidos, cabelos bagunçados pelo vento que soprava cada vez mais forte, apertaram os lábios e anuíram.

Os jornalistas não entendiam por que o papa precisava se deter tanto tempo naquela colina, nem por que as limusines haviam estacionado ali.

O bispo McElroy se virou para trás, mais próximo de Francisco Xavier. As multidões lá embaixo começavam a subir a encosta, pressionando os cordões policiais, e o desejo profundo em seus olhos parecia, ao bispo, como o de uma fúria animal quase incontida. Também o cardeal Kennedy sentia o agouro daquela densidade emocional tomando o vale.

"É extraordinário. Realmente extraordinário", dizia o comentarista da WABC ao microfone. "Francisco Xavier, com sua vinda a esta igreja isolada, mantida apenas por um único jesuíta, foi capaz de atiçar uma multidão de católicos e não católicos. Este vale, assim como o aeroporto e as regiões vizinhas, encontra-se preenchido com uma esperança e uma expectativa que eu nunca havia presenciado."

Enfim pisando no vale, Francisco Xavier apertou com mais força o rosário preto.

"Que comece", disse. O papa caminhou pelo Vale de Gólgota.

Um vapor se erguia a cada passo.

Assombrado, o bispo McElroy recuou. Cardeal Bellocchi o empurrou adiante, tomando-o pelo cotovelo. Atrás deles vinham os jesuítas com os baús, além do subsecretário de Estado com seu assistente, vestidos em mantos e capas carmins.

O cardeal Kennedy vinha atrás do cardeal Bellocchi. Conforme seguiam pela borda do cemitério, rumando a uma multidão de fiéis, um cheiro ácido tomou suas narinas.

Um policial que tomava café apoiado em sua moto, em frente à mercearia, olhou para trás com espanto. A rua Canaã soltava vapores pelas rachaduras do asfalto velho, vapores que se erguiam acima dos carros empacados ali, das caminhonetes e de toda a multidão.

Francisco Xavier avançou para a Igreja das Dores Perpétuas, sendo fotografado por três equipes televisivas.

Dois agentes secretos saíram da igreja. Tudo com que haviam se deparado lá dentro fora um jesuíta solitário preparando a missa e, ainda, alguns cabos e equipamentos eletrônicos que supuseram pertencer à WABC.

Como ovelhas diante do pastor, os fazendeiros, habitantes da região e das vizinhanças se aglomeraram em frente à igreja, esperando por Francisco Xavier.

Um câmera da WSBN acomodou-se sobre as pilhas de entulho, procurando um bom ângulo. Uma cacofonia de comentaristas concorrentes, de várias emissoras de rádio e tevê, tagarelava em seus ouvidos, e a poeira de tantos pés na multidão erguia uma nuvem ali. Mas, finalmente, o rosto de Francisco Xavier entrou no enquadramento, destacado contra o céu limpo.

O papa o olhou pelas lentes. Por um instante, o câmera sentiu como se não houvesse mais gravidade nem passagem do tempo. Era sua primeira experiência com o carisma. Então, passou. Sua câmera varreu o lugar, registrando as quase duas mil pessoas, aqueles fiéis maravilhados com o representante de Cristo na terra, abrindo caminho para que a santa comitiva passasse.

Do norte, uma kombi branca veio levantando poeira ao sol da manhã.

Os freios guincharam quando o veículo parou na barreira policial, derrapando um pouco sobre o asfalto velho e fazendo um punhado de pedrinhas voarem.

Imediatamente, dois patrulheiros se aproximaram com as mãos no coldre.

Anita enfiou a cabeça pela janela do motorista. A kombi agora quase bloqueava a estrada, e nessa posição ela conseguia ver a descida suave até o Vale de Gólgota. Vapor se erguia das ruas. Policiais e repórteres percorriam o local, e nos altos das construções era possível ver mais policiais à paisana.

Na depressão argilosa, em meio à massa de gente aglomerada em frente à igreja, avistou Fred Waller, o mecânico, a senhorita Kenny, solteirona excêntrica, e o atendente da mercearia. Então viu a capa carmesim de um cardeal, com as mãos juntas, caminhando majestosamente entre a multidão que se encontrava ali.

Anita saiu da kombi. Por que todas aquelas pessoas estavam ali? Onde estaria Eamon Malcolm? E Mario? Então avistou outro prelado, com um manto branco reluzente e um solidéu, caminhando à frente do grupo em marcha.

Virou-se para o policial que se aproximava.

"Quem são aqueles homens da igreja? Por que estão no Vale de Gólgota?"

"Estão com a comitiva do Vaticano", informou o primeiro patrulheiro.

Anita o encarava. "A comitiva do Vaticano...", seus lábios pronunciaram em silêncio, enquanto ela avançava pela estrada.

O braço do policial a deteve.

"Daqui a senhora não pode passar", disse. "A cidade está lotada, já tem mais gente lá do que o lugar aguenta."

Ela afastou a mão do homem. Na poeira que se erguia cinzenta lá embaixo, ela viu uma figura familiar se aproximando da porta da igreja.

"Quem é aquele homem?", perguntou, a voz em tom arrastado.

"Ora, quem você *acha* que é?", o policial sorriu.

Anita observou a pele morena sob o solidéu. Um rosto decidido, preocupado, mas ainda assim leve, confiante e determinado.

Olhou para o alto do cume. Ali havia três limusines pretas estacionadas, uma delas com as bandeiras papais tremulando ao vento. De repente, a presença de tantos policiais fez sentido, um sentido assombroso e inconfundível. De repente, soube quem era aquela figura familiar.

O diretor Osborne também descera da kombi e agora estava a seu lado. "O que está acontecendo lá embaixo?", perguntou-lhe.

"Mal posso acreditar", sussurrou, em choque. As palavras que usara para alertar Mario voltaram-lhe à mente: *Ele se alimenta dos padres... E os primeiros foram só a entrada!*.

De súbito, Anita abriu caminho e correu na direção da igreja.

"Não!", gritava. "Meu Deus, NÃO!"

"Qual o problema, senhora?"

"Você precisa pará-lo! Ele não pode entrar na igreja!"

"Parar o papa? A igreja *é dele*!"

Pela janela rósea, Anita enxergava de leve a sombra do jesuíta no altar. Movia-se furtivamente, de um modo vil, muito diferente de Eamon. *"Não, não é! Essa igreja não é mais dele!"*

Francisco Xavier apertou o rosário preto ao se aproximar da soleira da igreja.

A multidão seguia forçando as linhas de contenção. Vários policiais fizeram o sinal da cruz quando o papa se ajoelhou à porta e beijou o chão. Depois, reerguendo-se, Francisco Xavier perguntou em voz alta: "Onde está o padre que nos trouxe até aqui?".

A porta da igreja se abriu devagar.

A figura do padre Eamon Farrell Malcolm ajoelhou-se humildemente no vestíbulo. Estendeu a mão para Francisco Xavier, que cruzou a soleira e entrou na Igreja das Dores Perpétuas.

Parado ao sol, cardeal Bellocchi mal divisava o rosto do jesuíta. Parecia a face de um homem que ainda não encontrara o perdão. Os olhos fundos pareciam confusos, perigosos, guiados por um terror silencioso.

Eamon alcançou a mão estendida de Francisco Xavier, franziu os lábios e, como gesto de obediência, beijou o Anel do Pescador.

O cardeal Bellocchi logo avançou pela porta da igreja.

"Pare, Vossa Santidade!", gritou. "O padre não foi absolvido!"

Eamon, de pronto, levantou-se e encarou o cardeal. Seus olhos se estreitaram e um brilho avermelhado emanou como que de sua alma. Um sorriso maligno estampou-lhe o rosto, os dentes claros e uma língua preta visível por entre os lábios.

Cardeal Bellocchi recuou de imediato, protegendo o rosto contra o fedor.

"Baldoni é meu!", fez a estranha voz rascante do jesuíta. Nisso, a porta de madeira se fechou com um sonoro estrondo, deixando o cardeal Bellocchi do lado de fora.

O cardeal esmurrou a porta em desespero, tentando puxar a maçaneta com toda a força.

"Abra essa porta!", gritava com a voz rouca.

"Não, até que o Cristo em pessoa venha tocar a fechadura!", soou a voz perversa de dentro do vestíbulo.

Os jesuítas do Vaticano baixaram suas caixas e correram para junto do cardeal à porta. Forçavam a fechadura, chutavam a madeira, tentavam arrombar as dobradiças, mas aquela porta simples de madeira, refletindo o sol do Vale de Gólgota, ainda resistia.

Desanimado e tremendo ante a expectativa de uma catástrofe, o cardeal Bellocchi se arrastou para longe da porta de trás, da qual ouvia uma voz semelhante a de um inseto, sibilando: "Venha, Baldoni. Venha até meu altar".

A polícia e os agentes secretos empurraram a porta com golpes furiosos. Sem sucesso. Ela seguia fechada com um poder sobrenatural.

"Tragam os machados!", o chefe da polícia ordenou. "Arrombem a porta!"

Dois policiais com machados pesados dirigiram-se à porta e ergueram alto as ferramentas. Tão logo o aço e a madeira se encontraram, um relâmpago fortíssimo e uma chuva de faíscas arremessaram os machados de suas mãos, com os dois tombando desacordados ao chão. A multidão e os prelados recuaram no susto, aterrorizados.

Em desespero, o cardeal Bellocchi olhou pela janela gótica. Francisco Xavier, o rosto iluminado por uma estranha luz amarela que bruxuleava na lamparina, caminhava na direção do altar alvíssimo. O jesuíta, com sua batina preta, fazia uma reverência educada e indicava o caminho, conduzindo-o ao coração de seu domínio profano.

Francisco Xavier calmamente seguia ao lado de Eamon, percorrendo o corredor central, analisando a expressão do jesuíta. Naquela face torturada e arrogante havia duas almas: uma suplicando pela liberdade e uma segunda repleta de um ódio maligno.

Por muito tempo, ninguém falou, cada um estudando o outro.

Francisco Xavier virou-se para ver os detalhes da igreja oitocentista: a arquitetura modesta, os parcos pilares e vigas, as janelas claramente góticas. O lugar não possuía o esplendor de Roma nem a crueza pétrea de San Rignazzi.

A claridade do dia não ultrapassava as janelas. Retirada do mundo exterior, de matéria e aparência, a atmosfera da igreja tremeluzia à luz amarela da lamparina.

"Eu teria adorado servir em um igreja como esta", disse o papa com a voz tranquila.

Francisco Xavier se voltou a Eamon. Em seus olhos pode ver, oprimindo a natureza do homem que havia ali, o mesmo poder ancestral que o atormentara desde San Rignazzi, passando por Bolonha até o Vaticano. Agora, no antro criado pelo maligno, Francisco Xavier expulsaria a profanação do jesuíta e de sua igreja ou sofreria, ele próprio, a morte excruciante de sua alma.

O embate havia começado. E seria violento, brutal, sem conciliações.

"Tolo!", zombou Eamon, retesando o lábio. "Esta é a igreja de Satã!"

"Mas em breve será de Cristo", respondeu calmamente Francisco Xavier, e então, dirigindo-se a Eamon dentro daquele corpo, completou, "Por seu intermédio."

Mas aquele poder contorceu os lábios de Eamon em um riso horrendo, revelando a língua preta e o branco dos dentes pontiagudos.

"Veja o que, por meu intermédio", gritou triunfante, "se manifesta!"

Eamon ergueu um braço, gesticulando para as paredes da igreja. Um lusco-fusco se infiltrava pelas vigas do teto. A claridade da igreja diminuiu ainda mais. Com a penumbra, o frio aumentou, e a respiração de Francisco Xavier fazia sair uma fumaça branca de sua boca. Luminescências azuis, como minúsculas barracudas, flutuavam pelas pilastras e se amontoavam no altar profanado. A doentia lamparina amarela cintilava suprema sobre elas.

"Compreende agora quem o trouxe ao Vale de Gólgota?", questionou Eamon.

"O Espírito Santo."

Eamon gargalhou, com seus lábios azuis ressecados parecendo quase pretos sob a luz do altar.

"Não", respondeu com um riso grosseiro. "Meus mensageiros."

Eamon apontou para as janelas góticas. Nelas, feito silhuetas contra a luz do dia, reuniam-se as sombras aladas. Eram as mensageiras da corrupção e da morte que Francisco Xavier vira em San Rignazzi.

As mesmas sombras aladas que o haviam conduzido dos subúrbios até a igrejinha branca agora enxameavam, lentas, igreja adentro, indo de encontro aos ombros de Eamon e depois sumindo na escuridão.

Naquele breu gélido, a vermelhidão dos olhos de Eamon ardiam ao encarar Francisco Xavier.

"Eu o acompanhei desde menino, Giacomo Baldoni", murmurou com um ódio primal. "Sussurrei-lhe ao ouvido em Bolonha."

Francisco Xavier recordou-se do sopro frio e obscuro que o fizera fugir da cripta empesteada, tanto tempo antes.

"Eu o escolhi como um dos meus", disse Eamon. "Segui seus passos por toda a vida."

Francisco Xavier recordava, agora, as mortes dos religiosos, dos recém-batizados e dos padres devotos que o haviam assistido assumir a cadeira de São Pedro.

Eamon deu um passo à frente, o hálito fétido, olhos cintilantes e irrisórios.

"Quando o arcebispo de Gênova caiu na Capela Sistina, com o dedo em sua direção e dizendo 'é você, você', quem acha que ele via em seus olhos?"

"O Espírito Santo."

Eamon mostrou os dentes em uma risada muda que sibilou pelo silêncio sepulcral da igreja.

"Era a *mim* que ele via!", Eamon soltou uma risada estridente. "E aquilo o surpreendeu mais do que qualquer coisa!"

Francisco Xavier sorriu, fitando Eamon nos olhos.

"Você perdeu aquela eleição", Francisco Xavier disse com calma.

Eamon recuou. Na simplicidade e na confiança inabalável de Francisco Xavier ele encontrou uma obstinação insuportável.

"*Quem o guiou até o Vale de Gólgota?*", rosnou Eamon, injuriado.

"O Espírito Santo."

"*Eu* o trouxe até aqui!"

De súbito, Eamon ergueu a mão e a estirou sobre o rosário preto na mão de Francisco Xavier. O rosário, pouco a pouco, perdeu seu peso. Francisco Xavier, agora pálido, via-o girar no ar, sem qualquer apoio, na penumbra da igreja.

"Veja sua visão da Ressurreição!", gritou Eamon.

Eamon apontou para a câmera de termovisão sobre o tripé tombado no escuro. Na tela, Francisco Xavier viu uma figura esquelética se erguendo, um crucifixo dourado nas mãos: era a mesma visão que tivera ao sair da tormenta que o trouxe a Boston.

"Mimetismo", sentenciou com tranquilidade Francisco Xavier, voltando-se a Eamon. "Você apenas imita os sinais do Espírito Santo. Mas foi o Espírito Santo quem me trouxe até aqui. E por uma razão."

Eamon ouvia atentamente. Francisco Xavier via seu rosto astuto tomado pela agonia do ódio, da dúvida e de uma impaciência brutal. Também viu, detrás disso, a alma vulnerável e singela do padre amedrontado.

"Para expulsá-lo do corpo deste padre", concluiu Francisco Xavier, sem se abalar.

Eamon expirou uma nuvem fria e azulada, rindo com desprezo.

"E desta santa igreja", acrescentou o pontífice.

Uma longa gargalhada agitou o corpo de Eamon. Ergueu os braços em um gesto afetuoso em direção à lamparina profana do altar.

"*Minha* igreja!", urrou. "*Meu* padre!"

A lamparina balançou violentamente. O óleo ardente caiu do reservatório em grande quantidade. Pequenas esferas de fogo se espalharam, fétidas, pelo chão da igreja e aos pés de Francisco Xavier.

"*MEU MUNDO!*"

O riso atormentado do jesuíta reverberou à luz do dia pelo Vale de Gólgota. Era um som hipnotizante. A multidão ajoelhada em frente à igreja juntou as mãos em oração. Vários policiais se ajoelharam imediatamente, tirando os quepes. Mesmo os céticos das equipes de televisão sentiram o abalo, como se dentro da igreja a atmosfera abafada fosse sacudida pela risada insana do padre caído.

"*Per Dominium nostrum Jesum Christum Filium tuum...*"

A voz melodiosa e segura do cardeal Bellocchi se erguia à frente dos padres e fiéis reunidos diante da igreja, conduzindo-os:

"*Qui venturus est judicare vivos et mortuos...*"

De dentro da igreja, a voz límpida de Francisco Xavier se uniu à prece.

"*Propitius esto, exaudi nos, Domine...*"

Cardeal Kennedy e o bispo McElroy faziam a tradução para o inglês.

"Livrai-nos de todo o mal, Senhor."

"*Ab omni peccato, a morte perpetua...*"

"Livrai-nos do pecado e da morte eterna."

"*Per mysterium sanctae Incarnationis tuae...*"

"Pelo mistério da santa Encarnação."

Os microfones da WABC registravam tudo.

Então, como se por um impulso único, todos os olhos que até então rezavam se ergueram para o leste. Nuvens compactas, pesadas, formavam-se na direção do Vale de Gólgota.

Anita chegou ao cemitério. Um vento súbito e cortante correu por seus cabelos. O diretor Osborne, parado atrás dela, afrouxou a gravata e retirou seu casaco.

Ela podia perceber como o rosto do homem se tornara pálido, como suas mãos haviam ficado trêmulas.

"*Tem algo extraordinário acontecendo*", ele sussurrou.

Anita atentou para os olhos que agora pareciam mais fundos, excitados, ansiosos, incrivelmente ansiosos enquanto varriam os céus, a multidão e a igreja pálida e brilhante.

"Eu estudava psicologia das massas", explicou. "Meu Deus, Anita, tem algo sem precedentes acontecendo aqui!"

Anita ouviu o canto emergindo da igreja e a resposta da multidão. Observou os rostos exaltados, mesmo os das crianças, movidos por uma crença que ela considerava perturbadora.

"E é apenas isso?", perguntou. "Psicologia das massas?"

O diretor Osborne aprumou o cabelo bagunçado pelo vento e olhou-a se afastar, indo analisar os rostos na multidão.

"Dá pra sentir o que essas pessoas sentem", ele insistiu. "É algo que enche o ar."

O diretor se aproximou de Anita e a tomou pelo cotovelo.

"A realidade dessas pessoas se fundiu em uma única emoção coletiva", explicou. "Deus do céu, agora eu entendo!"

"A realidade *dessas pessoas*?", Anita estranhou, olhando-o nos olhos. "Por que não dizer... não sei... apenas *realidade*?"

Confrontado, o diretor parou por um momento. Largou o braço de Anita, que se voltou outra vez à multidão.

"A realidade última...", murmurou ela.

Nervoso, o diretor Osborne caminhava de um lado a outro do cemitério. Fragmentos de teoria, de ideias superadas havia uma década, inundaram a sua mente. Ainda assim, sentia-se incrível diante de um fenômeno de massas como aquele.

Chegou a sentir, embora tivesse resistido sem dificuldades, a tentação de se ajoelhar para rezar com a multidão.

Mario grudou o rosto no vidro da viatura. Vultos no cemitério o faziam lembrar de Anita e do diretor Osborne. Alucinações? Mario chacoalhou a cabeça, tentando clarear a mente. Ao olhar outra vez, teve *certeza* de que era Anita. O corpo de um policial musculoso tampou sua visão.

"Bela bunda", comentou. "Amiga sua?"

"É", Mario respondeu apenas.

"E qual o lance dela? É a comparsa com os explosivos?"

"Ela é uma parapsicóloga."

"Que diabo é isso?"

"É uma disciplina. Ciência."

"Bom, seja lá o que for", continuou o policial, malicioso, "acho que vou me matricular nela."

Mario, contudo, já não o escutava. Seria mesmo o diretor Osborne ali? O que o teria trazido ao Vale de Gólgota?

O papa Francisco Xavier e Eamon eram visíveis através da janela gótica. À luz do altar, os dois pareciam congelados. Mario sentia uma reverência antiga com relação ao Santo Pontífice, mesmo após tantos anos de psicanálise e preparo científico. Mario percebeu que a Igreja havia conseguido cavar fundo em seu peito. Alarmado, viu Francisco Xavier dar um salto à frente, agarrar Eamon pelo pulso e puxá-lo para si.

"Foi por *você* que eu vim, Emon Malcolm!", sussurrou, buscando a alma perdida sob aquele rosto acautelado.

Eamon tentou se livrar de Francisco Xavier. Mas as mãos fortes do lavrador agarravam seu pulso com firmeza. Os olhos profundos e cinzentos de Francisco Xavier fixaram o olhar de Eamon.

"Ore comigo, Eamon!", ordenou Francisco Xavier. "Devolva sua alma a Cristo!"

Eamon lutou para se livrar, mas sem sucesso. O nariz escorria. Seus olhos injetados revelavam intenso terror.

Surpreso, Francisco Xavier viu em Eamon o sacerdote que devia ter sido no passado. Com uma paixão ardente e infinita. Sem interesse nas pompas do poder eclesiástico. Iluminada apenas por uma pureza pavorosa e vulnerável.

"Largue meu braço!", rosnou a estranha e obscena voz vinda dos lábios de Eamon.

Francisco Xavier fitou com mais intensidade aqueles olhos azuis e suplicantes. Então, sua missão no Vale de Gólgota se revelou. As infinitas visitas anônimas a grutas, criptas e igrejinhas ao redor do mundo buscavam uma única coisa: procuravam a centelha de uma fé ardente e eterna como aquela que o consumira quando criança em San Rignazzi.

"Ore comigo, Eamon!", sussurrou-lhe outra vez. "Ore como uma criança. Sem reservas. Com todo o seu coração. Você deve clamar por Cristo, para que Ele retorne a seu peito!"

"Eu n... não consigo...", vacilou Eamon, uma voz humana se erguendo, por um momento, da prisão em que se encontrava.

Os olhos de Francisco Xavier reluziram quando percebeu ter contatado o espírito distante de Eamon.

"Deixe que eu lhe mostre como, meu filho", disse em tom calmo.

Francisco Xavier guiou Eamon até a frente do altar, pondo-o de joelhos. Com delicadeza, as mãos do lavrador posicionaram Eamon como que em oração. Francisco Xavier sorriu de forma encorajadora.

De repente, uma náusea terrível tomou conta de Eamon e ele se dobrou no chão. Francisco Xavier o reergueu.

"Santo Padre", Eamon conseguiu sussurrar. "Estou certo de minha morte."

Francisco Xavier, admirado com a intensidade daquele sofrimento, reconheceu ali um raro e extraordinário dom da fé.

"Aquele que acredita em Cristo", disse, amável, "jamais morrerá."

Das profundezas de uma prisão tão horrenda que o fazia desejar a morte, Eamon viu a cruz peitoral resplandecendo, as vestes imaculadas e o rosto distinto, quase fantástico, do siciliano na escuridão da igreja.

Vagamente, Eamon compreendeu que ele próprio havia sido eleito veículo para um embate tão grandioso que ameaçava destruir toda a terra.

O carisma de Francisco Xavier abundava, incinerando toda mácula. Eamon reuniu coragem para se erguer, espiritualmente, em direção àquela força.

Francisco Xavier juntou as mãos em oração e olhou com firmeza para Eamon.

"Repita depois de mim, Eamon", murmurou.

Eamon sentiu o demônio se agitar em seu interior. Parecia erguer uma barreira invencível de maldade, arrogância, de um poder asfixiante, e ele começou a sufocar. Fechando os olhos, Eamon sentiu-se escorregando outra vez pelo profundo túnel do cárcere.

"*Propitius estos, parce nobis, Domine*", começou Francisco Xavier.

As palavras penetraram Eamon feito um farol. Com os lábios rachados, apavorado com a possibilidade da vingança, depositou naquele instante toda sua fé em Francisco Xavier.

"Livrai-nos de todo o mal, Senhor", Eamon repetiu em inglês.

Visões de camaleões brancos, sangue escorrendo de suas barrigas, assaltaram Eamon mesmo de olhos fechados. A força que o aprisionava enviou-lhe nuvens de insetos, alucinações temerosas que infestavam sua mente fiel.

No silêncio, sentiu a proximidade de Francisco Xavier.

"*Ab omni peccato, a morte perpetua*", disse Francisco Xavier.

"Livrai-nos do pecado e da morte eterna!"

Aquilo soava feito um apelo de Eamon, do fundo de seu coração. Era tanta angústia que Francisco Xavier abriu os olhos na tentativa de observar o padre atormentado. Havia ali um eco sutil de suas próprias peregrinações desesperadas por grutas, criptas e igrejas abandonadas.

"*Per mysterium sanctae Incarnationis tuae*", prosseguiu Francisco Xavier, repleto de coragem.

Mas a devoção fora quebrada. Eamon não resistira e havia caído outra vez no poço escuro onde se afogava. No rosto do jesuíta, mais uma vez, via-se o escárnio maligno e triunfante.

A língua preta de Eamon despontava em sua boca, e ele se benzia em um gesto vil.

"Pelo m-m-m-mistério da santa E-E-E-Encarnação-ão-ão", caçoou.

Perturbado, Francisco Xavier fechou os olhos, procurando retomar a concentração.

"*Per adventum Spiritis Sancti, in die judicii...*"

Eamon gargalhou alto.

"O D-D-Dia do Juízo!", bramiu Eamon, sarcástico. "Quando será essa porra de Dia do Juízo, Baldoni?"

Francisco Xavier percebeu o jesuíta se afundando ainda mais naquela escuridão repulsiva. Censurou-se por isso, compreendendo de súbito o risco que corriam.

Se ele, o líder da Igreja Católica, não conseguisse realizar um exorcismo devido a uma falha em seu próprio espírito, então tudo estaria perdido.

Luminescências azuis enxameavam pelo rosto e pelas vestes de Francisco Xavier, pousando em sua cruz dourada, parecendo sorver a energia do siciliano.

Eamon se aproximou, seguro e arrogante.

"Eu o enganei com truques infantis, Giacomo Baldoni, brincando com sua vaidade", sibilou.

Francisco Xavier procurou uma prece que o trouxesse concentração, sentindo-se perdido, até que gaguejou o início da Ladainha de Todos os Santos.

"Seus rituais fedem a vaidade!", berrou Eamon, encobrindo a ladainha. "Suas vestes se arrastam com o peso do ouro!"

Francisco Xavier sentiu um déjà vu, feito uma onda de escuridão absoluta. Perdeu o equilíbrio, apoiando-se na toalha manchada do altar.

"Roma repousa em barras de ouro enquanto crianças morrem de fome!", Guinchou Eamon. "E o papa perambula por grutas, cavernas e igrejinhas abandonadas atrás da alma perdida de sua própria religião!"

"*Sancte Michaello, ora pro nobis. Sancte Gabriello, ora pro nobis. Sancte Giuseppe, ora pro nobis*", ofegava Francisco Xavier.

"Você está perdido, Baldoni", gritou Eamon. "Perdeu-se nessa riqueza de dois mil anos! Debaixo de tanta pompa, de sua própria vaidade! Perdeu-se sob o peso dos políticos, traidores da simplicidade de Cristo! Você está perdido, Baldoni, como uma ovelha caindo pela ribanceira em San Rignazzi!"

... *Perdido... Perdido... Perdido...* veio o eco pesaroso do fundo do altar.

Eamon sorriu com desdém. Bateu com o dedo sobre os botões dourados, sobre a cruz de ouro contra as vestes brancas. Correu a ponta do dedo pelos bordados de ouro daquela capa alvíssima, imaculada.

"Cafetão", sussurrou Eamon. *"Cafetão de Cristo!"*

Francisco Xavier sentiu um calor intenso invadir-lhe a cabeça. As dúvidas semeadas pelo maior dos velhacos começavam a florescer em um desespero corrosivo.

"Onde está sua Segunda Vinda?", provocou Eamon. "Onde está sua Ressurreição?"

Em desespero, Francisco Xavier fugiu para as imagens de San Rignazzi. Naquela paisagem árida, viu seu pai, cujo corpo era fortalecido a cada safra ruim, cuja voz cantava mais alto na igreja a cada nova morte, a cada doença ou praga nas oliveiras. Pois a oração é uma arma, haviam-no ensinado, que ataca Satanás lá onde ele procura se infiltrar: no coração aflito e atormentado do ser humano.

Em silêncio, Francisco Xavier rogou pela fé de seu pai.

"*Sancte Joannes Baptista, ora pro nobis. Omni sancti Angeli et Archangeli, orate pro nobis!*"

Mas o poder arraigado em Eamon ainda percebia uma ponta de medo e dúvida em Francisco Xavier.

Eamon se inclinou sobre a figura agachada. "Você está nu, Baldoni", sibilou. "Todas as suas vestes, todo seu ouro, todas as riquezas do Vaticano são incapazes de atenuar sua miséria!"

Alucinações auditivas soaram de leve às costas de Francisco Xavier. Ao se voltar para vê-las, constatou horrorizado que havia ali uma congregação de figuras com a aparência cadavérica, sentadas nos bancos da igreja, suas peles desfiguradas, obscenas, trajando antiquadas roupas vitorianas e com cabelos ralos despontando sob os chapéus despedaçados.

Cascos estrondavam detrás do altar. Francisco Xavier se virou no ato. Um bode lascivo saltitava em meio às sombras, agitando a língua rosada e úmida, com uma batina preta amarrada aos chifres.

Francisco Xavier fechou os olhos, estremecendo, mas a voz de Eamon seguiu em seus ouvidos.

"A partir de agora estamos unidos, Giacomo Baldoni", segredou-lhe. "De agora em diante, qualquer coisa que disser será dita com minha língua. Todo édito terá minha assinatura."

De repente, um sutil silêncio tomou o altar. Francisco Xavier abriu os olhos.

Viu ali sua própria imagem, resplandescente no trono do Vaticano, nas mãos o báculo e, sob lamparina do altar, suas vestes cintilando feito um milhão de estrelas. Mas o sorriso em seu rosto era distorcido. Dois chifres de carneiro despontavam sob a mitra pontifical.

"*Santo Deus...*", ofegou Francisco Xavier, protegendo a vista com um braço, erguendo a voz em um grito de súplica, "AJUDAI-ME!"

Eddie Fremont perambulava sozinho pela cumeeira do Vale de Gólgota. A multidão que orava o atraía, chamando-o para longe dos carros, das picapes e peruas contidas pela barreira policial.

Aquele dia estranho, o mais estranho de que o menino tinha notícia, começara ainda na madrugada com o rádio anunciando que algo extraordinário acontecia no aeroporto de Boston. Em pouco tempo, os rumores começaram a correr entre os vizinhos, e logo após veio a corrida até o estacionamento da área industrial, cheio de trabalhadores, padres e freiras. E a estranha sensação de iluminação que sentiu quando o Santo Padre, aquela figura de branco sob um céu tempestuoso, mesmo de longe abençoou a todos.

Já eram 12h30 e as nuvens carregadas apenas aumentavam sobre o vale desolado. E a igreja branca em que sua mãe, em transe de oração, mantinha o olhar fixo, parecia cheia de gemidos assustadores e risos de escárnio.

Eddie caminhava cada vez mais para dentro do bosque.

Raios de sol esporádicos criavam formas estranhas nas copas das árvores. Um coelho — ou seria um esquilo? — saltou por cima de um tronco e foi cair no meio de alguns cogumelos de cores exóticas.

Então, a luz dourada tomou novas formas, sete delas, flutuando densas no bosque de bétulas, lançando raios prateados sobre as samambaias.

Eddie, hipnotizado, caminhou para perto, os olhos fixos naquele brilho, na radiância daquelas sete formas de luz prateada que se metamorfoseavam.

Uma voz ecoou das figuras vagamente humanas. Eddie não podia ver seus olhos, mas sabia que elas o observavam, olhando-o, conduzindo-o.

A voz disse: "*Et tu puer Propheta Altissimi vocaberis: praebis enim ante faciem Domini parare vias ejus.*"

Eddie recuou, tropeçando em alguns galhos e caindo sobre as samambaias. Protegendo os olhos ao virar o rosto outra vez para as figuras, viu que portavam sete jarros. Pareciam agitadas, impacientes, e mesmo assim decididas a se comunicar com Eddie, tentando fazê-lo uma última vez.

"*At dandam scientam salutis plebi ejus, in remissionem peccatorum-eoram.*"

Eddie sentia aquela luz ardendo sobre seu rosto. Ainda de costas, engatinhou para trás, pelo chão macio do bosque, até se levantar e começar a correr.

Correu até sair da mata, descendo o morro até chegar em uma mulher de cabelos escuros parada na entrada do cemitério. A seu lado havia um senhor alto e de aparência educada.

Eddie estacou, apavorado, olhando primeiro para Anita e depois para o diretor Osborne.

"Eu vi anjos", murmurou Eddie. "Sete. Carregando uns jarros."

Anita concordou, pálida e amável, como se aquela notícia, por estranha que parecesse, não fosse inesperada.

"Eles falaram comigo", o menino disse a ela.

O diretor Osborne se aproximou do garoto, pondo a mão firme sobre seu ombro.

"E o que disseram?", perguntou em tom amável.

Eddie engoliu em seco, virando-se com cuidado para o bosque. O sol brincava ali, pairando e metamorfoseando as copas das árvores, tingindo os galhos de ouro conforme a tempestade se aproximava.

"Era uma língua estranha", fez Eddie.

Mas o diretor Osborne viu sinais de inteligência nos olhos do menino, e imaginou que a psicologia de massa tivesse criado nele algum tipo de visão.

"Conte-nos", o diretor encorajou.

Eddie descobriu, para seu espanto, que aquelas palavras lhe haviam penetrado o coração e que, mesmo ouvidas em um idioma estranho, podia agora repeti-las em sua própria língua.

"Disseram assim: 'E tu, ó menino, serás chamado profeta do Altíssimo, porque hás de ir ante a face do Senhor, a preparar os seus caminhos, para dar ao seu povo conhecimento da salvação, na remissão dos seus pecados.'"

O diretor Osborne ficou atônito pela exatidão daquela citação bíblica.

"Não sei o que significa", disse Eddie com um sorriso ingênuo.

"Significa exatamente isso", Anita respondeu.

O diretor notou uma qualidade sobrenatural na convicção de Anita.

"Vá", disse calmamente ao menino. "Repita essas palavras para sua mãe. Para as pessoas na igreja."

Eddie anuiu, virando-se para correr a toda velocidade na direção daquela multidão compacta que orava de joelhos em frente à Igreja das Dores Perpétuas.

"Agora diga a verdade", começou o diretor. "Você não pode ter se rendido tanto a essa crença, Anita."

Então o diretor Osborne parou. O sorriso em seu rosto aos poucos congelou. Ele acompanhava o olhar de Anita morro acima. As nuvens densas se espalhavam em forma de cruz, sem nenhuma ambiguidade, em um fluxo que vira apenas uma vez em toda sua vida.

Nos slides de Mario.

Avermelhado, agitado e volátil.

"Diretor", murmurou Anita. "Acho que estamos chegando ao final da história."

Paralisado, o diretor Osborne observava as nuvens se espalharem cada vez mais bem definidas.

As mudanças nas nuvens a leste também haviam chamado a atenção de Mario. Parecia haver, ali, formas que lembravam animais. Cavalos a galope. Tremores surdos reverberaram debaixo da viatura.

O policial no banco da frente apanhou o rádio.

"Aqui é Riley. Alguém na escuta?"

"Na escuta, Riley", estalou uma voz.

"Sentimos tremores fracos aqui no morro", reportou Riley. "Detectaram explosões em algum lugar?"

"Vou checar. Câmbio."

Mario estava intrigado com as formas ferventes em meio às nuvens avermelhadas. Sem dúvida eram reflexos. Mas de quê? Olhou para a mata escura mais adiante no cume, então para o barranco que descia até o cemitério e a igreja. O corpo imenso de nuvens parecia encobrir a igreja vindo do leste.

A escuridão do céu o enervava. Que tipo de tempestade era aquela que estava se formando? A estrada na colina, onde estavam, parecia dividir o universo entre uma escuridão terrível demais para sequer imaginar e algo ainda incerto, mas que o aterrorizava da mesma forma. Que diabo estava havendo?

O policial no banco da frente abriu o vidro. Ouvia-se, lá debaixo, as litanias agitadas da multidão, reforçadas por trovões ao longe, e a risada horripilante que emanava do interior da igreja.

A gargalhada de Eamon aumentava sem que seus ecos se dispersassem, até que a cacofonia fez estremecer as vigas.

"Você me procurou, em sua busca pela Segunda Vinda, fedendo ao ouro da Igreja!", urrava Eamon. "Mas era tudo uma armadilha, e você mergulhou nela como um porco chafurdando na lama!"

Francisco Xavier apertou com firmeza seu rosário preto.

Renata Baldoni, a velha esposa do lavrador siciliano, dera-lhe uma fé inabalável. Fé que vivia no seio de Cristo, alimentado por sua misericórdia assim como um broto se alimenta das águas frias que o regam. O menino aprendeu a não nutrir desejos, a não sentir nada além daquela sutil misericórdia que, sensível, se espalhava pelo mundo.

Uma influência musical devota que já o comovera às lágrimas de arrebatamento.

"O que está fazendo?", interpelou Eamon, furioso, mas também inquieto.

Francisco Xavier, já não mais de joelhos, pusera-se de pé junto ao altar. Pouco a pouco, retirou do dedo o enorme e dourado Anel do Pescador e o colocou sobre uma cadeira.

"Seu imbecil!", silvou Eamon.

Mas seu rosto empalidecia, inseguro, observando Francisco Xavier com muita atenção.

"Mesmo o maior dos velhacos pode servir a Cristo ao falar a verdade", disse Francisco Xavier, desatando as borlas de adornos dourados de sua capa.

Ter de escolher entre a grandiosidade de Roma e os instintos recebidos de sua mãe nunca havia sido um dilema tão dolorido e dilacerante. Mas foi, naquele momento. E Francisco Xavier fez sua escolha.

Dobrou a capa branca e dourada, colocando-a na cadeira com zelo, sobre o anel do Vaticano.

"Cafetão!", berrou Eamon.

As luminescências azuis enxameavam em torno de Francisco Xavier. Sem se afetar, ele ergueu a pesada cruz de ouro que trazia ao peito, tirando-a por sobre a cabeça. Beijou-a e a colocou sobre a capa dobrada.

O solidéu de seda, com padrões bordados pelos alfaiates vaticanos de acordo com uma tradição centenária, também foi posto na cadeira.

Eamon recuava, inseguro. A figura diante dele, despida do esplendor de suas vestes, perdia sua pompa e grandiosidade. Tudo que restava ali era um padre siciliano.

Na mão calejada, refletindo a luz amarela da lamparina, sobrara o singelo rosário preto.

"*Seu cafetão de Roma!*", guinchou Eamon, pálido de ódio.

Francisco Xavier se aproximou do jesuíta. Estendeu um pouco as mãos, como quem se mostra desarmado, exceto pelo rosário.

Francisco Xavier se ajoelhou, fez o sinal da cruz e beijou o rosário preto. Então fechou os olhos.

"Ore comigo, Eamon", murmurou com uma simplicidade alarmante.

No seu íntimo, Eamon percebeu o impossível: que a vulnerabilidade extrema de Francisco Xavier, material e espiritual, seria sua única arma.

Atrás de ambos, sons de cascos e o fedor empesteante de criaturas torpes tomaram seus sentidos.

"Eu também já estive perdido, Eamon", disse-lhe Francisco Xavier. "Assim como você. Nenhum sacerdote pode viver sem servir a Cristo de corpo e alma."

Os lábios de Eamon se retorceram em um esgar. As silhuetas aladas pairavam sobre a hóstia profanada e o cálice no altar, alimentando-se sofregamente. Eamon estremeceu ante a espiritualidade calma e penetrante de Francisco Xavier, que o impactava.

"Foi *você* quem me revelou isso, Eamon."

Eamon ergueu as mãos, tapando os ouvidos. Francisco Xavier se aproximou e afastou suas mãos dali. Quando Eamon ergueu o olhar, viu os olhos penetrantes, viris, profundos e cinzentos do siciliano fixando os seus.

"Cristo *o escolheu* para me mostrar isso, Eamon", Francisco Xavier insistiu.

As vigas da igreja tremeram, acalmando-se na sequência. Eamon percebia a extraordinária vulnerabilidade de Francisco Xavier, e isso lhe aterrorizava. O siciliano oferecia a si mesmo em sacrifício.

"Não... Santo Padre...", deixou escapar, entredentes. "E-ele é forte demais..."

Francisco Xavier recolheu o rosário preto.

"Na simplicidade reside sua força, Eamon."

Eamon sentiu uma dor aguda à direita do corpo, uma agonia latejante em seus pulsos e pés, feridas profundas no topo da cabeça, como se imitando a Crucificação.

As mãos tranquilas de Francisco Xavier o apoiaram.

"Tenho muito medo, Santo Padre...", gaguejou Eamon, os olhos brilhosos, agarrando as mãos do lavrador.

Eamon encarou fixamente os olhos de Francisco Xavier. Viu que ali também havia uma dor terrível, mas que o siciliano não demonstrava medo.

"Seja forte, Eamon", sussurrou-lhe Francisco Xavier. "Pois quem crê no Cristo com o coração de uma criança, a ele Cristo virá."

Com delicadeza, uma segunda vez, Francisco Xavier tomou as mãos trêmulas de Eamon e as posicionou de palmas unidas, em um gesto de oração sob a lamparina do altar.

"*Per sanctum Resurrectiom tuam, libera nos, Domine*", começou Francisco Xavier, em voz baixa e firme.

Fortalecido por seu exemplo, Eamon arriscou mais uma vez repetir a prece em sua língua.

"Por Vossa santa Ressurreição, livrai-nos, Senhor!"

Francisco Xavier seguiu com a ladainha. A voz de Eamon ganhava cada vez mais força, vacilando apenas quando o poder ancestral assomou com ainda mais determinação.

Visões de seu pai morto, do tio morto entre víboras, interromperam a ladainha.

Francisco Xavier ouviu-a se transformar, pelos ecos da igreja, em acusações contra Cristo.

Mas ainda pior eram as ondas de ódio vil e palpável que emanavam de Eamon, chocando-se contra ele, minando sua determinação. A cada onda de choque, a energia açoitava-lhe a pele, empesteante, rastejando por seus braços em busca de sua alma.

Francisco Xavier apenas sorriu.

Forçou sua mente a pensar em si mesmo como uma criança, rezando com o rosário de madeira, sua mãe ao lado. Então, as ondas de medo se dissipavam ao mesmo tempo em que ela o orientava, e ele sentiu uma força indomável emanando de sua mãe, maior que o pecado e que a morte.

Aquela simplicidade, após tantos anos, mesmo após ter sido levado, por seus dons, mas contra sua vontade, a escalar toda a hierarquia da Igreja até assumir a cadeira de São Pedro, agora voltava como água límpida.

Francisco Xavier fez uma pausa.

"*Per sanctam Resurrection tuam, libera nos, Domine*", disse outra vez, suavemente, com uma convicção irredutível.

"Por Vossa santa Ressurreição, livrai-nos, Senhor!", Eamon gritou com todo o seu ser, ecoando e repercutindo pela escuridão.

De repente, uma onda putrefata banhou a alva do siciliano. Luzes ardentes, brilhantes, avançaram nas mãos que sustentavam o rosário.

Inabalado, Francisco Xavier ergueu a cabeça para as vigas escuras, e sua voz soou clara e imponente.

"Afasta-te, Satanás! Pois Cristo está aqui!"

Pairando rumo ao oeste sob densas nuvens vermelhas, a imagem de um grande crucifixo se formou nos céus do Vale de Gólgota, acompanhada por raios, relâmpagos e por trovões ensurdecedores.

Um silêncio intenso se espalhou pela multidão agitada defronte à igreja, acuada ante a visão esplêndida, embora assombrosa, que se aproximava pelo leste.

Da igreja profanada vinha a voz forte de Francisco Xavier.

"Corpus Domini nostri Jesu Christi custodiat animam tuam in vitam aeternam."

O cardeal Bellocchi traduziu para que todos ouvissem.

"Que o Corpo de Nosso Senhor Jesus Cristo guarde tua alma para a vida eterna."

Por toda a extensão do Vale de Gólgota, as janelas refletiam a enorme cruz que, devagar, cruzava o nascente.

"Laudate Dominum, omnes Gentes: laudate eum, omnes populi", a voz de Francisco Xavier reverberava, límpida, pelo vale.

"Louvai ao Senhor todas as nações, louvai-O todos os povos", entoou a voz do Cardeal Kennedy.

Aquela ordem antiga fez com que todos os jornalistas, todos os técnicos de áudio e operadores de câmera se ajoelhassem. Um policial baixou a cabeça, chorando voltado ao leste.

A forma em cruz se movia por sobre o Vale de Gólgota. Um murmúrio de expectativa percorria o povo ajoelhado.

"Mamãe, a gente vai morrer?", perguntou a voz de uma menininha.

"Reze, Cindy. Reze para Deus."

Em outras partes da multidão, pais pegavam os filhos amedrontados no colo, balbuciando orações havia muito aprendidas.

O chão tremia. Conforme seguiam na direção das barricadas policiais, o diretor Osborne e Anita se apoiavam nos arbustos, um no outro, desviando dos detritos que o vento carregava.

O diretor notou que mesmo os policiais casca-grossa estavam extasiados pela atmosfera religiosa. Olhando para trás, viu os braços imensos da cruz, e uma figura começando a tomar forma em seu centro.

Como era extraordinário, pensou, ser capaz de, ao mesmo tempo, observar e analisar as percepções de um sujeito. Aquilo era mais subjetivo do que qualquer coisa que B. F. Skinner jamais ousara. Mas páginas de sua tese começaram a vir à mente do diretor, e então ele entendeu como aquele assunto sempre estivera ali, mas amedrontado pela firme autoridade dos grandes behavioristas.

Anita caminhava mais depressa por sobre o restolho no chão. O diretor seguia mais devagar, contemplando maravilhado os raios que caíam sobre os bosques de bétula no vale. Nunca antes, a vida, a curiosidade e a vitalidade haviam se manifestado em seu peito com tanta força. Os rastros avermelhados das nuvens agitadas encobriam a borda oriental da cidade, e trombas de ar quente pareciam tatear as barricadas policiais.

No ar poeirento, o diretor perdeu Anita de vista.

"Anita!", gritou.

Mas o vento engoliu suas palavras. O diretor seguiu aos tropeços até a barricada policial, os braços erguidos diante dos olhos, agarrando-se em galhos no caminho para se proteger do vento.

"*Deo gratias, alleluia, alleuia!*", soou a voz de Francisco Xavier através do redemoinho.

O diretor Osborne não precisava de nenhum padre para traduzir aquilo.

"Glória a Deus!", gritou o povo ajoelhado. "Aleluia! Aleluia!"

O cântico agudo daquela forma em cruz percorreu as ruas do Vale de Gólgota, em resposta.

"Eu tive essa visão", murmurou o diretor.

A massa em cruz, idêntica à que aparecera nas fitas de termovisão, pairava, triunfante, sobre a Igreja das Dores Perpétuas, dobrando as árvores e fazendo com que galhos voassem sob sua força e calor.

No alto da colina, dois policiais parados junto à viatura observavam, aterrorizados, o holocausto que se aproximava. Quase imediatamente, lançaram-se para baixo das árvores, procurando refúgio.

Preso na traseira da viatura, Mario gritava a plenos pulmões: "Me tirem daqui! Vão tomar no cu, porra...!".

Apoiou as costas contra a porta e chutou com toda a força a janela oposta. Depois de um tempo, o vidro temperado enfim trincou e se espatifou sob as solas de Mario. Ele, então, espremeu-se com dificuldade para fora da janela estreita, arranhando o rosto, braços e pernas. Acabou indo ao chão, tentando evitar a queda com as mãos algemadas. Incapaz de recobrar o equilíbrio, saiu rolando pela ladeira. Um toco de árvore o parou com violência, fazendo com que uma dor se espalhasse rapidamente por sua cabeça.

"Anita!", gritou, mesmo com a voz sendo tragada pelos ventos que uivavam e os estrondos dos trovões.

"ANITA!"

Encolhendo-se pela dor, Mario tentou desesperadamente se arrastar para fora do espinheiro onde caíra. Então pensou ver uma figura familiar tateando pela tormenta, seguindo em sua direção.

"*ANITA!*", berrou.

Anita parou, virando-se para escutar com atenção em meio ao açoite do vento. Estaria imaginando aquele grito desesperado?

"*MARIO!*"

Castigado pelo violento vendaval, Mario começou a se arrastar, primeiro de joelhos, cego, na direção da mulher que uma vez amara.

"*ANITA!*"

Ela mudou de direção, baixando o corpo contra o vento. A dor em sua voz soava mesclada a um tipo estranho, quase absoluto de desesperança.

Então, entre os detritos e retalhos soprados pelo vento furioso, viu no meio de um espinheiro, perto de uma viatura, aquela figura com sua jaqueta de couro, ajoelhada, impenitente, imperturbável, mas ainda assim aturdida.

"*Mario...*", suspirou, correndo em sua direção.

Abraçou-o imediatamente, sentindo-o tremer. Suas lágrimas quentes e salgadas escorriam em abundância contra o rosto de Anita. Haviam-no algemado feito um criminoso comum, destruindo algo em seu íntimo.

"Anita", murmurou. "Minha vida é um inferno sem você!"

Ela recostou o rosto de Mario em seu peito, embalando-o lentamente.

Mario ergueu o rosto devagar. A tranquilidade em sua voz eliminou toda a tormenta psíquica da noite anterior, eliminou até mesmo o medo extraordinário que sentia daquele temporal metamórfico, de dentro do qual saía agora uma figura vacilante em sua capa de chuva maltrapilha. O diretor Osborne, com um lenço sobre a boca, por fim encontrara Anita e Mario. Este percebeu a extrema excitação nos olhos do velho professor. Desconfiado, Mario recuou.

O diretor cobriu Mario e Anita com sua capa, protegendo-os da tempestade.

No cemitério, os montes de argila estalavam, agitando-se e rachando. As lápides começavam a tombar no meio do matagal. Do interior dos caixões, nacos de bronze vitoriano e retalhos de veludo eram expelidos da terra.

"Eu creio em Deus", disse Anita, o olhar fixo no cemitério e na igreja branca onde Francisco Xavier e Eamon Malcolm oravam. "Eu creio, sem reservas, em Deus Todo-Poderoso!"

As nuvens lançaram ao solo uma saraivada de granizo. Na rua Canaã, as fachadas das casas desabavam.

O diretor Osborne, ainda protegendo Anita e Mario da tempestade, viu quando o madeirame nas ruas foi engolido pelo asfalto rachado. Cães uivavam. O Siloam transbordava suas margens, avançando sobre as fundações da igreja.

A objetividade científica o dominava, mas também o dominava outra sensação, incipiente e poderosa, deixando-o dividido, confuso e maravilhado.

"Será possível?", sussurrou.

Com grande esforço, Mario se ajoelhou, observando, incrédulo, a argila escura agitando o solo do cemitério. Caixões rangiam, rompendo-se ao emergir de seus descansos centenários sob a terra.

E então surgiu. Uma figura esqueletal, erguendo-se do caixão vitoriano, agarrava com o puro osso de suas mãos uma cruz dourada. Conforme o chão se revolvia, erguia o caixão cada vez mais, e o esqueleto, com a rigidez da morte, erguia a cruz mais e mais na direção da cruz vermelha.

"Não!", Mario gritou em desafio. "Eu não acredito!"

Anita o apertou junto a si. "Creio no poder e na graça que não podem ser medidos", sussurrava, baixando a cabeça reverentemente, apaziguada.

O diretor Osborne umedeceu os lábios, paralisado pela incerteza.

Em desespero, Mario se voltou para ele, o rosto enrijecido de incompreensão e recusa. Os policiais, como se o traíssem, estavam também de joelhos. Assim como as equipes da imprensa. Mario virou o rosto para a insígnia na tempestade.

"*eu não acredito em deus!*", bradou em desafio.

Mas Anita percebeu a hesitação naquele brado. De fato, a Igreja, ou Deus, cavara fundo no peito de Mario.

E então os três — o ateu, o agnóstico e a crente — sentiram as partes mais íntimas de suas personalidades atraídas, de forma inexorável, em direção à imagem espiralada e colorida que pairava sobre a igreja.

Era como se todos estivessem morrendo e uma porção final e imutável de seus corpos fosse arrebatada para os céus.

O asfalto da rua Canaã se esmigalhava, soltando um vapor azul. Vários carros e caminhonetes tombavam de lado, lentamente. Bolas de granizo espatifavam-se no chão.

Por todo o tempo, o rosto de Anita ardia com um brilho interior.

"Tende piedade, Senhor", ofegava, erguendo a cabeça, os cabelos se agitando com violência pela tormenta ruidosa. *Tende piedade de nós!*"

Anita viu com clareza, na nuvem que pairava sobre ela, a Imagem com seus estigmas no apocalipse rubro.

Naquela libertação instantânea, sentiu-se se elevar, como que voando por uma janela. Então, no limiar do conhecimento humano, em meio ao pranto e à lamentação da multidão, todo movimento cessou.

De súbito, a tempestade enfraqueceu.

Toda aquela força se aquietou, e a quietude se estilhaçava.

Cardeal Bellocchi, cardeal Kennedy, o bispo McElroy, os jesuítas italianos, o subsecretário de Estado e seu assistente diplomático, em perfeito uníssono, cantavam sem parar.

"*Benedictus vos omnipotens Deus! Benedictus vos omnipotens Deus!*"

Logo, duas mil vozes se uniram ao coro.

A ladainha trovejante penetrava a mente sofrida de Eamon. Seus olhos fracamente se ergueram para o Santo Padre.

Francisco Xavier seguia prostrado ante o altar. Recolhera-se a seu último refúgio, onde viviam a esperança e a decência, na base de sua infância. E o fizera em nome da salvação de Eamon.

Eamon tremia com um júbilo que jamais experimentara, nem mesmo em sua própria infância.

Francisco Xavier se voltou para Eamon. Seu rosto expressava um coração bondoso.

"*Por Vossa santa Ressurreição!*", Francisco Xavier disse ambiguamente.

Eamon encarava o pontífice. O rosto de Francisco Xavier. Seus olhos cinzentos, quase pretos àquela luz, iam tomados por lágrimas.

Então, olhando para cima, Eamon de súbito compreendeu.

"A lamparina...", disse em um sopro. "A luz de Cristo!"

A lamparina do altar, protegida parcialmente pelo vidro rachado, brilhava com uma luz vermelha, profunda e sacra.

Por todo o interior da igreja, a atmosfera era de um vermelho acalentador, banhando as correntes de poeira com uma claridade suave.

Francisco Xavier se ergueu, os braços estendidos, cambaleando sob a lamparina.

O voto feito em San Rignazzi, havia tanto tempo, fora enfim, eternamente cumprido.

"Estamos ante a verdadeira presença de Jesus Cristo, Eamon!", murmurou Francisco Xavier, o rosto banhado de lágrimas. "Eamon... você O sente?"

De súbito, algo corroeu o íntimo de Eamon, uma substância vil, ardente, destruidora que o deixou pálido e trêmulo de dor.

"Isso queima! Queima!", chiou Eamon, protegendo-se do brilho da lamparina.

Francisco Xavier logo avançou para tirar as mãos de Eamon da frente de seus olhos.

"Aceite a luz, Eamon! Deixe-a penetrar seu ser! Receba Aquele que a enviou!"

"Eu não consigo! Queima! Queima demais!"

"Sim! Queima, Eamon! É a chama de Cristo! Deixe-a purificá-lo assim como me purificou!"

Eamon se contorcia sobre o ventre, tentando rastejar para longe. Então, viu a cadeira no corredor central. Nela estavam o valiosíssimo anel de ouro, a cruz peitoral e a capa bordada, imaculadamente branca e dourada, com a insígnia vaticana.

Por ele, Francisco Xavier se despira de todo o poder mundano, oferecendo-se a Cristo por inteiro.

Que o papa tivesse oferecido sua própria alma eterna em sacrifício apenas para salvar o mais indigno dos padres, perdido em uma igrejinha naquele vale desolado, guiado por um mistério incompreensível para Eamon, era algo esmagador.

Lágrimas de gratidão irromperam do jesuíta. Ele então se virou, beijando os pés de Francisco Xavier.

"Oh, Santo Padre", soluçava abertamente. "Eu pequei! Nutri o orgulho em meu peito! Usaram-me de instrumento para zombar da divindade de Cristo!"

Francisco Xavier tomou o rosto de Eamon entre suas mãos firmes de lavrador, erguendo a face do jesuíta.

"Você renuncia a Satanás, a toda sua pompa, a todas as suas obras?", perguntou Francisco Xavier.

"Renuncio!"

"Crê em Jesus Cristo e na remissão dos pecados?"

A luz vermelha cintilava cálida sobre os dois, enlaçando-os em uma experiência tão extraordinária que permitia apenas uma resposta.

"Creio!"

Francisco Xavier encarou Eamon com ternura. O jesuíta, por seu sofrimento, havia revelado a pureza de um coração crente, reanimando aquele que, mesmo ornado pela magnificência da cadeira de São Pedro, perdera de vista a mais simples das verdades: a de que apenas uma criança pode caminhar nos campos de Cristo.

As partes que constituíam a mente de Eamon então desapareceram. Ian, seu tio, os seminaristas e Elizabeth — tudo se esfacelou, perdendo o domínio de seu coração. A solidão do menino, cuja sede por Cristo fizera surgir o medo dos outros, enfim desapareceu. Eamon compreendeu, então, que todos os sacrifícios de seu sacerdócio agora se justificavam.

Aquela era a dupla missão do Vale de Gólgota.

"Eamon", entoou Francisco Xavier, fazendo o sinal da cruz sobre o jesuíta, "eu te absolvo!"

A lamparina do altar estremeceu. Pela janela gótica, os dois homens transfigurados viram a multidão reunida, Anita, Mario, policiais e jornalistas todos de joelhos naquele fim de tarde.

A tempestade que devastara o Vale de Gólgota, vinda do litoral, começava a se dispersar na estratosfera conforme o sol baixava no horizonte.

A nuvem em cruz avermelhada, disparando raios poderosos de sua base, erguia-se cada vez mais alta sobre o Vale de Gólgota, diminuindo de intensidade.

Ao mesmo tempo, Francisco Xavier e Eamon baixaram os rostos, benzendo-se e sentindo a luz do temporal pouco a pouco se imiscuir, em uma calma sagrada, com o suave brilho rubi da lamparina.

"Em nome do Pai, do Filho e do Espírito Santo, amém", concluiu Francisco Xavier.

A forma em cruz, cada vez mais alta no firmamento, pouco a pouco se desfez, espalhando um tênue véu sobre o vale. Um arco-íris duplo brilhou no céu da tarde.

Anita correu os olhos da cruz vermelha para a igreja. O que quer que tivesse acontecido entre Francisco Xavier e Eamon Malcolm seria para sempre um segredo. Havia domínios nos quais a ciência não podia penetrar, muito além dos sinais mais externos. Mas ela sabia, vendo as expressões radiantes dos dois sacerdotes ajoelhados, um deles o líder supremo da Igreja Católica, o outro um de seus servidores mais humildes, que havia uma relação entre aquilo que perpassava os dois e aquela formação extraordinária no céu do vale.

Sentindo alguém a seu lado, Anita se virou. Mario, ainda de joelhos, algemas nos pulsos, rosto e braços ensanguentados, fitava estupefato a igreja, os lábios balbuciantes.

"G-Gerasima... P-P-P-Pontífiço teraupi... pia... Pronteus... oh, Deus... é meu fim... fim... sim... mim... rim... ruim..."

O diretor Osborne tentou confortar Mario.

"Está tudo bem, Mario", murmurou-lhe. "Não se negue a acreditar o que viu, o que sentiu."

Mas Mario fora levado para além de suas forças.

O diretor procurou Anita, em silêncio, pedindo ajuda. Ela abraçou Mario com tristeza e cautela, embora seu coração estivesse tanto com ele quanto com a multidão.

Esta, afinal, percebera os movimentos dos dois homens santos no interior da igreja, e uma poderosa aclamação ecoou de suas gargantas conjuntas.

Largos raios de sol cortavam as nuvens, cada vez mais dispersas, banhando a igreja e iluminando a porta. Sem que ninguém a tocasse, ela se abriu suavemente.

Diante de Anita, como uma prova viva para todos os presentes, via-se o papa da Igreja Católica, olhos radiantes e vestido com esplendor, e a seu lado o jesuíta em júbilo, Eamon Malcolm.

EPÍLOGO

"Efeito Gólgota" se tornou jargão jornalístico para designar confusão e incompetência.

Das quatro equipes de tevê e das duas de rádio, oito homens e mulheres foram demitidos.

Nas imagens gravadas do céu via-se apenas um enorme aglomerado de cúmulos, dividido em duas porções de nuvens que se erguiam na borda leste do Vale de Gólgota. Ao examinarem as fitas, os repórteres não puderam explicar que tipo de febre, espanto e fervor religioso tomou conta deles no paroxismo daquele dia de outubro.

Nem mesmo a polícia municipal de Boston encontrou explicação satisfatória para o abandono de função cometido por uma dúzia de patrulheiros e pelos oficiais de cinco viaturas.

O serviço secreto se recusou a discutir o assunto com os repórteres de televisão, com a imprensa ou com qualquer pessoa.

As fitas da igreja mostravam flutuações de cor, temperatura e intensidade de luz em seu interior, mas nada inexplicável. As gravações em áudio, embora imperfeitas, revelavam grande quantidade de cantos gregorianos e ladainhas.

Uma amnésia varreu toda a multidão que estivera no Vale de Gólgota aquele dia. Ninguém respondia às dúvidas dos repórteres.

Em um ano, restaram apenas os vídeos e fotografias, largados nos arquivos mortos dos jornais e nos estúdios de tevê em Boston.

O diretor Osborne se afastou de seu posto em Harvard, recebendo uma bolsa de dois anos para escrever sobre a história da psicologia.

Dedicou-se a isso com erudição e cuidado. No processo, revisou as pesquisas dos últimos dez anos, que cobriam uma área vastíssima. Sua esposa falecera após uma longa batalha contra o câncer.

Trabalhava até tarde da noite, bebericando xerez e, enfim, sentindo-se à vontade sob os retratos de seus antepassados, à luz da lareira no escritório. Toda sua mesa, as estantes e até mesmo o tapete e as cadeiras iam repletos de pastas, artigos e grossos volumes, na mais perfeita desordem. O diretor estava fascinado por um problema de ordem epistemológica: qual a diferença entre aquilo que um ser humano vê e aquilo que ele *pensa* ver?

Tal enigma seria capaz de desconcertar o grande William James, mesmo com toda a pesquisa que fez sobre a experiência religiosa.

Muitas vezes a mente do diretor Osborne se perdia do que estava fazendo e ele acabava encarando fixamente a lareira. *O que* havia acontecido no Vale de Gólgota? Sua formação tendia a procurar uma explicação materialista: ele teria testemunhado uma fé tão efusiva que o resultado havia sido uma ilusão coletiva.

Na verdade, sua própria sede religiosa o tornara suscetível a partilhar da ilusão.

Mas o diretor nutria grande respeito por Anita Wagner, a quem ajudou a assumir uma vaga na Universidade da Pensilvânia, para apenas recusar, de forma absoluta, que fatores intersubjetivos pudessem desempenhar papel efetivo em tais fenômenos.

Sobretudo ao amanhecer, nas longas manhãs de inverno em que acordava e a governanta lhe servia o café, quando ele olhava para o manto branco de neve encobrindo todo o terreno até o horizonte, sobretudo nesses momentos ele pensava na atitude de Anita. Pois era naquele horário, naquele momento quase atemporal, no silêncio da perpétua renovação, que sentia em seu íntimo, mais íntimo do que qualquer pesquisa alcançaria, que ele também havia testemunhado algo do apocalipse cristão.

Mario Gilbert se internou na unidade psiquiátrica do Hospital Geral de Boston para dois meses de observação.

Durante esse tempo, preencheu doze cadernos com anotações, teorias e modelos de experimentos futuros. Mario escreveu para o diretor Osborne, para o presidente de Harvard e para a Fundação Nacional de Pesquisa, exigindo seu laboratório de volta. A comissão científica de Harvard negou-lhe os pedidos e o desvinculou completamente da instituição. Contudo, após fecharem seu departamento, todas as fitas, registros sismográficos, slides e gravações tomadas na Igreja das Dores Perpétuas foram entregues a ele.

Anita visitou Mario no hospital diversas vezes. Pouco a pouco, ambos compreenderam não haver mais nenhum relacionamento possível entre eles.

Após ter alta do hospital, Mario trabalhou em suas anotações, revisando-as e organizando suas teorias em um volume intitulado *O Vale de Gólgota: um mergulho na Quarta Dimensão*. Nele, esboçava com detalhes o crescente poder do aflito jesuíta, capaz de projetar imagens em uma fita de termovisão, depois em uma sala de conferências inteira, até finalmente conseguir atingir uma multidão de devotos, jornalistas, policiais, moradores da cidade, lavradores semianalfabetos, e até mesmo o alto escalão da Igreja Católica. Mario jamais enviou o manuscrito para publicação.

Conseguiu um emprego como engenheiro eletrônico nos estaleiros do sul de Boston. A raiva e a humilhação que sentia pelo Vale de Gólgota pouco a pouco se aquietaram. Ele nunca mais lutou pelo reconhecimento da parapsicologia.

Às vezes, durante a noite, em seu pequeno apartamento, remexia nos cadernos e nas caixas de fitas e slides. A maior parte da caligrafia era quase ilegível. Apenas ideias soltas. Causavam-lhe enorme sofrimento. Não se passava um único momento sem que lembrasse daquele dia cataclísmico de outubro. Sua única salvação residia na abordagem científica; em buscar uma racionalização para o inexplicável. O sedimento avermelhado, cogitou, soprado pelos ventos poderosos da tempestade, havia se espalhado em colunas gêmeas e subido alto na atmosfera. A multidão, excitada pelo ritual e pela pompa da comitiva do Vaticano, sugestionada pelo Vale de Gólgota, interpretara aquele fenômeno natural como se fosse uma visão cristã. Era uma análise boa o suficiente, reforçada pela descoberta de que os militares vinham usando a região de Falmouth, próxima dali, como área de testes para aviões a jato. Aquilo explicaria as ondas de choque e os tremores que afetaram as casas da rua

Canaã. Além de tudo, havia também o Siloam, revoltoso após a tempestade que desabara, arrastando as margens de argila e revirando o solo, o que também explicaria a perturbação nas lápides do cemitério e nas construções vitorianas próximas dali.

Todos esses fatos, combinados com os poderes singulares de projeção de Eamon Malcolm, haviam afetado a multidão, os policiais, as equipes de notícias, Anita, o diretor Osborne, Francisco Xavier e, Mario concluía com grande pesar, também ele.

Mario riu amargamente, virando a quarta garrafa de cerveja. Todos haviam perdido o controle de seus sentidos.

Francisco Xavier provavelmente pensara estar diante da Encarnação de Cristo.

Mario pressionou as têmporas. A dor que fazia sua cabeça latejar sempre voltava ao pensar no Vale de Gólgota.

Em momentos como aquele, apanhava seus pesos e se exercitava ali mesmo, na salinha de seu apartamento cheirando a suor. Mas o incômodo não deu trégua.

Que espécie de trauma indizível teria sofrido o jesuíta para projetar o chifrudo na tela de termovisão? Como? E por que projetara tal imagem?

Rilhando os dentes, as narinas dilatadas, Mario aumentou o peso até que a dor muscular superasse a dor em sua mente com um sofrimento mais tolerável.

Então parou, os olhos piscando, suado, sozinho em seu isolamento eterno.

As sete figuras angelicais que o menino havia descrito. Sua habilidade de traduzir latim. A figura se erguendo do túmulo, algo testemunhado por duas mil pessoas, no mínimo.

Seriam mesmo anúncios da Ressurreição?

Francisco Xavier cancelou a conferência do Quebec e a reduziu a um conclave de cardeais e bispos norte-americanos. Regressou a Roma, entusiasmado com o sucesso espetacular da vigília americana. Delegações de toda a Europa e prelados da América Latina inundaram Roma, animados pela iminência do segundo milênio. Triunfante e renovado, Francisco Xavier se dirigiu a duzentos mil fiéis na Praça de São Pedro.

Naquela noite, recebeu a notícia de que sua mãe, ao tentar salvar o cordeiro favorito, aquele com uma orelha preta, havia se desequilibrado, caído no rio San Rignazzi e se afogado.

Francisco Xavier envergou o manto e o chapéu de um camponês e voltou a San Rignazzi. Sozinho junto ao caixão da mãe, guardado pelos parentes e pelo padre daquela paróquia, orou profundamente e em voz alta.

Jurara se tornar tenente de Cristo, e se tornara. Em sua absoluta inocência, fora tocado por um destino que transcendia todo entendimento. Ainda assim, agora que a Igreja seguia inexoravelmente para o terceiro milênio, o que havia de novo?

Satanás ainda combatia Cristo todos os dias sobre as almas atormentadas, tocadas pelo fel da mortalidade.

O punho de Francisco Xavier se fechou em torno do velho rosário preto. No Vale de Gólgota ele soube — *soube* em seu íntimo, sem chance para dúvidas — que a Segunda Vinda estava próxima.

O entendimento súbito viera ao se despir das vestes de seu ofício, combatendo Satanás que então se abrigara em um homem de fé verdadeira, mas corrompida.

Teria sido apenas uma advertência? Para que não apenas ele, mas toda a Igreja Católica olhasse para suas raízes? Voltasse os olhos para suas origens em cavernas e bosques, no início da história, quando Deus caminhava em meio a gerações, assim como em San Rignazzi?

Na presença de sua mãe, Francisco Xavier sentia-se seguro. Corajoso e confiante, encontrara na vulnerabilidade e na total abnegação nutridas por sua fé a fortaleza contra a qual Satanás tombara. No Vale de Gólgota, no Vaticano e também naquele momento, de volta a San Rignazzi.

Com dedicação, realizou as últimas litanias. Francisco Xavier abençoou seu corpo e sua alma. Ainda que a tristeza o abalasse, recordando todo o sacrifício que ela fizera por ele, durante anos de pobreza, havia ali um grande conforto: para o cristão, a morte não era senão o portal para a salvação eterna.

O Vale de Gólgota era prova daquilo.

Era uma manhã ensolarada de setembro na Universidade da Pensilvânia. A Dra. Anita Wagner mostrava um tríptico de imagens projetadas no telão detrás do atril.

Na penumbra do auditório, a forma daquela cruz, o chifrudo e a figura esquelética erguendo-se do túmulo brilhavam diante dos estudantes.

"O fluxo magnético causador destes três exemplos é o mesmo", Anita afirmou. "Característico das projeções captadas por termovisão. As projeções em si são bem definidas. Aventou-se a hipótese de terem sido formadas por uma mente humana, e não gerada pelo fluxo magnético nem por qualquer outro agente, nem mesmo desencarnado."

Anita voltou-se para suas notas sob a luz de leitura. Tinha os cabelos escuros bem cortados, e brincos dourados reluziam em sua blusa de tweed. Havia mudado desde o Vale de Gólgota, amadurecido e se tornado uma conferencista profissional.

"No tratado inédito de Gilbert, *O Vale de Gólgota: um mergulho na Quarta Dimensão*, afirma-se que o projetor dessas imagens foi um sacerdote jesuíta", disse Anita. "Um homem sofisticado, educado e com um caráter refinado e sensível. As projeções teriam ocorrido, segundo o Sr. Gilbert, em períodos de extrema crise psíquica. Tendo participado intimamente desse experimento, devo dizer que não concordo com essa conclusão."

Anita se virou para o enigmático trio de emblemas psíquicos. Lá estavam eles, pairando resplandecentes no ar, ícones de um universo imaterial. Fascinados, os alunos pararam de escrever.

"A variedade e a definição extraordinárias dessas imagens", prosseguiu Anita, "são testemunho, eu acredito, de um poder e de uma fonte inconcebíveis à mente humana."

Os estudantes analisaram as três imagens que ainda guardavam um quê de insondável, hipnótico, de um presságio implacável.

"Contudo, para dar certo crédito à teoria do Sr. Gilbert, é verdade que a paranormalidade *costuma ser* experimentada por pessoas envolvidas em situações de grande estresse emocional."

O sino do campus deu o sinal. Após reunir seus materiais, os estudantes se dirigiram ruidosamente para a porta. As luzes do auditório se acenderam devagar, com uma claridade amarelada, e as imagens no telão se enfraqueceram.

Eamon Malcolm permanecia de pé, sozinho, entre os assentos. Olhava para Anita com uma espécie de desesperança, com o fatalismo do tempo que se esvai.

Anita desceu rápido as escadas, indo em sua direção. Então parou e o tomou as mãos.

"O que aconteceu com você, Eamon?", murmurou. "Eu liguei para a catedral. Conferi os jornais. Você sumiu sem deixar pistas."

Eamon corou de vergonha.

"Eles me enviaram a um seminário em Vermont", confessou. "Um tipo de reabilitação para jesuítas problemáticos. Disciplina rígida."

Eamon sorriu, um pouco nervoso. Encontrar Anita o abalava mais do que havia previsto. Seu desconforto foi brevemente aliviado quando um jovem cheio de espinhas apareceu com os slides da conferência, vindo da cabine de projeção.

Mas quando o garoto se afastou, Eamon sentiu o impasse outra vez.

"E Mario?", perguntou. "Onde está?"

O rosto de Anita assumiu uma expressão mais séria.

"Nunca responde minhas cartas", informou. "Ninguém mais ouviu falar dele."

Eamon balançou a cabeça como quem compreendesse.

"Não gosto dele", confessou. "Mas o homem era brilhante. Agressivo, acho que grosseiro, até um pouco precipitado, mas tinha uma espécie de coragem bastante peculiar."

Anita sentiu a hesitação de Eamon. Tomou-o pelo cotovelo e o conduziu para fora, onde o sol do outono brilhava. Eamon parou na soleira da porta, um pouco atordoado pelo resplendor vermelho e amarelo das árvores.

"Eamon, por que não me escreveu?", quis saber Anita. "Podia ter descoberto meu endereço através de Harvard."

"Tive vergonha."

Outra turma começava a chegar. Estudantes passavam por eles, dirigindo-se ao auditório. Eamon e Anita seguiram pelo caminho asfaltado que levava a um pavilhão de olmos.

"Depois daquela... daquela manhã de sexta", confessou Eamon, "pensei que seria... quer dizer, fiquei receoso de lhe procurar."

Eamon desviava o olhar. Quando por fim se virou a Anita, ela o respondeu com grande cuidado.

"Jamais o menosprezei, Eamon", disse. "Na verdade, apenas quando o vi pela janela da igreja encontrei forças para sobreviver à tempestade."

Eamon esboçou um sorriso irônico.

"Anita, o que você acha que aconteceu aquele dia?"

Anita franziu o cenho. "Não faço a menor ideia. Já pensei tanto sobre isso. Na época, acreditei de verdade que era uma experiência religiosa."

"E agora?"

"De certo modo", continuou, "bem lá no fundo, nos níveis mais íntimos da percepção, pode ser que não exista diferença entre o paranormal e o religioso."

Eamon concordou, a voz ainda embargada.

"Não há mais ninguém com que eu possa falar disso", comentou. "Mas nesses últimos meses, sozinho em minha cela, trabalhando nos jardins, meditando, também cheguei a essa conclusão."

Caminhavam sob um carvalho que se erguia nu, mas orgulhoso, contra o céu azulíssimo. A grama ia coberta de folhas secas, marrons e vermelhas. O ar cheirava a outono, uma fragrância nostálgica e revigorante.

"Eu estava em uma espécie de túnel", ele disse, pensativo. "Era uma caverna até que Francisco Xavier apareceu abrindo caminho em meio à escuridão. Por fim, a luz brilhou e eu me vi livre."

Anita o tomou novamente pelo braço. Eamon sabia estar falando bastante, e com o máximo de honestidade, sobre aquelas coisas que mantivera enclausuradas por quase um ano de disciplina rígida e silêncio forçoso.

"O mais extraordinário", continuou, empolgado, "era o carisma de Francisco Xavier. Foi como se um campo de pura luz entrasse na igreja. Eu estava morto, e ele ainda assim me trouxe outra vez à vida."

Eamon se virou para Anita, olhando-a fixamente.

"De onde Francisco Xavier tira tanta força?"

"De sua crença, claro", foi a resposta de Anita, que sorria.

Eamon concordou. Pareceu distante, de repente. Parou perto das roseiras do campus.

"Sabe qual foi minha pena?", perguntou. "A sentença da Penitenciária Apostólica? Que eu trabalhe por dois anos em um hospital, como servente. Na função mais baixa de todas."

Eamon deu de ombros.

"Aceito a sabedoria da Igreja", disse. "Intelectuais precisam aprender a trabalhar com o sofrimento, assim canalizam suas emoções e aprendem a ser mais humanos."

O sol refulgia em seu rosto.

"Anita, o hospital para o qual fui mandado fica perto de Roma."

"E isso é muito incomum?"

"Não tanto, mas... tenho a impressão de que Francisco Xavier está por trás dessa punição."

"Por quê?"

"Porque a Igreja sofreu uma guinada de cento e oitenta graus depois do Vale de Gólgota. Passou por mudanças radicais e rearranjos. Toda aquela dedicação à Segunda Encarnação tem ganhado mais força."

Eamon hesitou, então respirou fundo.

"Meu palpite é que Francisco Xavier deseja falar comigo sobre o Vale de Gólgota."

Anita estacou.

"Eamon, e o que aconteceu com a Igreja das Dores Perpétuas?"

"Ouvi dizer que está funcionando. Simples assim, tudo em ordem. Um jesuíta chamado Joseph Casper está responsável pela paróquia."

"Estranho. Depois de tudo que aconteceu lá, pensei que ela fosse se tornar um santuário. Outra Lourdes."

"É, sei o que quer dizer. Os mortais têm essa necessidade de ícones e santuários. Mas suponho que o destino daquela igreja nunca esteve nas mãos de meros mortais."

Anita o encarou confusa.

"Então esteve nas mãos de quem?"

"Ora, você mesma disse em sua aula: *'de um poder e de uma fonte inconcebíveis à mente humana'*."

Quando se despediram, junto ao trem que levaria Eamon de volta a Nova York, ambos se sentiram como irmãos que tinham de se separar. Os instintos religiosos de Anita e o respeito recém-adquirido de Eamon pelo paranormal haviam florescido na vigília do Vale de Gólgota.

"Há de chegar o dia", profetizou Eamon, "em que ciência e religião, matéria e espírito, revelarão seu propósito último à humanidade. Simultaneamente."

"Quando, Eamon?"

Ele entregou-lhe um sorriso amável.

"Ora, no juízo final, é claro."

FRANK DE FELITTA (1921–2016) nasceu no Bronx, Nova York, e se tornou escritor, roteirista, produtor e diretor de cinema. Ele serviu como piloto na Segunda Guerra Mundial e em 1945 voltou para Nova York, onde começou a escrever roteiros para programas de rádio e recebeu indicações ao Emmy em 1963 e 1968. Seu primeiro romance, *Oktoberfest*, um thriller publicado em 1973, rendeu-lhe o suficiente para financiar o ano e meio que dedicou ao seu próximo romance, *As Vidas de Audrey Rose* (1975), que se tornou um sucesso estrondoso e ganhou uma adaptação cinematográfica de sucesso. Seu outro livro, *A Entidade* (1978), também alcançou o sucesso e virou filme, com excelente crítica. *O Demônio de Gólgota* foi publicado em 1984 e é considerado um dos romances mais assustadores da literatura. Frank De Felitta morreu em 30 de março de 2016, de causas naturais.

A melhor proteção de alguém é a sua essência inerentemente positiva. O bem produz ainda mais bem, o mal produz cada vez mais mal.

— ED WARREN —

DARKSIDEBOOKS.COM